贵州师范大学 社会科学文库

In Search of the Poetic Homeland:
A Study of
Guizhou Eco-Literature

寻找诗意的家园
——贵州生态文学研究

谢廷秋　／　著

社会科学文献出版社
SOCIAL SCIENCES ACADEMIC PRESS (CHINA)

序　言

　　我认识谢廷秋教授已经 20 年了，这 20 年来她一直在关注贵州文学的发展。从评论贵州文学开始，到在大学讲台讲贵州文学，到她自己的博士论文写贵州文学，到她主持完成贵州文学研究的省级课题并延伸至她主持的国家课题，到指导她的硕士生、博士生以贵州文学为选题写作毕业论文，再到她很多研究贵州文学的成果获奖，可以说她对贵州现当代文学的关注是超乎寻常的。她曾经说过"关注脚下的土地、与贵州文学同行"，真是毫无虚言。

　　正是因为她对贵州文学的高度关注、独到眼光和卓有成效的研究，我们编《贵州新文学大系（1990—2016）》时请她担任了中篇小说和短篇小说的主编；此外，还请她担任了贵州政府文艺奖、贵州专业文艺奖、乌江文学奖、金贵文学奖、尹珍诗歌奖等各种奖项的评委。也正因为如此，她大量阅读了贵州作家的作品，基于深厚的理论素养，形成了自己独特的研究。

　　《寻找诗意的家园——贵州生态文学研究》就是这样一部在生态文学理论的烛照下对贵州文学的独到研究，这是第一部研究贵州生态文学的学术专著，具有填补空白的价值和意义。正如作者所说："从生态的角度来研究贵州的文学创作，它不是简单地把一种时兴的批评方法硬套在地域文学研究之上，而是在契合贵州文学创作自身特质的基础上，对贵州文学内涵和价值的一种发掘。"

在贵州这片尚未充分开发的土地上，人们有更多的机会生活于大自然的怀抱之中，而这里孕育出来的文学也更多地带有自然气息。在贵州作家的视界里，人与自然是不可分的，尊重自然、与自然和谐相处是他们根深蒂固的观念。他们可能并非人人都带着自觉的生态意识进行创作，相反，更多的人是凭着潜意识或无意识来描摹人在自然中的生存状态。正是贵州作家这种不加雕琢的生态本能让我们看到，人天性里便有着亲近自然、依赖自然的因子，也只有在大自然的怀抱中，人才能获得诗意栖居的幸福感。

在生态危机日益严重的今天，在贵州被确定为国家生态文明先行示范区、建设生态文明省的实践中，在中国唯一以生态文明为主题的国家级、国际性高端论坛——生态文明贵阳国际论坛落户贵州的机遇中，这部专著从文学研究的角度，运用生态文学理论，探讨了贵州生态文学对现实的关注和担当。这样的文学研究是把研究专著写在了贵州的大地上，直接参与了贵州生态文明的建构，呼应了生态文明贵阳国际论坛提出的"尊重自然、善待自然、绿色发展"等要求，既有理论价值，又有现实意义。

这部专著是谢廷秋教授的倾心之作，从运用中西方理论资源到挖掘贵州民间文学生态思想资源，从研读作家文本到田野调查，她都是情动于心，站在生态整体观的立场，感受作家的生态文学创作，倾听作家的心声，为贵州的生态文学"添砖加瓦"。这一切源于她有浓烈的现实感和问题意识，问题是在当下现实和生活体验中发现的，又是学术研究兴趣和选题的逻辑起点，以及理论创新的动力和源泉。我知道，这部书从写作、修改到出版花了 6 年时间，倾尽了作者的心力。

因为长期研究贵州文学，谢廷秋教授与贵州的很多作家成了朋友，这种真诚相待的关系使得她的研究总是能够切合作家的心意，从作家与研究者的关系上，也可以感受到谢廷秋教授对文学研究的倾心与重视。贵州文学要发展，不仅需要作家的努力，也需要评论家、研究者的关注，形成一种合力，共同助推贵州文学的繁荣昌盛。

　　是为序。

　　　　　　　　　　　　贵州省文联主席
　　　　　　　　　　　　　　　　　欧阳黔森
　　　　　　　　　　　　贵州省作家协会主席

　　　　　　　　　　　　　　2018 年 8 月 18 日

前　言

　　"纵观人与自然关系发展的历史和未来，可以根据人类生产实践的不同水准，划分为四个阶段：第一阶段是原始时代，第二阶段是农业文明时代，第三阶段是工业文明时代，第四阶段将是生态文明时代。"① "我们已处于后工业文明时代——生态文明时代。"② 学者们在人类现今所处的历史时代的命名上似乎达成了共识，那么，生态文明时代是否真的已经到来了呢？其实，我们不难发现这些看上去信心十足的论断背后所包含的更为真实和强烈的愿望：对建立一种新的人类文明的迫切期待和呼吁。毫无疑问，我们目前仍旧行走在工业文明的道路上。人们一方面对走向生态文明满怀憧憬和信念，另一方面却又对前途忧心忡忡。现代社会没有餍足的发展对自然的索取和伤害已大大超过了它所能够承受和自我修复的限度，人类与自然的关系全面恶化，从而引发了一系列生态危机：自然资源变得匮乏，并终将在这种过度的使用中被消耗殆尽；地球上的许多物种正以一种难以想象的速度走向灭绝；温室气体使全球气候变暖，伴随而来的极地冰川的融化所导致的海平面的上升将会使数以亿计的人失却自己的家园；地震、洪涝、干旱等自然灾害频仍……我们的生存环境已然受到了不可逆转的严重污染，我们赖以存活的地球生态系统也失去了平衡，走到了崩溃的边缘。这就是我们生活的这个时代

---

　　①　徐恒醇：《生态美学》，陕西人民教育出版社，2000，第 4 页。
　　②　曾繁仁：《生态美学导论》，商务印书馆，2010，第 41 页。

的现实。面对这一现实，忧虑和失望显得合情合理，而对于变革的期许也就更为急迫。

20世纪60年代，人们就已经认识到了问题的严重性。发生在世界范围内的生态危机日益严重，导致了生态运动的兴起，这一运动引发了一场来势凶猛的生态思潮，且不可避免地波及文学领域，从而产生了对文学的生态维度的思考和关注，"生态文学""生态批评"应运而生。人们不再盲目歌颂人类理性精神的伟大，相反开始对科技发展和现代化进程保持警惕和反思。尤其在文学领域，作家更倾向于去描摹人在世界中简单生活、诗意栖居的状态，而读者也乐于从中发掘各种生态启示。

"自然"最早作为文艺作品表现的主题，是在远古神话中，那时，天、地、神、人是有机的整体世界。随着人类社会文明进程的加快，人从自然的层面渐渐剥离出来，人与自然浑蒙的原始状态被打破了，人类渐渐意识到自己是天地间的一个独立的存在，自然也开始明确地成了人类生存的环境。在农业文明时代，人与自然在感性上处于一种相对、相关、相依、相存的关系中。此时的人类对包括天地在内的自然，既持有疑惧、敬畏的膜拜之心，又怀着亲近、依赖的体贴之情，以自然为主题的文学艺术作品，无论是数量还是质量都达到了顶点，这是人与自然在艺术琴弦上的一种"谐振"。① 进入工业社会以后，文学艺术中人与自然的这种充满诗意的"谐振"被破坏了，文学艺术的主题集中在"社会"生活方面，社会性的人成了文学艺术作品的主角，而原本占据重要地位的"自然"渐渐被丢掉了。这些作品中虽然也还穿插有对"自然"的描绘，但从整体上看，自然不能再与人事、人情对等地存在。在以后的一些"文学理论"著述中，"自然"仅仅被当作人的活动、事件发生的"环境"，由原先的"主人"降格为"仆从"，旁落到附庸的

---

① 鲁枢元：《生态文艺学》，陕西人民教育出版社，2000，第293页。

地步。① 在科学技术耀眼炫目的光芒下，曾经容光焕发的"大自然"黯淡下去。与此同时，"自然"也被从文艺批评中放逐出去，成了一个不在场的缺席者。

随着"生态文艺"思潮的兴起，"自然"才又成为文学的重要主角之一。虽然在中国没有像国外那样在一定时期内掀起一股"生态文学"的创作潮流，但自 20 世纪 80 年代中期以来，散见于文坛的"生态"题材的小说、诗歌、散文、戏剧、报告文学等文学作品，其数量还是相当可观的。② 生态批评不能只是研究以生态为题材的文艺创作，而是应当把生态学的视野投注在一切文艺现象上。在这一基础上，我们可以说我国的生态文学创作取得了一定的喜人成绩。生态批评是一门后起而勃兴的学问，大有用武之地。

从生态的角度来研究贵州的文学创作，不是简单地把一种时兴的批评方法硬套在地域文学研究之上，而是在契合贵州文学创作自身特质的基础上，对贵州文学内涵和价值的一种发掘。在贵州这片尚未充分开发和发展的土地上，人们有更多的机会生活于大自然的怀抱之中，而这里孕育出来的文学也更多地带有自然气息。我们甚至可以说，贵州作家们几乎不需要经历从写"社会生活"到写"大自然"的痛苦转变，因为他们的很多作品天然地以大自然为主要表现对象。在贵州作家的视界里、观念里，人与自然是不可分的，因此无论是写人情、人事还是写自然风景，他们都有意无意地透露出一种生态意识。贵州作家们写现代化进程对大自然的损害以及对故土家园的侵蚀，写人与大自然既依存又斗争的状态，写乡村人在"别人的城市"无所归依，等等。可能并非人人都带着自觉的生态意识进行创作，相反，更多的人是凭着潜意识或无意识来描摹人在自然中的生存状态。正是贵州作家这种不加雕琢的生态

---

① 鲁枢元：《生态文艺学》，陕西人民教育出版社，2000，第 296 页。

② 鲁枢元：《生态文艺学》，陕西人民教育出版社，2000，第 309 页。

本能让我们看到，人天性里便有着亲近自然、依赖自然的因子，也只有在大自然的怀抱中，人才能获得栖居的幸福感。这应该是贵州生态文学作品带给人的最可贵的启示。

目录
CONTENTS

◂◂◂ 第一章
贵州民族民间文学的生态意识启迪

当今时代与其说是一个展望的时代，毋宁说是一个"回望"的时代。从一味追求科技发展和物质财富增长，到关注人的整体生存状态和内心精神世界，无疑是我们在现代化进程中所获得的大觉醒和大进步，当然在一定程度上它也可以叫作"倒退"。这种"倒退"是指人类重新退回对大自然依恋和依赖的状态，重新做回大自然之子。我们在走了许多弯路之后才产生的这种生态意识，先民们早就已经在亲身践行了。由于对大自然高度依赖，他们相信万物有灵，珍视一切生命，把自己的命运与大自然紧紧联系在一起，在无意识中便会自觉去敬畏自然、守护自然。这份对于大自然的依赖和依恋，成为人类繁衍生息历史上最美好的品质，也是最值得今天的我们去发掘的宝贵财富。而民族民间文学则是这些生态财富最具代表性的载体之一。"民间文学，是广大民众集体创作、口头流传的一种语言艺术。它运用口头语言叙述故事，展示生活，塑造形象，抒发感情。它是广大民众生活的组成部分，是他们认识社会、寄托愿望、表达感情的重要方式之一。"① 贵州民族民间文学就是这样一种展现多民族人民生活状貌和思想感情的艺术表现形式，它集中表现了贵州先民敬畏自然、热爱自然、守护自然的朴素生态观。这种朴素的生态观对贵州作家的创作有深刻的影响。

---

① 李惠芳：《中国民间文学》，武汉大学出版社，1999，第 13 页。

一 天人合一：生态整体观

生态批评主要是在生态哲学思想指导下进行的文学批评，而"生态整体主义是生态哲学最核心的思想。其主要内涵是把生态系统的整体利益作为最高价值，把是否有利于维持和保护生态系统的完整、和谐、稳定、平衡和持续存在作为衡量一切事物的根本尺度，作为评判人类生活方式、科技进步、经济增长和社会发展的终极标准"①。这种生态整体主义思想的形成可以说是人类思维方式的一次大革命，它彻底摆脱和突破了二元论及中心论对人类思维的控制，让人们在面对他所赖以生存的世界时不再狂妄和愚蠢地以自我为中心，也不再简单地视自然为只是供给人类资源及能量的客体存在，自然与人类应该建立起一种平等友好的主体间性关系。贵州民族民间文学所反映出来的"天人合一"观正是对这种哲学思想的充分诠释。在贵州先民的潜意识里，人与万物是同宗同源的，他们共同处于大自然这个整体之中，人与物之间是互帮互助、和谐共生的关系，而且人只有充分认识和利用自然，才能更好地生存和发展。

（一）天人合一：人与自然一体观

"天人合一"的思想是中国古代哲学的核心理念，也是中华文明关注的永恒话题。"天人合一"最基本的命题就是人与自然的和谐统一，人类的生产活动要与自然规律协调一致。宇宙万物是大法则，人只是其中的一分子而已。要把人和自然万物看作合二而一的关系，人与自然和谐共生。贵州先民对宇宙起源的解释很自然地体现了这一哲学观念。

1. "雾起万物"：自然起源观

贵州先民认为天地万物始于云雾，苗族古歌对此有清晰的记录，如在《苗族古歌》的《开天辟地》中就以对答的形式这样唱道：

---

① 王诺：《生态批评与生态思想》，人民出版社，2013，第141页。

我们看古时

哪个生最早

…………

姜央生最早

姜央生最老

…………

云来诳呀诳

雾来抱呀抱①

这一组古歌以问答的形式回答了到底什么生得最早，亦即什么才是宇宙的起源的问题。苗族人民把世界的本源归结为"云雾"，坚持自然创造了万物，信守自然起源观。较早研究苗族古歌的吴晓萍在其论文中就指出过这一点："苗族先民在古歌中对宇宙的本源作了天才的猜测，他们借盘歌的形式一问一答，逐步揭示出世界的统一本源是雾罩。"②

《布依族摩经文学》中有：

布灵出世时，

没有地和天，

只有清清气，

飘来飘去像火烟，

只有浊浊气，

飘去飘来如火烟，

浊气和清气，

紧紧同相粘。

清气圆螺螺，

---

① 潘定智、杨培德、张寒梅：《苗族古歌》，贵州民族出版社，1997，第 5 页。

② 王治新、何积全编《民族民间文学论文集》，贵州人民出版社，1984，第 68 页。

好像一口锅，

浊气螺螺圆，

也像一口锅，

一口向上升，

一口朝下落。

上升的叫"闷"，

下落的叫"惹"。

从此世间上，

有了天和地。①

这段古歌更加形象具体地说明了天地的形成，清气浊气本来是紧紧相粘在一起的，清气向上升，浊气朝下落，从此世间有了天和地。天地的形成是清气和浊气相互作用的结果。中国人眼里的宇宙"是一个有机体，是由若干动态的能量场，而不是由静态的实体构成的。的确，思维与物质的二元论在这种精神生理结构中就派不上用场了。使宇宙成其为宇宙的，既不是精神的，也不是物质的，而是二者的统一。这是一种生命力，这种生命力既不是脱离了躯体的灵魂，也不是纯物质"②。由此可见，在人与自然的关系上，贵州先民把自然与人紧紧联系在一起，让二者合而为一。先民们懂得认识宇宙的物质性，承认人是自然之子，这是最为可贵的朴素生态观。

2. "蝴蝶生人"：人类起源观

先民们一直在探索自身的来去问题，"我们从哪里来"一直是人类思考的问题。商周时代有"踩巨人脚印而感生"的始祖神话，《圣经》中有上帝造人之传说，也就是我们通常所说的神创论。贵州苗族古歌中

---

① 韦兴儒、周国茂、伍文义：《布依族摩经文学》，贵州人民出版社，1997，第4—5页。

② 杜维明：《存在的连续性：中国人的自然观》，《世界哲学》2004年第1期。

叙述的人类起源却和东西方的造人神话迥然不同，在黔东南苗族世代传唱的古歌中，叙述着"蝴蝶生人"的人类起源神话。关于枫木—蝴蝶生人的传说是一组古歌，其中有一节这样唱道：

> 砍倒了枫树
> 变成千万物
> 锯末变鱼子
> 木屑变蜜蜂
> 树心孕蝴蝶
> 树丫变飞蛾
> 树疙瘩变成猫头鹰
> 半夜里高鸣高鸣叫
> 树叶变燕子
> 变成高飞的鹰鹞
> 还剩一对长树梢
> 风吹闪闪摇
> 变成鸡尾鸟
> 来抱蝴蝶的蛋①

这一组古歌是一则完整的关于人类起源的故事：许久以前，地球上是荒荒的一片，什么东西都没有，但天边有一棵白枫树，开着各色的花，还结着各种各样的籽。仙风吹落了枫树种子，有个叫榜香的巨人犁耙天下，将枫树栽在了老婆婆的水塘边，枫树很快长大了。东方飞来的鹭鸶与白鹤在枫树上做窝，是它们偷吃了水塘的鱼秧，而诬赖枫树，最后找来理老打官司，最终还砍伐了枫树，于是树心生出妹榜和妹留，即蝴蝶妈妈，蝴蝶与水泡游方，生出十二个蛋。由鸡尾鸟孵蝴蝶的蛋而生

---

① 潘定智、杨培德、张寒梅：《苗族古歌》，贵州民族出版社，1997，第5页。

出人类，包括人类始祖雷公和姜央，枫木—蝴蝶生人传达的是一种自然造人的观念。

侗族人关于人类起源问题有两种说法。一种认为人是由树繁衍而来的："起初天地混沌，世上还没有人，遍野是树蔸。树蔸生白菌，白菌生蘑菇，蘑菇化成河水，河水里生虾子，虾子生额荣，额荣生七节，七节生松恩。"①《人类起源歌》不仅涉及了侗族的生命起源，也叙述了人类的整个产生过程，即无生命的混沌状态—生命的产生—低等动物的产生—人的产生。它从自然本身去寻找人的起源，指出人是自然界长期发展进化的产物，传达的仍然是自然造人的观念。

具有这样的观念和意识，就不会戴上"人类中心主义"的有色眼镜去主客二分地看待和审视所谓的自然他者，就会在同自然的交往中对其主体性给予真诚的尊重，从而达到人与自然友好相处的和谐之境。

（二）"万物一齐"：人与万物平等观

在先秦时期，诸子百家对人与自然的关系均提出了自己的观点。"万物一齐"是庄子在古典的存在论基础上提出的哲学思想，其"万物与我为一"的生态审美观蕴含的是万物平等地共处于自然之中，人并非万物的主宰，自然界的其他物种并不只是无用的存在。这一系列理念有助于人们理解当今的生态理论建设，而不是"人类中心主义"所强调的人凌驾于万物之上，自然界的其他物种皆为我所用的观点。

1. 生命无贵贱　万物相平等

贵州苗族古歌和神话传说中体现出的人与物之间的生态关系可以大致用平等共生和互助合作来概括，人只是处在其他物种之中而不是其上。首先，苗族先民认为人与自然万物同宗同源，人和其周围的万物都

---

① 王胜先编《侗族文化史料》，黔东南苗族侗族自治州民委民族研究所，1986，第189页。

是自然的产物。万物的起源都与枫木有关。苗族古歌说："砍倒那枫香树，变化成了千样物，变成百样个物种。"① 枫香树的木屑、树丫、树叶等一一变成了自然界的物种——蜜蜂、飞蛾、燕子等，而树心则生成了"妹榜妹留"（苗语即"蝴蝶妈妈"），后来"蝴蝶妈妈"和水泡游方生出十二个蛋，从而孕育了人类的祖先。苗族古歌首先是在自然万物的出身上肯定了它们的平等性，自然万物无高低贵贱之分，都是枫木孕育出来的。

不仅如此，在原始苗族人的意识中，无论是人还是动物，当一方的行为危害到另一方的利益时，都是要受到惩罚的。在苗族史诗《打杀蜈蚣》故事中有关于惩罚人类危害周围其他动物的行为的描述，史诗这样唱道：

> 姜央在山上开荒，
> 开完东边开西边，
> 挖到田角角，
> 碰到了蜈蚣虫，
> 蜈蚣对姜央说：
> "你开荒只能开东头，
> 不要开过我西头，
> 西头是我的黄牛圈，
> 西头是我的水牛圈；
> 还有我爹爹的坟，
> 我爹就埋在那边。"
> 姜央只顾忙，
> 谁的话也没听见；

---

① 潘定智、杨培德、张寒梅：《苗族古歌》，贵州民族出版社，1997，第187页。

他开荒到西头，

挖着了蜈蚣坟，

——这就种下了祸根。

蜈蚣夜夜磨牙，

姜央天天磨刀，

他们约到森林边决斗。

蜈蚣早早去等着，

姜央没有去，

事情放下了。①

从以上所引的史诗中可以知道，人类始祖姜央开荒种田，挖到田角，碰到了蜈蚣虫。这一行为在某种程度上危害了蜈蚣的生命，蜈蚣据理力争，它理直气壮地"告诫"姜央"你开荒只能开东头，不要开过我西头"。在这里，动物的地位并没有居于人之下，它同样可以平等地和人共处于自然界中。更不可思议的是，这节史诗的后半部分这样叙述，姜央"挖到了蜈蚣坟——这就种下了祸根"，这是人与动物之间利害关系的一种绝佳表达，人为了生产生活危及其他物种的生命或利益时，是要种下祸根的，人与蜈蚣之间免不了一场决斗。因此，史诗在道德和伦理层面肯定了人与动物之间的平等性。因为这种平等性观念的存在，在布依族先民的思维中，万物与万物、万物与人都是可以相互转化的，这些生命特定的模式都是可以通过"变形"来打破的，于是，大量的"变形"神话、传说、故事便应运而生了。那么，何为"变形"？斯蒂·汤普森这样定义："一个人、一个动物或物体改变了自身的形状并以另一种新的形状出现，我们称之为变形。"② 另外，恩斯特·卡西

① 马学良、金旦：《苗族史诗》，中国民间文艺出版社，1983，第190—191页。
② 〔美〕斯蒂·汤普森：《民俗、神话和传说标准大辞典》，郑海等译，上海文学出版社，1991，第162页。

尔在《人论》中也对"变形"作了如下解释:"既不是纯理论的,也不是纯实践的,而是交感的,即一体化的。这表现在如下两个方面:其一,动物、植物和人处于同一个层次,人并不认为自己处于自然等级中一个独一无二的特权地位上;其二,各个不同领域间的界限并不是不可逾越的栅栏,而是流动不定的,在不同的生命领域之间没有特殊的差异,一切事物可以转化为一切事物。"① 在布依族先民的观念中,人类并没有凌驾于自然万物之上,通过"变形"人可以变化为万物,万物也可以变化为人,人与自然万物的生命本质是相通的。布依族祖先"布灵"是一个具有"神性"的人,他具有造天造地造万物的超能力和大无畏的牺牲精神。且看古歌《造万物》向我们讲述人与自然万物是如何在"变形"中造就生命的循环的:

> 脚趾甩下地,
>
> 变成了山峰。
>
> 脚丫甩下地,
>
> 变成了山岭。
>
> 手指落地上,
>
> 就变成大树。
>
> 布灵手上筋,
>
> 变成了蔓藤。
>
> 耳朵被揪落,
>
> 处处都是花。
>
> 头发一着地,
>
> 就变成青草。
>
> 鼻孔落下地,

---

① 〔德〕卡西尔:《人论》,甘阳译,上海译文出版社,1985,第105页。

飞出万只鸟。

牙齿全拔下,

现出一头狮,

现出一头熊,

现出一只虎。①

布依族原始先民运用他们的智慧,将有限的存在扩展到存在的无限。卡西尔曾经说过:"神话教导人们死亡并非生命的结束,它仅意味生命形式的改变,存在的一种形式变成了另一种形式,如此,生命与死亡之间,并无明确而严格的区分,两者的分界线暧昧而含糊,生与死两个词语甚至可以互相替代。"②"布灵"这位伟大无私奉献的布依族老祖先,将自己的生命给予自然万物的同时,也实现了自己生命的永恒。他将自己的生命幻化成了一片永不凋谢的无限生机,这既是自然万物生命的创造,也是人类生命的延续。在这样一个神话世界里,任何生命都是没有等级的,它们和人类一起构成了一个连续循环的生态整体。

不仅动植物能够变形为人,水族民间文学中还有大量关于人变形为自然物的记述。水家人在其内心深处是永葆着一颗对于自然母亲的赤子之心的,他们有着从未泯灭的生态本性,承认自己是自然整体中的一部分,并怀揣着回归的渴望,"回归自然的最高境界是:与自然融为一体","与自然融为一体,是人类想要在这个星球上天长地久地生存下去的唯一选择"。③ 在水族众多的民间故事中,我们会发现很多讲述人死后幻化为自然生物的传说,这些传说故事所传达出来的就是水家人与自然的融合观念,就是水家人向着他们的来路和归宿——自然有意识的

---

① 韦兴儒、周国茂、伍文义:《布依族摩经文学》,贵州人民出版社,1997,第33—46页。

② 〔德〕卡西尔:《国家的神话》,范进译,作家出版社,1991,第110页。

③ 王诺:《欧美生态文学》,北京大学出版社,2011,第278页。

自觉回归。民间故事《香菌》讲的是水家后生阿宝死后附身于菌子，散发出沁人心脾的清香的故事①，《槐树的传说》则将槐树当成了水家后生阿槐因除妖英勇牺牲后的化身②，而《黄泥鸟》则讲了水家姑娘寒妹死后变成了黄泥鸟的故事③。水家人正是以这样一些表现人类回归于自然，化身为自然物，同自然融为一体的故事表明他们与自然那与生俱来又割舍不断的亲密联系。

2. 患难相扶助　和谐共生存

苗族初民相信人与其他生物是朋友关系，在艰难险阻面前，人与动物可以互帮互助，二者是一种患难与共的亲情关系。在苗族史诗《溯河西迁》中，苗族初民在迁往西方的路途中遇到了重重阻隔，多亏众多动物帮忙，才渡过险境：

> 来看看五队爹娘吧，
>
> 唱唱六对西迁的爹妈。
>
> 谁的力气大，
>
> 叫他去把路程量？
>
> 老鹰力气大，
>
> 往东量了往西量，
>
> 他去量地方；
>
> 往东往西一样远，
>
> 爹妈才迁往西方，
>
> 到西方来求保暖。
>
> 哪个孩子最善良？
>
> 喜鹊最善良。

---

① 祖岱年、刘世杰主编《水族民间故事》，贵州人民出版社，1984，第364—366页。

② 祖岱年、周隆渊编《水族民间故事选》，上海文艺出版社，1988，第134—140页。

③ 祖岱年、周隆渊编《水族民间故事选》，上海文艺出版社，1988，第217—219页。

他一转九个坡，

飞到七重高峰上。

…………

蚂蚁王家人真多，

搬家总是成对拖，

长串长串不离伙。

蚂蚁来教爹娘走，

队伍长长往西挪。①

这一节史诗记录的是苗族先民在向西迁徙的过程中遇到了困难，老鹰、喜鹊和小到微不足道的蚂蚁等助其渡过了险境。老鹰可以帮忙丈量东西方之间的距离，喜鹊可以"一转九个坡"帮助人们飞跃高峰，连挪动方寸都困难的蚂蚁也可以"教爹娘走"。人与动物之间是一种亲密无间的伙伴关系，苗族初民抛开了人类狂妄自大自傲的思想，把这种友好的关系投向了与人共存于一个自然环境中的其他物种。

这一和谐的生态关系在苗族古歌中也有所体现，人和动物共同努力创造了世界。这种互助互利的关系在《运金运银》中有着明确的体现，好心的动物帮助了被大水困住的金银。螃蟹跑到龙王面前去刨金银，嘴尖而又聪明的老鼠去帮助螃蟹刨金银。当英雄们造好了船，并把金银运至漩涡水潭，"大船不敢行"而不知所措时，聪明的鸭子下河做引导，苗族先民才得以渡过险滩：

鸭子是好汉，

下河把路引，

手拿两片桨，

漂漂顺河行，

---

① 马学良、金旦：《苗族史诗》，中国民间文艺出版社，1983，第262—264页。

大船看见了，

紧紧随后跟。①

　　在鸭子的指引下，船顺利地渡过险滩。在这里人毫无骄傲自大的情绪，在运送金银的过程中遇到困难，虚心接受动物的协助，人与动物之间那种平等和谐共处的关系显得难能可贵。

　　侗族的建筑也能显示出侗族人与动植物和谐相处的印迹。侗族鼓楼的形态类似杉树，这其中便有寓意。"传说一：古时的侗族先民在长途迁徙时，曾多次在大杉树的荫庇下休养生息，鼓楼就建造得酷似杉树，寓意蓬勃生机；传说二：古代的侗家人曾在大杉树下围坐烤火议事，不小心烧死了杉树，于是，侗家人仿照杉树的样子建起了鼓楼，以表明对杉树的愧疚之心。"② 无论是哪一个民间传说，从中都可以看到侗民与自然的融合：或自然保护侗民，或侗民爱护树木。鼓楼就是侗族先民生态思想的体现。传说侗族的祖先姜良姜妹生下了六十个娃，两人照顾不过来，仙鹤主动提出帮助他们照顾孩子，于是侗民"为了报答仙鹤的哺育，为了报答仙鹤的抚养，从不射猎伤害善良的仙鹤，村村寨寨把它塑在鼓楼塔顶上"③，将仙鹤立于楼顶是侗族的感恩行为，他们希望仙鹤能继续保佑侗族子孙后代健康成长，而这一举措同时也表现了侗族人与动物和睦相处的美好心愿。

　　布依族人在万物有灵观念的指引下，常常让动物"人格化"，他们认为动物拥有分辨善恶、知恩图报的灵性，不仅能救恩人于危难之中，而且还能化身为人与人类进行婚配。一系列凸显人性善的行为，动物都能完成。在布依族人的观念中，自然界有着高尚的灵魂，人与自然就是

---

① 潘定智、杨培德、张寒梅：《苗族古歌》，贵州民族出版社，1997，第29页。

② 蒙飞：《侗情如歌》，广西民族出版社，2010，第28页。

③ 杨保愿翻译整理《嘎茫莽道时嘉——侗族远祖歌》，中国民间文艺出版社，1986，第113页。

这样在互帮互助的情境下和谐共存的。另外，充斥于民间文学中的"变形"观念也体现了布依族人的自然生态思想。人类并没有凌驾于自然万物之上，通过"变形"人可以变化为万物，万物也可以变化为人，人与自然万物的生命本质是相通的。布依族人就是在这样的平等观下认识人与万物的生命循环的。

在布依族民间文学中有一类以动物为主人公的传说故事，这类传说故事几乎都采用拟人化的手法表现人们对真善美世界的追求与向往，同时也彰显着人们对动物世界的直觉感受或对生命的敬畏。另外，这些传说故事还昭示着人类、动物、自然三者之间的关系，宣扬了生命无贵贱、万物皆平等的精神，传达出人与动物和谐相处、人与自然和谐共存的愿望。"报恩"的基本情节是这样的：人类救助或抚养了某一动物，动物为了报恩，赠人以宝物或在关键时刻保护施恩者。如民间故事《蚂蚁坟》是这样讲述的：

> 有个小后生每天上山读书，每天他母亲要给他做份晌午饭。后生每天路过水井时都将晌午饭喂给癞蛤蟆吃，这样，日子一久，癞蛤蟆就变灵了。一天，癞蛤蟆对后生说："你对我这样好，我要送你一件起死回生的宝物。"后生接过宝物后，到处救人救死。碰见路上的蚂蚁、耗子、蛇、蜜蜂死了，他都让它们起死回生了。后来，一群小马贼知道了后生的宝物，将他推入无底洞穴害死后夺走了宝物。此时，蚂蚁、蛇、耗子、蜜蜂为了报答救命之恩，施计将恩人的宝物夺回，救了恩人的性命。后生死而复生后继续救死救难直到老死，蚂蚁为了纪念他的功德为他建了一座蚂蚁坟。[①]

在这一则民间故事中，蛤蟆在人类的喂养下有了灵性，为了报恩赠

---

① 中国民间文艺研究会贵州分会编《民间文学资料·第三十二集》，中国民间文艺研究会贵州分会编印，1982，第108—110页。

予人类宝物，人类利用宝物拯救了更多动物。在人类遭受危难之际，动物为报恩拯救了人类。人类由施恩者变为受恩者的这一过程昭示人们：只有在善待自然、尊重自然生命的情况下才能受到自然的尊敬与呵护。这是布依族人对真善美世界的理想表达与心灵寄托方式。

总体上来说，这些故事所展现的就是人类世界与自然世界的相互交融，以及在这种交融中人与自然万物关系的友好与和谐，从中不难体会到关于人与自然相统一的"天人合一"观念。

二　万物有灵：自然崇拜观

英国著名人类学家爱德华·泰勒提出了"万物有灵观"，认为这是原始人类最为显著的思想特征。根据泰勒的研究，处于低级文化阶段的人类由对自身睡眠、疾病、死亡、做梦等生理现象的思考，得出灵魂存在的结论，在此基础上，他们推己及人，运用类比的方法，将这种灵魂观念扩展至自然万物，不仅如此，还赋予有灵万物以超自然的伟力，使其得以神化，并进而认为这些神灵可以影响、控制物质世界及人类的生存状况。在这一观念的作用下，人类产生了图腾及自然崇拜等原始信仰。这些崇拜信仰从其本质上来说即是人类对自然的看法和态度。其实，万物有灵的观念在某种程度上来说是颇具生态意蕴的，承认了自然万物同人类一样具有灵魂的事实，也就相当于承认了两者的平等性，而进一步神化有灵的万物，对其抱以崇拜之情，体现出的就是人类对自然的敬畏，由此所带来的必然结果是人们在日常的生产和生活实践中对自然施以更加充分的关爱和保护。贵州的先民自然也毫不例外地具有这种万物有灵的观念，并在此基础上形成了敬畏自然的原始崇拜，这既是一种朴素生态意识的体现，同时又成为他们源远流长的生态理念所赖以永存的思想根基。

（一）天地有神力：自然崇拜

"自然崇拜包括天、地、日、月、星、雷、雨、虹、风、云、山、石、水、火等多种崇拜形式，其中每一个崇拜形式都由若干文化元素组成，包括观念、名称、形象、祭所、仪式、禁忌、神话等。"① 面对浩瀚的宇宙、无垠的大地，原始人类很容易感到混沌，日月星辰、山石水土在他们看来都带着不可解的秘密。一方面敬仰宇宙的伟大、丰富，另一方面敬畏大自然无所不能的伟力，在此基础上原始人类逐渐形成了自己对自然的崇拜和信仰。他们相信天地日月等自然物一定也是具有灵性的，日有"日神"，月有"月神"，而这些神灵便掌管着人类的祸福，主导着人类的生存发展。

1. 铸日造月　阴阳相生：日月崇拜

布鲁诺曾提到"我们地球的统治者不是人类，而是太阳，它的生命与所有宇宙万物共同呼吸"②。太阳是阳性的，而月亮则被看作太阳阴性的那一面，日升月落很形象地呈现了大自然交替变换的进程，因此日与月常常被联系在一起、浑融为一体。贵州民间文学中留下了诸多关于日月崇拜的痕迹。

苗族民间文学中有许多关于日月的自然神话，它们是远古人类对自然界产生恐惧和好奇而浪漫想象的结果。虽然是一种想象，但是它绝不只是一种空泛的存在，其中蕴含着丰富的思想内涵和生态意识。日月神话是一种较为古老和原始的神话，体现着苗族先民对自然界的解释和认识。苗族先民以长诗叙事性的方式讲述了关于日月的"神话"。这也是许多日月神话共有的一种叙事模式，"每一种神话都具有作为它的核心或最后实在的这一或那一自然现象，它被极其复杂地编排成一个故事，有时甚至复杂到了把它遮掩或淹没的地步"③。可见神话最核心最关键的是关于自然的一种解释，虽然它有时候可能模糊了人们对自然界怀有

---

① 何星亮：《中国自然崇拜》，江苏人民出版社，2008，第3页。
② 〔美〕卡洛琳·麦茜特：《自然之死》，吴国盛译，吉林人民出版社，1999，第127页。
③ 〔德〕卡西尔：《人论》，甘阳译，上海译文出版社，1985，第118页。

的那种敬畏之心和对自然界怀有的那种神秘感。

《苗族文学史》中记载："苗族各个地区都有造日月和射日月的神话传说，除湘西地区我们现在收集到的资料是传说故事外，其他地区都是诗歌。这些神话内容的诗歌，流传在黔东南地区的称为《铸日造月》，流传在广西大苗山地区的称为《顶洛丁沟》和《因能刚》，流传在黔西北和滇东北一带地区的称为《杨亚射日月》和《日女月郎》，流传在云南文山地区的称为《九十八个太阳和九十八个月亮》和《九个太阳和九个月亮》等。"① 潘定智等编的《苗族古歌》中的《铸日造月》歌大致分为"造日月"、"射日月"和"叫日月"三部分：

> 天已撑稳了，
>
> 地已支住了，
>
> 白天没太阳，
>
> 夜里没月亮，
>
> 天是灰蒙蒙，
>
> 地是黑漆漆。
>
> 牯牛不打架，
>
> 姑娘不出嫁，
>
> 田水不温暖，
>
> 庄稼不生长，
>
> 饿了没饭吃，
>
> 冷了没衣穿。
>
> 哪个好心肠？
>
> 想出好主张，
>
> 来铸金太阳，

① 贵州省民间文学工作组编著《苗族文学史》，贵州人民出版社，1982，第 40 页。

太阳照四方；

来造银月亮，

月亮照四方。①

由于没有太阳和月亮，天地是"灰蒙蒙"和"黑漆漆"的，"田水不温暖，庄稼不生长"，人们的生活无法得到保障，于是：

宝公和雄公，

且公和当公，

他们好心肠，

想出好主张。

来铸金太阳，

太阳照四方；

来造银月亮，

月亮照四方。②

"宝公"、"雄公"、"且公"和"当公"是造日月的英雄，经过十二天、十二宵的努力，造成了十二个太阳和十二个月亮，由冷公把日月挑上了蓝天：

日月放好了，

冷王回地上，

临行又回头，

记起事一桩，

举手招太阳，

开口叫月亮：

---

① 潘定智、杨培德、张寒梅：《苗族古歌》，贵州民族出版社，1997，第41页。
② 潘定智、杨培德、张寒梅：《苗族古歌》，贵州民族出版社，1997，第41页。

"打从今天起，

你们留天上，

子天子出来，

丑天丑出来，

丑天丑再上，

一天出一个，

不要胡乱闯。"

太阳到处奔，

月亮到处跑，

冷王说的话，

没有记得牢，

早上同时出，

晚上同时照，

日月十二双，

昼夜不停跑，

晒得田水啊，

好比开水冒，

晒得石头啊，

软得像粘膏，

晒得坡上啊，

草木齐枯焦。①

于是，人们不得不与日月展开一场战斗：

大家拿弓箭，

一起上高山，

---

① 潘定智、杨培德、张寒梅：《苗族古歌》，贵州民族出版社，1997，第50—51页。

要射金太阳，

要射银月亮：

"生也要报仇，

死也要报仇，

日月不打下，

我们不罢休！"①

自然界如果遵循常态发展，则人类的生活就会依循着健康的方向向前迈进，否则将出现不可预料的结果，射日月的事就在所难免了：

公公说完话，

大家心亮堂：

"公公造日月，

本是好主张，

我们快张弓，

我们快搭箭，

射掉金太阳，

射掉银月亮！"

一箭射出去，

只到半山坡；

两箭射出去，

没过山梁梁；

箭箭射出去，

都没到天上。②

从这一节可以看出，人们原本是想齐心协力射日月以求得太平生活

① 潘定智、杨培德、张寒梅：《苗族古歌》，贵州民族出版社，1997，第51页。

② 潘定智、杨培德、张寒梅：《苗族古歌》，贵州民族出版社，1997，第52页。

的，但是众人并没有那个能力可以达成这一目标，于是才有了英雄"桑扎"射日月的场景：

> 桑扎是好汉，
> 挺身站山岗：
> "东海射日月，
> 由我来承当！"
> 说罢跟公公，
> 飞步下山岗，
> 身背弓和箭，
> 直奔向东方。
> …………
> 一箭射出去，
> 一对日月掉；
> 两箭射出去，
> 两对日月掉；
> 三箭射出去，
> 三对日月掉；
> 射来又射去，
> 箭箭中要害，
> 日月十一对，
> 纷纷掉下来。①

然而不幸的是：

> 剩下一个太阳，

---

① 潘定智、杨培德、张寒梅：《苗族古歌》，贵州民族出版社，1997，第54页。

　　　　剩下一个月亮，

　　　　跑到天岩躲，

　　　　逃到天岩藏。①

　　这样，太阳和月亮躲着不敢出来，人类的生活还是无法正常进行。人们又不得不费尽心思"叫日月"了：

　　　　日月逃走了，

　　　　天地黑茫茫，

　　　　活路不能做，

　　　　牛羊没法放，

　　　　…………

　　　　公鸡好心肠，

　　　　跑来把话讲：

　　　　"我愿喊太阳，

　　　　我愿喊月亮。"

　　　　…………

　　　　公鸡拍拍翅，

　　　　抬头高声喊，

　　　　早晨喔喔叫，

　　　　太阳出东方，

　　　　下午喔喔叫，

　　　　月亮接着上。②

　　这一完整的日月神话看似荒诞不经，但是细想便会发现，只有"万物有灵"的观念支配人们的思想时，太阳和月亮才会被"人格化"。

---

① 潘定智、杨培德、张寒梅：《苗族古歌》，贵州民族出版社，1997，第54页。

② 潘定智、杨培德、张寒梅：《苗族古歌》，贵州民族出版社，1997，第55页。

布依族叙事歌《六月六》里描述，当农作物遭遇害虫侵袭之时，人们首先想到的是请太阳和月亮帮助：

> 种庄稼自古靠太阳，
>
> 收谷子从来靠月亮。
>
> 你们不如去找太阳，
>
> 你们不如去求月亮，
>
> 去找太阳想办法，
>
> 去求月亮出主张。
>
> 太阳和月亮就在山尽头，
>
> 月亮和太阳就在天边上。①

这里已经明确道出了太阳和月亮是护佑庄稼生长的自然神灵。当庄稼遭受害虫的残害，人们束手无策之时，首先想到的就是向太阳和月亮求助。

2. 一座需要探寻的神秘园：土地崇拜

"地势坤，君子以厚德载物"。《周易》在人类早期已对大地母亲的品格进行过歌颂，而贵州少数民族先民对土地远不只有歌颂，他们把土地作为神灵顶礼膜拜。历史上经历了战争和迁徙蹂躏的苗族先民，通过共同努力终于在这片四面环山、森林密布的适合人类栖居的土地上找到了自己的家园。对于接纳和养育了苗族世代子孙的这方水土，苗族先民怀有感恩之心，土地被苗族先民当作神灵和菩萨供奉。苗族史诗这样唱道：

> 谁是个有钱的人？
>
> 土地菩萨是个有钱的人，

---

① 贵州省社会科学院文学研究所：《布依族古歌叙事歌选》，贵州人民出版社，1982，第102页。

坐在草坪里休息,

看大家造日月,

一看是那么个造法,

吓得他落了魂。

拿什么做酒?

拿什么当鸭?

请谁做师傅,

来给土地菩萨叫魂?

拿泡沫当酒,

水蜈蚣当鸭,

请顾禄做师傅,

来给土地菩萨叫魂。

土地菩萨脸色复原了,

白的象个鸡蛋。①

　　从史诗的描述中可以看出,苗族先民认为土地菩萨是有鬼魂附身的,所以才会被人们"造日月"的行为吓得"落了魂",也才有先民们请巫师"来给土地菩萨叫魂"。身为九黎的后裔,苗族先民有许多楚地遗风,这种对土地的"叫魂"方式和屈原《楚辞·招魂》中所描写的"魂兮归来,东方不可以托兮"② 有相似之处,屈原的《招魂》就是根据民间的招魂习俗写成的。这种承认土地也有鬼魅的存在的行为,是不是意味着苗族先民的心目中对自然界那份神奇性的虔诚信奉呢?大地成为养育苗族先民的一座神秘园,它的那种神圣性和包容性使其在苗族先民的内心渗透了太多需要敬畏和崇尚的东西。

　　土地是滋生万物的本源,是人类生存的基本保障。侗族是一个农耕

---

①　马学良、金旦:《苗族史诗》,中国民间文艺出版社,1983,第75—76页。

②　屈原、宋玉:《楚辞》,山西古籍出版社,2003,第124页。

民族，土地在侗民的生产生活中占据尤其重要的地位，这使得侗民自然而然地关注土地，并形成了土地崇拜的信仰。侗族大歌中这样唱道："第一敬拜，拜土地，第二敬拜，拜那老龙王，第三敬拜，拜父母。"①土地"掌管"作物的生长，龙王是控制水的神灵，父母给予我们生命，这一首大歌将人类繁衍生息中至关重要的几个元素呈现了出来。

布依族民间文学中也有关于土地崇拜的描写：

> 种种都摆全，
>
> 样样都摆完；
>
> 种种都摆齐，
>
> 件件都摆全。
>
> 摆完准备好的供品，
>
> 再请你土地菩萨。
>
> …………
>
> 以前土地菩萨来到池塘，
>
> 池塘没有吃鱼，
>
> 做纸马去找，
>
> 找来这个土地菩萨；
>
> 先前土地菩萨转到田里，
>
> 这田不长粮，
>
> 做纸马去找，
>
> 找来这个土地菩萨，
>
> 好造房子给你住。
>
> 土地菩萨死也要回地里，
>
> 土地菩萨才去仙界，

---

① 张勇：《人与自然的和声——侗族大歌》，贵州民族出版社，2005，第169页。

> 大家才去祭奠，
>
> 土地菩萨才去得了田里，
>
> 笑眯眯去请。①

　　请来了土地菩萨之后，拿出家里的好酒好菜招待他，待土地菩萨吃饱喝足后，人们开始祈求：

> 不是无事请你来，
>
> 吃了听我来委托，
>
> 吃了你听我来讲。
>
> 吃饭来到这地方。
>
> 请你去打听一下，
>
> 请你到上面做点事，
>
> 我也请你去走一下，
>
> 我也找你到上面做点事。②

　　土地，是万物生长的本源，也是人类生存的根基。土地赋予人所需要的东西，给予人无穷无尽的财富，人类的生存离不开土地。人们认为土地像人一样有灵魂，有喜乐哀怒，并且还具有人类没有的神奇力量，它的"神性"能控制农作物生长。土地高兴时，作物就会获得丰收，否则就要歉收。这样，土地神灵便在布依族原始先民的思维中产生了。由于土地神管理着人们栽种的农作物，所以它也就是人们心目中的"丰产之神"。如果人们想要获得土地神的庇佑，确保农作物的丰收，就必须用祭祀和祈求的方法打动他。上述材料描述的就是人们祭祀土地

---

① 中国民间文艺研究会贵州分会编《民间文学资料·第六十五集》（下），中国民间文艺研究会贵州分会编印，1984，第188—207页。

② 中国民间文艺研究会贵州分会编《民间文学资料·第六十五集》（下），中国民间文艺研究会贵州分会编印，1984，第188—207页。

菩萨的场景，人们在桌上摆好各种各样的祭品，请土地菩萨品尝，待土地菩萨吃饱喝足后，人们才开始诉说心中的愿望。在土地"神性"的威慑下，布依人产生了敬畏之感，而这种祭祀的行为正是人向自然妥协的见证。

3. "有了水就有了一切"：水崇拜

周国茂在《自然与生命的意义世界——贵州少数民族原始崇拜与民俗》一书中对水崇拜情结做出了如下解释：

> 水对于人类的生存有说有多重要了。不仅人每天离不开水，万物的生长也离不开水。而水，在初民们看来，其脾性也是那么难于捉摸：有的水喝起来是那么甘甜可口，使人精神倍增，有的水则是那么咸涩难吞，还会闹肚子；有时候水是那么温柔，有时候又是那么暴躁；有时候它是那么金贵，而有时它又泛滥成灾……初民们自然就会想：这水神可真得认真对付。于是便有了对水神的崇拜。①

侗族是最早的稻作民族，水对于侗民来说自然是再重要不过的，侗族人相信"我们勤劳的侗家只要有了水就有了一切"②。"雷王醉酒睡三天，人间大旱三年长，山林起火鸟兽散，冲里芭蕉也枯亡，江河干涸鱼虾死，龙潭井底长芭芒"③，为了预防以上情况发生，侗族人民会提前储水，所以在侗族的各个村寨，随处可见鱼塘和蓄水池。侗族百姓在日常生活中都是饮用井水，又因对水的崇拜，所以侗寨以有一口好井为傲，爱美的侗家人连水井的修葺都十分讲究，造型各异，有拱形、方形等。

---

① 周国茂：《自然与生命的意义世界——贵州少数民族原始崇拜与民俗》，贵州教育出版社，2004，第 71 页。

② 杨通山：《侗族民间爱情故事选》，广西人民出版社，1983，第 201 页。

③ 杨保愿翻译整理《嘎茫莽道时嘉——侗族远祖歌》，中国民间文艺出版社，1986，第 332 页。

为了保证水的洁净，侗寨的井上面都会盖上石板，通往村寨的路上的井还建有凉亭，既保证了水的清洁也可供行人休息。如果水中有杂物，侗民就会认为要触犯井神了，这时人们就要烧香祷告，祈求神灵让井水重新清澈。夸赞歌《天旱十年水不穷》表现了侗族人民对水的赞美及崇拜：

> 冷天喝口井中水，
>
> 流到肚内暖融融；
>
> 热天口渴到井边，
>
> 喝上一捧凉心胸。
>
> 瞎子喝了这井水，
>
> 眼睛明亮见天空；
>
> 哑巴喝了这井水，
>
> 能说会唱嗓音洪。
>
> 无病的人喝这井水，
>
> 不怕病魔来行凶；
>
> 病人喝了这井水，
>
> 不用吃药能做工。①

由此可以看出，水尤其是井水是侗民的崇拜之物，他们认为井水可以治疗一切疾病，给人带来安康。由水崇拜也产生了一些祭祀行为：每当大年初一，人们起来所做的第一件事，便是到井边去敬井水神，烧香烧纸膜拜，还抛撒金属钱币到井水里，然后挑水回家煮油茶或甜酒祭祖；打第一次春雷后下雨便是下春雨，人们纷纷用小盆接雨再拿到堂屋敬供，乞求祖先保佑雨水充足。

侗族人既对水崇拜，也具有生态意识，他们愿意采取措施保护水资源，最大限度地提高水的利用率，绝不浪费每一滴水。

---

① 杨国仁、吴定国：《侗族礼俗歌》，贵州人民出版社，1984，第71页。

（二）图腾与信仰：动植物崇拜

贵州民间文学中有大量的图腾崇拜痕迹，而这正显示了贵州先民"万物有灵"的朴素生态观。各国学者对图腾文化的实质有着不同的看法。有一种观点认为，图腾文化实质上是一种宗教信仰。苏联学者C. A. 托卡列夫指出："图腾崇拜是早期氏族社会的宗教。"① A. M. 佐洛塔廖夫也说："图腾信仰是识别血亲关系的最早的宗教意识形态。"②持这一观点的人大多认为，图腾崇拜是原始的一种对于动植物或者非生物的崇拜，图腾是原始宗教的最初形式。另一种观点则认为，图腾制度还是一种半社会半宗教的文化现象。最早提出这一观点的是弗雷泽，他明确指出："图腾制度是半社会半宗教的一种制度。"③ 这一观点说明图腾崇拜不仅是一种宗教形式，而且是一种社会制度。图腾崇拜的实质是原始的一种自然崇拜，不论是动植物还是非生物都可以作为人的亲族或同伴而存在。关于此，从研究原始印第安文化而出名的爱德华·泰勒对"图腾"一词的表述中可以窥见一些。他认为："图腾一词来自奥吉布瓦（Ojbwa）印第安人的方言'Otote-man'，意为'兄妹亲族关系'或'它的亲族'。印第安人认为人与某种动物、植物或非生物有一种特殊的亲族关系，每个氏族都源于某种动物、植物或非生物，那个根源就是图腾。"④ 泰勒的这一对图腾的解释无疑指出了图腾的实质，即认为人与动植物甚至非生物有一种特殊的亲缘关系，早期的氏族都根源于图腾。这当然与生态学强调的人与自然和谐共处的观念如出一辙。

1. "神树"的护佑：树崇拜

贵州很多地区把村寨中的大树称为"神树"。他们认为大树中有神灵，可以保佑寨民，在苗族巫辞《焚巾曲》中就有将枫树视为护寨树

---

① 何星亮：《图腾与中国文化》，凤凰出版传媒集团，2009，第 7 页。

② 何星亮：《图腾与中国文化》，凤凰出版传媒集团，2009，第 7 页。

③ 何星亮：《图腾与中国文化》，凤凰出版传媒集团，2009，第 7 页。

④ 〔英〕爱德华·泰勒：《原始文化》，连树声译，上海文艺出版社，1992，第 85 页。

的描述：

> 夫上高山喊，
>
> 妻去坝子叫，
>
> 喊儿走过来，
>
> 集中一大帮，
>
> 聚拢成一寨，
>
> 住在浑水边，
>
> 住在绿水旁，
>
> 枫树当房屋，
>
> 枫树下安家，
>
> 大地才有村和寨，
>
> 人类才有双和对。[①]

　　从这一段描述中可以很清楚地看出，当初苗族先民在选择安身立命之处时就很信奉枫树对于村子和寨民的护佑作用。在选定了"住在浑水边，住在绿水旁"之后，他们仍然在内心深处相信"枫树下安家，大地才有村和寨，人类才有双和对"。这当然和古歌中传唱的枫树诞育万物的神话有关，人们有崇拜枫树的习俗，但是在苗族的其他地区，如果村寨中存有大树，即使不是枫木，他们依然认为这种历经多年风雨的大树有神力。

　　许多苗族村寨都有关于本寨大树能够"显灵"的传说。在节日之际，不少人带着孩子去"祭拜"大树，希望自己的孩子能和大树一样健康成长。由于人们相信大树里存在精灵和鬼怪，是有灵气的，具有神秘色彩，因此这种护寨树是被禁止砍伐的。在这些村寨中，这种参天大

---

① 中国民间文艺研究会贵州分会编《民间文学资料·第四十八集》，中国民间文艺研究会贵州分会编印，1982，第223页。

树已经超越了其实体的存在，成为一种精神或者是信仰的形而上象征。

在侗族流传着"大树护寨，老人管村，大树护寨寨平安，老人管村村兴旺"① 的儿歌；也有"荒山变林山，不愁吃和穿"②"寨边无林，十寨九贫"③"家栽千棵树，终久有一富"④"家栽百棵树，不怕老来愁"⑤ 等谚语，侗族人民以最简练的语言概括其在生命生成和实践认知过程中所总结出来的经验感受，他们意识到树木对民族生存发展的重要性，并通过民间文学教育后代要保护树木。

侗族人民之所以特别喜爱栽种杉树是因为杉树高大挺拔，木质不容易腐烂，是极好的建筑材料，侗寨的吊脚楼、风雨桥、鼓楼都是用杉树建成的，又因为对杉树的需求量大，为了保持自然生态系统的平衡，所以更要多栽杉树。树木可以有效吸收二氧化碳，防风固沙，保持水土，调节气候，是侗族避风保温的天然屏障，也许侗族祖先并不知道树木有这些好处，但万物有灵论使得侗民将树木视为风水树、神树，不仅不会乱砍滥伐，而且还会求树神保佑。由于受到朴素的生态思想的影响，所以侗族卖树只卖成年树木，不砍伐幼苗，不打破树木的生态系统平衡。因为侗族人有护树的生态观念，贵州的榕江才会有千年榕树，根须丛生的古榕树成了侗族村寨的重要标志；黎平才会是全国 28 个重点林业县之一，森林覆盖率达 88.44%，正所谓"喂鸟不如多造林，林茂自有百鸟鸣"。⑥ 侗族从劳动生产到生活习俗都与树木紧密相连，形成了自然生态环境和民俗地理天人合一的人间仙境。

---

① 张勇、石锦宏、杨芳：《长大要当好歌手》，贵州民族出版社，2000，第 23—24 页。

② 龚宗唐：《侗族说唱韵语》，贵州民族出版社，1991，第 34 页。

③ 龚宗唐：《侗族说唱韵语》，贵州民族出版社，1991，第 175 页。

④ 龚宗唐：《侗族说唱韵语》，贵州民族出版社，1991，第 240 页。

⑤ 贵州省民委民族语文办公室编《侗族民间文学选读》，贵州民族出版社，1994，第 224 页。

⑥ 傅安辉：《侗族口传经典》，民族出版社，2012，第 25 页。

　　布依族有神树崇拜的习俗，他们认为神树具有保村护寨的功能。如黔西南一带布依族每次举行扫寨仪式后，都要杀狗祭供神树，祈求树神赐福于全村的村民，保佑人畜安康。因此，原始的布依族先民将神树林视为禁地，不准人畜随便践踏。人们因为敬畏、崇拜而产生了诸多禁忌。因此，一个村寨的神树林，被视为保护神不可随意砍伐，因此也保住了生态环境。

　　在没有树木的情况下，水族人为躲避恶劣的天气和猛兽的攻击，只能栖身于条件艰苦的岩洞内，过着凄苦的生活，而有了树木之后，情况便大不相同了：

> 枫树种，撒在坡头；
>
> 杉树种，播在山麓。
>
> 春风吹，树芽破土，
>
> 三五年，葱葱绿绿，
>
> 十来载，树干顶天，
>
> 木质好，正合造屋。[①]

　　水族人用这些树木造成稳固、漂亮的干栏式房屋，从而也就彻底改善了自己的居住条件。树的作用当然不只是建屋，水族人在歌谣《油杉和紫檀》里就这样唱道：

> 太阳天，做挡荫棚，
>
> 下雨天，当遮雨房，
>
> 过路人，个个夸奖。[②]

---

① 黔南文学艺术研究室三都水族自治县文史研究组编《水族民歌选：岛黛瓦》，黔南文学艺术研究室，1981，第 67 页。

② 黔南文学艺术研究室三都水族自治县文史研究组编《水族民歌选：岛黛瓦》，黔南文学艺术研究室，1981，第 193 页。

正是由于树木给人带来了诸多便利，在人类的生活中发挥了重要作用，人们对树才有了一种感激和崇拜之情。《榕树歌》中就有这样的句子：

> 榕树母，生性慈祥，
>
> 爱细娃，好比爹娘，
>
> 有时候，细娃粗心，
>
> 掉下树，从不伤亡。①

把树比作爱护孩子的父母，而且还认为其具有庇护、保佑的神力，这种描述就使树的形象在人们心目当中得以神化和亲近化。而被神化了的树木在水族的社会习俗和制度变革中也起到了极为重要的作用。在水族民间故事《倒栽杉》中，对此有更详细和精彩的描述。② 森林是人类生活和地球存在的一个重要根基，水族聚居地气候温和、雨量充沛，原本就是一个适宜树木生长的地方，有着极高的森林覆盖率，水家人对于树木的这种原始自然崇拜观念，更使得这一地区的森林资源得到了有效的保护，它持续地净化和绿化着人们的生存环境，为人类营造了一个生态平衡的绿色家园。

2. 忠实的帮手：牛崇拜

吴晓东先生认为："在图腾信仰观念中，人们相信人就是图腾，图腾就是人，人和图腾可以相互转化。"③ 这一观念的核心乃是人和图腾物之间可以相互转化，存在一种图腾化身信仰。在苗族古歌中，就反复出现巨神修狃的形象，它是一种头上长着角的类似水牛的动物，在古歌和史诗中，它是一种具有神性的图腾物是没有错的。苗族古歌《开天

---

① 黔南文学艺术研究室三都水族自治县文史研究组编《水族民歌选：岛黛瓦》，黔南文学艺术研究室，1981，第 187 页。

② 祖岱年、刘世杰：《水族民间故事》，贵州人民出版社，1984，第 89—91 页。

③ 吴晓东：《苗族图腾与神话》，社会科学文献出版社，2002，第 101 页。

辟地》中这样唱道：

> 修狃力气大，
>
> 头上长对角，
>
> 一撬山崩垮，
>
> 再撬地陷落。①

根据这组古歌文后的注释，修狃是传说中的巨兽，其音与犀牛相近，可能就是犀牛。从这四句古歌的描述中可以知道，修狃是一种力大无比，头上长角，可以主宰天地的巨神。这种图腾物是人类文明原初的贡献者。关于牛图腾的遗迹不仅存在于苗族古歌和史诗中，在贵州苗族的日常生活和服饰等文化中也可以找到大量的证据。

在贵州苗族的日常生活中，对于牛的喂养和役使有着独特的习俗，在这些习俗中保留着明显的图腾崇拜痕迹。黔东南苗族地区以稻作文化为主，由于生产力低下，苗族还是以牛耕为主。牛是他们最亲密的伙伴和朋友，是人们生产生活的得力助手，因此他们对牛也是倍加爱惜。苗族有杀牛祭祖的习俗，被选定的"祭祖牛"会被单独喂养在"鼓头"②的家里，一日三餐都要敬以酒饭，把它当作神一样供奉，而且任何人不得在其面前说出亵渎神灵的话语，被选定的"祭祖牛"不得役使。即使是平常的耕牛，在过节时，苗族人民也是先把酒饭供奉牛之后，才食用。

---

① 潘定智、杨培德、张寒梅：《苗族古歌》，贵州民族出版社，1997，第7页。

② 鼓社制是苗族古代的基本社会组织制度，这一体制是通过鼓社节或者鼓社祭这一杀牛祭祖或打猪祭祖的盛典表现出来的。它是同宗的血族团体为共同的宗教或政治目的而"立鼓为长官"的氏族集合体。氏族选举出来管理内部事务的头人即称为"鼓头"，鼓社节一般十三年、七年或者五年举行一次，所以鼓头一般不连任。

　　侗民常年在山间劳作，几乎与牛朝夕相处，牛是人们从事农业生产的重要帮手，所以侗族崇拜牛是再自然不过的事情。《一日三餐的来历》①中讲述了牛为何在田间耕作的故事。传说在很早以前，世间五谷不分，人们不会生产，靠吃野果子度日，翁三补老知道了这件事，为侗家人出主意，他说："牛和玉帝有交往，而且牛力大勇敢，就请牛替大家去找玉帝讨个主意吧。"老实憨厚的牛把人间的疾苦告诉了玉帝，玉帝让牛告诉侗家，让他们节俭过日子，三天吃一餐，结果牛把三天吃一餐说成了一天吃三餐，人们按照牛的说法过日子，力气是有了，但是食物更加不够吃了，于是侗族人又派年轻后生拉立上天见玉帝，玉帝说："你们要想有吃的，就天天种庄稼吧，让牛给你们拉犁。"牛知道自己传错了话，甘愿为侗民耕地，从此侗族人吃饭不用愁了。具有生态思想的贵州侗族，把动物看得与人类一样尊贵，所以他们怀着一颗感恩的心，非常感激牛的帮助，还为牛做生日：每年四月初八都要祭牛，人们用乌米饭代替牛屎，人们用吃牛屎的形式表示对牛辛苦为人们耕田的感谢，而且在这一天牛可以休息不下田。因为对牛的崇拜，侗族有许多关于牛的小故事，如"牛是怎样没有上门牙的""牛为何一下水就拉屎拉尿"等，也有歌颂牛的谚语"牛在不知牛好处，牛死方知种田难"。②还有"舞春牛"的风俗，这是一种集体性歌舞娱乐活动，"春牛"由两个身强力壮的青年扮演，模仿水牛撒欢儿、滚水、耕田等各种逗乐的舞蹈动作，用歌舞表现侗家田间耕作的欢乐气氛，活动中还会唱《春牛歌》，"春牛春牛，黑耳黑头，耕田耙地，越岭过沟，四季勤劳，五谷丰收"③，侗族人民把对牛的感谢写入歌中，代代传唱。从以上的民间文化与文学中可以窥见侗族人民对牛的崇拜，以自然为本体的生态思想使得侗寨尊重牛、爱护牛，并不因为它们是畜生而毫无节制地利用它

---

①　刘芝凤：《中国侗族民俗与稻作文化》，人民出版社，1999，第 174 页。
②　张盛、杨汉基：《侗族谚语》，贵州民族出版社，1996，第 49 页。
③　廖君湘：《南部侗族传统文化特点研究》，民族出版社，2007，第 114 页。

们，侗族人民赋予了牛被人保护和尊重的权利。

布依族民间故事《牛王节》中也提到了有关牛崇拜的故事：

> 很久以前，人们种庄稼就是放把火烧去荒坡上的草木，然后种植庄稼，但是粮食收的很少，不够吃。有一次，火烧得太大，浓烟一直冲到天上。玉帝大发雷霆，于是准备派遣风神和雨神下四十九天大雨，刮三十六天大风来惩罚人类。可是，老牛王听了忙站出来劝阻，并请求玉帝准许人类每天吃三顿饭，可是玉帝下旨人们三天只能吃一顿饭。老牛王违抗了玉帝的旨意。可是这事后来被玉帝知道了，将老牛王打下凡间，从此，牛王就在凡间给人耕田犁地，人间的庄稼越长越好，人们为了感谢老牛王就把牛王从天上来的日子——农历十月初一定为牛王节。在这一天，大家都要供奉牛王。家家户户都把糍粑粘在牛角上，并粘上野菊花，表示对它的崇拜。①

这则民间故事似乎把"牛"这种动物提到了一个更高的位置。此时的"牛王"已然成为人类的保护神，它不仅能了解人类的需求，还能拯救人类。它有着高尚的灵魂，被打下凡间的它并没有因曾为"神"的地位而高高在上，而是耕田犁地，任劳任怨。因此，这样一个有着高尚灵魂的动物能得到人类的敬重和爱戴，也就显得理所当然了。其实，这个故事本质上反映的是人与自然的关系，尊重自然、善待自然才是人用自己创造性的智慧与强大自然相处乃至和谐共生的一种方式，具有鲜明的生态意识。

"图腾是人类自己创造的神，它是人类赖以生存的大自然神力的象征，是对大地母神崇拜的另一种表达方式。"② 这一表达方式和生态

---

① 周隆渊：《布依族民间故事》，贵州人民出版社，1981，第68—69页。
② 何星亮：《图腾文化的起源》，中国文联出版社，1991，第318页。

批评中强调人与大自然是一个整体的生态系统有异曲同工之妙。贵州民间文学中体现的大量图腾崇拜意识，是人对大自然保持敬畏之心的很好说明，这里的动植物都是作为生命体自身而存在的，并不存在一种"他者"的身份。与其把图腾崇拜看作一种宗教信仰，不如说它就是一种朴素的世界观，是人与自然和谐一体的原生结构。

三 "一窝难容许多雀"：生态平衡观

生态整体观强调的是人与自然的和谐以及生态系统的平衡与稳定，而人类中心观则将人视为天地万物的主宰和灵长，把实现人的价值和利益当作一切问题的出发点和归宿，人之外的其他自然物完全是供人役使的工具，没有自己独立的价值，更不会拥有权利。人类中心的观念是在进入工业文明时代之后才泛滥开来并最终占据主导地位的，它的盛行导致了人类欲望的无限膨胀及由此而产生的对自然毫无节制的掠夺，地球的生态系统终因不堪重负而失却了平衡。在这样的情况下，生态批评家们得出了"生态危机的思想文化之根当中最大、最深的一支主根就是人类中心主义"① 的结论。而当我们把目光聚焦于贵州民间文学时就会发现，先民们早就懂得了这个道理，即要想维持人类生存延续就必须保持地球生态系统平衡。这不是说先民有多么先进的生态理念，正好相反，他们不懂得任何生态理论知识，只是凭着感性和经验去看待人与自然的关系，自觉去善待和维护自然。先民把自身纳入大自然之中，把人看作与自然万物生命价值相等同的物种，认为人与物之间是互帮互助、友好相处的关系。正因为有这样一种朴素意识，先民才会自觉克制欲望，主动维护其他物种的生存权利，努力追求人与自然、人与万物之间关系的协调平衡。

---

① 王诺：《欧美生态批评：生态学研究概论》，学林出版社，2008，第148页。

（一）生态自觉与自然保护

人类与其他自然物共存于天地之间，为了生存和发展都在努力地适应所处的生态环境，并不断从外界获取能量和资源，如此一来，两者间的"交流"与"互动"在所难免。而这种"交流"和"互动"又不总是和谐的，往往表现出一种竞争的态势，人类凭借其能动性在这个竞技场中脱颖而出，并在持续不断的发展中实现对于自身价值和力量的确证。这本来是合乎"物竞天择，适者生存"的自然规律的，原也无可厚非，但遗憾的是，人类忘记了另外一条重要的法则，那就是地球生态是有一定的承载限度的，一旦突破了这一限度就会打破生态系统的平衡，继而给人类带来灭顶之灾。现代人的生产、生活方式都是在极端的"人类中心主义"思想下催生的，它们共同表现为对自然资源毫无节制的掠夺和对他者的冷漠、残忍。在人类向着梦寐以求的"自我实现"全速前进的时候，其赖以存在的大自然及其中的自然物就不得不被动地接受被毁灭的命运。一旦自然的毁灭变为现实，那么人类抵达的目的地就只可能是自我终结。到底是什么蒙蔽了我们认识如此简单明了的道理的双眼呢？生态批评家们痛心疾首地质问道："难道非要带着人类中心主义的自豪和虚妄走向灭绝？"[1] 我们已经走错了路，可以做的就是停下来去认真反思。在这一点上，现代人远远落后于生活于数千年前的先民。处于蒙昧时期的先民已经懂得反思人类的生产活动可能给其他生物造成的侵犯和伤害，并且承认这些生物拥有自己独立的价值和自由生存的权利。

1. 万物平等生　何须人主宰

水族民间故事《人龙虎之争》讲的是人、龙和虎争夺月亮山这块宜居宝地的故事。[2] 故事中虽对人的大度、智慧流露出赞美之情，但也

---

① 王诺：《生态批评与生态思想》，人民出版社，2013，第115页。
② 祖岱年、刘世杰主编《水族民间故事》，贵州人民出版社，1984，第10—13页。

明确道出了人类的生存和生活对其他动物的影响。虎和龙之所以要撵人出月亮山区，是有它们的理由的。对于虎来说，它嫌人类太多，人要造屋建房，就不得不大量地砍伐树木，这样一来，森林就会遭到破坏，而森林正是老虎栖身的家园，人对森林的毁坏逼得老虎无处安身，对老虎的生存构成极大的威胁。而对于生活在水中的龙来说，它觉得人天天在潭边又是打水又是洗澡，把水搞得很脏，它吃东西的胃口都没有了，另外，人又在打水和洗澡的时候吵闹不休，搅得它无法安眠。正是由于人类的日常生活给龙、虎的生存带来了诸多打扰和不便，所以它们才商量将人赶走。这则故事借虎、龙之口道出了动物对人类的抱怨，体现出来的既是对自然物生存状况和权利的关注，又是对单单从一己之利出发的人类中心观念的批判。

民间歌谣《老虎和虹龙》借老虎的悲惨遭遇表现了人类的生产生活对其他生物生存权利的剥夺。老虎这样向虹龙诉苦：

> 人烧坡，忙逃出来，
> 火烧身，毛焦皮烂。
> 跑不快，差点完蛋。①

虹龙则表达了自己对老虎不幸遭遇的同情：

> 你从前，威风凛凛，
> 我心中，时常羡慕。
> 今日里，有点狼狈。
> 我看了，觉得可怜。②

老虎的倾诉、虹龙的同情，都透露出对人类行为的不满与责备。如

---

① 刘之侠、潘朝霖：《水族双歌》，贵州人民出版社，1997，第 261 页。
② 刘之侠、潘朝霖：《水族双歌》，贵州人民出版社，1997，第 262 页。

果说人类造屋建房、打水洗澡、开拓道路、耕种土地等都是为了满足基本的生存需要，都不可避免地要对自然产生某些影响的话，那么，人类为了满足自己无休无止的欲望就会对自然造成更大的伤害。正是因为如此，这些民间歌谣才愈益凸显了其所具有的生态意识。

其实，水族民间文学中所显现的这种批判可以说正是水家人对于人类错误行径的一种自省和反思。民间故事《百鸟坟》就很明白地说明了这一点。故事讲一个叫彭申的打猎高手，每射到一只鸟就拔下一根羽毛插在竹筒里，长年累月，惨死在他箭下的鸟儿已不计其数，山里的鸟儿都很悲痛，它们为了向死去的同伴致哀，就停止了鸣叫。后来彭申再到山上打猎，所有的鸟儿都会远远地躲开，自此，彭申便再也没有打到过一只鸟。一天，彭申在山中觉得口渴了，便到山泉旁用树叶舀水来喝，可一连几次他盛水用的树叶都被一只绿毛黄嘴鸟用爪子抓破，喝不到水的彭深很恼怒，便张弓搭箭要射死小鸟，恰在此时，他发现原来溪流的上游有一条蟒蛇把头埋在水中正在喷吐大量的毒液，彭申一下子明白了阻拦他喝水的小鸟的良苦用心，他为自己曾经的所作所为深感痛悔：

> 回家后，彭申越想越后悔。他走到墙边，抚摸着竹筒里的鸟羽，眼泪长淌。第二天，他背上弓箭，双手捧着鸟羽筒进山，来到溪沟边，把鸟羽筒埋在地里，再搬来石头砌成一座石坟，立了一块石碑。百鸟坟建成后，彭申跪在墓前，把手中的弓箭折断，摆在墓碑前，发誓以后再也不上山打鸟了。①

人类不仅大量猎杀鸟类，而且还以一种特殊的计数方法来标榜自己的"战功"，鸟儿们只能用沉默和躲避作为回应。在水家人的观念里，仁慈的自然不但给予了人类以宽容和饶恕，而且还以德报怨，拯救了给

---

① 祖岱年、周隆渊编《水族民间故事选》，上海文艺出版社，1988，第287页。

自己带来伤害的"仇敌"。赋予自然如此高大的形象是水家人对自然长久以来所存有的基本认识的一种体现，面对这样仁爱的自然，人类当然会因自己的行为而感到自惭形秽、无地自容，他们毫无疑问会进行一番深刻的反思和自责，下定决心痛改前非，并且付出真实的行动："流泪""建坟""长跪""折箭"。人类最终信守了自己的誓言，与自然达成了和解。得到自然原谅的人类才又听到了百鸟山上鸟儿们的欢歌。人类对自己施加于自然的暴行必须做出深刻而真诚的忏悔，并且付诸行动，这样才有望使受到伤害的自然得到恢复，进而重建生态平衡。

2. "治猴杀鱼干得绝，以后大难要临头"

"人类中心主义"只强调人的利益、欲望的实现和满足，为达此目的，根本不顾及对于自然的所作所为。而贵州水族民间文学呈现的却是一种充分的自觉意识：自然是同我们一样具有主体性的独立存在，人与自然是一种平等的关系，如果说有所谓的"中心"存在的话，这个中心也只能是人与自然所组成的生态整体。如此一来，任何的迫害和欺压就都是不合理的，也都是不被允许的，人类为了一己私利而破坏自然当然要付出代价。水族人民对于人类企图控制和征服自然，以及对自然抱有无餍足的贪欲进而采取的危害自然的行为后果有着极为清醒的认识，这种认识就表现为水族民间文学中的生态警示。

民间故事《阿华治猴》讲了一个抱定"人定胜猴"决心的水家后生蒙阿华为了保护人们种下的苞谷不被猴子糟蹋，设计烧死了许多猴子，然后又为了给一位漂亮的姑娘治病而用苦檫子毒昏鲤鱼精，挖其鱼胆给姑娘服用的故事。他的这些做法自然都是为了人类的利益不受侵犯，但就是这样的行为，也引起了水家人的不安。人们告诫阿华："阿华啊，你治猴杀鱼干得绝，以后大难要临头。"[①] 从中不难看出水家人那根深蒂固的对自然的敬畏思想。做出了不利于自然的行为，就会有

---

① 祖岱年、刘世杰主编《水族民间故事》，贵州人民出版社，1984，第67页。

"大难要临头",这背后体现出来的即是水家人对自己行为的严格要求和自觉限制。为了人类自身的利益任意伤害自然,必定会受到自然的惩罚。

水族人历来对自然心存敬畏,他们认为,对于破坏自然者,不管其地位多高、权势多大,都将受到自然的惩罚。当生态破坏的报复性灾难降临时,将无一人能够幸免,这是整个人类共同的灾难,它要求所有人都为之付出代价。

民间歌谣《诺绵鸟》里这样唱道:

> 诺绵鸟,飞在垭口,
> 张开嘴,啄食米粮。
> 草丛里,安放西拢①,
> 树脚下,摆着绳网。
> 诺绵鸟,陷进牢笼,
> 竹笼里,关进娇娘。
> 多可爱的鸟儿呀,
> 从此时遭了祸殃。②

人类为了得到诺绵鸟,布下重重机关,用竹笼将美丽的诺绵鸟关起来,但这并不意味着占有,诺绵鸟以它刚强的个性和永不屈服的姿态毅然决然地选择了自我毁灭,它以"魂散身亡"作为对人类行为的回击:

> 树丛里,不见鸟影,
> 草地上,绝了歌唱,

---

① 西拢:水族人捕鸟用的大网。

② 黔南文学艺术研究室三都水族自治县文史研究组编《水族民歌选:岛黛瓦》,黔南文学艺术研究室,1981,第208页。

叫人思念的诺绵鸟呀！

啥时候再能和你共一堂？①

当人类一心想据为己有的诺绵鸟消亡了的时候，当大地上沉寂一片，再也不见美丽的羽裳，再也不闻悦耳的鸣啼的时候，人类才意识到自己所犯下的错误，然而，已然铸成的大错却是无法改变的，任人类如何"思念"、呼喊乃至忏悔都于事无补，而到了这个时候，人类唯一可以做的，也许就只剩下对美好过往的回忆或者想象了。如果我们把这只美丽的诺绵鸟当作大自然的象征的话，就会深感水家人忧思的深沉。他们以这样的歌唱表达对人类前途和命运的警示：由人类一手造成的"自然之死"之后，世界将会怎样，人类又将会陷入怎样的境地。

人类一旦患上了"人类中心主义"的重症，就会无所顾忌地为了自身利益的最大化而去剥夺生态整体中他者的权益（他们甚至不认为其他存在者也拥有生存权），人类极尽可能地去利用和压榨它们，追求更加快速的发展和更为舒适的生活，他们要使自己真正成为"万物的尺度"。"人类中心主义最明显地表现在人类征服和统治自然的叫嚣和行径中"②，而许多怀有生态主义思想的学者们早已为我们揭示了这样做的可怕后果："征服自然的最终代价就是埋葬自己"③，"人类对自然的征服实际上已经是征服的最后一幕，剧终也许为时不远了"④。我们不得不再次提起恩格斯那著名的"一线胜利二线失败论"："我们不要过分陶醉于我们人类对自然界的胜利，对于每一次这样的胜利，自然界都对我们进行报复。每一次胜利，在第一线确实取得了我们预期的结

---

① 黔南文学艺术研究室三都水族自治县文史研究组编《水族民歌选：岛黛瓦》，黔南文学艺术研究室，1981，第 209 页。

② 王诺：《欧美生态文学》，北京大学出版社，2011，第 223 页。

③ 王诺：《欧美生态文学》，北京大学出版社，2011，第 226 页。

④ 王诺：《欧美生态文学》，北京大学出版社，2011，第 227 页。

果，但在第二线和第三线却有了完全不同的，出乎预料的影响，它常常把第一个结果重新消除。"① 其实恩格斯的告诫还是稍显温和了一些，当今由人类引发的已无可逆转的生态危机使生态整体的总崩溃近在眼前，不仅人类的所有成果将被消除，就连这成果的制造者也将不复存在。然而现状却是人类依旧在拖延，依旧在犹疑不定，依旧还心存侥幸，依旧在口号和面子工程的掩盖下行走在通向灭亡的老路上。更为可怕的是，在"人类中心主义"的催化作用下，人们的欲望空前膨胀，欲壑难填的结果只有一个，那就是对自然更加疯狂地掠夺。如果说现在还有人将欲望的不断满足看作社会进步和经济发展的主要动力的话，生态批评家们就明确给出了回应："生态文学研究的又一个切入点就是对这种欲望动力论的批判。"② 人类无限膨胀的欲望同人类中心的观念相结合，会给自然带来灭顶之灾。水族民间文学中的这些启示录般的作品，就是通过对人类行为给自然造成伤害的反思以及人类暴行所带来的严重后果的警示充分表达了水家人不以人类为中心，自觉主动地关注自然权益和生态平衡的思想观念。

（二）控制人口与持续发展

鲁枢元先生把人口和人种列为社会生态研究的一项重要内容和指标，而控制人口的增长无疑是维持生态平衡不可或缺的因素之一。人口的大量增长必然要求更多的自然资源来满足人类的需求，资源的过度消耗很自然地对生态环境造成威胁和伤害，以至于破坏整个生态系统的平衡。贵州民间文学中关于人口增长和可持续发展的朴素认识，对于今天我们反思人类文明进步的历程有着很好的借鉴作用。

1. "一窝难容许多雀"：人口危机意识

从地球这个整体来看，它可供人与万物生存利用的资源总数是有限的，

---

① 恩格斯：《自然辩证法》，于光远等译，人民文学出版社，1984，第304—305页。
② 王诺：《欧美生态批评：生态学研究概论》，学林出版社，2008，第164页。

如果人类过度繁殖，那么地球便会不堪重负；从某个地域来看，它的承载力也是有一定限度的，如果人口密度过大，也会危及人类自身的和谐发展。苗族先民在繁衍生息的过程中，对人口的过度增长有明显的危机意识：

> 麻雀生多了，
> 窝窝挤不下，
> 子孙生多了，
> 寨子住不下，
> 我们五支奶，
> 共用几口灶？
> 我们五支奶，
> 共有一口灶，
> 早上做早饭，
> 一个让一个，
> 晚上做晚饭，
> 一个等一个，
> 先做早吃过，
> 后做饿着等。①

　　贵州苗族先民历史上住在中原地区，土地富庶，生存环境优越，由于战争和生存的压力，人们要开垦更多的荒地、砍伐更多的森林来满足人口增长的需要，从而对整个生态环境造成了一定的破坏。"想要恢复改善这种受到干扰的生态平衡，就要通过减少人口的方法……要么移居他处。"② 因此，苗族先民有"子孙生多了，寨子住不下"的人口危机

---

① 潘定智、杨培德、张寒梅：《苗族古歌》，贵州民族出版社，1997，第134页。
② 〔苏〕E. 费道洛夫：《人与自然——生态危机和社会进步》，赵瑞全等译，中国环境科学出版社，1986，第57页。

感，才会"迁徙来西方，寻找好生活"。移居的原因在迁徙歌开头已经交代"东方虽然宽，好地耕种完"，加上人口的大量增长，迁徙成了最好的解决方式，否则，就是生存环境的急剧恶化。在苗族史诗《溯河西迁》中也有类似的描述：

> 一窝难容许多鸟，
> 一处难住众爹娘。
> 火坑挨火坑烧饭，
> 脚板摞脚板舂粮。
> 房屋盖得像蜂窝，
> 锅子鼎罐都挤破。
> 快来商量往西迁，
> 西方去找好生活。①

这里，苗族先民同样明白人口密度过大会产生怎样的后果。苗族先民最终迁移到了森林茂密、四面环山的西南地区。这种危机意识对于解决当今社会的生态失衡问题有很好的借鉴意义。

侗族百姓早在迁徙之时就认识到有限的自然资源养不起无限增多的人口，他们落户之后人地矛盾问题更加凸显：

> 住在梧州那里，
> 人丁实在兴旺；
> 住在梧州那里，
> 人口连年发展。
> 父亲这一辈，
> 人满院坝闹嚷嚷；

---

① 马学良、金旦：《苗族史诗》，中国民间文艺出版社，1983，第258页。

儿子这一辈，

人口增添满村庄；

姑娘挤满了坪子，

后生挤满了里巷。

地少人多难养活，

日子越过越艰难。①

侗族先民意识到人口过剩危及生存，人口与自然资源平衡是侗族永续发展的基础和保障。侗族还有很多谚语以生动、鲜活的说法来描述人太多的危害，"多儿多女多冤家，一儿一女坐莲花"②，"一男一女一枝花，多男多女累爹妈"③，"多猪多牛家景好，多儿多女穷到老"④，这些谚语是侗族人民智慧的结晶。侗族民间有节制生育的谚语，侗族占里村一对夫妻只能生养一男一女，严格控制人口数量，以便不过分"榨取"生态系统中的各种资源。"人口过多首先是引起粮食不足和资金匮乏，紧接着的就是毁林开荒、毁草垦植、过多放牧和捕捞，再接着就是自然生态环境的破坏"⑤，侗族人很早就从生活实践中认识到了人口过度增长对自然的危害。

2. "人换江山在"：可持续发展观

不仅人口的增长会造成生态失衡，而且如果人只是满足一己私利，不考虑后代人的持续发展，一样会对生态造成破坏和威胁。在苗族民间文学《焚巾曲》中有对可持续发展的思考和反复吟唱。这种持续利用资源的思维模式在当下有着很好的警示作用。《焚巾曲》是苗族先民在举行葬礼时所唱的祭歌，有着丰富的内容，关于苗族先民对子孙后代的

---

① 杨国仁、吴定国编《侗族祖先哪里来》，贵州人民出版社，1981，第31页。

② 龚宗唐编《侗族说唱韵语》，贵州民族出版社，1991，第3页。

③ 龚宗唐编《侗族说唱韵语》，贵州民族出版社，1991，第7页。

④ 龚宗唐编《侗族说唱韵语》，贵州民族出版社，1991，第97页。

⑤ 黄秉生、袁鼎生编《民族生态审美学》，民族出版社，2004，第63页。

思考，它这样唱道：

> 一代过去了，
>
> 两代过去了，
>
> 人换江山在，
>
> 留绿水打鱼，
>
> 留浑水划船，
>
> 留下地方做吃穿，
>
> 一代过去了，
>
> 两代过去了，
>
> 人换江山在，
>
> 江山留给后代，
>
> 后代做吃穿。①

　　苗族先民深信，人是一代一代延续的，只有"江山"是永远的存在。"人换江山在"的思维方式有着生态学的前瞻意义，人活一世，得考虑后代人的发展需要。资源被用尽会导致后代人想方设法再开发新的资源，以满足生产生活所需。因此，他们会有"留绿水打鱼，留浑水划船，留下地方做吃穿"的警示。这种持续发展的思路带来的是苗族先民对资源的一种全新管理模式。这种管理能使自然资源得到最大化的利用，并且物种之间可以互利共赢。稻田育鱼秧的模式是一种难得的生态保护智慧。且看苗族先民是怎样开田育鱼秧的：

> 钉耙刨细沙，
>
> 挑沙石铺底，
>
> 挑来黑肥泥，

---

① 中国民间文艺研究会贵州分会编《民间文学资料·第四十八集》，中国民间文艺研究会贵州分会编印，1982，第 235 页。

砌成个水塘，

开成大坝田，

尽是大水田，

大坝山弯田，

坝田好养鱼。

坝田好养鱼，

一层浮萍一层鱼，

鲤鱼大如汉凳，

鲫鱼大象脚杆。

客来到寨里，

妈提篓去捉，

排浮藻捉鱼，

小的放它去，

大的带回来，

煮招待客人，

客吃客称赞，

赞妈妈好客。①

　　首先，苗族先民用细沙石铺田底，从别处挑来有肥力的黑肥泥，砌成大坝田。稻秧田是滋生水藻和浮萍的天然良地，在浮萍间放入鱼秧，可以吃食田间的害虫，而鱼粪又正好可以作为水稻的养料，这种管理稻田的模式可以达到"鱼粮两得"的效果。这种循环利用自然资源的思路无疑是生态保护的绝佳典范。不仅如此，苗族先民在对鱼类进行捕捉的过程中，也是有着环保的远见卓识的。所谓的"小的放它去，大的带回来"的想法给现今的人类作了很好的提醒。当今，人类在捕杀动

---

① 中国民间文艺研究会贵州分会编《民间文学资料·第四十八集》，中国民间文艺研究会贵州分会编印，1982，第123—124页。

物的过程中，很少会考虑到物种的持续繁衍和发展，基本上是一网打尽，这种过度捕捞导致很多稀有物种的灭绝，对整个生态系统的破坏是致命的。苗族先民的这种生态保护思路对于当今社会的生态保护和物种的持续发展无疑是有着启示作用的。

3. "勤劳节俭，有吃有穿"：简单生活观

我国著名生态文学家王诺认为，随着人类社会的发展，以及人们物欲的急剧膨胀，人的无限欲望与有限的自然供给的矛盾越来越尖锐。人类的健康和正确的发展，应以人格完善、人与自然关系的和谐、人与人关系的和谐、社会公平公正为追求，而不是以欲望满足为推动力。生态文学研究对欲望满足动力论的批判，是一种关乎人类全局及其发展过程的思考和批判。① 美国前副总统阿尔·戈尔也曾说过："在科学和技术革命的冲击下，人类的内在生态规律彻底失去了平衡，人们在'物'的丰收中迷失了'心'的意向！"② 如此，节制欲望的生存理念成为平衡人类内在生态规律、找寻"心"的方向的必要举措。节制欲望在消费方式上表现为节俭适度，人们把消费仅仅看作生存的手段，在消费时主张最大限度地节约物质财富，实现资源的可持续发展，而这种观念反映出他们一直秉持着节俭的生活习惯，谚语有：

> 有饭不乱吃，有钱不乱用，
> 积少成多，积水成河，
> 勤劳节俭，有吃有穿。③

这一懂得节制的生活观，不仅能在一定程度上限制生命的本能冲动，而且有助于构建合理的生命秩序。布依族崇尚节俭的品质表明，只

---

① 王诺：《欧美生态批评：生态学研究概论》，学林出版社，2008，第169页。
② 〔美〕阿尔·戈尔：《濒临失衡的地球》，陈嘉映译，中央编译出版社，1997，第191页。
③ 周江：《中国少数民族谚语全编》，甘肃人民出版社，1990，第530—531页。

要个体能摆脱不合理的物质需求，就能使自身生命过程的实现与社会生活秩序相契合。面对人类"纵欲"主义的蔓延，消费经济时代的城市和人逐渐异化，布依族人还能保持人类最朴实的秉性，实在难能可贵。在他们的观念中，资源的利用要合理，积少成多、细水长流才能使生活更有滋味，生存才能得到保障，才能给子孙后代留下青山绿水。

任何民族，在经济发展的任何阶段，"节制"都是消费精神中最重要的德行。正如包尔生所说："节制或中道这种抵制感官享乐的诱惑的能力是人性化的前提"；"无节制、放荡、对享乐的过度沉溺首先会摧垮对于更高的事物的感受能力；意志和理智会被过度行为弄得疲惫不堪；然后感觉也会变得迟钝，最后甚至享受的功能也会丧失"。① 虽然人天生就具有追求欲望本能的需求，但是道德伦理会把人们的这种本能约束在价值范围内，使之具有价值合理性。布依族生态伦理观认为"节欲"才是人类对待自然应有的态度。他们热爱生命，对生命现象、对精神世界都充满好奇，他们力求达到与自然最和谐的状态——"天人合一"，在他们的眼中万物都有灵性，都是与人类平等的独立个体，甚至成为他们崇拜的神灵。所以，他们总是怀着渴望被施舍的心情向自然索取。对于自然的馈赠从不贪婪，他们往往比"纵欲"的人过得快乐。这种知足常乐的生活观的形成，是以"节欲"的观念为前提的。

"节欲"要求我们摒弃"纵欲"的生存观念，但是它也不同于"禁欲"。如果说"禁欲"主义是"纵欲"主义的对立物，那么"节欲"应该是权衡于二者之间。"禁欲"主义要求人们放弃生活的欲望，是另一种极端行为。然而，"确凿无疑的是，那种纯正的禁欲主义并没有引起蔑视和厌恶，而是引起了尊敬和崇拜，甚至是在那些'人世之子'那里，就是说在那些没有什么原则可守的人们那里，情况也是如此。这

---

① 〔德〕弗里德里希·包尔生：《伦理学体系》，梁志德、李理译，商务印书馆，2007，第 414 页。

种现象可以这样来解释：无节制造成了许多人的毁灭，因而就自然地、普遍地产生出了一种想走到与过度行为相反的另一个极端的意向"①。人在过度行为的时候，很容易由一个极端走向另一个极端。"禁欲"主义会泯灭人性，抹杀人性的光辉。针对"禁欲"主义的偏颇，布依族人的生活观给我们提供了一个很好的范式。布依族人追求恋爱的自由、交友的自由，民间传统节日"三月三""四月八""六月六""七月半""火箭节""干洞歌节"不仅有针对各种神灵举行的祭祀仪式，还有斗牛、对歌等大型的娱乐活动，邻近县的男女老少都可以参加活动，没有年龄、性别、地域等因素限制，人们追求的是精神的释放和享乐。布依族人就是在这种毫无压抑的状态下，追求一种知足常乐的生活理念。他们用实际行动向我们证明：节制欲望才能拥有更多的快乐和幸福，才能保证子孙后代的生存需求得到满足。

贵州先民的生产生活完全依赖自然，但是他们并没有对自然资源进行掠夺式的开发利用，因为他们懂得人与万物同处于生态整体之中，二者之间应该是平衡的关系，一旦这种平衡被打破，人的生存也将陷入困境。正因为有这样的认识，贵州先民们才会在日常生活中自觉反思自身对万物可能造成的损害，约束自身的行为，甚至设立民约民规去保护动植物、保护自然生态。贵州先民们已经意识到，大自然的怀抱虽然宽广，但是它的承载力毕竟也是有限度的，因此他们提倡简单生活，并且尽可能合理和充分地利用自然资源，以保证子孙后代能够不断地在大自然中繁衍生存下去。这种朴素的可持续发展观念显示了贵州先民生态意识的超前性。

贵州民间文学中蕴含着浓郁的生态意识，其创作的源头就打上了深刻的生态烙印：有关于万物诞育的创世神话，古歌中显现着人与自然的

---

① 〔德〕弗里德里希·包尔生：《伦理学体系》，梁志德、李理译，商务印书馆，2007，第417页。

平等共生；对自然给予人类生存、繁衍和美好生活的赐福流露出无尽的感恩；在原始思维特别是"万物有灵观"作用下以图腾及自然崇拜的原始信仰表达着对神性自然的敬畏。这些共同构筑起了贵州先民与自然和谐相处的生态观。贵州民间文学中的生态意识主要体现为生态整体观，为我们描绘了一个"天人合一"的和谐世界。在这个世界中，人类不仅与自然万物友好关爱、相互扶持、彼此交融，更是将自己的生活同自然的节奏与规律紧密地结合在了一起，体现出鲜明的生态意识。贵州民间文学还从万物平等、生态平衡的角度表达了对自然的关爱，告诫人们要对自然抱有敬畏之心，任何伤害自然的行为都会受到惩罚，显现出对生态平衡的本能追求与向往。

以生态批评的视角对贵州民间文学进行分析，我们发现了它所包含的生态属性，这是贵州先民生存智慧的一种表露，也是贵州作家创作思想中不可多得的宝贵财富。

第二章 ▸▸▸
混乱的风景与疼痛的大地

　　如果 18 世纪中叶兴起的工业革命是人类发展史上的一个伟大跨越，它让人类步入一个崭新时代的话，那么从 20 世纪中期开始凸显的生态文学思潮则无疑是另一个巨大的进步，它促使人们不再盲目歌颂科技发展，而是更加理性地思考科技带给人类的利与弊。工业文明的确让人类享受了巨大的福祉，这是任谁也无法否定的，然而工业文明也给人类带来了无数难题，这也是人们不得不正视的事实。一方面，人们沉浸于科技所创造的便捷生活中，欣喜于城市的奢华、交通的便捷、信息的灵通以及视听的欢娱；另一方面，他们却分明感到，不可遏制的欲望正吞噬着生存的幸福感，而日益与大自然相背离的人类已经失去生命的从容与灵动。因此，越来越多的人开始自觉反思科技发展对人类造成的影响，生态文学集中体现了这种反思的成果。生态文学批判唯发展主义论和科技至上观。与任何一种生物都有其生存与进化的权利一样，人类作为这个星球的一个物种，自然也具有生存与发展的权利。批判唯发展主义绝不意味着完全否定人的发展，而是提倡发展有所制约。发展要保证当代人安全、健康地生活，保证子孙后代基本的生存条件，保持生态的平衡、稳定和所有生物生存的前提条件。[①] 生态文学认为发展本身不是目的，而只是过程和手段，是人更安全更健康更舒适地生存，更自由更解放，精神更为充实、人格更完善的过程。生态文学强调，人类绝对不能

---

① 　王诺：《欧美生态批评：生态学研究概论》，学林出版社，2008，第 171 页。

把科学技术置于被监督的范围之外，不能将科技神化，必须对科技进行反思、重审、批判、监督、制约和改造。失去监督、批判和制约的科学技术就像失去了监督、批判和制约的权力一样，肯定会失控，肯定会走向专制（科技专制）和疯狂。①

在贵州多民族人民聚居的土地上，现代化还不是很充分，人们对大自然的依恋和依赖程度较高，正是因为如此，在面对现代化的每一点冲击时，才会感到倍加疼痛。贵州作家们把对现代化发展的这种忧虑和反思付诸笔端，并试图以此来展现人们在现代化进程中的生存境遇和生命体验。

一　黄金梦：工业化困境

工业化对生态环境造成的破坏应该是人们在反思科技发展的弊端时最容易看到的，因为它最为直观，而且直接影响人类的栖居和生存。工业生产必须大量地、源源不断地从大自然中获取原料，而且除了索取之外，工业还不可避免地向大自然排放废弃物，让原本洁净的大自然为它吸纳污秽，这就注定了工业发展要与大自然相对立。工业发展所造成的环境污染和生态破坏不仅吞噬着大自然之美，更严重威胁到了人类家园的存在和延续。贵州作家们看到，贵州多民族聚居的这片土地虽然远离发达的政治经济中心，但是它依然没能逃开工业化的侵蚀，原本生活在山水之间的人们不得不日益远离自然，他们或在百孔千疮的故土家园苦苦坚守，或于陌生的城镇中痛苦彷徨。

青年女作家王华于 2008 年出版的长篇小说《家园》是贵州乃至全国近年来较为有影响力的生态文学作品。在《家园》中，王华虚构了一个名叫安沙的诗意栖居之地，她通过描写安沙在工业化进程中的遭遇，来展现工业化对自然美以及人类诗意生活的破坏。小说的主人公陈

_____

① 王诺：《欧美生态批评：生态学研究概论》，学林出版社，2008，第 180 页。

卫国是黑沙钢铁厂的老工人，因为钢铁厂倒闭，所有工人都被扫地出门。身患绝症的陈卫国带着求死的决心误闯至与世隔绝的安沙，在这里他不但重新找到了家园，而且连绝症也不治而愈。作者把安沙描绘成一个世外桃源——人们依山傍水而居，过着男耕女织的生活，野猪可以与人一起在河边沙地上散步，刺猬在人的鞋子里瞌睡。最重要的是，安沙从来没有怒骂和争斗，人们彼此之间以礼仪和爱心相待，他们宽和而知足，从来都是乐观积极地对待生活。在安沙，甚至连生与死都是人们自己掌控的。人们无灾无病地活到一百三四十岁或者更长，当老人觉得活够了时，便会吩咐子孙从山上挖来一种叫作"朴坨"的带有毒性的树根，然后三五相约着吃下"朴坨"，从从容容地结伴"回老家"。安沙人不会把人的去世看成"死"，他们认为那是生命的轮回，离去的人只是回到了"老家"，因此将"死"的人不会恐惧，而送行的人也不会悲伤。虽然安沙人可以掌控自己生命的长短，但是没有谁会贪图永生，人们总会自觉地在适当的时机选择离世，这是一种完全与大自然相交融的生命状态。在大自然中，有生就会有死，而且生与死多半不受个体的自主掌控，但是安沙人可以游刃有余地应对大自然的规限，自由掌握生死权，这是因为安沙人已经实现了与大自然的和解。同样，有死才会有生，这也是大自然中的不二法则，而安沙人的生命节律正是与大自然合拍的，他们懂得以一己的牺牲来换取生命的生生不息。安沙人对生与死的态度是自然的，而且他们离世的方式也完全是自然的。安沙老人吃下的"朴坨"是来自大自然的树根，最后老人们会坐上木筏顺河漂流而去，广阔的大自然怀抱便是老人的归葬之地。生老病死一直是人们无法超越的生命轨迹，人世的许多悲苦也由此而来，可是在王华构筑的世界里，人们可以掌握自己的生命进程，这无疑是让人无限向往的理想之境。

安沙接纳了城市人陈卫国，并让他获得了重生，这其实映射了人在大自然中可以获得洗涤和新生。然而，安沙没能成为陈卫国永远的庇护所。由于兴建水电站，安沙人被强制迁往冰河庄，祖先们世世代代生活过的美丽家园则被永远地淹没于水下。水电站在这里也就是工业的代名词，它以工业本身所固有的强制性和侵略性迫使安沙人离开他们赖以生存的家园。水电站不仅破坏了安沙这一处美好的山水自然，更毁灭了一个可供人类诗意栖居的理想之地。水电站对安沙的侵蚀，也就是工业文明对人类自由栖居权的剥夺。我们看到，在冰河庄这个城镇化的新家园中，安沙人举步维艰，他们显然与所谓的外部文明世界格格不入，并且彻底失去了往昔对于生命的那份从容。为了求得生存，冰河庄曾试图向"半碗饭"村学习，让村民们假扮成尼姑、和尚外出讹钱，最后还修建起假的曹操墓，以欺瞒的手段发展旅游业。如果说安沙的没落是工业文明对安沙人所造成的第一重迫害，那么城市化的困境则是工业文明强加于安沙人身上的第二重迫害。冰河庄这个暂时的新家园不但从物质实体上走向失落，更从精神层面上走向了失落，显示出人类家园不可抑制地趋于没落的悲凉。

王华有一篇散文叫作《有个地方叫安沙》，刚好与长篇小说《家园》相照应。在散文中王华告诉我们，安沙这个地方是确实存在的——"安沙依红河水而建，几十户人家挨挨挤挤，红墙绿瓦，四周偎着葱茏翠竹，完全是一派世外桃源之景"。① 安沙虽然不似小说中描绘的那般神圣，但它的确美得令人陶醉。太阳下安沙女人可以无拘无束地在河里裸浴，从这里足可以看出她们心灵的坦荡和宁静。过"三月三"时安沙人会在木棉树下架锅煮肉，以此来祭祀祖先。他们热情好客，即使对素不相识的"外人"也留食留宿。安沙的美好不仅在于人们的生活与大自然浑然交织，更在于安沙人的品性里充满古朴和纯良。散文中安沙人与小说中"虚构"的安沙人一样从容和知足，作者告诉我们："这个三月三是他们的告别节日，今年的十月份，他们的家园将

---

① 贵州文学院编《贵州作家·第六辑》，贵州人民出版社，2007，第 87 页。

变成浩瀚水域，过完这个三月三，他们就要搬到别的地方去了。一个家族再不能相守，今后三月三就再不会有这么热闹了。我们往他们的眼睛里找，以为能找到那种惜别时的悲伤。可那些眼睛里却只有一汪平静。这就是安沙人，不大悲不大喜，平静对待脚下的每一个步履。"① 相对小说的虚构而言，散文更忠于现实，因此，如果说在长篇小说《家园》中作者借用安沙这个原型为我们讲述了一个关于人类诗意栖居地之沦落的故事，那么在散文《有个地方叫安沙》中，王华告诉我们的则是现实中的安沙在工业化发展之下的悲剧遭遇。虽然安沙人以从容的个性平静地接受了家园被毁的事实，但这始终改变不了整个事件的悲剧性。

《家园》通过安沙这样一个理想之地的沦落来展示工业化的强制力和破坏力，而发表于 2005 年的长篇小说《桥溪庄》则显得更直白一些，作者直接描绘了工业污染给人类家园带来的种种毁灭性破坏。桥溪庄靠近公路且有一座工厂，因此人们从那"只长庄稼和树"的偏远之地搬来桥溪庄，企图在这里繁衍生息过上富足的日子。然而桥溪庄却没能按照人们最初的设想成为他们理想的家园。桥溪庄多少年来冬天不再下雪，就连雨也很少下，它就像大地上的一块癣疤，永远是灰蒙蒙的。正如小说中所言，"桥溪庄这地方最富有的就是灰尘了。每天，工厂那两根巨大的烟囱把巨蟒般的黑烟送上天空，把半边天空熏黑了不说，还永不休止地漫撒灰尘。桥溪庄刚长出的草芽，还没看清这个世界是个什么样哩，就让灰尘把眼活活盖住了"。② 桥溪庄各家各户的劳动力都如愿在工厂上班，但是他们所得并不多，日子依然过得拮据，而且由于环境恶化，很多人患上了咳嗽的病症，身体受到严重损害，更可怕的是桥溪庄的青年男子全部患上了不育症。繁衍生息是家园得以存在和繁荣的基础，而桥溪庄男子的不育和桥溪庄十几年来没有新人口降生的现状则

---

① 贵州文学院编《贵州作家·第六辑》，贵州人民出版社，2007，第 87 页。
② 王华：《桥溪庄》，《当代》2005 年第 1 期。

预示了桥溪庄不可逆转的衰亡命运。可以说，桥溪庄的故事全部围绕不育展开。因为不育，才有了兰香随石匠大树逃离桥溪庄的故事，才有了雪果与雪朵之间相爱而不能相守的爱恨纠葛，才有了雪豆的疯癫和雪山的痴傻。桥溪庄人痛苦地挣扎，他们想要逃离，然而却又苦苦坚守。例如，雪朵妈既不愿意跟着爱人石匠离开，也不愿意随唯一的女儿到其他地方生活，她坚守桥溪庄，理由只有一个，那就是她要守住雪朵爸的坟。雪豆、雪山，包括山子，他们在城里上学、打工，在城里的日子明显多于在桥溪庄的日子，然而他们总在内心受伤或其他时候无限眷恋地想要"回"到桥溪庄。桥溪庄人想逃脱而不可能，似乎有一股无形的力量把他们死死困在这一块癣疤上。雪强与英哥夫妇是桥溪庄最有眼光和魄力的"叛逆者"，他们搬回青山绿水的老家居住，企望能在自然之中获得新的生机。然而英哥夫妇最终依然不能生育，这暗示着他们用退守的方式也没能为桥溪庄寻找到一条出路。而已经怀有身孕的雪豆从容赴死，桥溪庄十几年来孕育的第一个新生命随之夭折，这也预示着，桥溪庄彻底失去了它的出路和希望。

桥溪庄人本是抱着美好的愿望建立起桥溪庄这个家园的，然而他们的希望自始至终都是幻影，正如小说的叙述："那天，李作民把桥溪厂当作一只光彩斑斓的气球，他把他们的未来拴在这只气球上作了好一番描绘。"① 气球虽然美丽，却飘忽不定，容易破灭。桥溪庄人想要靠公路和工厂来实现富裕，他们只看到了其中光鲜美好的一面，正如只看到气球的斑斓，没能看到其残酷的一面。公路让村民能够卖出一些香烟之类的日用品而获得部分收益，还让陈小路的老婆得以靠卖炭灰而牟取"暴利"，但是同时它也腐蚀了人的思想，让人的思维变得扭曲而恐怖。陈小路的老婆有意往公路上泼水，因为只有这样才能让公路保持泥泞，过往的车辆无法顺利通过，车主便会出高价购买炭灰铺路防滑。炭灰本

---

① 王华：《桥溪庄》，《当代》2005年第1期。

是不值钱的东西，大可以相送，然而这是商品社会，有"经济头脑"的陈小路的老婆充分利用了这个赚钱机会，不但任意抬高炭灰的价格，甚至不惜用伎俩来取巧，至此，淳朴的民风和古道热肠被破坏殆尽。而最后陈小路的老婆在一次有些神秘色彩的意外中被车轮碾成"肉饼"，便是公路对人类最残酷的报复。至于工厂，我们早已分析过，它让桥溪庄的生态环境严重恶化，让家园无以为继。桥溪庄人在异常恶劣的自然环境中过着穷困的生活，而且他们再也无法繁育后代，这是物质家园上的失落；桥溪庄人为利益而放弃厚道，因精神的困顿而走向乱伦，这是精神家园的失落，标志着桥溪庄已经走向不可抗拒的没落。小说中所刻画的桥溪庄是工业化进程中人类家园的一个缩影，王华试图用桥溪庄的遭遇作教材，来展现工业化对人类生存环境的破坏及其对人性的戕害。

2009 年王华的中篇小说《天上种玉米》发表，这又是一篇家园忧思的小说。城镇化的狂飙引发了"搬家"风潮，《天上种玉米》讲的就是一个"搬家"的故事。搬家让农民离乡背井，失去土地，失去安身立命的"根"。"我们的村庄从播州的一个角落搬到北京六环上东北角的一个大角落以后，王红旗还想让它叫三桥。"小说中三桥是王红旗他们的家园，失去土地的农民要么像《家园》中安沙人那样被迫迁往"冰河"；要么就如村长王红旗的儿子王飘飘所愿："一定要把我们村搬到首都来，让他们整整齐齐地到皇城过过日子。"皇城无地可种，失去家园的村民，男的外出打工，女的无事可做在家打麻将，整天鸡飞狗跳，矛盾不断。王红旗突发奇想，要发扬"农业学大寨"的精神，要走陈永贵的"造地"路子，刨土盖屋顶，在屋顶上种玉米，让村子上空浮一片绿，在阳光下，其就像悬浮在空中的一块块绿色的魔毯。这并不是一个"让人捂着嘴巴笑的童话"，而是一个显示失去家园之痛的荒诞寓言。

冉正万的长篇小说《纸房》是一部真正的生态文学作品，它呈现的不单是纸房在工业化进程中的生态变迁，更有人在天地间的生存状态以及人生命的意义。小说一开头便写道："听我说吧，我九岁的时候，纸房的山是青的，水是绿的，雨滴是干净的，下雪时，每一粒雪米都晶莹剔透，晶体里仿佛有一根细小的秒针在嘀嗒作响。现在呢，山变样了，水干涸了，雨水浑浊。雪很少下，即使下一点也敷衍了事，还没落到地上就被漫天的尘土裹挟而去，即使掉到地上，也担惊受怕似的往土缝里钻。"① 而这不过是灾难的先兆，纸房真正走向毁灭是从开采金矿开始的。自从黄金开采公司进驻，纸房的树木被砍伐殆尽，山岭上所有泥土被挖走，裸露出白色的石林，甚至连耕地也被征收和掏挖。纸房不见一点绿色，只剩下灰尘满天飞，灰蒙蒙地遮住了太阳。作者这样描述那可怕的景象："大到山川地貌，小到一草一木，全都变了。黄金公司开进去后，仅仅用了三天时间，就把大树全部砍掉了，小树则被连根挖起来运走了。就像一个姑娘被突然剥了个精光，变成了不知羞耻的荡妇，任人宰割和开采。那些小树被运到城里的某个地方去栽起来，它们捡了一条命，但从此再也享受不到森林的荫蔽了，它们只能苟延残喘呼吸着肮脏的空气。挖掘机挖出来的树根横七竖八地摆在一边，像大地的肠子。"② 被掏空挖尽的纸房彻底变成了死亡之地，所有水井一夜之间干涸，山体滑坡时时威胁着人们的生命，纸房人被迫迁往香溪镇安家落户。金矿开采所毁坏的不只是纸房的生态环境，更有纸房人淳朴的人情人性。在家园被毁的过程中，纸房人的心理平衡也彻底被打破——孩童莫名地热衷放火焚烧野草，并且大意烧掉两座山头；村民相互之间充满暴戾之气，他们总"忍不住想干点什么出格的事儿"。尤其是为了多得赔偿款，村民们想方设法、无所不用其极。纸房人看似醉心于争取巨额赔偿款，甚至对新的迁居地充满向往，而事实上他们难以掩饰面对家园被毁所流露出来的彷徨。当然，这种彷徨又是浅薄而微不足道的，纸房

① 　冉正万：《纸房》，《中国作家》2008 年第 8 期。
② 　冉正万：《纸房》，《中国作家》2008 年第 8 期。

人始终麻木不仁，他们从来都没有意识到自己已经失去了最宝贵的东西，即千百年来人们赖以生存的"根"。迁至香溪镇的纸房人明显与当地的生活格格不入，他们中有些人勉强适应了转变，而有些人则始终徘徊于城镇生活之外，如赊文忠和周辛维。

在赊文忠这个人物形象上，作者是寄寓了深意的。赊文忠是一个哭丧匠，他眼里常含泪水，对人事充满悲悯情怀，这个人物注定是纸房的送葬者，只有他清楚地看到了纸房走向沦落的来龙去脉。赊文忠在纸房应该是与大自然联系最紧密的那个人。纸房的疼痛，赊文忠全都感受到了，而其他人却感受不到，赊文忠的解释是其他人想要的东西太多，以至于他们的感觉变迟钝了，这个解释是精辟的。因为人们欲望太大，物质利益占据了身心，所以他们不可能再有与天地神人相交流的敏锐和志趣。与赊文忠形象形成对照的是在中学实验室工作的李国田。李国田是科学理性的化身，老鼠居家逃离纸房时，他想到的是纸房的土质出了问题，因而取土试验；当地质队进驻纸房时，人们以为地质队要抢走纸房地下的宝贝，大难将要临头，只有李国田知道，这是来挖矿的，而这将给人们带来收入。赊文忠则是纸房"迷信"力量的代表，老鼠逃离纸房，他认为是纸房的风水出了问题，因此他预言"来年要逃荒"，地质队把纸房挖得千孔百疮，他认为纸房的地脉被挖断，将要大祸临头。李国田的确是用科学知识给各种现象作了解释，然而真正预言了纸房的未来的，却是赊文忠。赊文忠作为"迷信"的代表，也是与自然联系最为紧密的人，尤其是当他教周辛维唱哭丧歌时，他说，哭丧哭的其实不是死去的人，而是天地和鬼神，是天地和鬼神养育了人的一生。这种观念，刚好与生态学上的"天地神人一体"相吻合。赊文忠的"迷信"其实正暗合了大自然的神秘和"复魅"。作为赊文忠悲悯精神的继承人，周辛维也对现代文明充满警惕和拒斥。周辛维拒绝做高薪的挖矿工作，宁愿去耕种已经抛荒的土地；当人们在香溪镇忙于经商谋生时，周辛维却租地种植无用的木槿花。车祸后的周辛维还得了"城市综合征"，只要走上街，就会感到天空要掉下来，这使他害怕、恶心和呕吐，可是只要往种着庄稼的地方走去，他就完全没事。可见周辛维与赊文忠一样，他的生命也是与大自然联系在一起的，他是守护自然生态的正义力量的代表。直到故事结尾，李国田还在劝说周辛维多学点知识，他说："科学文化是有用的……二十多年前，纸房的金矿是无法提炼的，当时人们只能开采明金，纸房的金是微细粒金，在显微镜下都看不见。可后来科学技术发达了，用浸泡法，提炼出来比冶炼明金还简单。"① 李国田的话道出了纸房遭毁的原因。科技发展，使纸房因金矿而被挖得面目全非，甚至从地球上消失。可笑的是李国田从未醒悟，他深信自己的科学理性，甚至还企图设计"生态还原补缀及救赎系统"，当然，他只能以失败告终。李国田的彻底失败正是对科学理性和黄金梦最强有力的反思。《纸房》深刻反映了工业化对人类栖居家园的侵害。

潘年英的短篇小说《遍地黄金》与《纸房》题材类似，也是写金矿开采对家园的毁灭性破坏。杨家湾自从被发现蕴藏着丰富的金矿之后，便不可避免地走向没落和毁灭。金矿开采给杨家湾带来的灾难不只是自然生态被毁坏，更有精神生态被侵蚀。杨家湾人在遽然间获得巨大财富，他们的价值观受到剧烈冲击，由此带来一系列问题——吃喝嫖赌等现象滋生，人与人之间不再友善和睦，金钱利益气息充盈每一个角落，因为欲望、利益、仇恨等不惜残酷械斗。最后，被掏空挖尽的后山在暴雨中发生泥石流，整个杨家湾被埋于泥石之下，全村的人、财、物也全部毁于一旦。与《纸房》相似的是，《遍地黄金》也设置了一个"先知"的角色。小说中的巫师老良是杨家湾唯一反对村人淘金的人。他认为后山是杨家湾的龙脉，斩断龙脉意味着杨家湾的彻底毁灭。最初村中不少老人赞同老良的说法，一致反对在后山开采黄金，而年轻人却并不理会老良的"迷信"，他们坚持要向荒山要钱，企图彻底改变杨家

---

① 冉正万：《纸房》，《中国作家》2008 年第 8 期。

湾人的命运。其中以青年老学的态度最具代表性。老学说："要龙脉有卵子用？这些年来我们没动龙脉一根草，可还不是照样贫穷？挖了龙脉出黄金，我们连村子也不要了，搬到城里去修高楼住大厦，像城里人那样天天吃了睡，睡了吃，几多自由，几多安逸。"① 面对年轻人这种"确凿"的言论和激进的行动，老良完全是一个失败者，他为自己无力阻止人们对后山的疯狂挖掘而悲愤不已，只能亲眼看着家园走向毁灭。老良与《纸房》中的赊文忠，都是所谓的"迷信"力量的代表，同时他们也是无意识中与自然紧密相连的一类人，他们企图用自己的信仰和行动守护自然生态和家园，但都以失败告终。老良曾预言开采黄金是杨家湾的劫数，他说："劫数就是尽头，没路走了，回头也来不及了。"② 这其实正道出了人类破坏自然的悲剧性。人们为了生存和发展对大自然进行掠夺，直到有一天他们发现大自然已经被破坏殆尽，而人也随之到了无路可走的境地，这时他们即使主动反思和悔改，也已经回天乏力。

潘年英的小说《落日回家》与《遍地黄金》是同一故事题材的不同表达，甚至在许多具体表述上形成照应。《落日回家》以比较少见的第二人称"你"为视角，讲述了家乡因为黄金开采而变得物是人非的故事。因为小说采用的是第二人称的叙事视角，而且没有明显的故事情节、抒情意味浓厚，所以它读起来更像是一篇叙事抒情散文。读者很容易把主人公"你"与作者等同起来，把整个小说当成作者的自传。正是因为这样，这个颇似散文的作品充满了真实感，它更让读者感受到家园失去、世事变迁的切肤之痛。

潘年英是家园的执着守护者，作家和人类学家的双重身份让他对"家园"二字尤为敏感和重视。二十多年间，潘年英行走于黔东南的山

---

① 潘年英：《伤心篱笆》，上海文艺出版社，2001，第165页。
② 潘年英：《伤心篱笆》，上海文艺出版社，2001，第168页。

岭和村寨之中，对黔东南的自然生态、社会生态作了大量实地考察，并写下了一系列文学作品和人类学田野调查笔记。正如厦门大学教授周宁所言："二十多年他一直在黔东南美丽的山地中行走和观察，寻找自然与生命的自然状态。写摆贝，写芭莎，写小黄、银潭、光辉，写这些在文明海洋中即将被淹没的山头最后的诗意，写巨变与巨痛，如何发生在美丽的宁静中。"① 潘年英最引人注目的成就是他的"黔东南田野调查笔记系列"，其中包括《长裙苗短裙苗》《雷公山下的苗家》《文化与图像：一个人类学者的贵州田野考察及札记》《丹寨风土记》等。这些作品虽然归入人类学名下，但又非严格意义上的人类学著作，它们被周宁称为"半学术半文学的著作"，而作者本人也说这是"介于人类学与文学之间的写作"。可以说，潘年英的这一系列"人类学笔记"都是很好的生态散文作品。人类学关注人的生存状况、探索人在世界中的位置，这与生态文学在内质上是相通的，而且作者采用纪行散文的笔法来写作，使得这些学术笔记充满了抒情气息。

在这些"文学人类学"著作中，作者既展示了他深广的文学情怀，也表达了他对人类学诸问题的深刻思考。例如，在考察陇嘎苗寨时作者得知，为了解决陇嘎苗民的饮水问题，上级有关部门正打算从较远的山上引自来水，但是因为要保护苗民背水的文化，自来水又不能直接接入每户人家。对此，作者感叹道："初听之下，我觉得这想法颇有道理。但仔细想，便觉得这样做对苗民很不公平——我们每日每时都在尽情追赶时代，享受现代化带来的生活便利，为何独叫那些贫穷困苦的边缘群体去承担传统文化保护的责任呢？看来在许多看似公平的事情背后，依然隐含着事实上的不公平。"② 这样的思考是深刻而独到的，传统文化保护与经济发展之间的矛盾是作者始终关注的问题。文化保护需要人们

---

① 潘年英：《黔东南山寨的原始图像》，上海文艺出版社，2005，序言。
② 潘年英：《文化与图像：一个人类学者贵州田野考察及札记》，贵州人民出版社，2001，第36页。

守住过去，守住古老的生活方式，而这又意味着穷困；迎接现代化可以改变人们的生活面貌，但又会改变古老的文化生态。这从来就是一个两难的问题。其实现代化过程中一直面临这样的矛盾。如"纸房""杨家湾"等地，人们为了生存和发展而去开采矿产，这是人之常情，我们没有理由让人们守在金山之上过穷困潦倒的日子。而采矿作为现代化的行为方式之一，势头如猛兽一般，一旦闯入，便远远超出了人们的掌控范围。最后，家园连带着人们的生命一并被其吞噬。科技和经济的发展是不可遏制的，可是这不可避免地要对自然生态、传统文化甚至人的生命造成威胁，这其中便包含了浓重的悲剧性。

作为一个人类学学者，潘年英总能将问题看得深刻一些，他认为迎接现代化是黔东南地区不可更改的大趋势，但在这一过程中黔东南人依然可以保持自己的文化传统。相比外在的物质形式而言，潘年英更看重文化内质，他认为只要文化内质保持不变，那么传统文化便得以守护。例如，在面对少数民族村寨的汉化、现代化时，潘年英也常常为民族服饰退出生活舞台、水泥楼房取代木楼等而感到惋惜，但是他更看重这些村寨的文化传承。他认为即使一个民族村寨的建筑已经现代化了，只要它的文化内核还是传统的，那么它依然是一个正统的民族村寨。潘年英的这种深度生态意识能为我们今天的生态保护工作和少数民族地区发展建设事业提供可贵的借鉴。

王华、冉正万等擅长从深广的角度来表现家园在工业化进程中的沦落，而作家李天斌从一棵长在厂房边的桃树上也看到了工业文明对自然美的损害。在作者的想象里，一株开花的桃树应该长在这样的地方——"有潺潺而下的流水，流水清澈安静，就像一句挂在石壁上的情诗，经历千年。流水之上，应该有阳光和洁白的云朵，还要有翔集于此的各色鸟类，宛若镶嵌其上的明眸。更主要的还要有一女子，这女子必定面若桃花，其华灼灼。"① 然而在现实

---

① 李天斌：《尘埃记》，《岁月》2012 年第 6 期。

中，作者看到的却是一株四周挤满了厂房、孤独而寂寞的桃树。虽然四处烟尘飞扬，每一个空间都有机器和汽车的噪声充斥，这株桃树却还是开出了灿烂的花朵，它用执着的坚守来护卫生命的意义。然而作者也最终感叹道，这样一株桃树的抗争毕竟是渺小的、无力的。其实我们可以预见，无论这株桃树多么顽强或者把花朵开得多么灿烂，强大的工业文明都会吞噬掉它最后的生存地。这篇散文的切入点非常小，但有以小寓大的特质，由这一株桃树的生存境遇延展开来，作者为我们展现的是工业文明对生命的侵蚀。

姚瑶借一条由清变浊的圭河为我们展示了工业文明对自然美的破坏。在散文《圭河》中，作者首先为我们展现的是小村圭研的美景图——寨子藏于大山的怀抱中，美丽的圭河"常年欢笑着绕村而去"，小伙伴们在清澈的圭河里凫水、捉鱼，人们过着几乎与世隔绝的宁静而悠长的日子。圭研的人们生活在大自然之中，他们依赖和相信自然，所以即使生病，他们想到的也不是寻医问药，而是祭祀圭河。对此，作者说："多年以后我才理解圭研人的那些做法，任何人在那种条件下，不得不对大自然的某些巧合和偶然投去虔诚的眼光。那里的人因为虔诚而快乐——这不能说他们无知。"① "那种条件下"既是说圭研封闭落后人们生活条件艰苦，又是说因为落后人们与大自然保持着最原始的联系。圭研人虽然没有丰富的物质享受，但是他们收获了内心的充实，因为他们始终与大自然在一起，体验着与其他生命相交融的简单快乐。然而，等到"我"长到十六岁将要外出求学时，"圭河清澈的流水没有了，加上严重的电鱼毒鱼，鱼儿基本绝迹了"。在浑浊了的圭河岸边，依然有孩子在成长，他们玩着时髦的玩具，皮肤白皙，但是现在的孩子不可能再像"我"一样，对圭河产生爱情般的圣洁感情。作者最后感慨道："天地间的河流都有一个清澈的源头，正如我们都有一

---

① 姚瑶：《圭河》，《民族文学》2003 年第 11 期。

个美丽的童年……她不舍昼夜地流来，可在这里却变了，变得浑浊，变得不再可爱。"① 作者的这一感慨，其实也是对人类破坏自然环境之行为的鞭挞。河流都有一个清澈的源头，流着流着却变得浑浊，显然是人为造成的。在工业文明以前，河流流淌千年也还是清澈的，直到工业文明兴起，河流在短时间内变得浑浊不堪。河流是大自然的伟大赠予，它滋润着村庄，塑造人们的性格，教人们去爱护一切美丽的事物。当这大自然之子遭到污染时，人们便也失去了与自然的紧密联系。

欧阳黔森在散文《白层古渡》中通过对白层古渡的凭吊，批判了工业文明对自然的侵害。白层古渡是北盘江支流上的一个古老渡口，千年以前这里就已经是商贾云集的交通口岸，人们依青山绿水而居，世世代代过着富足祥和的日子。但是今天，北盘江的水已经浑浊不堪，"北盘江从千百年以来的碧蓝变成现在这个样子，是世人在上游修建了火电厂，火电厂用河水洗煤，这江便不再清澈，什么时候江水会再显碧蓝呢？除非煤尽了，火电厂消失了"②。显然，短时期内煤不会用尽，火电厂也会继续存在，而北盘江也将继续遭受污染。更可悲的是，"北盘江上游的火电厂还没有消失，在下游的广西境内又要构筑堤坝修建大型水电站。这个大型水电站将导致白层古渡永远地消失"。人们栖居了千百年的美丽家园——白层，也将随着古渡被淹水底，永远地从地球上消失。令"我"感到痛心的是，与"我"交谈的那个白层人"居然没有失去家园的忧伤"，在祖祖辈辈赖以生存繁衍的美丽家园即将被毁时，这个白层人表现得尤为麻木。作者由北盘江的拦坝截流，联系到全国大江大河的遭遇，用一系列数据资料告诉我们，黄河、怒江、金沙江等，或已被破坏得百孔千疮，或正在遭受不可挽回的劫难。作者的反思是发人深省的，他说：

---

① 姚瑶：《圭河》，《民族文学》2003 年第 11 期。

② 欧阳黔森：《白层古渡》，《收获》2007 年第 6 期。

人类为了繁华为了生存总是不断地在改变着大自然，而大自然才是改变人类的主宰。谁都知道，却谁都对大自然的破坏熟视无睹。我们还能任意改变大自然多久，大自然在不久的将来总会告诉我们。那时候，我们赖以生存繁衍的家园将不复存在……我们去哪里呢？我们在那时候还存在吗？①

安元奎的散文《河水煮河鱼》也充满凭吊之情，通过对"河水煮河鱼"的追忆，来展现古龙川一去不返的美好生态。"河水煮河鱼"是作者记忆中的一道风味美食，即用古龙川的河水去煮刚从古龙川中打来的鱼，这样便可保存鱼的原始汁味，美味天成。当然，在作者这里，"河水煮河鱼"更是一道绝世的风景，它刻印下古龙川上曾有过的繁荣与和谐。作者描绘了"古龙川的宠儿"娃娃鱼在夜半歌吟、上马桑树饱餐的景象，以及各种鱼类竞相生长的画面。他不无幽默地写道：

> 人们涉水过河，偶尔会踩到鱼背，滑腻腻一挣脱，来个釜底抽薪，或许会摔你一个趔趄；河里洗澡，有鱼在你胯下游弋，它大约是把你的双腿当作岩石缝隙，冷不丁地，还要吻一下你的尊臀。②

这时的古龙川是鱼也是"我"的乐园和天堂。人们轻易就能打到鱼，"打鱼就和在路边刨蔸野菜一样容易"，因此故乡的人们常说，"那时候的鱼，傻"。作者还详细描绘了古龙川上拦河赶网以及人们在河滩上就地架锅煮鱼的情景。拦河赶网是大规模的捕鱼行动，但并不残忍和血腥，相反它显露出一种喜悦之情。这是因为人们恪守着对古龙川的尊敬，只用大眼渔网作为工具，让古龙川毫无后顾之忧地繁衍生息。而"20多年前"，拦河赶网成了古龙川上一场真正的残暴猎杀，人们变得心狠手辣，对河中所有鱼不分大小一律猎捕。再后来"我"更得知，

---

① 欧阳黔森：《白层古渡》，《收获》2007年第6期。
② 安元奎：《河水煮河鱼》，贵州人民出版社，2014，第11页。

故乡人已经不在古龙川赶网了，而改用"炸药雷管爆，用电瓶烧"，古龙川变得"好像不大生鱼啦"。人们从此无鱼可打，更别说用河水来煮河鱼了。"河水煮河鱼"最终变成一道"名称差不多都要失传了"的美味，它成为古龙川的挽歌。

在散文《与鸟同巢》中，安元奎更直接地点明了工业发展和环境污染对鸟类生存的迫害。作者这样描绘曾经的古龙川："许多鸟儿漫游在古龙川上空，宛如天上的鱼。而于我的父老们而言，鸟不仅是一种普通的风景，他们甚至在很大程度上混淆了物种的界限，把人、鸟、鱼看作古龙川共同的客居者。我至今依然诧异，父老们何以将人在大自然中的生存坐标定位得如此谦卑，对大自然饱含如此深深的敬畏。"① 作者还分别选取麻雀、岩鹰、燕子这三种最常见的鸟类为代表，描绘了它们与古龙川乡亲的三种不同相处方式。麻雀让古龙川充满情趣与生机，它们虽然偶尔偷食田野里的粮食，"但父老们其实也不是太生气，他们对麻雀有一种复杂的情感，更多的是一种共享自然所赐的默认，和大人不记小孩过的宽容"。对于猎食小鸡的岩鹰，父老们难免厌恶，但也只是心里埋怨而已，并不对其进行伤害。而对于喜庆的燕子，乡亲们从来是与之和谐相处的。无论是麻雀、岩鹰还是燕子，父老们一直与它们和平相处，达成了一种共生状态。然而多年后，古龙川的水土也遭到了污染，鸟类失却了这个生存天堂，它们不得不辗转迁往别处。作者运用魔幻现实主义手法，借一只会说话的麻雀之口，揭露了人类对鸟类的迫害，以及人类所制造的环境污染对所有生灵的荼毒。这只会说话的麻雀，不仅控诉了人类滥伐森林，使鸟类失去家园，更有对麻雀的直接歼灭。"更为残酷的是这些年，包括农药的各种谋杀和污染几乎使我们濒临绝种。所以你的所谓的'与鸟同巢'简直是一种莫大的讽刺。""河水煮河鱼"和"与鸟同巢"是古龙川美好生态环境的生动写照，但时至今日，它们只

---

① 安元奎：《河水煮河鱼》，贵州人民出版社，2014，第32页。

能存在于人们日益模糊的追忆里。工业化发展让河水不再清澈、天空不再澄明，鱼和鸟的生存家园受到威胁，它们与人类世界日益疏远，而古龙川那种人、鱼、鸟和谐共生的美好生态图景也渐行渐远，甚至最终消失。

吴秦业的散文《妃子笑及那一条河》是一部比较独特的生态作品，它把两个性质完全不同的事物，用生态这根线串联起来，构筑起丰富的生态内蕴。"妃子笑"是荔枝的一个品种，一千多年前只有杨贵妃才能享用得起的"妃子笑"，如今成了平民百姓家的常见之物。作者从"妃子笑"说起，列举了登月、克隆、机器人、高速交通等，来展示科技发展给人类生活带来的影响。然而，作者并不因此而自豪，相反的，他对这样的高速发展表示忧虑，对古老的生活方式满怀凭吊之情。他认为，当下人们的确获得了较好的物质享受，可是他们同时也失去了嫦娥奔月、女娲造人等美丽的神话，精神世界走向萎缩。"一条河"是指平舟河，作者通过对记忆中和现实中的平舟河进行对比描写，批评了人对大自然的破坏。十几年前的平舟河清而浅，"水底的鹅卵石、蓬松的水草、可数的游鱼……就像镶嵌在玻璃里的画面"。然而十几年后，"河上修了坝，水面宽了，以前可以到河滩上捡鹅卵石、打水漂的那条河却没了，很多东西也就没了"①。作者一针见血地指出："只有 GDP 至上主义者，才最喜欢改变原有的一切。"但是他也不得不承认，发展是必然趋势，人对大自然的各种改造也不可避免。这就是人们（也包括作者自己在内）面对历史与现实时的一种情感悖论："既想在保持不变中，获得追忆与怀旧的精神满足，又想在改变与发展中，获得更大的物质享受。"而值得庆幸的是，平舟河拦坝后虽然面貌变化巨大，但终究尚未被污染，人和鱼都还能在其中游泳，这已经是不幸中的大幸。"妃

---

①　贵州省文联编《纪念建党 90 周年贵州文学精品集·散文卷》，贵州人民出版社，2011，第 327 页。

子笑"与"一条河"本是毫不相干的两个事物，作者却用人类发展这条主线把它们联系和贯穿起来了，他告诉我们，科技发展不可避免地改变了我们的生活，但有些东西是始终值得我们去珍惜和坚守的，比如一个奔月神话、一条自由自在的小河。

秦连渝是一个有着自觉的生态意识的诗人，他的生态诗歌视野宏大，对许多关乎人类生存发展的大问题进行了思考和探索。在散文诗《冬天没下雪》中，诗人描绘了冬天再也无雪可下的可怕景象："大地干涸。江河混浊。太阳染疾。苍天垂首。浓烟撕碎白云，黑雨纷飞。蝗虫遮天蔽日……鸟儿寻不着归巢，无树绕三匝。"① 而这一切全是源于环境破坏和污染。诗人不得不痛心地谴责道："江河哭泣大地抖鸟儿哀鸣，给万物之精灵叩头。"我们人类自认为是"万物之精灵"，本应该与万物和谐相处，努力保持大地的丰饶美丽，然而我们反却成为大地的主宰，让万物臣服于我们，把大地破坏得百孔千疮。这无疑是最可悲的事。这种充满悲剧意味的"叩头"应该能让我们警醒和反思。散文诗《老去的河》写到叮咚泉水和潺潺小溪汇集成河流，它哺育了刀耕火种捕鱼狩猎的拓荒者们，让人类得以繁衍生息。河的年龄的确足够大了，然而它真正老去并不是因为岁月，而是因为人类的污染破坏。自从"都市的旗举起，在地图上猎猎飘扬"，"泥沙俱下，淤塞岁月雕凿的床，于是，怪石突兀蒿草丛生小船搁浅。工业废水城市废水……撕扯你滑腻柔嫩的肌肤、吞噬你活泼的细胞、扼杀你玉洁冰清的灵魂……"② 被污染破坏的河，已经垂垂"老去"，它再不能养育人类。在散文诗《第二宇宙》中，诗人把对工业化的批判推向了顶点。诗人表面上是写对第二宇宙的期盼和向往，热情地讴歌"美妙，神奇，深邃，浩瀚。包孕有的一切和无的一切——我的第二宇宙"，而实际上是在哀悼我们

---

① 徐成淼主编《中国散文诗大系·贵州卷》，广西民族出版社，1992，第197页。
② 徐成淼主编《中国散文诗大系·贵州卷》，广西民族出版社，1992，第198页。

现今这个宇宙的失落——"岸无杨柳，鸟无归巢，风无归期……无边无际的灾难，似有似无的希冀……"① 我们只有这一个宇宙，当它被破坏殆尽时，我们能做什么呢？只有去指望一个虚无缥缈的"第二宇宙"而已。

诗人惠子的视角尤其宏大，他试图以一个组诗的篇幅来对一个时代进行描述。组诗《对一个时代的描述》中包括《工业》《农业》《城市》三首。诗人抓住"工业""农业""城市"这三个关键词，对整个工业时代进行了深刻的描述。工业时代的代表物当然是它的工业生产，诗人在《工业》中这样写道：

> 工业大口大口地喘着粗气
>
> 这头巨兽　这头黄金的巨兽
>
> 在城市的上空
>
> 成吨成吨地吐气若兰
>
> 天空就阴沉下来
>
> 城市的脸就阴沉下来
>
> 只有金属撞击金属的声音
>
> 只有肺撞击肺的声音
>
> 天色暗下来　暗下来
>
> 鸟儿找不到归巢的路
>
> 小男孩迷失在回家的途中
>
> 铁们在惊叫
>
> 钢们在惊叫
>
> 机器们在惊叫
>
> …………

---

① 徐成淼主编《中国散文诗大系·贵州卷》，广西民族出版社，1992，第199页。

工业的胃蠕动着

许多消化的和没有消化的东西

搅得工业的胃生痛

胃食了太多的东西

钢铁　煤　粉尘　星期　周末

小伙子的半截手指

姑娘的半截恋情

还有老妇人的时光

还有婴儿红苹果一样

红扑扑的脸

还有中午男人悠悠的

颤动的双肩

……①

　　诗歌前一小节写的是工业对环境造成的破坏。工业排出的废气污染了城市的空气，而钢铁和机器所制造的噪声无处不在，因此，人们的呼吸和视听都受到了严重的威胁。"鸟儿找不到回巢的路，小男孩迷失在回家的途中"则暗示了城市已经远离大自然，而生命个体不可能在这里找到诗意的栖息地。诗歌后一小节写了工业对人的戕害。工业劳动吞噬了人们大量的时间和体力，它已经对人造成了严重的压迫，无论是小伙子的手指、老妇人的时光，还是婴儿的脸蛋、男人的双肩，统统沦为工业时代的牺牲品，甚至所有人都在工业的重压下失去了生命的轻盈。如果说前一节是写工业的产出，即废气和噪声等，那么后一节则是写工业的"吞入"，工业吞噬了人们的体力、时光和人情人性等。除此之外诗中还写道，工业使得人们的欲望无限膨胀，由此衍生出了金钱至上和道德沦丧等社会

---

① 贵州文学院编《贵州作家·第二十四辑》，贵州人民出版社，2012，第177页。

问题。总之，诗人从以上三个方面全面概括了工业的面貌，把工业侵吞自然之美、戕害人性的本质淋漓尽致地表现了出来。

数千年来，农业始终是人类赖以生存的根本，然而自从进入工业时代以后，农业变成了附属品，它不可避免地成为工业的压制对象。诗人惠子首先肯定了土地的深沉与博大，他认为土地孕育了中国数千年的历史底蕴，而在今天，中国的土地又养活了占世界五分之一的人口，这是值得自豪的事情。然而在自豪的同时，诗人也不得不为这个工业时代的农业而感到忧虑，他不无感伤地指出：

> 农业在牧歌里很美丽
>
> 在现实里却令人忧伤
>
> 农民是生活在最底层的人
>
> 他们中的绝大多数
>
> 活着就是活着
>
> 没有目的活着就是本身
>
> 我的农民兄弟呀
>
> 你们是这火热的时代
>
> 一坨冰冷的铁
>
> …………①

田园牧歌曾经是农业的代名词，然而进入工业时代以后，农业便再也不能保持它的超然和从容。一方面，工业需要农业为它提供大量的原料和劳动力，这造成了它对农业的第一层压迫；另一方面，工业社会的商品经济大潮和物质消费完全左右着贫苦的农民，这是工业对农业的第二层压迫。在发达的工业时代，农业没有随之兴旺，相反的，它更加边缘化，甚至沦为工业的附属品。今天的农民依然生活在最底层，因为工

---

① 贵州文学院编《贵州作家·第二十四辑》，贵州人民出版社，2012，第 178 页。

业时代的压迫，他们步履蹒跚，前途令人忧虑。而在工业时代的伟大产物——现代城市中，人们的生活也同样是困顿的。诗人把城市比喻成"一位妓女"，它外表华丽，内心空虚。城市的生活毫无诗意可言，人们时时处处感受到的都是城市对人的压迫：

> 城市打一个哈欠
>
> 就有无数英雄纷纷落马
>
> 城市欠一欠身子
>
> 就有无数高楼感冒
>
> 城市打一个逗号
>
> 无数的车水马龙就喘气
>
> 城市伸一伸懒腰
>
> 就有无数的工人农民失业
>
> 我是城市的一员
>
> 我抓不住城市的尾巴
>
> 我在多雨的秋天哭泣
>
> …………①

城市中的人已经彻底失去了生命的从容，他们不得不跟随城市的节律而转动，然而这种强力压迫之下的盲目追逐又是无意义的，它只会给城市人带来更大的空虚。"工业"的兴盛被认为是人类文明史上的一大飞跃，人类发展工业的初衷也是期望它能创造更多的财富以供人类更好地生活，然而我们看到，工业在给人类带来福祉的同时，也给人类设下了许多绕不过的陷阱，如若让工业放任自流，那么它很有可能面临与其初衷背道而驰的危险。诗人惠子描述的工业文明固然是夸张的——"钢花飞溅/尘土飞溅/传统与浪花飞溅/正义与邪恶飞溅"，这类狂喊让

---

① 贵州文学院编《贵州作家·第二十四辑》，贵州人民出版社，2012，第179页。

工业的恶成倍地放大和凸显，但是我们也应该正视，工业文明中的确存在许多弊病。工业化不但能侵蚀掉一株桃树最后的生存地，它还会侵吞人类诗意栖居的家园。如果不对工业化进程中的某些弊端进行控制，那么人类将终有一天会彻底失去大自然的庇护，到那时人类就会像惠子诗歌中所描绘的一样，要在阴沉的天空下和钢铁的叫嚣声中过着完全迷茫的生活。

二　混乱的“街心风景”：城市化困境

城市化的过程其实也就是人类不断远离大自然的过程。随着工业化的发展，人类的城市化步伐也日益加快，与工业化一样，城市化也具有强烈的侵略性。城市要发展，就必须从大自然中获取空间，因此，无数的森林被摧毁，丰饶的农田成为高楼大厦的领地，千里沃野变成熙熙攘攘的街市。城市不断地把大自然的领土变为死寂的钢筋水泥丛林，而生活于城市的人们则早已远离了与自然生命相亲近的机会，因此他们只能日复一日地去体会城市的空虚与冷寂。在贵州作家的笔下，城市的可怕面孔被成倍地放大了。他们所描写的城市就像一只张着血口的巨兽，不仅吞噬了肥美的土地，把生动的大自然变成了混乱的“街心风景”，而且还蚕食人们的灵魂，让人类失去返归生命本真的能力。

（一）城市化与“失血的土地”

土地是万物的承载体，是一切生命孕育和成长的源头，它也正是因为这种生命多样性而流光溢彩。但是随着城市化进程的加快，土地日益受到侵蚀，它承载万物的能力正在逐渐丧失。失去了内在生命力的土地已经变得苍白而乏力，它就像诗人杨朝东所描绘的那样，成为“失血的土地”。杨朝东的散文诗《面对土地》正是为哀悼土地而作。诗人感叹土地已经失去了它昔日承载万物、养育万物的博大胸怀，而土地的蜕变则是因为城市化的高速和过度发展。诗人在开篇便描绘了在城市化冲击下土地遭受摧残的可怕景象：

> 甲壳虫蜂拥大路，黑蚂蚁爬满球体。我蹒跚的步履，怎么也无法去超越光、电的神速。
>
> 痉挛的土地，自脚下发出凄苦而真实的呐喊。麦芒萌发的梦，系不住苍茫的岁月。一只鹰隼猝然坠地，扇动的羽翅，不知叹息什么。
>
> 面对膨胀、失血、苍白的土地，我的感觉，自内心扭动、沸腾……①

"甲壳虫"和"黑蚂蚁"很容易让我们联想到拥挤于马路的汽车以及充斥于地球每一个角落的人类。而"光"与"电"正是对现代社会的高度概括，"光、电的神速"不单反映了现代生活的节奏之快，更影射了这个社会的浮躁和嬗变。面对这样的土地，诗人是无所适从的，他所怀念的是那片生长麦芒、谷物飘香的"绿土地"。人们曾经为了这片土地浴血奋战过，然而今天这片被鲜血染红的土地，"横在高楼挤破的蓝天下，发黄的背影，只留下一片死去的回忆"。② 诗人渴望"同祖父一起追随金黄的馨香"，像祖祖辈辈那样在土地里收获粮食，可是他不得不发出追问——"我心中的绿草哪里去了？满山遍野的牛羊哪里去了？"③ 当然，诗人并不是真的要像祖辈、父辈一样躬耕于土地，他只是企望回归到一种纯真的生活中。对诗人而言，土地就是大自然的代名词，土地也代表了一种最质朴的生活方式。土地曾经生长万物，养育了祖祖辈辈，但是随着现代化进程的加快，土地被破坏得百孔千疮，已经失去了作为"土地"的原初意义。诗人面对的是"失血的土地"，这样的土地注定无法给诗人提供回归的途径。这是诗人为土地而唱的一首挽

---

① 杨朝东：《黑色恋歌》，贵州民族出版社，1995，第3页。
② 杨朝东：《黑色恋歌》，贵州民族出版社，1995，第3页。
③ 杨朝东：《黑色恋歌》，贵州民族出版社，1995，第3页。

歌，哀悼的不仅是土地本身失去了其生命的色彩，更有土地上的人们日益远离那与自然万物相亲近的诗意生活。

姜澄清在散文《花溪感怀》中构筑了一个"碰碰车"意象，以此来表达城市化对自然人居环境的侵蚀。"我"五十年代中期初到省城贵阳时，这里还很闭塞落后，尤其是郊区的花溪，更是满眼田园风光。四十年后，省城的城市化建设水平大大提高，花溪也随之面目大变——"花谢了，溪水污浊了，枝头不见啁鸣的小鸟，溪里不见悠然的鱼儿。茅舍、炊烟、田园、牧歌，已然消逝。代起的，是单调的、杂乱无章的楼房；拥挤的人群，填满了每一个角落……"① 作者深深哀悼大自然的隐退，同时他也敏锐地感受到，现代化就是一辆辆碰碰车，它不断碰撞和碾压着大自然。只要现代化和城市化的进程还在继续，"碰碰车"对自然的侵蚀就不会停止，花溪的水、木、虫、鱼将进一步遭受劫难——"'车'向着那残存的花、残存的木、残存的鸟儿及残存的绿水、碧野'碰'去。自然行将消亡了。"② 而城市化最终的成果是侵蚀掉大自然，让人类彻底陷入无根的漂泊状态，正如作者所描绘的，"'碰碰车'仍疯狂地'碰'进——待自然已复不自然之时，'车'也就不再'碰'了——那时，它已碰得粉碎了"。"碰碰车"这一意象，把现代文明的急遽、躁动及其强大的破坏力表现得尤为形象。在这一篇五百来字的小文章中，作者借花溪的今昔对比，深刻探讨了城市化进程对大自然的戕害。

吴英文以诗歌《一些事物被我看见》，为我们具体展现了城镇化建设对土地所造成的侵害。诗人写道：

> 在雾气还未散尽的山体朦胧之中
> 我站在这里，像从没来过一样

---

① 《姜澄清散文选》，贵州人民出版社，1996，第 149 页。
② 《姜澄清散文选》，贵州人民出版社，1996，第 149 页。

认真望着这里的道路，房屋，一行行小树

铅灰的瓦砾连着天色

几乎变得透明

冬天里的人们，不再浅薄

安静行走的汽车，慢了下来

…………

我站的位置

曾是一块长势良好的菜地

之前住着一对亲密无间的蚂蚁

一只小鸟停在不远处

想起往年的飞翔，多么干净①

　　虽然诗人没有点明这首诗所写的背景，但是从菜地、道路、房屋、铅灰的瓦砾等信息中，我们不难猜测出，它反映的是新农村建设。其实所谓新农村建设，也就是初步城镇化的过程，人们仿照城市格局建设整齐的街道和风格一致的房屋，并且按照城市绿化的"指示"在道路旁种上"一行行小树"。乡村本来就处于青山绿水间，然而人们却要人为地把错落有致的房屋改换成一个格调，把依山傍水的民居挪至一条呆板的街道。人们能看到的只是新农村街道上的"一行行小树"，而乡村本有的大树茂林——我们不难想象——要么已经被砍伐殆尽，要么已经远离了居住区。菜地不单是乡村的代表物，更是大自然的所在。"长势良好的菜地"原本充满了生命的气息，它是"一对亲密无间的蚂蚁"和"一只小鸟"栖息的家园。然而菜地最终被道路和房屋所取代，失去了往昔的生命活力，这其实也正暗示了城市化进程对自然的侵蚀与疏离。城镇化建设的初衷是让人们过上更加便利和舒适的生活，然而生活于整

---

①　吴英文：《一些事物被我看见（组诗）》，《民族文学》2009 年第 12 期。

齐划一的城镇中的人们却因此失去了与大自然亲近的机会，他们的生命变得不再灵动，这里凸显的其实就是城市化进程中一时还难以调和的矛盾。当然，新农村建设的步伐是无法阻挡的，正如城市化的进程不可遏制一样，还将会有越来越多的菜地变成街道，而这也是作者的无奈之处。

在《一些事物被我看见》中，吴英文所描绘的城市化图景还是温和的，虽然菜地被侵占，蚂蚁和小鸟失去了家园，但是新建设的城镇有着青瓦白墙以及"一行行小树"，它与大自然还保持着一定的协调。然而在诗歌《在郊区看见一群麻雀》中，诗人呈现给我们的画面已经完全变得冰冷和可怕，充斥其中的尽是生硬的"钢筋水泥丛林"以及迟钝而缄默的人类。诗人从郊区的一群麻雀写起，从麻雀身上他看到了城市的危险以及城市对万物的侵害：

　　　　它们成排站在头顶的线谱上

　　　　一副要唱歌的样子

　　　　但没有谁真正发出声音

　　　　周围很安静

　　　　仿佛整个世界在沉睡

　　　　知不知道脚下的电流

　　　　多么危险

　　　　嘴边的城市灯火渐密

　　　　看起来像一座森林

　　　　不断滋长的钢筋水泥丛林

　　　　已难见到昆虫和兽类

　　　　林中走出来的是

　　　　片言不发的人

　　　　看见这缄默的身体

以为看见了同类

突然渴望交谈

但生活已让他迟钝

没等开口

不知所措地

先在内心摸到一杆猎枪

和几粒孤独的粮食①

　　全诗主要构筑了四个意象，即麻雀、电流、钢筋水泥丛林以及缄默的人。诗中这群麻雀站在郊区的电线之上，没有进入城市，但恰好可以看见城市的灯火和钢筋水泥丛林。郊区是城乡交界的一个特殊位置，它不完全属于城市，依然保留着乡村的某些特征，同时它也并非原生态的乡村，因为它日益遭受着城市化的侵蚀。这群麻雀不是在城市中心，因为诗人告诉我们那里"已难见到昆虫和兽类"，而郊区应该是最恰当的位置，在郊区，它们刚好可以看到城市的全貌，与城市保持着一定的距离而又能感受到城市的"危险"。这就涉及"电流"这个意象。"电流"首先实指麻雀脚下的电线所产生的电流，当然我们知道，鸟类有绝缘的特质，因此"电流"不可能对它们构成威胁，这里的"电流"应该有引申意义。"电流"很容易让我们联想到城市的"光"与"电"及快节奏生活，可以说"电流"的危险也就是城市的危险。这一群处于郊区的麻雀，它们是"一副要唱歌的样子"，然而却又没能发出声音，这样一种欲唱又不能唱的状态正暗示了它们的处境。虽然麻雀依然有一定的生存空间和行动自由，可是它们已经失去了自在歌唱的闲情，它们正面临被城市吞噬的威胁。而住在钢筋水泥丛林中的人也是沉默不语的，这里很少有"昆虫和兽类"，只有人这个物种孤独地栖身。生物

---

①　吴英文：《一些事物被我看见（组诗）》，《民族文学》2009 年第 12 期。

多样性是大自然的特质，人与动植物和谐相处才能尽显生命的意义，然而在这座钢筋水泥丛林中，人类已经与万物隔绝，因此人的生命力也只能无限制地萎缩下去，这是人的悲哀，更是大自然的悲哀。当一言不发的人类看见缄默的麻雀时，他们以为看见了同类，因此有一种交谈的欲望，然而他们最终发现，这种隔膜已经无法打破。人把麻雀看作同类，这不是诗人偶然想到的一个说法，它反映了诗人的自然观，即人与麻雀、与万物是平等的，他们同属于自然之子。生活于钢筋水泥丛林的人类已经与大自然隔离太久，"生活已让他迟钝"，因此他已经失去了与万物交流的能力，也失去了融入大自然的能力。而诗歌最后提到的"猎枪"和"粮食"则暗示了人类为了自身生存而不得不与自然相对立的可悲生活状态。人类愿意把麻雀当作同类，并与它们交流，可是人类不自觉地想起猎枪。人们迫于生存压力，不得不向大自然索取，他们首先不是与万物和谐相处，而是充满戒备，尤其是城市人，已经完全到了与大自然相隔绝的地步，而这一切不过是为了"几粒孤独的粮食"。这首诗把城市生活的贫乏淋漓尽致地表达了出来。城市化让人们的物质生活更加丰富，然而它也让人们日益远离大自然，远离与万物和谐共存的本真生活状态，因此人们难以实现诗意栖居的理想。

徐必常则借城市中"疯长的杂草"来展示土地的荒凉。诗人热情地歌颂那卑微而顽强的杂草，他说：

> 疯长的杂草，我谢谢你们
>
> 是你们遮住了我眼前的丑
>
> 那些半拉子工程，那些黑幕后的交易
>
> 那些钻进钱眼出卖土地的主
>
> 在你们疯狂的绿的下面
>
> 就像一只哑了口的蟋蟀

疯长的杂草呵，我再一次谢谢你们

我从你们身上，看到了草根的顽强

看到了你只用力一踩

那些见不得人的垃圾

也在反省、改造自己

而那些在阳台上骄傲的花

就让它们骄傲吧

你永远比它们幸运

因为在你绿色的下面

是我们共同的大地

…………①

　　诗人感谢"疯长的杂草"，是因为这些杂草掩盖起"半拉子工程""黑幕后的交易"以及"见不得人的垃圾"，它们用疯狂的绿，给城市带来一些粗野的生命力。诗人在赞颂杂草的同时，其实也在鞭挞城市的肮脏。在混沌的城市中，土地早已被污染，这污染源不仅有"见不得人的垃圾"，更有城市的各种腐败和黑暗。城市的土地变得丑恶不堪，因此哪怕是疯长的杂草，也可以为它遮掩一部分丑态。杂草一般是荒芜的象征，可是在这里它却成了生命力的代表，人们需要从杂草的那一点绿色当中来感受与大自然的联系，以获得生命的慰藉，这无疑更加衬托出城市人的可悲。

　　女诗人罗莲从城市边缘的一只羊羔身上看到了城市对草地的侵蚀以及城市对羊和人的压迫，这与吴英文从郊区的一群麻雀身上获得启示颇为相似。诗歌《城市边缘的羔羊》写道，在城市边缘，"我"遇见一只在深秋的草丛里吃草的羊羔，于是"我"禁不住发出喟叹：

---

①　徐必常：《流水（组诗）》，《草原》2011 年第 1 期。

　　城市边缘仅存的草地

　　天空一样爱意唏嘘

　　让这只羊儿埋没在草丛中吧

　　让城市的犬吠无声无息

　　只留下羊儿忧郁的眼睛

　　看着泪流满面的我①

　　城市边缘仅存的草地是羊儿唯一的栖身地，而"风吹草低见牛羊"的美好景致早已一去不返，羊儿忧郁的眼睛里满是对未来生存的忧虑。我们可以预见，随着城市化进程的加快，城市边缘仅存的草地也终有一天会消失殆尽。当然，生存受到威胁的还不只是羊羔，作为城市人的"我"也同样感受到了生存空间受挤压的危险。诗歌中的"我"始终与羊羔形成对应，"我"对羊羔的怜悯其实也是对自我境遇的自怜。诗人这样写道："它脖上虚拟的绳索/我前世亲手将它套上/今天它与我对望的瞬间/突然归还给我。"② 这里构筑了一个"绳索"的意象，它的寓意并不是那么直观，但是只要理解了这一层含义，那么全诗的主旨也就不言自明了。诗人说这"绳索"是虚拟的，那么我们便可以这样去思考——既然"绳索"并非实有，那么到底是什么套在羊羔身上，限制了它的自由？这条"虚拟的绳索"是作为城市人的"我"亲手为羊羔套上的，其实这正好暗示了，城市作为高高在上的"主宰"，始终左右着羊羔的命运。当羊羔与"我"对望的时候，它把"虚拟的绳索"归还给了"我"。这其实是说，"我"从羊羔的身上看到了自己的境遇，"我"与羊羔同样受着城市的钳制和压迫。城市吞噬掉的不只是草地和羊羔的栖身

① 贵州省作家协会编《贵州作家作品精选·诗歌卷》，作家出版社，2009，第48页。

② 贵州省作家协会编《贵州作家作品精选·诗歌卷》，作家出版社，2009，第48页。

之所，因为随着土地的沦落，那些曾在这片土地上栖息的丰富多彩的生命全部要走向他处，甚至连人类也失去了诗意栖居的能力。诗人借城市边缘的一只羊羔，展现了城市化进程对自在自为的生存空间的侵蚀。

（二） 混乱的"街心风景"

城市生活的混乱和空虚是贵州作家热衷表现的主题之一。在贵州作家的笔下，城市毫无诗意可言，相反的，它到处充斥着浮躁、欲望和欺骗等，而人们则在这样的城市中随波逐流，找不到生命的归宿。罗莲描绘的"街心风景"尤其典型，它可以算得上混乱的城市生活的缩略图。诗人在《街心风景》中这样写道：

> 每一条远去的道路都突然迷茫
>
> 连葡萄的甜蜜也不再澄澈
>
> 城市混乱的街心
>
> 站着一个被遗弃的孩子
>
> 她迷失了家的方向
>
> 曾经是母亲双乳的位置
>
> 与父亲温暖的手指
>
> 旋转的天空已经使一切改变
>
> 苹果倾斜着
>
> 光线纷乱缭绕
>
> 太阳　太阳险些就要坠落下来
>
> 每一个人都是另一个方向
>
> 穿过背影的风
>
> 抽打着孩子慌乱的心
>
> 哪一只飞鸟能指示去路
>
> 哪一朵亲切的玫瑰

能把孩子带到明晰的月光下

一滴雨水的声音

像妈妈呼唤孩子的眼泪

…………①

　　城市街心被遗弃的孩子可以说是在暗喻所有的城市人，像被遗弃的孩子一样找不到回家的路，这是所有城市人共同的处境。罗莲笔下的城市总是纷乱而空虚的，类似于这样的描写——"旋转的天空已经使一切改变/苹果倾斜着/光线纷乱缭绕/太阳　太阳险些要坠落下来"——比比皆是。在这样的混乱"街心"，孩子无疑要"迷失了家的方向"。家是每个生命的归属地，而对家的向往和追寻完全出于人的本能。在喧嚣的城市中，人们找不到回家的路，也没有归属感，因此他们注定要不停地寻找，并且永远与城市保持隔膜。诗人深情地追问："哪一只飞鸟能指示去路/哪一朵亲切的玫瑰/能把孩子带到明晰的月光下？"这其实进一步点明了城市生活的荒芜。诗人把"指示去路"的希望寄托于"一只飞鸟"和"一朵亲切的玫瑰"。我们可以将"飞鸟"和"玫瑰"这两个美丽的意象看作大自然的象征，诗人期望人们能凭着与大自然的这一点联系而找到回家的路，亦即回到"明晰的月光下"。然而，在混乱的城市街心，人们不可能找到"飞鸟"和"玫瑰"，因为一切自然生命都已经在城市中匿迹。诗人的追问注定要成为绝望的呐喊，它唯一的功能是更加凸显出城市生活的贫乏和城市人的可悲。最后，诗人为城市人找到一条自救的出路，她说："噢　孩子/止住哭泣吧/沿着我的诗与人心的缆绳/走出低垂的泪水和街心的荒原。"② 既然人们无法借助外物而找到"去路"，那么他们只能凭着内心对美与善的坚守，在混乱的城市保持一份清醒，这样才不至于完全迷失。"诗"是美的代名词，它代

---

①　罗莲：《街心风景》，《星星诗刊》2010 年第 11 期。

②　罗莲：《街心风景》，《星星诗刊》2010 年第 11 期。

表了人们对美好事物的执着向往，而"人心的缆绳"则是指人们内心对是非善恶的判断标准，尤其是指人性中向善的一面。诗人告诉我们，在困顿的城市生活中，人只有坚持对美与善的追求，才能获得内心的宁静和暂时的超脱。

罗莲始终关注城市人的生存境遇，在诗歌《手执莲花的女子》中，她进一步探讨了城市人如何实现自我救赎这一问题。在罗莲的笔下，城市依然是混乱而虚华的，但是她同时塑造了一个"手执莲花的女子"形象：

> 阳光在正午的街市坠落
>
> 秋风轻扬着喧哗
>
> 尘世的反光
>
> 咀嚼着人群虚幻的面容
>
> 在我疲惫的眼中
>
> 手执莲花的女子走来
>
> …………
>
> 而手执莲花的女子
>
> 就是这样
>
> 带着征服与挽救不期而至
>
> 让花朵与梦想在同一时刻深入世事
>
> 我听见人群内心隐秘的花朵
>
> 在秋风中粲然开放
>
> 简单而不繁复
>
> 天鹅与露水都从空中归于内心
>
> 这城市霎时间出落得
>
> 金子般干净①

---

① 贵州省作家协会编《贵州作家作品精选·诗歌卷》，作家出版社，2009，第47页。

"手执莲花的女子"降临于喧嚣的城市,她的目的是"征服和挽救"城市人。"手执莲花的女子"很容易让我们联想到观音的形象,而观音正好是救赎的代名词。当然,在理解这首诗歌时,我们未必要把这一形象与观音相联系。"手执莲花的女子"代表一种美好的信仰和净化人心的力量,她让人们的内心归于简单和宁静,从而使人们在喧闹的城市获得自救。"手执莲花的女子"并不是以强迫的手段征服城市人,她只是用善和美来感化人,从而把人们心中那原本向善的花朵催化开来。"天鹅与露水"的寓意跟《街心风景》中的"飞鸟"和"玫瑰"有相通之处,它们都是大自然之美的化身。"天鹅与露水都从空中归于内心"则是指人们最终触摸到了大自然的脉搏,以至在城市生活中找到了内心的归宿。如果说在《街心风景》中罗莲只是试探性地告诉我们,人只有坚持内心对善与美的追求,才有可能在城市中获得解脱,那么在《手执莲花的女子》中,罗莲则是确定无疑地告诉我们,只要人们能坚守内心对善与美的信仰,即使是在混乱的城市中也一定能找到归属感。

在罗莲那里,城市人还可以通过各种途径得到救赎,而在诗人西楚的笔下,面对苍白的城市生活人们只能绝望地呐喊。西楚的诗歌《我如何回到寂静》《送奶车载来的早晨》《迷醉》等都反映了同一主题,即"我"日益感到城市生活的慌乱和空虚,向往"寂静"而又不可得。诗人所描绘的城市生活是压抑的、毫无生气的——城市中"蚁群"汹涌,垃圾桶像狙击手一样猎取各种废物,电脑霸占了人们的生活,电子宠物填补人们的寂寞,家庭影院昼夜开放,总之,人们在完全混沌的状态里苦苦挣扎。诗人由此发出呼号——"我如何回到寂静?"可是他注定找不到答案,因为目之所及全是城市的纷繁与浮躁,耽于这种混乱生活的城市人永不可能获得解脱。

吴英文是一位始终对城市保持警惕的诗人,他不仅关注城市化对土地所造成的侵蚀,而且还对城市人的生存境遇进行清醒的审视。在诗歌《每天》中,诗人这样写道:

早晨我保持足够的清醒

打量周围的一切

办公室的洁白墙面，品牌电脑

蓝玻璃外漂流的汽车

街道上的人群匆忙而陌生

我的目光因此而狭小

…………

一年四季

许多事物被我追逐

令我满足，并且沉迷

有时候却无缘无故失去了欲望

下午我朝着西墙上洞开的窗口

望向更远

我看到的是渐渐矮下去的太阳①

　　诗歌描绘的不单是"我"的"每天"，更是城市人每天程式化的生活。"洁白的墙面"和"品牌电脑"说明"我"有一份体面的工作和比较优越的物质生活条件，然而"我"眼里看到的却是人群的匆忙和陌生。当然，这是"我"在早晨"保持足够的清醒"的时候才能意识到的，而多数时候"我"混迹于城市的繁华中浑然不觉——"一年四季/许多事物被我追逐/令我满足，并且沉迷。"这便是全诗的精妙之处，它通过写"我"刹那间的"觉醒"来表现所有城市人那难以掩盖的空虚感。城市的生活丰富多彩，人们追逐着各种目标且乐此不疲，然而空虚感却也如影随形，让他们"有时候却无缘无故失去了欲望"。"我"朝洞开的窗口远望太阳，这暗示了"我"想超越眼前的局限，

---

① 吴英文：《一些事物被我看见（组诗）》，《民族文学》2009 年第 12 期。

"我"愿意打破这种虚空的程式化生活，与自然相亲近。"渐渐矮下去的太阳"不单是当时的自然景象，它更影射了城市生活终将进一步萎缩下去。"我"是所有城市人的一个缩影，"我"厌倦了城市的空虚，渴望能够暂时投入自然的怀抱，然而"我"注定无法逃脱，于是"我"只能依旧在办公室里远远望着"渐渐矮下去的太阳"。

擅长儿童文学创作的胡巧玲在短篇小说《城市里的鸭子》中借一只鸭子的视角展现了城市生活的混沌与贫乏。一只乡下小土鸭进了城，被小男孩收养，从此开始了它新鲜、惊险而又百无聊赖的城市之旅。从电视上，它看到了自己的同伴如何被执法人员查获并就地挖坑活埋；一头大黄牛误闯闹市，被警察连开八枪击毙；花花绿绿勾引欲望的广告。城市那么光鲜，但对于土鸭来说，又是那么冷漠。它无论走到哪里都被觊觎那一身肉，随时有被炖成一锅老鸭汤的危险。城市里人与人之间冷漠而无情，邻里之间犹如仇人，人们彼此算计，把金钱看得重于一切。城市于鸭子来说，就是男孩家那转不过身的狭小空间，甚至于只是那一方小小的厕所。其实这也正暗示了城市人生活空间的狭隘。鸭子闯进了本不属于自己的家，而人的家园也在一点一点丧失。

廖国松的短篇小说《鲵塑》写道，一个曾经山清水秀的郊区因为建化工厂而遭到环境污染，小溪被填埋，溪中一条娃娃鱼也随之被埋，它变成一个"幽灵"，夜夜像婴儿一样啼哭。荒郊一栋旧房子里的住户，既害怕又习惯和迷恋这种声音。当"我"和雷仲在好奇心的驱使下挖出娃娃鱼之后，旧房子里的住户立即感到不安，他们不再习惯那种听不到幽灵哭叫之声的日子，而且还经历了或伤或亡种种离奇之事，因此他们强烈要求"我"把娃娃鱼重新送回地下。旧房子里的住户惨白而羸弱，他们热衷打牌，正如雷仲所言，"那院子里的人全得了他妈的病"。旧房子里的人其实就是现代人的缩影，他们所得的病也就是现代人的通病。在远离自然之后，人们变得封闭自守，孱弱而又神经质。他们甚至习惯了那种变态的心理状态和怪异的生活方式。作者正是借这样一个故事，把现代人所面临的环境生态和精神生态的恶化呈现了出来。

廖国松最擅长捕捉城市人生活中那些有意味的细节，以反映他们的生存面貌。小说《鹦鹉》写中午下班时分，闹市中心的树上出现了一只大鹦鹉，以及围观群众的反应。先是一对年轻夫妇的对话：

> 妻：还没看够？不就是一只普通的大鹦鹉。
>
> 夫：总比回家呛煤烟好！
>
> 妻：哎呀，星期天到鸟市买一只，关在屋里让你一个人欣赏，行不行？
>
> 夫：没意思。
>
> 妻：依你说，呆头呆脑站在这里才过瘾，是不是？
>
> 夫：对，就这样，在大街上，看鸟。①

年轻的"丈夫"不愿意回家呛煤烟，也不愿要一只关在笼子里的鸟，而宁愿待在大街上看鸟，这不单是爱看"热闹"的缘故，更是他从鸟那里实现了与大自然之间的有限交流。在现代城市中，大自然早已经隐退，而人们对于自然的渴望却是不会消失的，它会成为人们内心最幽秘的向往。小说中还有这样一段对话：

> "要是到处都有鸟叫就好了！"一个少女说道。
>
> "也就没有吸引力了！""眼镜"说。
>
> "那才好呢！"一个背蓝皮书包的小男孩说。
>
> "有啥子稀罕！"卖冰棒的老太婆插口说，"头二十年前，哪棵树没几个雀儿，我住河坎街那阵子，门前的皂角树，白鹤都要飞来绕几圈……"

---

① 《廖国松小说选》，贵州人民出版社，1993，第186页。

"白鹤是什么?"一个披长发穿牛仔裤的姑娘怯生生问。

"白鹤都没见过?"①

　　其实,"眼镜"的话道出了重点所在。正因为现在已经很少见到鸟了,所以在闹市的树上出现这么一只鹦鹉,众人会感到新奇,会忘我地围观。廖国松善于捕捉这样微妙的瞬间,以此来反映当下人们的生存境遇。我们已经远离自然,即使是这样一只鹦鹉,也足以牵扯出人们对大自然那久违了的向往。最富意味的是小说结尾——鹦鹉被小伙子手中的气枪惊吓而死。这属于典型的廖国松风格,带有一些魔幻现实主义色彩。这也暗示了人与鸟的冲突,人们将失去与大自然的最后一点联系,城市生活将进一步走向贫乏。

　　在诗歌《画眉在鸣叫》中,廖公弦更加直白地为我们描绘了城市生活的这种困顿。诗歌写道:

　　　　这城市的边缘,
　　　　真的草、真的树。
　　　　听得画眉的叫声,
　　　　在把春天描述。

　　　　画眉在笼子里,
　　　　笼子在人手里,
　　　　人往城里走去。

　　　　画眉在鸣叫,
　　　　叫在笼子里,
　　　　叫在春天里,

---

① 《廖国松小说选》,贵州人民出版社,1993,第189页。

叫在春天的笼子里。①

这首精巧的小诗可谓构思非常独特，它借画眉在笼子里鸣叫这个意象，把城市的贫乏以及它对人的束缚展现得淋漓尽致。春天是万物复苏的季节，城市的春天虽然也有画眉鸟在鸣叫，可这画眉却是被关在笼子里的。画眉被人关在笼子里，而人被城市这个"大笼子"关住，总之画眉与人都是"囚徒"。

卢惠龙也是一位密切关注城市生态环境的作家，他把目光锁定在贵阳这座城市及其周边地区，写下了《永远的甲秀》《又到青岩》等生态散文。《永远的甲秀》写道，甲秀楼是一座城市的集体记忆，与之相依相傍的南明河是贵阳的母亲河，它们共同记录着贵阳这座城市的历史变迁。随着城市化改造进程的加快，"许多老街不在了，贵阳历史的肌理一条条消遁。市区，鳞次栉比的高楼，峰峦般威仪，彩繁理富，美轮美奂，将天空割裂成几何图形，蓝天似乎越来越逼仄。无数的写字楼、商厦、会所依街而建，蓝色的玻璃幕墙，反射华丽之光。满街车水马龙，小轿车品牌越来越多，尾部放肆地排出气体"②。甲秀楼几经修葺，亭台楼阁焕然一新，甲秀楼广场也修建起来。然而作者发现，被霓虹灯所环绕的甲秀楼"美则美矣，亮则亮矣，却仿佛是走不进去的"。而南明河变得不再清澈，人们再不能像从前一样在河中游泳摸鱼了。人们在追求城市化的时候，也感受到了城市带给人的束缚，因此他们又千方百计试图逃离。作者还自然联系到了瑞士伯尔尼和日内瓦这两个城市，人们虽然身处都市，却过着简单恬淡、与自然浑融的生活。在作者看来，这才是城市人的归宿和幸福。作者用细致的笔触把城市化发展所带来的这种"二律背反""喜忧参半"表现得尤为深刻。

在散文《远去的马尾松》中，作者把马尾松当作大自然的代表，

---

① 《廖公弦诗选》，贵州人民出版社，1994，第 111 页。
② 卢惠龙：《永远的甲秀》，《贵阳文史》2010 年第 5 期。

他认为贵阳这座城市发展的过程也是马尾松逐渐被伐而代之以高楼大厦的过程。作者满怀深情描绘了人与自然和谐相处的美好图景："我们祖祖辈辈都在大自然的庇护下成长、强悍，孩子们在绿树下嬉戏，阳光执傲地从松树的细叶间透出，他们知道哪是蒲公英、哪是布谷鸟，他们看日出日落、花开花谢，看流星雨、地平线，看成群结队的蚂蚁搬家、看大雁在蓝天排成'人'字。他们有爬树、捉蚂蚱的童年。"① 然而如今城市化水平大大提高的贵阳城却正与大自然渐行渐远。生活在贵阳城中的人再也体验不到在大自然中与万物亲密接触的那种欢乐。作者呼吁城市人走出钢筋水泥丛林，去大自然中寻找心灵的慰藉，而青岩正是这样一个"喧闹城市的出口，壅塞心灵的出口"。在贵阳几十公里以外的青岩小镇，人们可以围炉煮茶，下棋闲谈，充分享受在大自然中的惬意时光。散文《又到青岩》写道："我一辈子就想有这样一个自己的院坝。秋天，梧桐叶子干了，飘落一地，用一把大竹扫帚把枯叶扫在一起，烧掉，黑的烟，红的火。冬日里，能够坐在暖暖的阳光里发呆，也好。"② 青岩小院落中的这种闲适生活，其实就是作者心目中最理想的回归自然的途径。

　　王剑平用颇具先锋意味的笔触，刻画了一个概括而又明晰的"城市形状"。在短篇小说《城市形状》中，作者借一个城市边缘人——"我"的视角，来描绘城市的面貌。城市不单有"风起云涌的高楼""五光十色的霓虹灯""漫如潮水的卡拉 OK""发疯的广告牌"，还有过于早熟和开放的少年情侣、外表美丽的年轻女骗子、倒在泥水里奄奄一息的妇女。在城市"我"连一个避雨的屋檐都找不到，因为"城市建造者只考虑防范盗贼"；应聘则不是讲究文凭和能力，而是"关系"；走投无路的"我"沦落到下跪乞讨，却最终被人认成骗子。"我"深刻

---

① 卢惠龙：《远去的马尾松》，《贵阳文史》2011 年第 6 期。
② 卢惠龙：《又到青岩》，《贵阳文史》2013 年第 2 期。

体会到"只有生活在城市里的人才会孤独",所以"我"要回到沿城去,在"我"心中,只有沿城这样的小镇才是人心灵的栖息地。

西篱与王剑平的意图相似,她试图用散文《城市的脸(三题)》为城市画一张素描。在西篱笔下,城市充斥着浮华、纷乱和虚荣,这里断不是人类理想的家园:"群群的异乡青年,他们挣脱了乡村,从一个城市到另一个城市,滑翔、奔跑,如今站立在繁华的街口,遥望锃亮高耸的建筑,炫目又慌张。他们不知道自己是否真的渴望进入玻璃和网络的生活,以薄薄的肺叶和汽车一道呼吸同样的空气,连阳光也不像乡间那么灿烂和有力,他们感到缺氧。"[①] 人是城市生活中唯一的至高无上的主人翁,人们让一切事物按照其愿望运转,而事实上人根本把握不了自己的方向,相反的,他们在日渐远离大自然的生活中不可抑制地感到空虚。西篱对此有深刻的认识,她说:"周围的一切都是人所制造,按人的需要去显示它的作用,就连自然风景,也是依人的愿望而成型,树木花草,根据人所要求的模样去生长……人们日益习惯于外在的表现,内心的判断没有了方向。无处不在的空调冷气里,气候成为古老的回忆。"[②] 当今人们能够随心所欲去改变花草树木的生长形态,能够在一定程度上摆脱气候的控制而随意调控室内温度时,这看似科技进步带给人的福祉,而实际上它进一步把人推离大自然,让人类彻底陷入无根的困境。

混乱的"街心风景"是城市最真实的写照,也是城市在每一个企图逃脱的城市人心底留下的最深刻的烙印。城市人日渐感到生活的空虚,面对陌生的人潮、汹涌的车流、程式化的工作、逼仄的生存空间以及混沌的社会环境,想要超脱却不可能。不管是罗莲、西楚,还是吴英文等,他们笔下的城市人都是在混乱的"街心风景"里苦苦挣扎,而绝无生活的诗意可言。虽然罗莲呼吁人们用内心的宁静来抵制城市的腐蚀,事实上这只能帮

---

① 西篱:《城市的脸(三题)》,《红豆》2005 年第 2 期。
② 西篱:《城市的脸(三题)》,《红豆》2005 年第 2 期。

助人们达成与城市的暂时和解，离所谓的"诗意栖居"还很遥远。至于西楚和吴英文等，他们甚至连"和解"的希望也无从寻觅，所以只能在内心无助地呼喊："我如何回到寂静？"

（三）"别人的城市"与"回不去的故乡"

在贵州作家的笔下常常出现"别人的城市""他们的城市"这一类字眼，这绝不是单纯的巧合，而是有根可溯。例如，姚瑶在《写不完的乡村》中写道："我羡慕着城市的艳华，在别人的城市里，我们同样可以放牧自己的思想，耕种自己的庄稼，收获自己的粮食。"① 作者虽然身在城市，多数时候甚至也被城市的繁华所诱惑，然而在潜意识里始终把它当作"别人的城市"。城市是"别人的"而不是"我的"，这反映的其实是归属感的缺失。姚瑶对此做出过进一步的解释："在城市里，一切奢华的堆砌都无法满足我们心里的欲望，我们在城市里购置了房子，为躯体找到了家，却没有给灵魂安家。"② 因为人们无法在浮华的城市为灵魂找到归宿，所以他们永远把自己定位为城市的过客——虽然身居城市，却始终在寻觅内心的那个家园，生活中注定充满躁动和无所适从。

在拒斥城市的同时，人们却对乡村怀揣着美好的期望，他们认为乡村才是美的所在，只有回到那里才能找到心灵的归宿。这在深层次上反映的便是所谓的"诗人的怀乡症"。鲁枢元在《生态文艺学》中对"诗人的怀乡症"做过分析，他认为故乡是人类生命的源头，"诗人的怀乡"其实是人类对自己生命之根的追寻。鲁枢元解释道：

> 故乡是一块自然环境，是天空，大地，动物，植物，时光，岁月；故乡是一支聚集的种群，是宗族，是血亲，是祖父祖母、外公外婆、父亲母亲、邻里乡亲、童年玩伴、初恋情人；故乡是生命的

① 姚瑶：《写不完的乡村》，《中国电力企业管理》2009 年第 15 期。
② 姚瑶：《写不完的乡村》，《中国电力企业管理》2009 年第 15 期。

源头、人生的起点，是一个由受孕到妊娠到分娩到呱呱坠地到生长发育的过程；故乡又是一个现下已经不再在场的、被记忆虚拟的、被感情熏染的、被想象幻化的心灵境域。

诗人的怀乡，象征着人类对于自己生命的源头、立足的根基、情感的凭依、心灵的栖息地的眷恋。[①]

鲁枢元论述的虽然是"诗人的怀乡症"，但其实这个"诗人"并非仅仅局限于写诗的那一类人，它应指所有具有细腻情感的写作者，甚至可以泛指所有对家园怀有深情的普通人，正如鲁枢元自己所认同的，怀乡是人的本能。故乡一般处在山水自然之中，它与大自然有着紧密的联系，因此在那里人与万物有着更多的交流，人的生命也更接近于其本真状态。乡村的社会环境更澄明一些，它没有物欲横流和黑暗复杂，人与人之间的关系也相对纯粹，人们相互之间保持着信义和友爱。尤其是当人们身处虚华的城市，为生存的困境所压迫时，便会不自觉地把故乡的美好成倍放大，并越发向往"回归"。然而，所谓的"还乡"注定只存在于想象之中，在现实里人们永远不可能返归故土家园。一方面，因为"城市人"不可能真正放弃光鲜的城市生活而选择"回归"，不管城市有多少种"罪恶"，它依然有足够的魅力让人沉迷；另一方面，因为乡村也在日益变化，它早已不是人们心目中的那个"故乡"，人们能回到的只是当下的乡村，而不是昔日的"故乡"。面对"别人的城市"与"回不去的故乡"这种两难处境，人们只能盲目地不停寻找而又最终收获失望。

徐必常对人的"返乡"情结有着清醒的认识，他认为无论人们多么向往故乡，都无法实现真正的"回归"，这是因为人已经有了各种牵绊和负累。诗人在组诗《流水》中这样写道：

[①] 鲁枢元：《生态文艺学》，陕西人民教育出版社，2000，第97页。

从这条道走到黑

一定能收获一片蛙声

但我们总是半途而废

结果收获一篮子叹息

不只是听自己说

田园的景色是多么美好

但我们总是有意回避它

胆小的不敢看它一眼

心中什么时候安装了一台搅拌机

把水和泥沙搅在一起

就像把心和血搅在一起

我终于懂了

我们是生活的搅拌物

你看我们满身乡下的水土

却混合着城里的胶结物

结果我什么地方都回不去①

　　美好的田园景色始终是一个诱惑，它牵引着"我们"的向往，然而胆小的"我们"却无法为这个向往而勇敢行动，因此"我们"只能无奈叹息。这里所反映的其实就是人们向往"还乡"而不可得。人之所以无法再回到故乡，是因为人已经变得胆小，而这种胆小又是因为人不得不向现实生活投降。"我们"虽然来自乡村，甚至也对乡村始终保持着依恋，但是"我们"必须在城市生存下去，并且自觉地去适应城

　①　徐必常：《流水（组诗）》，《草原》2011年第1期。

市的法则，这也就是诗人所说的"我们是生活的搅拌物"。"结果我什么地方都回不去"不单是指"我"回不了故乡，也是指"我"回不了城市，即"我"无法在城市找到归宿。这种"什么地方都回不去"的处境正暗示了现代人无"家"可归的状态。

吴治由在其组诗《秋风吹暖》中更加直白地自我剖析道：

> 而此刻，我羞愧于再也做不回一个农民的儿子
> 枯坐在这与村庄背道而驰、渐行渐远的车上
> 并在脑海中虚情假意地闪过：犁铧、锄头、镰刀
> 高粱、大豆、小麦、玉米……①

"我"在秋收时节回到故乡，重温了熟悉的乡音，并且加入了父老乡亲收割庄稼的行列。虽然"我"像父老乡亲一样"大把揩汗，大碗喝水"，但是"我"却"再也做不回一个农民的儿子"。"我"变成了故乡的过客，在短暂的停留之后，"我"依然得坐在"渐行渐远的车上"，回到"他们的城市"。诗人说"并在脑海中虚情假意地闪过：犁铧、锄头、镰刀……"，这里，"虚情假意"一词其实是反语，也是"我"的自嘲。"我"的的确确怀念故乡，并且珍惜故乡的一切人、事、物，但是"我"终究要背离故乡。诗人用"虚情假意"一词把"我"向往故乡而又无法回归故乡的复杂感情表现了出来。

诗人牧之把自己的根扎于"民间"，他始终认为只有在"民间"，亦即故乡，自己才能找到心灵的归宿。在组诗《捧出我隐于民间的诗歌》中，诗人毫不掩饰对故乡的热恋以及对城市的厌倦。组诗中写道：

> 当鲜艳的花儿们都次第开放
> 我的诗歌注定是民间散落的花瓣

---

① 吴治由：《秋风吹暖（组诗）》，《山东文学》2012 年第 1 期。

离家园的土地最近

离城市的花园最远

像风一样找不到影子

却能感到丝丝凉意

在众鸟高飞的季节

捧出我隐于民间的诗歌

沿游子灵魂回归的方向

让一颗心连着一颗心

去寻找梦中的故乡

携一首民歌走进城市

一只羊　一滴露珠　一棵草

一缕缕暖暖的炊烟

都会在我的诗歌里被牵挂着

在城市的某个角落里

独自溢满馨香

任游子身上衣的故事

自由地飞翔于城市和乡村

…………①

在诗人的笔下，乡村与城市始终是一组相对立的意象。"我"带着乡村的种种印记走进城市，然而城市只是我暂时的栖身地，乡村才是我永远向往着的故土和乐土。诗人说："我的诗歌注定是民间散落的花瓣/离家园的土地最近/离城市的花园最远。""我的诗歌"也可以说是

---

① 牧之：《捧出我隐于民间的诗歌（组诗）》，《民族文学》2012 年第 4 期。

诗人的灵魂，是诗人心之所向。尽管诗人身处城市，但他的心更贴近家园的土地，而不是城市的花园。"土地"和"花园"这两个意象也非常深刻。"土地"是大自然的，它承载自然万物，包括"一只羊、一滴露珠、一棵草/一缕缕暖暖的炊烟"；"花园"却是人为制造出来的，它远离自然，也远离一切自由自在的生命个体。通过这组意象的对比，乡村的生命内涵更加凸显。诗人还告诉我们："挪进城市的大树/用静似沉默的语言告诉我/被守护的也会被抛弃。"① 诗人所获得的这种体悟无疑是深刻的，被挪进城市的大树，能得到很好的保护和照料，同时它也远离了大自然，为大自然所抛弃。"挪进城市的大树"也是诗人的自比。通过对"我"在城市的遭遇以及"我"对乡村的向往的描写，诗人表明了他向往乡村澄明生活的志趣。然而故乡又是注定回不去的，诗人在其诗作《简单的心绪》中继续探讨这一主题。诗人所谓的"简单的心绪"，不过是在阳光下"掀开童年的鸟声和画册"，即回归于与大自然亲密接触的昔日美好时光。然而我们看到，即使是如此"简单的心绪"，也很难实现。"我们"可以暂时回到故乡，"在鸟鸣衔来的喜悦里/在家园丰收的晒场边/握一把关于祖先故事的良种/滋润着我们漂泊的灵魂"②。可是"我们"终究要带着对故乡的依恋而回到"别人的城市"，就像诗中所言，"摆弄着高楼与汽车的积木/经历人生的另一番雷雨闪电"。③

　　青年诗人陈德根则通过"打工者"的视角来展现代城市对人的压迫。在陈德根的笔下，"城市"与"乡村"永远是截然对立的两个意象，"城市"意味着"脚手架""出租屋""塑料件""铁器""加班以

---

① 牧之：《捧出我隐于民间的诗歌（组诗）》，《民族文学》2012 年第 4 期。

② 贵州省文联编《纪念建党 90 周年贵州文学精品集·诗歌卷》，贵州人民出版社，2011，第 178 页。

③ 贵州省文联编《纪念建党 90 周年贵州文学精品集·诗歌卷》，贵州人民出版社，2011，第 178 页。

及工头卷款潜逃"等，而"乡村"则代表着"羊群""鸡鸣""麦芒""父亲手中的镰刀""妹妹脸上的羞云"。在城市打工的"我"始终处于流浪状态，因此"我"常常"想念火柴和露珠"。尽管"我"是如此留恋乡村生活，却也无法真正回归故乡，"我"只能像所有打工者一样，在城市的最底层奋力挣扎而又永无出头之日。陈德根的诗作《在城市流浪》描绘了城市打工者最真实的生活状态：

> 暂住证、房租、水电费、物价上涨……我的籍贯颠沛流离，贫病交加。合同、定单、违约金……这是我的八月，金色的秋天……我在鸟笼里传来的鸣咽中睡去。梦中的家园已经牛羊成群、五谷丰登……①

"金色的秋天"总会格外地被怀乡的诗人所记挂，这不单是因为秋天充满了收获的喜悦，更是因为在这个时节，每一个趋于成熟的物种都到达了它生命的顶点，大地充满生命力，而万物的生命与人的生命碰撞在一起，达至天然的交融状态。所以说诗人怀念故乡的金秋其实也就是怀念一种纯真的生命状态。诗人陈德根在"金色的秋天"却只收获了"合同、定单、违约金……"，而这是一些完全没有生命力的事物。城市处处对打工者施加着压迫，房租、水电费和上涨的物价不过是从物质层面压制着打工者，而无"家"可归的流浪状态才是最终打垮这些打工者的"罪魁祸首"。城市是贫乏的，它无法容纳自在自为的生命个体，即使它允许一只鸟存在，那也是被关在笼中鸣咽的鸟。城市打工者不可能体会到与其他生命相交融的喜悦，他们被城市这个大"鸟笼"牢牢地关住，只能在梦中回到故土家园。

诗歌《在工业区》则更加直白和细致地展现了城市对打工者的迫害。诗人用他一贯的呐喊式的抒情方式写道：

---

① 陈德根：《在城市流浪（外一章）》，《岁月》2008 年第 2 期。

工业区的表层，被切割的光阴和籍贯。那些苦难深重的命运推搡着，进入一座座城市。

我们想念火柴和露珠。我们假装若无其事地目睹金属尖锐的摩擦声一再贴近那些工衣紧裹的青春和被工装模糊了性别的车工、操作工……

像雨中的青苔，年轻或不再年轻的面孔在电子产品、塑料件和打桩机的侧面反光。

始终找不到生活的位置，让那么多的人感到无所适从。

这些田野里的麦芒乡间的土豆，把乡愁和乡音都卡在嗓子眼，眼睁睁地看着一个个错过的季节在远处花枝招展。

多么生动啊，油菜花的列车，妹妹的青春。素色的信笺和邮戳追赶着一封封遥不可及的家书。

打工的人在颠簸中开成正在扬花的水稻。心中一片璀璨，如同正在经历一场阳光背面的艳遇。①

"电子产品"和"塑料件"是由打工者制造出来的，然而对打工者而言，它们最终成为一种异己的存在，反过来对其造成压迫。马克思从专业的角度对这一现象做过论述，他说："工人在他的产品中的外化，不仅意味着他的劳动成为对象，成为外部的存在，而且意味着他的劳动作为一种异己的东西不依赖于他而在他之外存在，并成为同他对立的独立力量；意味着他给予对象的生命作为敌对的和异己的东西同他相对抗。"② 这一段论说虽然比较拗口，但它表达的意思并不复杂。马克思要告诉我们的其实就是在资本主义社会，劳动产品反过来对劳动者造成了压迫。如果这样的解释还不够清晰，那我们可以结合萨克塞在《生态哲学》中的论述来理解。萨克塞说：

---

① 陈德根：《像一场雨水（外一首）》，《诗刊》2010 年第 11 期。
② 《马克思恩格斯全集》第 42 卷，人民出版社，1979，第 91 页。

　　农民和手工业者的劳动都是在具体世界的领域里，因此每个人都能判断他的工作具体有什么用处，都能判断别人做什么，有什么成效。现代技术已经达到如此规模，已经让人无法直接观察清楚，要想做出判断需要受专门的教育。由于绕的弯路越来越远，个人的工作距离最终的目标越来越远，所以个人对整体关联也就越来越陌生。①

　　农民和手工业者的劳动无论多么繁重，始终是具体而可感的，然而现代工人的劳动却永远没有尽头，因为人类膨胀的欲望和与日俱增的社会需求是一个无底洞，它们要求工人无止无休地劳动。在资本主义最得意的产物——现代城市中，打工者被"异化"了的劳动磨去了性别、年龄等个体特征，他们完全沦为劳动的机器。陈德根笔下的城市一律如此，对打工者而言，它们是一个个张着"血口"的魔窟，然而它们同时又具有足够的"魔力"，他们能让这些逃无可逃的打工者乐此不疲地在其中奋力挣扎。陈德根所刻画的"我们"始终向往着乡间的油菜花、麦子、土豆、水稻，却又不得不自觉接受城市的囚困，让金属、电子产品、塑料件等一点一点侵蚀掉生命。这里所反映的正是城市化的症结。一方面城市化不单让许多乡村变为城市，它还让无数的乡下人进城，成为名义上的"城市人"；而另一方面，城市又始终摆出一副冷漠的面孔，它是"别人的城市"，因此，无所适从的"城市人"时刻寻求着逃离。本身属于打工者之一的陈德根创作出大量类似于《在工业区》这样的诗作，例如《城市牧歌》《在工业轰鸣中庄稼的疼痛》《打工：一个疼痛的词语》等。陈德根不但以这一系列作品真实地描绘出打工者的生存境遇，而且展示了城市压迫人和侵害人的实质。

　　与上述诗人一样，孟学祥也看到了"城市人"的挣扎与迷惑，只

---

　　① 〔德〕萨克塞：《生态哲学》，文韬、佩云译，东方出版社，1991，第50页。

不过他不是以诗歌的形式，而是通过小说，讲述了一个关于寻找心灵家园的故事。在短篇小说《寻找红砖墙》中，作者构筑了一个巧妙的寓言结构，他表面上在写一个人是如何去寻找一堵红砖墙，实际上表现的却是"城市人"如何去寻求别样的生活以获得心灵的慰藉。小说开篇写道："张全亮去找一个人，而张全亮又不认识那个人，那个人说他住的地方有红砖墙，张全亮就这样走着在城市中寻找红砖墙。"① 此后，小说中不断重复"张全亮去寻找红砖墙"这个句式，而且作者还点明，张全亮要寻找的"红砖墙"是"不加任何粉饰的，仍散发着泥土香味的红砖墙"。"红砖墙"是由泥土做成的，正如作者所言，它"仍散发着泥土香味"，与城市的钢筋水泥相较而言，"红砖墙"更接近大自然，也更具有生命气息。主人公张全亮寻找的并不是一个实际具体的人，也并不是一堵红砖墙，而是一种与泥土相亲近的生活方式以及内心的宁静。

张全亮在寻找"红砖墙"的过程中路过了一条难得一见的泥土路，它虽然泥泞难行，却充满生命的气息，然而就是这样一条路也很难在城市中继续存在下去。"张全亮看见几台推土机在泥土路的另一头挖掘着，装运泥土的汽车也在来来往往地奔忙着。一位坐在门口晒太阳的老人不无忧伤地告诉张全亮，这条路要改变了，要被人为地弄得面目全非了，这个城市里再也找不到一条属于泥土自己的路了。"② 泥土路的消失暗示了城市对土地和自然生命的又一次背离。作者由张全亮的视角出发，对城市的"路"进行了进一步的审视——"城市的大街是车路，是没有人走的路，车代替了人，车取得了合法的行路权。人不能在大街上乱走，人只能躲在车里，人只能在车上坐着，用心去感受车轮胎同沥青、同水泥路面的摩擦。车在城市的大街上横冲直闯，喇叭震天响，尾气排放得城市的空气中全是油烟味。"③ 汽车本是科技进步带给人们的

---

① 孟学祥：《寻找红砖墙》，《延安文学》2012 年第 6 期。

② 孟学祥：《寻找红砖墙》，《延安文学》2012 年第 6 期。

③ 孟学祥：《寻找红砖墙》，《延安文学》2012 年第 6 期。

方便，然而它反过来却对人造成了压迫。汽车取代了人而成为路的主人，而人们却坐在汽车里，疏远了"行走"这一自然本性，一点点退化为完全失去行走能力的"机械人"。在生命力早已萎缩的城市，张全亮注定无法找到他想要的"红砖墙"，亦即无法找到与大自然相亲近的生活方式。小说中有这样两段描写：

> 张全亮总也找不到红砖墙。张全亮不知道该往哪里走，也不知道那个约他的人是不是也装在车里？张全亮站在城市的十字路口边，一辆车在张全亮的旁边很威武地鸣一声喇叭，浮躁地绝尘而去。

> 张全亮不知道红砖墙在哪里，这也许就是张全亮的悲剧。但张全亮却没法让自己停下来，张全亮不停地走不停地寻找，就是想通过不懈的努力，来寻找一个新的发现。那个约张全亮的人说，真正的寻找是让一个人孤独地在路上走。张全亮不喜欢孤独，但生活中制造孤独的人，却总是要将孤独强加于人，而自己却无缘去享受孤独。张全亮去找一个人，这个人在闹市中，这个人或许不孤独。但张全亮很孤独，在闹市中孤独的张全亮又常常在闹市的灯红酒绿中迷失自己。①

以上两段引言正暗示了小说中很重要的一个讯息，即张全亮始终在寻找的那个人其实是"另一个自己"。被装在车里、在闹市的灯红酒绿中迷失自己、常常感到孤独的人其实就是现实中的张全亮，是"自我"；而身处闹市之中却并不孤独的那一个则是理想中的张全亮，是"超我"。"生活中制造孤独的人，却总是要将孤独强加于人，而自己却无缘去享受孤独。"这里"生活中制造孤独的人"是指"城市人"这个整体，而被强加孤独的人则是指城市中像张全亮一样的"觉醒"了的

---

① 孟学祥：《寻找红砖墙》，《延安文学》2012 年第 6 期。

个体。在"别人的城市"中，张全亮始终是孤独的，他意识到了自己与城市的隔膜，因此他总在寻求解脱之法。张全亮想要找到理想中的那个自己，亦即找回内心的高洁和宁静，以超越现实中的彷徨。这跟罗莲所倡导的以内心的善和美来抵制城市的诱惑十分类似。

作者揭示的城市的种种阴暗和虚华也多半是人为原因造成，它们源自欲望的膨胀和人性的恶化。作者直接写道："生活中的许多浮躁都是人为制造的，要穿，要吃，要买房、买车，要养家糊口，要谋事、谋人、谋金钱、谋地位、谋仕途，这么多错综复杂的生活概念重叠在人生的肩膀上，才生出了那么多的浮躁。"[①] 他还进一步以张全亮身边的实例为上述观点作了补充论证。张全亮的上司因私藏"小金库"，用公款胡吃海喝和包养情妇，最终被检举，这时张全亮和同事们欢欣鼓舞，而上司的妻儿则立即转移财产并与之断绝了关系。自从上司下马之后，张全亮与同事们很快解散"联盟"，各自施展手段，跑关系找门路，企图顶替空缺。五十一岁的老马原本想早退休，回到农村去陪老伴儿，"侍弄那年年都生长着旺盛生命的黑土地"。因此当身边的人忙于"敲主管领导的门"的时候，老马是不以为意的。可是最后老马却意外地获得了这个晋升的机会。当了"上司"后的老马，很快失去了他往日的平和与从容，他变得跟上一任一样贪婪，甚至有过之而无不及。现代城市是一架复制机器，它抹杀人的个性，把人们复制成一个模样，于是丑恶的东西被一再复制。作者用这样的例子来告诉我们，城市的恶多是人为制造出来的，但即使如此，"觉醒"了的张全亮想要凭着内心的执着去抵制欲望的腐蚀也绝非易事，因为城市是具有"魔力"的。人们用内心的欲望轻易地制造出了城市的恶，但是反过来再想要以内心的定力去超越城市的恶却"难于上青天"。

张全亮一路寻找红砖墙，所到之处见到的是家长带着孩子打麻将、

---

① 孟学祥：《寻找红砖墙》，《延安文学》2012 年第 6 期。

人们冷漠围观而见死不救、势利的服装店主推销不成便大骂"穷光蛋"。"张全亮站在城市的大街上，看见一些人走进了街头随处都可以见到的修脚屋，另一些人在朦胧的灯光下，到路边店去找了三陪小姐。张全亮还看见一大群背着书包的男孩女孩涌进网吧，涌进那个不需要遮掩，而完全可以向外人袒露心扉的自由世界。正在想心事的张全亮几乎撞上了人行道中央的电杆，电杆上四周都贴满了根治性病和治疗阳痿的广告。"① 从张全亮的视角来看，城市显然是无可救药的，因此他想要寻找理想中的那个自己，以超越现实的痛苦。然而对张全亮来说，罗莲式的"心理疗法"俨然无效，因为他始终无法找到心中的那堵"红砖墙"。"超越"的路已经无法走通，而"逃离"的路也变得渺茫。张全亮虽然来自乡村，但是返乡之路早已经被切断，正如小说中所言：

> 张全亮无法走出城市的禁锢，就像那些从远处山上被搬到城市里来的树一样，不喜欢城市，但又不得不在城市里扎根生存。城市里年年都在栽树，年年都有人出来大喊大叫要美化和绿化城市。但城市里年年都栽不好树，年年都看到一排排树在被栽上不久后，就一棵棵干枯死去。城市里天天都有人在高喊爱护环境，爱护树木，但城市里的树木却天天都要受到人为的攀折和动摇，有人甚至于还往树根脚下倒脏水，倒油污水，堆放置树于死地的垃圾等废物。②

"被搬到城市里来的树"是张全亮的比喻，树"不喜欢城市"，正如张全亮要寻找"红砖墙"以逃出城市令人窒息的空气，然而树"又不得不在城市里扎根生存"，所以张全亮也像所有城市人一样，渴望加薪和晋升，渴望有更多的钱去买名牌衣物以及包养小姐。这里关于城市栽树的描写还有更深的隐含意义。它表面上反映了城市绿化所面临的严

---

① 孟学祥：《寻找红砖墙》，《延安文学》2012 年第 6 期。
② 孟学祥：《寻找红砖墙》，《延安文学》2012 年第 6 期。

峻现状，深层次则暗示了城市人的可悲处境。树亦即人，尤其是指年青的一代人。人们口口声声喊保护树木，但城市的树木从根上受着污染。我们天天叫嚣着"爱护青年""青年是未来的希望"，可是年青的一代从小便在麻将声里成长，他们生活在一个早已被污染了的环境里。

张全亮这棵"被搬到城市里来的树"注定要在城市里扎根，并承受城市的污染和熏陶，这不单是因为他要在"别人的城市"继续生存下去，更是因为乡村再也不是原来的乡村，它已经变成了"回不去的故乡"。作者在小说的结尾部分总结道：

> 张全亮走不出城市，很多同张全亮一样的人都走不出城市。张全亮沉迷在城市中，被城市的高楼挡住了向前看的目光，只看到楼房，只看到车水马龙的繁华和琳琅满目的长街。而城市却把触角伸向农村，城市吞噬农村的土地，在一片又一片肥沃的农田上，建起了楼房建起了厂房。同时城市也把污染和垃圾推向了农村，城市的延伸让农民的土地种不出庄稼，山上的树木在工厂排放的污染空气中干枯死亡。城市把触角触碰到的大山，一个一个地推掉铲平，使山不像山土不像土。城市的脚步走到哪里，哪里就不得安宁。城市的声音传到哪里，那里的山那里的水以及那里的土地，就会变得面目全非。[1]

张全亮的父亲在城市生活了五十年，但是他始终以乡下人自居，他认为自己的根扎于乡间。而随着城市化步伐的迈进，张全亮父亲所向往的那个乡村也早已失去了其净土的色彩，它正在被城市一点点侵蚀，变得面目全非。张全亮这一辈人将会彻底失去他们与乡土的联系，甚至连可供回忆的乡土印象都无法找到，他们注定要把根须扎在城市污秽的土壤中，接受城市的毒害和侵蚀。张全亮不可能在城市中寻找到"红砖

---

① 孟学祥：《寻找红砖墙》，《延安文学》2012 年第 6 期。

墙"，正如小说中老人对张全亮所说的，"城市里没有红砖墙，乡村里也没有红砖墙……红砖墙的时代早就消失了"。张全亮无法以内心的宁静来超越城市的空虚，因此，在"别人的城市"，他永不可能获得归属感；故乡则早已淡出了张全亮的生命，而且如今那面目全非的故乡也再难给人以"田园牧歌"的慰藉，总之，它成了一个"回不去的故乡"。作者借寻找红砖墙这样一个寓言结构，展现了一个关于"别人的城市"和"回不去的乡村"的两极悖反的难题。

王晓龙也在短篇小说《那蓝　那绿》中构筑了一个"寻找"的主题，不过这里寻找的不是"红砖墙"，而是蓝的天空和绿的草地。作者用荒诞派手法写出了城市人的"现代病"，即人在都市文明中不可抑制地感到孤独、困惑、厌倦，进而向往一种澄明、自由的乡野生活。小说从"我"在城市中看人钓鱼写起——"黑黝黝的水面漂浮着发绿的泡沫塑料，还有几只分不清颜色的塑料袋，叫人看了有点恶心"，"我"不由想起儿时在小河里钓鱼的情景，"清清的河水，水草荡漾着。小鱼儿穿梭在水草间"，于是"我的脑袋里突然泛起了一片淡绿色，一会儿又添了一块蓝色"。[①] 从此这绿的蓝的色块便不时纠缠着"我"，它们其实就是蓝天绿地对我的诱惑。

走在上班路上，高兴得不能自控的"我"想去扯一位少女的长发，可是"我"很快收回了手，因为"我"担心被骂"流氓"。"我"不能再像儿时在教室里那样扯前排女生的长发了。"我"得应付办公室的考勤，维护和同事间的微妙关系，为一次迟到提心吊胆。"我"看到有人倒地，助人为乐扶他起来，却没想到碰上的是无赖，被诈去五十元；"我"总感觉到死亡的威胁——"生理机能突变产生的死亡"，"施工时，某种建筑材料与空气中的一种不知名的化学成分混在一起生成了有

---

① 遵义市作家协会主编《遵义新世纪文学作品选·小说卷》，贵州人民出版社，2007，第 18 页。

毒物质，我就因为这种物质窒息死亡"。都市中人与人之间的冷漠、复杂让"我"感到身心都受到了束缚，于是"滚滚的蓝、绿汹涌而至"，让"我"头晕目眩，"我"以为自己病了，去医院检查，结果"一切正常"。

然而"我"始终逃不开那"蓝"和"绿"的困扰，"我"幻想着自己独自一人走进深谷，到那片绿的草原，见到了老太婆和她的孙女。"我的身后是宽阔的绿色草原，天还是那样的蓝，几朵白云仍挂在天边。"油灯下老奶奶为我盛来一碗"很香很好吃"的玉米粥，小凤亭亭地立在门口，"像一张有边框的黑白照片"。我和小凤一起去放羊，"一群羊儿被赶出了羊舍，在绿色的草地上奔跑着。几只黑山羊点缀在一群白羊中，像几朵飘逸的云彩，奔向峡谷。我和小凤跟随其后。她拉着我的手，从空中俯瞰，如同在绿色的地毯上飘逸。我看见我少年时那种稚气，也感受到青春得意的向往"①。当幻想消失后，"我"依然身处都市，坐在广场一块冰凉的石头上。但是"我"执着地相信，"总有一天我还会去奶奶家，小凤仍在那儿等着我"。

长期困扰"我"的蓝和绿其实就是蓝的天空和绿的草地，也可以说是山水自然间的澄明生活。奶奶、小凤以及深谷草原也许曾经真实存在于"我"的生活中，又或许她（它）们纯粹就是"我"幻想出来的，总之她（它）们成为我在现代文明中的一个向往。作者还借一条野狗表达了"我"最隐秘最真实的想法——"它试图捣毁一根电杆，翘起一条后腿一泻痛快，它在挑战人类现代文明。"其实真正想要挑战现代文明的是"我"，然而"我"又没有这勇气和魄力。"我"耐不住饿，害怕死亡，要找一份工作糊口，总之"我"得活在当下现实中。《那蓝　那绿》正道出了多数人在现代文明中的困境——一方面身心受压

---

①　遵义市作家协会主编《遵义新世纪文学作品选·小说卷》，贵州人民出版社，2007，第30页。

抑，想要逃离；另一方面却又不得不继续，甚至更加卖力地挣扎，以求得方寸立足之地。小说启示我们，在远离了自然、远离了简单的生活后，人没有了归属感，家园（尤其是精神家园）已丧失。

长期以来，城市化被认为是人类进步的一个标志，时至今日，城市化水平的高低依然是衡量一个国家发达与否的重要标准。自从 20 世纪中叶生态思潮全面兴起以来，人们才更多地关注到城市化所带来的种种问题。尤其是从事生态文学创作的作家们，有着敏锐和细腻的文学感情，因而能够更清楚地看到城市化对人造成的损害。他们发现，城市化不但侵吞了人们那原本处于天然状态的生存空间，更为严峻的是，生活在城市的人们永远也找不到心灵的归宿，其生命力也不可抑制地日益萎缩下去。贵州作家们天然地更接近乡土，他们的生命与大自然紧紧系在一起，因此在面对城市化的侵蚀时，更表现出一种切肤之痛。在贵州这片土地上，城市化的水平毕竟还不是太高，因此，城市对乡村的侵蚀主要不是表现在对乡村土地的占领，而是在于，城市作为一个强而有力的主体，始终牵引着乡村的注意力，并左右着乡村的每一个行动步调。在贵州作家笔下，表现得最多而且也最动人的角色是进入城市的乡下人。随着城市化的发展，越来越多的人背离乡村而成为所谓的"城市人"，然而这些"城市人"又始终处于无根的漂泊状态，他们不能在城市找到心灵的归宿，更无法回到故土家园。城市化的进程是不可阻挡的，这便意味着人们诗意栖居的生活状态将日益远去，也正是因为意识到了这一点，所以贵州作家的笔下始终流露出一种难以掩饰的悲凉感。

三　"流淌而去的村庄"：家园回望

人们总是在潜意识里把故乡看作真正的、唯一的家园，并且把"返乡"定为自己一生的愿望。"故乡"最基本的含义当然是一个人最初生长的地方，但是这个"地方"并不是毫无地域限制的，一个"乡"

字已经点明了其规限。"乡"是指乡土,它与城市是相对的。也就是说,一般意义上的"故乡"是指一个人最初生长的那片乡土。乡土是最早孕育人类的地方,是人类生命之根所在,而"返乡"则是人类所共有的情结。如果是直接由乡村进入城市的人,他们对乡土会有更直观和鲜明的印象,其"怀乡"的内容也相对具体,而即使是那些世代居于城市的人,也会不自觉地对乡土抱有朦胧的向往,祖先遗留下来的"返朴"的情结会在他们的无意识里得到反映。在文学家的笔下,乡土不再是某一个人的故乡,它已经凝聚为"家园"意象,成为人们共同的故土家园。人们之所以执着地向往故土家园,不单因为这里是他们生命开始的地方,更是因为在故乡淳朴的土地上有着自在生长的自然万物,而在这里他们能体验到人与万物相交融的生命本真。也就是说,乡土成为人们与大自然相联系的一个通道,它也是人类回归自然的最后希望。然而随着现代化的发展,乡土再也无法维持它千百年来的田园牧歌姿态——乡间自给自足的独立生态体系完全被打破,朴素的价值观念受到冲击,而一贯的生产和生活方式则难以为继,承载了太多美好寄托的故土家园已经摇摇欲坠。

(一)"城"与"乡"的隔膜

现代化给乡土带来的冲击和侵害首先是让"城"与"乡"的隔膜越来越大,甚至让二者完全对立起来——一方面是乡村日益边缘化,另一方面是处于绝对强势地位的城市不断对乡村施加压迫。在工业文明以前,乡村的物质条件虽然算不上优越,但那个时候乡土毕竟保持着自己的独立性,它可供知足常乐的人们过上一种自给自足的生活,因此它也不乏田园牧歌的情致。自从工业文明兴起后,乡土便失去了它的独立和从容,它变成了城市的附属品,或者是工业原料的生产地,而无论哪种身份,它都逃脱不掉被压榨的命运。

徐必常是最能体会乡土的苦难的诗人,他发现了这样一个可悲的事实,即乡土永远是被索取和被压迫的对象,它甚至连换取人类那一点廉价同情的资格都没有。徐必常在诗歌《事实》中写道：

> 有几次陪着别人到乡下转转
>
> 我们喝那里的酒，吃那里的肉，饭菜灌满一肚子
>
> 而他们的盛情我们常常当瓜子壳
>
> 吐得满地都是
>
> 还得劳他们去打扫，收拾
>
> 对这片土地我们常常忘了回报它什么
>
> 就连一泡大便
>
> 经常是带回城里来屙①

如果我们把以上内容仅仅看作几个城里人在乡间吃饱喝足而不知感恩，那肯定是大错特错。诗中的"我们"不单是指到乡下喝酒吃肉的那几个人，更应该指"城市人"这个整体，全诗表现的重心也不在于某几个城市人对乡村的"啃噬"，而在于城市作为现代化之"代言人"对乡村所造成的压抑和侵蚀。从"有几次陪着别人到乡下转转"这一句可以看出，诗歌的抒情主人公"我"应该曾是乡下人，"我"是"陪着别人"一起回到故乡观光休闲的。但是"我"已经加入了城市人的行列，我与同行的"别人"是站在同一阵线上的，因而"我"称这个整体为"我们"。故乡的人们刚好与"我们"相对，因而"我"称为"他们"。作为城市人的"我们"不但理所当然地享用了乡下的酒肉，而且"就连一泡大便，经常是带回城里来屙"。诗人在这里所用的词的确比较粗俗，但它正好充分表达出了城市对乡村的剥削之甚。城市无限制地从乡村获取各种资料，而它自身却吝啬至极，从不肯给乡村以任何报偿。在这场"城"与"乡"的较量中，乡村毫无疑问处于劣势地位，

---

① 贵州文学院编《贵州作家·第八辑》，贵州人民出版社，2007，第 185 页。

就连它孕育出来的乡下人"我"都理所当然地站进城市人的队伍，转而对它实施压迫，由此更加可以看出乡村的脆弱和渺小。

非飞马在其组诗《活在乡村与城市边缘》中把城市对乡村的侵害表现得更加具体和充分。"边缘"一词本身就意味着压抑，那么"活在乡村与城市边缘"反映的无疑是双重压迫。随着现代化进程的加快，乡村与城市之间那相对清晰的界限早已被打破，二者之间的交流越来越多，甚至许多乡村逐步变为城市，但这并不是说乡村已经取得了与城市相平等的地位，而是正好相反，乡村永远处于被动的受压制的位置。一方面是乡村的独立性难以再保持，另一方面是城市始终在排斥和压制着乡村，因此，处于"双重边缘化"困境里的人们只能在夹缝中求生存。组诗的第一首《一头黄牛穿过大街》这样写道：

> 一头黄牛穿过大街
>
> 穿过小城好奇而颓废的目光
>
> 穿过汽车长长的尾气
>
> 它那么苍老，那么古怪
>
> 像一个怪物
>
> 汽车不住地鸣笛
>
> 像是在抗议，又像在大声呵斥
>
> 一头黄牛慢吞吞地走着
>
> 苍老如此显目
>
> 仿佛小城不是小城
>
> 仿佛小城是一座沙漠
>
> 头顶烈日尖叫
>
> 前方的水泥地沉默
>
> 前方的屠宰场沉默
>
> 有人磨刀霍霍

> 随风而来的声音
>
> 像死神在打着呼噜①

对城市而言，老黄牛是一个陌生的闯入者，因此城市对它充满了戒心和敌意；而对老黄牛而言，城市是一座干枯的沙漠，是烈日和沉默的水泥地，等待它的只有被宰的命运。老黄牛与城市处于相对立的位置，二者之间永远不可能达成和解。老黄牛是乡村的典型"物件"，它其实也就是乡村的代表。老黄牛离开本属于它的地盘而进入城市，这暗示了乡村已经失去其自主权，它无法抵制城市施与的强制影响力。而城市对老黄牛的驱逐和迫害，则显示了城市对乡村的排斥和压制。城市剥夺了乡村自由发展的权利，它总是试图去左右乡村的前行路线，然而城市又并非真正关怀乡村的命运，正相反，它永远从自己的利益出发去主宰乡村的生死。我们可以预见，屠刀下的老黄牛最终将会成为城市人餐桌上的一道菜肴。而对城市来说，这就是老黄牛的价值。城市始终对老黄牛加以警戒，但同时它又并不反对这个外来者的"介入"，甚至还可以说是它强行让老黄牛踏上这片光怪陆离的土地的，这是因为老黄牛身上有它所需要的东西。

在《土地·种子》中，非飞马更进一步展现了城市对乡村的剥削。城市不单侵蚀着乡村的土地，而且还剥夺了土地上生产的粮食，以此来满足城市人奢侈无度的生活享受。诗人如是写道：

> 春天，一块土地等待着牛和犁铧
>
> 等待着疼痛，受孕
>
> 远处，一座高楼在乒乒乓乓的声音里
>
> 烟尘滚滚，变成一片废墟
>
> 过一会儿，就会开来春天的推土机

---

① 非飞马：《活在乡村与城市边缘（组诗）》，《民族文学》2011年第11期。

打扫现场。就会有一座高楼

拔地而起。这是城市的春天

郊区的土地陷入整体的焦虑

——她们早已荒芜

长满了巴茅草、野花和蒺藜

像一个失落的寡妇

在漫长的等待中

被荒芜和空虚占领

而城市的种子纷纷变节

除了少量的一批被运往乡下

生根发芽。更多的都要被迫留下

接受节育手术。失却生殖能力

然后，她们将会变成米饭、水酒、蛋糕

进入餐厅、酒吧、夜总会

她们将与一个时代合谋

上演一出出集体狂欢，醉生梦死①

　　在春天的乡村，土地等待着被耕耘，以生长作物；而在城市，一栋栋旧的大楼被摧毁，新的大楼又拔地而起。乡村与城市是两种截然不同的存在形式，乡村以大自然的承载力和生命力不断地生产各种粮食，城市却永远是以工业化手段，让破坏与重建循环往复，但无论如何，城市的土地都不会生长出生命的物质。郊区的土地陷入荒芜，这是因为耕作的人们放弃了土地，进入城市谋生，也是因为现代城市需要更多的土地以供它扩大建设和加快发展。而无论是哪种原因，都显现了城市在现代化进程中对乡村所造成的压迫。当然，城市对乡村的剥夺还不止于此。

---

① 非飞马：《活在乡村与城市边缘（组诗）》，《民族文学》2011年第11期。

乡村生产出粮食，然而它们却被运往城市，以满足城市人"醉生梦死"的奢侈生活，乡村进行再生产的种子却需要从城市购买，这是城市对乡村的又一次掠夺。

《进城的水》是三首诗中最直白的一首，感情也最为浓烈，它被放在组诗的最后，起到了收束全篇和进一步点题的作用。在前两首诗中，诗人是明写物而暗写人，但是在这一首当中，他却直接写到了人的遭遇。诗人用"和我一样"这个反复的句式，把水与人的命运紧紧系在一起，展示了水与人同样被利用和被践踏的悲剧境遇。诗人独语道：

> 和我一样
>
> 进城的水最先生长在农村
>
> 和我一样，多年前
>
> 进城的水在农村享受孤独
>
> 和宁静。和我一样
>
> 进城的水肯定是受了某种诱惑
>
> （也或许是受了某种苦楚）
>
> 匆匆来到了城里
>
> 和我一样，进城的水
>
> 被很多人利用，但没有一句感谢话
>
> 和我一样，进城的水要给人煮饭
>
> 洗衣，泡咖啡，洗澡，冲厕所
>
> 没有一刻闲着。和我一样
>
> 进城的水习惯了城里的生活
>
> 下水道就是最终目的地
>
> 而乡村，只剩下干渴和空虚
>
> 和我一样，进城的水
>
> 是村庄孕育的，身上带着

> 村庄和泥土的气息
>
> 再怎么洗，也洗不尽①

诗人一再强调进城的水"和我一样"，其实进城的水只是一个比喻，写进城的水就是写进城的"我"，也是写所有进城的乡村人。进城的水为城市人提供各种服务，却得不到一句感谢，它的最终归宿是下水道；进城的乡下人为城市付出了自己的全部劳动，但是他们始终得不到城市的承认和接纳，只能在生活的最底层苦苦挣扎。这是城市对乡村的第一重压迫。因为水进了城，乡村便要忍受干渴与空虚，这其实是说由于人们进城务工，乡村变得日益空寂和衰败。而这正是城市对乡村的第二重压迫。因为水来自乡村，它身上的泥土气息是无法洗尽的。这一方面暗示了乡村人对家园的眷恋、对根的坚守；另一方面也暗示了乡村人永远带着其特有的本质和标志，他们永远无法与城市融合，也永远不能被城市真正接受。诗歌的深刻之处在于，它不单反映了城市对乡村造成的压迫，而且把城与乡对立的困境揭示出来。

非飞马的这组诗以《活在乡村与城市边缘》命题，通过"乡村"与"城市"这一组对立的意象，来展示"城"与"乡"的种种差别，以反映现代文明对传统生产生活的侵蚀。城市作为现代文明的象征，是强势的，而且处于独尊地位。一方面它以强劲的冲击力对乡村施加种种影响，造成乡村的空虚，使其受到压迫；另一方面它吸引着乡村的人与事进入，却又从不做真正的接纳。无论是进城的牛，还是进城的种子，或是进城的水，原本都在乡村自在地生活，与大自然浑然相融，而进城后，它们却处处受城市的规约与压迫，失去了生命的自在状态。通过写乡村事物在城市的遭遇，诗人表达了他对城市现代文明的忧虑与反思，抒发了对自在生命遭受束缚的悲悯之情。

---

① 非飞马：《活在乡村与城市边缘（组诗）》，《民族文学》2011 年第 11 期。

（二）现代化冲击与乡土的阵痛

乡土有着相对封闭的生态体系，数千年来它遵循着自己那几乎从无"横斜逸出"的路径前行，因此，无论外界如何发展，它都始终保持着"偏安一隅"的田园牧歌形象。现代工业文明兴起以来，乡土的宁静再难维系。现代化的力量是如此强大，它不但改变了人们的生产生活方式，而且也彻底颠覆了人们以往的价值观念。在一个彻底被现代化和商业化了的社会，乡土再也无法保持它置身事外的姿态。乡间传统的农耕文化思想受到冲击，人们不再满足于仅够温饱的田园生活，而金钱的作用和地位显得日益突出。由此，乡土出现一系列严重的问题，如劳动力外流、土地荒芜、村落衰败、治安紊乱、道德滑坡等。乡土又具有其顽固性，面对现代文明的入侵，它不会轻易就范而甘作俘虏，它奋力挣扎，哪怕这挣扎最终毫无效用。而正是因为这样，乡土注定要在现代文明的冲击之下承受更多的疼痛。

孟学祥是"家园"的深情歌唱者。这位已经走出大山的毛南族之子，隔着悠长的时空距离，对家园进行深情回望，他留恋故乡的宁静和美好，但是他又始终不忘故乡的人们是怎样在穷困、苦难之中生活着。于2006年出版的散文集《山中那一个家园》便是这种回望的集中展现。孟学祥以"刻画那些隐藏在大山深处的荒凉和沉重"为己任，毫不避讳家乡的贫困与粗鄙，相反的，他把家乡人们的生存状态原原本本地揭示给人看。《瑶山村的守望》写到了农民进城务工造成的土地荒芜和留守儿童问题；《喀斯特生命线》展现了在生态原本脆弱的喀斯特山区人们不当地追求经济效益所造成的生态严重失衡；《森林情结》《那几棵大杉树》《保寨树》《生命树》表现毛南山乡人对树的珍爱和守护。孟学祥笔下的故土是厚重的，因为他不单看到了祖祖辈辈生活在这块贫瘠土地上的艰辛，更关注到了在现代化冲击下故土家园所经受的挣扎与阵痛。孟学祥坦言，他写家园是为了让更多的人了解毛南族这个鲜为人知的民族。当然，我们看到，孟学祥这项工作的意义还不止于此，他探讨家园在现代化进程中的种种蜕变，其实也就是在探索一个古老民族该如何在艰难的生存环境和猛烈的现代文明冲击下求得延续。

于 2013 年出版的《守望》是一本专为农村留守儿童和留守老人而写的散文集，它不但真实地记录了"留守儿童"和"空巢老人"的窘迫生活情形，更写出了乡村日益走向衰落的无可奈何。在《老树坪的忧虑》中作者告诉我们，农村青壮年劳动力外流所造成的问题不单是土地荒芜，它的后果严重得多——村子的正常生产生活秩序遭到破坏，治安变得混乱，偷盗的恶行日益猖狂，孩子们不学好，老人们因没有安全感而变得小心翼翼，整个村庄陷入焦躁和不安。曾经的老树坪是生气蓬勃的——"清晨的阳光里，飘荡在老树坪上空的，是袅袅的炊烟，是牛马的欢叫，是树林里的鸟鸣，是狗们撒欢的声音。"① 然而这种和谐宁静却随着打工潮的到来而远离了老树坪，"因为没有青壮年的保障，老树坪的白天陷入焦躁，老树坪的夜晚陷入不安，更让人担忧的是老树坪的清晨会时不时地响起无助老人们那无奈和恶毒的骂街声，这种让整个村子陷入恐慌和不安的骂街声真的让人感到欲哭无泪"。②

在《土地·石头》中，作者为我们展示了在"石头王国"中坚守的人们的生存困境。喀斯特山区原本多石少土，但它曾经也还长有小树和荆棘，并且有小兽和小鸟栖息。人们为了在贫瘠的土地上获得粮食，砍掉小树和荆棘，在石缝里种上庄稼。而失去了护卫的泥土更容易被雨水冲刷，石缝里的土越来越少，庄稼越来越薄收，人们则继续开垦新的石缝，这样的恶性循环让喀斯特山区的石漠化速度加快，不到几年，到处布满了犬牙交错的石头。年轻的人们走出山区，到城市打工，很多人甚至把家安在了城市，而"能够长庄稼和不能够长庄稼的土地，只有

---

① 孟学祥：《守望》，大众文艺出版社，2013，第 34 页。
② 孟学祥：《守望》，大众文艺出版社，2013，第 34 页。

一些离不了故土的老人还在坚守着，老人们的身影在石旮旯间不断出没、搜寻，以广种薄收来维持他们的生存"①。

《那山·那水·那树·那人》写"我"清明节回乡扫墓，却发现"这片山看上去比去年又荒芜了许多，很多本该长着树的地方现在都变成了一片光秃秃的野岭，野岭上一棵又一棵的枯树桩仿如大山上结痂的伤痕，狰狞丑陋地张狂在一片又一片嫩绿的草丛中，刺激得人的心隐隐发痛"②。在艰难的生存境遇下，乡亲们采取了杀鸡取卵的办法来解决眼前的困境，他们不敢想到长远，也想象不到长远。卖树的钱总有一天会用完，到那时他们只能去打工，而荒芜了的山岭却再也难以恢复。遭殃的不仅是山岭，还有水井和保寨树。故乡那些甘甜的水井要么已经完全枯竭，要么变成一摊污浊的死水。寨子背后一棵站立了一百多年的保寨树也无缘无故地枯死。作者没有点明其中原因，但这是显而易见的——乱砍滥伐使森林丧失了涵养水源的功能，井水变质，保寨树也在日益恶化的环境中死去。而故乡的年轻人都外出打工了，寨中只剩下老弱病残，地里还有一些舍不得土地撂荒的老人在劳作，但它难免一步步走向荒芜；本应该享清福的老人既要劳作，又要照顾子女留下的孩子，苦不堪言；孩童们疏于管教，变得乖张跋扈，而内心又十分脆弱。

青年们是乡村的中坚力量，也是乡村的生气之所在，青壮年劳动力外流以后的乡村，就像被抽去了梁和柱的房屋，其老化和衰败的步伐异常加快，并随时有坍塌的可能。而青年们又是不得不离开乡村，奔向城市。一方面，城市的新鲜生活方式在诱导着他们；另一方面，乡村的生活的确艰辛，在生存压力之下他们不得不做出这样的选择。乡村是一个相对自足的生态系统，千百年来它平静地走了过来。它从来说不上富裕和繁荣，然而每一个从乡村走出的人都虔诚地怀念它，从古至今皆如

---

①　孟学祥:《守望》，大众文艺出版社，2013，第 100 页。

②　孟学祥:《守望》，大众文艺出版社，2013，第 101 页。

此。乡村是最接近自然的一个处所，田园牧歌虽有人们想象的成分，然而乡村的生产生活的确是最能贴近生命本质的。随着现代化进程的加快，乡村在短短数十年间变得面目全非。它以往的生产生活方式难以为继，它蓬勃的生气也日益遭受侵蚀。在现代化进程中，乡村的日趋没落似乎是不可避免的。乡村将要向何处去，是一个无法逃避却又无从追寻的问题。因此这本取名为《守望》的集子，处处显露着凄凉和迷惘。

姚瑶以家乡"圭河"为题材，探讨现代文明进程中的乡村变迁这一话题。散文《流淌而去的村庄》《写不完的乡村》不但写了圭河由清变浊，更写了农村劳动力外流、土地荒芜、乡村日益衰败等问题。作者用《流淌而去的村庄》做题，正暗示了昔日的村庄已经随河水一去不返，真正原生态的村庄将不可阻挡地消失。当然，村庄又是我永远的挂念，无论变成什么模样，它都是"写不完"的。尽管作者这样执着地把故乡当作自己的"根"，但是他也不得不正视，随着现代化进程的加快，迟早有一天故乡会彻底没落，到那时他将连那可供凭吊的故乡记忆都会失去。面对这个无奈的事实，作者只能这样感叹："村子里真寂寞，那些荒芜的田地，那些寂寞的畜生，还有长年打工未归的年轻人，老人还在努力构筑着村庄简单生活画卷。"①

徐必常在其诗歌《所见》中非常形象地展示了土地在现代文明冲击下所承受的疼痛：

故乡的田野上只剩下一群老农在挥锄

每挥一锄，腰杆就喊痛

于是他们就停下劳作，用右手去安慰一下腰杆

锄头被腰杆所传染

---

① 姚瑶：《写不完的乡村》，《中国电力企业管理》2009 年第 15 期。

打掉几颗门牙

锄头比人有脾气

直接把牙齿吐进土里

土的痛是自己被荒芜

好肥的土呵，就如乡村鼓着奶子的少妇

她们却被外出打工的男人丢下

日子在更多时候咬咬牙就过了

日子随着时代进化了许多

日子以前吃五谷杂粮

现在和贪官们一样，张口闭口就吃钞票①

　　这首诗延续了徐必常一贯的表达风格，用语直白，主题鲜明。因为青年外出打工，所以故乡只剩下一群老农在耕作，土地无可奈何地走向荒芜，这些描写都是直接的、浅显的。全诗的深刻之处在于最后四句，它让整首诗的意旨骤然升华。诗人说"日子随着时代进化了许多"，而面对这种"进化"，他的感受显然是复杂的。以前的日子虽然艰苦，但是"咬咬牙就过了"，反倒是随着时代的进步，乡村的人们更加感受到生活的窘迫。乡村被卷入商品大潮之下，从土里刨食的简单生活方式无法再继续，因此，人们不得不离开土地进城打工，以苦苦维持那"张口闭口就吃钞票"的生活。我们可以说，这首诗不单写出了乡土当下的实际遭遇，它还触摸到了造成乡土疼痛的深层原因。

　　土地有着承载万物的博大胸怀，它是大自然中最朴素的舞台，万物在土地上获得生存发展并展现其勃勃生机，然而现代化进程却让人类日

---

① 贵州文学院编《贵州作家·第八辑》，贵州人民出版社，2007，第185页。

益远离自然，使得土地从富饶走向荒凉。骆礼俊的散文《黑土白云》也是为土地而唱的一首挽歌。文中的"爷爷"是一位与土地打了一辈子交道的庄稼人，如果一些泥土滚出了边界，到了别家的地里，他也总是要去重新捧回来。"爷爷"认定泥土就是粮食，他爱惜土地近乎吝啬，可是他的后辈们却纷纷逃离土地，进城工作或学习，而再不可能回去种地。更让"爷爷"伤心的是，村里要发展旅游业，种庄稼的黑土地里堆满了钢筋水泥，宾馆和公路正在如火如荼地修建之中。"爷爷"无力阻止什么，只能赌气似的在黑土地里为自己挖了一个坟坑。"爷爷"爱土如命，而年轻一辈却要远离土地走向城市；"爷爷"费尽心思从城里回到自己的乡下老家，而乡村却要发展旅游业走向现代化，这似乎是不可逆转的趋势、不可调和的矛盾。黑土白云是最原始的庄稼生活，爷爷对黑土白云的钟情，即是对家园的守护。

胡静在中篇小说《桥》中为我们展现了乡村在现代化冲击下的生态变迁。春光村坐落在流云河边，三月菜花飘香，沿河杨柳垂首。春光村虽然美丽，却与世隔绝、穷困落后，因为流云河上没有像样的桥，阻断了春光村与外界的联系。春芬的儿子端阳从简易桥上过河时被洪水卷走，春芬从此下定决心要修建一座牢固而安全的桥。修桥需要大笔资金，春芬鼓励丈夫到城里打工，但丈夫禁不住诱惑留在城里不肯回来，导致夫妻劳燕分飞。忍辱负重的春芬摸爬滚打十余年，积下修桥的钱，可这时春光村早就"人去村空"，老老少少都已涌往城市。春光村已荒芜，变成了野兔的窝，可是春芬不顾别人的劝阻执意把桥修成了。这时开发商看到了春光村的商机，出资把春光村打造成时尚的农家乐。春光村虽然再次繁荣起来，但是"家已经不是家，村庄也不再是昔日的村庄"。《桥》反映了现代文明对乡土的双层冲击。城市化让村民们抛弃土地、远离乡土，春光村由此走向颓败，这是现代化对春光村的第一层冲击。商家进驻和农家乐开发使得春光村充满商业腐化气息，昔日的自然风光变为矫揉造作之景，春光村日益退去它原有的自然面貌，这是现代化对春光村的第二层冲击。总之，在现代化的侵蚀之下，春光村这个人类的栖居家园不可逆转地衰落下去。

钟华华的短篇小说《乌鸦停在黑瓦上》讲述了一个因兴修火电厂而家园被毁的故事，是为现代文明冲击下失落的家园所唱的一首挽歌。躲雨镇是钟华华灵魂深处的"家园"，是他一切故事的发生地。《乌鸦停在黑瓦上》依然以躲雨镇为背景，因而整个小说带上了"钟华华式"的独特的家园情怀。火电厂是现代文明的象征，它不单在物质实体上迫害着躲雨镇，更在精神内质上让这个栖居家园走向万劫不复之地。因为修建火电厂，"躲雨镇中心地带，推土机和挖掘机联合作业。冲天烟尘里，一幢幢房屋像玩具一样被掀翻，然后被碾平，山头上不断发出爆破声，一时间地动山摇"①。人们被迫搬迁，祖祖辈辈栖息的家园不复存在。更可怕的是，这一冲击改变了人们的价值观念和信仰，让人们的心理和行为变得乖张而可怕。人们为了多得拆迁款而费尽心机翻修房屋，信徒们背弃对"主"的信仰而将教堂里的财物洗劫一空，修女为谋生堕落成妓女。这些可怕的现象无不显示，躲雨镇已经从精神内质上走向衰落。停在教堂黑瓦上的乌鸦在挖掘机抵达以前集体坠地而亡，它们以最决绝的方式表达了对家园的坚守。这种震撼而悲剧的画面深刻显示了对家园失落的悲哀。在钟华华的笔下，代表着现代文明冲击的不只是火电厂，还有煤矿厂、地质队、铁路等。总之，因为这些现代文明新事物，要么青年妇女成为寡妇、少年成为孤儿，要么家园遭到破坏、人们被迫迁徙。钟华华在情感静谧处始终拒斥着现代文明，同时他又不得不正视现代化进程的不可逆性。这里可以借用评论家对沈从文先生的评价——"牧歌情怀，挽歌意绪"，钟华华总是执着于表现他心目中的乡土田园牧歌，但又难免常常透露出一种挽歌的感伤。

彭纯基借"故乡的路"为我们描绘了乡土在现代化进程中的环境

---

① 钟华华：《乌鸦停在黑瓦上》，《山花》2011 年第 14 期。

生态和精神生态变迁。散文《故乡的路》写道，在"我"小的时候，"小城内一条大马路，沙石黄土铺的，从来就没有平坦过，大坑小坑的。逢上下班，常能见到县长书记及局长们杂和于人群中，笑笑的走，衣服见着补丁。男女老幼高低贵贱，拥在路上都是熟脸。于是，前后左右交叉对角，寒暄问候，应和不绝的笑语欢声，一条坑洼伏水，泥泞难行的大马路，闹染得暖暖的"①。这时故乡的路虽然简陋、难行，但行走于其上的人们相互之间和善友爱，他们甘之如饴地享受这种与大自然亲密接触的朴素生活方式。而当"我"多年后返乡时，故乡的路已经面貌大变——"大街小巷，一色水泥路，原先那条大马路，变得颇有气势，可几辆汽车并驶，宽而不平，听说修竣才几年，眼见坑坑洼洼的了。马路上灰尘很大，偶有洒水车过，五音不全的响起电子音乐，喷水出来略稠，说不清什么颜色，觉着鼻子有些别扭。"② 在熟悉的故乡，"我"却突然间觉得找不到路了。"我"想向人问路，小女孩漠然快步走开了，而小男孩则提出有偿服务。故乡的土路变成了颇有气势的水泥路，驰驶的汽车取代了慢行的人们，嘈杂的电子音乐和漫天灰尘取代了乡音笑语。故乡的人们在生活方式上已经远离了大自然，而且他们的价值观和内心信仰也偏离了自然。"故乡的路"以及曾经那单纯、融洽的人际关系一去不复返，故土家园在现代文明冲击下逐渐迷失。

韦文扬的眼光是深邃的，他不仅看到了乡土在当下所遭受的冲击，更关注到了千百年来的民族历史文化在现代化进程中所面临的危机。在散文《猎狗披一身浮萍从远古走来》中，作者从"猎狗披一身浮萍"的传说出发，写到了黔东南苗族的迁徙历史以及农耕文明。人们放猎狗出去打猎，猎狗过了很长一段时间才回来，满身都是白浮萍，于是人们跟着猎狗找到长满白浮萍的地方，从此在这里安家定居繁衍生息。这虽

---

① 贵州省作家协会编《贵州作家·第一辑》，贵州人民出版社，2006，第185页。
② 贵州省作家协会编《贵州作家·第一辑》，贵州人民出版社，2006，第186页。

然是苗族的一个传说，却真实地反映了苗族人顺应自然、依赖自然，寻求与自然浑然交融的生活状态。白浮萍长在湿地，在白浮萍生长的地方定居，其实也就是寻求依山傍水的居所。这一则传说正反映了，苗民在很早以前就懂得选择最适宜人类居住的处所，在自然中获取生存与发展。然而，接下来作者却不无感慨地写道，在当今的苗寨，青壮年劳动力都外出打工了，寨中只剩下老人、小孩以及狗，狗依旧可以在山岭间游荡，然而它们闻到的再也不是豺狼虎豹的粗野气息，而只是鼠辈的气息。即使是处于偏远山地的苗乡，也不能逃脱现代文明的侵蚀，那种与天地万物沟通、充满生命力的原生态生活状态注定要随着历史隐去。

李天斌是一位始终关注乡土命运的作家，他的一系列散文都在探讨乡土在现代化进程中之变迁这一主题。散文《2012 年的村庄》记叙了一个宁静的小山村因修建火车站而经历的种种遭遇。作者首先为我们展现的是小山村的美景——"2012 年，当春天到来，八大山地上的樱桃花仍然像往年一样盛开，密密匝匝的花朵像旧时一样席卷山野；一只暴露的野兔半蹲着，一边啃着岩石上的月光，一边谛听来自神秘遥远的声音；在河流的某处，已隐约响起了几声蛙鸣……"[1] 然而这一切的美好很快便因为修建铁轨和火车站而消失殆尽。作者是这样描述的："有一些山峰、河流与土地，很快就被削掉了，抬头已能看见一条道路的影子即将穿村而过——凌厉的和生硬的影像让人想起一把刀子的模样与属性……"[2] 作者把这条铁路比作"刀子"，而这把"刀子"不但毁掉了乡村的草木、庄稼以及可供野生动物自由自在生活的自然环境，它还让乡村的淳朴民风和美好人情人性一去不返。因为拆迁赔偿金，父子相争，兄弟失和，邻里互斗，村庄往日的人伦道德完全被颠覆。一夜暴富的村民加入了吃喝嫖赌的行列，赔偿金也很快被挥霍一空，小村再也回

---

① 李天斌：《2012 年的村庄》，《延安文学》2013 年第 1 期。

② 李天斌：《2012 年的村庄》，《延安文学》2013 年第 1 期。

不到以往的宁静。在这里，铁路和火车站是现代文明的象征，小村是自由自在的一个生态系统，铁路和火车站进驻小村，其实也就是现代文明入侵乡野和自然的一个缩影。作者用"凌厉"和"生硬"两个词来形容这种入侵，可以说恰到好处。现代文明以不可阻挡之势侵入乡村，它具有强制性，而乡村只能被动承受各种"改造"，最后惶惶无可归处。李天斌的视觉并未停留于此，他还看到了村民们对土地的最后坚守。当快要成熟的庄稼被拦腰斩断时，村民们开始从争执和迷乱中醒悟过来，他们奔走呼吁，祈求能完成最后一季收割。村民们对庄稼的怜悯，反映了他们善良和朴素的一面。尽管村民们已经在现代化的冲击下改变了很多淳朴的观念，尽管他们曾犯过一些错误，但是在面对庄稼和祖祖辈辈生活过的土地时，他们依然保留着仿如来自天性的那份挚爱。而无论如何，乡村再也回不到它过去的那种状态，正如作者在文章结尾处所总结的："火车站四周，贴满了宣传工程获得重大进展的各种报道，2012 年显然成为某支队伍的重大荣耀。只是他们完全忽略了在自己的身后，这一年份已成为一个村庄贯穿前世与今生的疼痛。"①

在散文《春天的暗示》中作者通过孤寂的风和疯长的荒草来写村庄的荒凉，虽然表现的是农民进城务工、土地荒芜这样一个平常的主题，然而作者却把它写出了不寻常的深度。这不单得力于作者一贯的诗意语言和跌宕起伏的用词，更是因为作者对乡土有着深沉的爱，对生命有着深刻的领悟。作者这样描绘乡村的春天——"草木们一点点葱茏起来，阳光清水般干净，蜜蜂与花朵，还有蝴蝶，正欲现身。一只布谷，从山野深处，唱出了第一个音符——有些慵懒、陈旧，却也张开难得的亮色。蚂蚁成群结队，向春天的腹地迈进。"② 乡村的春景一如既往的美好，而这种美好愈发凸显了村庄的荒凉和冷寂。春风像往年一样

---

① 李天斌：《2012 年的村庄》，《延安文学》2013 年第 1 期。
② 李天斌：《春天的暗示》，《海燕》2011 年第 6 期。

吹拂，然而"风是空的，村子更是空的"，风中很少再有人活动，连喜欢在风中奔跑的孩子也没有了，风里再也难以见到炊烟的影子。只有空空的风在村中乱窜，它刮过树梢，刮过空了的鸟巢。春天已经到来，原本应该开满油菜花的田野，却长满荒草，"土地们已被遗弃多时"。草是"我"从小到大最亲近的植物，也是乡村最朴质的象征物，可是时至今日，荒草展现给人们的再也不是可亲和美好的形象。空了的风和荒芜的草，便是"春天的暗示"。农村人口外流，土地荒芜，这是乡村面临的问题，而更严峻的是，荒芜了的土地还要遭受工业化的侵蚀——"荒草中央，却耸立起一座烟囱，炼焦炭的烟囱，高耸入云，宛若悬空的利剑。烟煤肆虐，朵朵黑色的蘑菇升起。烟囱立在那里，高傲，不可一世，像一个入侵者，也像某种昭告。"① 工业文明不但吸引着乡民离开土地，它还以强劲的姿态直接进驻乡村，而乡村农耕文明的前途更加渺茫。

与前两者相比，《泥土上的乡村》写得更为直白，在这里，作者不再局限于用隐喻来暗示乡村的遭遇，他还直接总结出乡村所遭受的种种冲击。作者认为乡村是构筑在泥土之上的——"房屋是泥土筑成的，灶台是泥土垒成的，院场是泥土铺成的，草木长在泥土上，河流从泥土上流过，天空和飞鸟以泥土为背景。"② 泥土是祖祖辈辈人的寄托，它熔铸了人们无限的热爱。然而，自从现代化进程的步伐加快以后，泥土上的乡村便一点点受到侵蚀。作者这样写道：

往往是，先是打工潮的袭击——村里凡是有点劳动力的，一夜之间都纷纷外出打工了，一块块的土地被撂荒，杂草和荆棘很快从中长出来，人与庄稼的气息在陈腐的时光中销声匿迹；再几年，三两座厂房趾高气扬地移居到此地，座座高耸入云的烟囱紧紧压住乡

① 李天斌：《春天的暗示》，《海燕》2011 年第 6 期。
② 李天斌：《泥土上的乡村》，《散文百家》2012 年第 12 期。

村的头颅，蘑菇般的黑烟不舍昼夜地覆盖人们的视线，浓烈的煤烟味熏黑了每一寸土地的肺叶；又几年，一个规模盛大的火车站或是新开发的城市浩浩荡荡地开进来，一时间，土地全被征拨，挖机的声音，钢铁碰撞的声音，人群的喧哗声不绝于耳……①

　　这一段文字形象地描绘了现代乡村所面临的问题。文中的"泥土"既是指生长万物的土地，更代表着乡村自古以来那种质朴的生产和生活状态。"泥土"是自然中最淳朴的存在物，它是一切生命的载体，是一切生命与大自然无拘无束地对话的中介。然而进入工业文明后，乡村日益难以维持它原本的生产和生活方式，乡村的本色被破坏殆尽。关注乡村在现代化进程中的遭遇，关注乡村的未来出路，是李天斌生态散文中一个始终不变的主题。

　　若说以上三个文本都是在批判，即揭露和鞭挞了现代化对乡土的侵蚀，那么散文《像模像样的村庄》则无疑是在构建，李天斌描绘了理想中家园的样子，并试图以此呼吁人们守住我们共同的故土家园。文章第一句便是"一个村庄就该像村庄的样子"。作者描绘了村庄本该有的样子，而这也正是中国的村庄千百年以来的标准样子——田地、庄稼、牛羊、青草树木、石头泥土、炊烟和唢呐声，以及最淳朴的乡亲邻里关系。作者说这才是"像模像样的村庄"，其实他也是在说，只有这样的村庄才是本色的乡村。在现代文明中，那种最接近泥土、最简单和澄明的乡村生活已经离我们越来越远。李天斌为我们构筑了这样一个"像模像样的村庄"，他不但在追忆一种诗意栖居的生命状态，更是让我们在强大的现代文明攻势下去坚守生命的"根"，亦即守护我们的故土家园。

　　现代化的攻势是迅猛而全面的，像贵州少数民族聚居地这样偏远的

---

① 李天斌：《泥土上的乡村》，《散文百家》2012 年第 12 期。

边缘地带也未能完全置身其外。始终与故土共命运同呼吸的贵州作家们敏锐地感受到了这种冲击力，并试图用自己的笔来展现家园在现代化进程中的挣扎、蜕变与坚守。他们看到了乡土在面对现代化的强烈冲击时所表现出来的无所适从，同时也关注到了乡土那不屈不挠的毅力。在现代化的冲击之下，乡土的确出现了劳动力外流、土地荒芜、留守儿童和老人剧增等问题，但是土地上依然还有人们在劳作，村庄孤独的炊烟里也依然有人在守候。乡土是顽强的，即便如此，在强大的现代文明攻势下它又能支撑多久？这是每个关注故土家园的人不得不正视的问题。

（三）"远去的家园"

乡土寄托了人们对家园的所有想象，它是人们生命之根的所在地。但是随着现代化进程的加快，这最后一块净土再难保持它天然、纯洁的姿态。在现代化的冲击之下，乡土变得面目全非，人与大自然浑然相融的诗意栖居状态正渐行渐远。故土家园的失落暗示着人类回归大自然的最后通道也被斩断，人类彻底坠入"无根"的漂泊状态。贵州作家以深情之笔去追忆那"远去的家园"，并且满怀挽歌意绪。

罗吉万于 2002 年出版的长篇散文《远去的家园：一个民族杂居坝子的人文生态实录》属于"贵州本土文化丛书"系列，它从人文生态的角度对贵州本土一个典型的民族杂居地的面貌变迁进行了追述。"贵州本土文化丛书"本身就是一套具有鲜明生态特色的系列丛书，丛书共有九册，作者各异，所叙述的地域也各异，然而它们有一个共同之处，即都是从历史变迁的角度去考察某一典型地域的生态状况及人文环境。《远去的家园：一个民族杂居坝子的人文生态实录》所讲述的对象是一个名为法那的坝子，而这一方小小的水土在罗吉万的笔下又是远远超出它本来的范围和意义的，它成为民族杂居地的代表，甚至是人类家园的缩影。作者深情地回忆了法那坝子曾经的田园牧歌景象，在那里各族人们和谐共处，他们守护着良田和茂林，享受鱼米丰收和安定幸福。然而 1958 年以后，寨民们数百年来对原始森林的敬畏之心遽然被打破，他们加入了如火如荼的砍树炼钢活动中，最终寨子周围的原始森林被毁，鸟兽也随之散尽。西流小河滋润了法那坝子这片田土，它也是人们洗衣、淘米和嬉戏的好去处。人们曾经在游鱼成群的西流小河中钓鱼、摸鱼，甚至用草药来"药"鱼，这都没有破坏西流小河的生态平衡，但是自从人们改用农药和雷管向西流小河发起进攻后，鱼类开始遭受毁灭性的打击。时至今日，河水中再难寻觅鱼类的踪影，就连西流小河本身也日渐萎缩和干渴。法那坝子所面临的生态危机还不止于此，作者进一步展现了这一诗意家园的全面衰落：

> 外出打工找现钱的新思维新观念，形成了现代农村青年的时髦和潮流。而与此同时，法那坝子聪明的年轻人们，回过头来又不无心痛地看着，田土在化肥的有机力量下已日渐板结，原先高产的良种正在一年年老化，祖祖辈辈耕耘相传的水土正在悄然流失。面对这令人怅然的一切，人们不知道该怎么办。①

日益贫瘠的土地再也无法承受那日渐沉重的生活负担，于是人们选择了逃离，他们或者企图在城市获得一块立足之地，或者想从城市挣取薪资以建设家乡。然而进城的人们依然在社会最底层挣扎，而且他们还可悲地发现，无论他们从城市挣多少钱，都无法改变故土家园日益衰落的事实。乡土所面临的问题不单是森林遭毁、水土流失和田地荒芜等，更加致命的是，作为主角的乡村人也已经放弃了这块土地。乡土的生态系统几近全线崩溃，而无法繁衍生息下去的家园注定要走向没落。罗吉万就这样看着那个曾经繁荣美好的家园渐行渐远，他像法那坝子的人一样"不知道该怎么办"，只不过他把家园衰落的过程看得更清晰，把家园远去的背影也看得更真切，正因为这样，他才会加倍地感到无奈和

---

① 罗吉万：《远去的家园：一个民族杂居坝子的人文生态实录》，中国文联出版社，2002，第43页。

悲凉。

　　与罗吉万相似，李文明也从一方小小的地域写起，描绘"远去的家园"的背影。散文集《千年短裙》是对两汪乡"短裙苗"聚居地文化风俗和生态景观的实录。在前言中，作者写道：

> 　　这是一个理想的社会，而理想的社会是靠道德伦理来支撑的……两汪乡一带的"短裙苗"的道德观念来自他们对天地万物的认识和对祖先及神灵的崇拜。在他们的观念里天地有眼，万物有灵，祖先有知……他们相信，所有的善行和恶行，上天大地都是看得见的……所以，在"短裙苗"社会里，处处显现村寨和谐，亲善友好，宽容豁达，不欺不霸的氛围，处处闪烁着人情的温暖与人性的光芒。
>
> 　　人与人之间如此，人与自然亦然。在万物有灵观念下，他们崇拜自然，敬畏自然，谦恭地对待自然，与自然和谐相处，互惠共生。在"短裙苗"生活的地域内，满目满眼是青山，是绿水，是返璞归真，回归自然的圣地，是天然氧吧，是人类疲惫心灵的家园。[①]

　　曾经的两汪乡"短裙苗"聚居地不但有淳朴和谐的社会环境，还有良好的自然生态，在作者看来这应该是人类诗意栖居的一个圣地。然而作者却又不得不正视，这样一个美好的家园正在不可抑制地走向没落：

> 　　现代化的根须延伸到哪里，哪里的文化土壤就开始出现松动，哪里的文化结构就面临着解构甚至消失的危险。固守千年的经历几个朝代的刀砍火烧都不曾动摇的"短裙"，在全球化、城市化、信

---

① 李文明：《千年短裙》，大众文艺出版社，2011，第7页。

息化程度越走越快的今天，也迅速地走向消失，年轻的姑娘平常不再穿短裙，那些昭示山川日月，叙说他们祖先历史的刺绣图案正一点一点地从他们的生活中消失，取而代之的是 T 恤衫牛仔裤，那些曾经让整个寨子都沉浸在抒情与温婉之中的深夜情歌已然飘逝，是风带走了我们的歌谣。取而代之的是电视机的吵闹声和卡拉 OK 的噪音，年轻人谈情说爱不再用含情脉脉的问答，而是手机的直接拨打或短信息发送约会，山寨尽管热闹，但已经没有了诗意和文化韵味了。①

两汪乡是"短裙苗"的聚居地，也是作者的故乡，这里有着"短裙苗"数百年的历史文化积淀以及独特的民族风俗风情，但是深居山地的两汪乡也一样受着现代文明的冲击，"短裙苗"的文化日益受到侵蚀。作者为了记录下民族的足迹——他们的过去、现在以及未来，而对两汪乡进行实地走访，并逐一做下详细的纪行。这些村寨多是作者几十年中时常走动的，村寨中有他的外祖父母、舅公姨婆、堂兄表妹、儿时玩伴等，然而人事变迁也让村寨处处显现出陌生，因此《千年短裙》中既充盈着乡音旧识的温馨，又透露着物是人非的苍凉。

例如《古树下的老人》写村口的古树下常有老人静坐，他们守望着岁月，守望着过往的儿孙，成为村中的一道风景，也成为远行人的牵挂。作者写古树下的老人，其实正暗示了村寨的日益衰落。"这些年，中年人、年轻人都外出打工了，山寨有些空落，有些冷清，古树下有些寂寞，但是，还有些许老人在那里坚守。"② 因青壮年都已外出打工，村寨只剩下老年人在留守，它失去了往日的繁荣，而数百年来的生产生活方式也一去不复返。在《回家过卯节》中，作者写道，人们依然重

---

① 李文明：《千年短裙》，大众文艺出版社，2011，第 9 页。
② 李文明：《千年短裙》，大众文艺出版社，2011，第 11 页。

视卯节（吃新节），然而节日的仪式却已经不可同日而语，因为年轻人都已外出打工，"近几年再没有人进歌堂，卯节变得冷冷清清"①。

《被歪曲了的文化》则写了两汪乡为了发展民族民俗文化游，而生搬硬套打造"茅人节"，这种篡改既歪曲了节日文化的内涵，又使得节日活动成为完全程式化的表演，而游客在这里只能收获索然无味。这是旅游业对节日文化的侵蚀，也可以说是现代文明对古老的民族文化的侵蚀。作者意识到了问题，并且进行了批评，可是凭个人力量，不可能阻止现代文明的入侵，乱了套的"茅人节"便也在继续热闹上演。我们可以预见，在不久的将来，两汪乡地区的人们将会彻底失去他们独具特色的"茅人节"。

在《空申的辉煌与窘迫》中作者对空申这个民族文化旅游村寨的前途表示担忧，他说："空申因此被打造成民族文化旅游村寨，海内外四面八方的旅游观光者和文化考察的学者、专家纷至沓来。现代化的传媒方式将空申远古文化符号和声音传播得很远。"②"现代传媒方式"与"远古文化符号"这两个反差极大的意象叠合在一起，产生出一种触目惊心的效果，它反映了现代文化对民族传统文化的介入和冲击。我们并不为空申前所未有的热闹而欢欣鼓舞，正相反，我们在为空申忧虑。这种浮躁的热闹背后，是千百年来自足的民族文化再难找到栖身之所，一个民族的背影将更加遥远和模糊。而昔日的空申倒是真富有过，不是说村民们有多少经济收入，而是说空申曾经作为森林之乡，享有大自然最慷慨的赠予。然而从 20 世纪 70 年代开始，无当采伐，以及个人在利益驱使下的乱砍滥伐，让空申的原始森林毁于一旦。空申人用卖木材得来的钱吃喝嫖赌，终于坐吃山空，由"辉煌"落入窘境。今日被打造成名寨的空申恢复了满目青山，这是人们及时采取补救措施的结果，而无

---

① 李文明：《千年短裙》，大众文艺出版社，2011，第 14 页。
② 李文明：《千年短裙》，大众文艺出版社，2011，第 95 页。

论如何，数万年的原始森林则真真切切地一去不复返了。

《名寨的打造》则延续了以上关于空申被打造成旅游名寨的话题。作者发现，空申的热闹只是一时的，事实上"这个名寨正走向衰落和冷清"。"空申是一个古老的村落，是一个原生态文化气息极其浓厚的寨子"，可是在旅游名寨打造的工程下，它却显得无比窘迫。为节目表演而组建起来的芦笙队，因为没有资金来源和人员补给，而濒临解体；空申要实施新农村建设，原本在山上的寨子要搬到坝子上来，建成一条街，田园风光被毁，而成为一条街的空申也将失去其魅力。空申原本是一个文化底蕴丰厚的村寨，它原生态的风光和文化风俗就足够供人们欣赏；然而现代旅游业追求的却已不再是细细地品味和沉静地欣赏，游客们需要的是猎奇、热闹和新鲜。因此，打造旅游名寨，便要组建一支至少40人的芦笙队，这样才够气派和热闹，便要把"茅人节"改得花样百出，这样才能满足游人的猎奇心理。我们看到的是古老的民族文化在现代化侵蚀下显出的力不从心。按规划建设起来的新农村空申则将完全失去它的文化内涵和存在价值，正如作者断言："浮雕的底座没有了，风光无限的田园也将消失，到那个时候，空申还能引起游人的兴趣吗？"① 田园风光和依山而建的吊脚楼群落不仅是空申的美景，它们还是空申深厚民族文化的载体，作者把美丽的空申比作一座精美的浮雕，田园和古老的民族文化则无疑是浮雕的底座，要是浮雕底座被毁，那么整座浮雕也将坍塌。旅游业的进驻其实就是现代文明冲击乡土的一个具体表现形式，旅游业不单从技术层面改造着原始的村寨，而且从文化层面侵蚀着古老的民族文化传统。

《两汪有一条龙水》和《又回两汪》写到两汪有一条发源于原始森林的河流，河水供妇女们浣纱、淘米，男人和小孩们则在河中撒网、摸鱼，两汪河养育了村庄，也铸就了两汪人勤劳善良爱干净的个性。今日

---

① 李文明：《千年短裙》，大众文艺出版社，2011，第95页。

的两汪河边依然有孩子嬉戏，但是捕鱼却再不似从前那么容易和方便。作者告诉我们："后来人们学会了炸鱼、电鱼甚至毒鱼，两汪河的鱼一度绝迹……大家觉得这样下去不行，于是出台了村规民约，两汪河除了不准电、炸、毒鱼以外，还实行禁渔期。"① 当环境受到破坏，人们感觉到威胁时，便能够及时反省，采取补救措施。其实这也是整本书要表达的意旨。今天的短裙苗不可避免地要置身于现代化进程中，它不可能完全杜绝外来事物以及阻止自身的变迁，日渐走向衰落是它怎么也无法逆转的大趋势。但是这并不代表人们只能无可作为地任其随意变化。其实人们可以采取有效的措施，对民族文化进行某些保护，或者对某些变化更新进行引导，这样至少可以在较长一段时间之内保住民族文化之根，让家园离去的脚步慢一些。

柯真海是一个怀旧的圣手，其笔下的"下河湾"是一个极富象征意义和丰富韵味的文学地域，它是人类正在远去的家园的缩影。散文《晨光中的河边村寨（外一章）》中写道：

> 晾坝上的鸡、圈板上扛着脑袋的牛、趴在栏墙上的狗、磨刀的男人、奶崽的少妇、挑水的汉子、洗衣的女子以及女子们的情歌，还有从村寨边界走过的马帮，这些在现代生活里被视为粗俗不入流的景象，这些被现代文明挤压着的生活况味，温馨得让我泪如泉涌……现代文明早已让我神往了呀！我的心灵在城市生活的包装下显现出无法回归的变化。当我独自携着一双儿女在城市，站在临街的阳台，看着走过窗外的人，麻木在熙来攘往追名逐利的噪声里，为什么会对无法回归的心情生起隐隐的疼痛呢？②

下河湾是一个永远也回不去的故乡，这不仅因为"我"耽于城市

---

① 李文明：《千年短裙》，大众文艺出版社，2011，第89页。

② 柯真海：《晨光中的河边村寨（外一章）》，《山东文学》2007年第7期。

生活而无法真正返归，下河湾的古朴生活方式在现代化大潮中慢慢被磨蚀，村寨中的人与物都已异于往昔，更因为六圭河被截流，下河湾被上涨的河水淹没，这样一个古老的村寨可能将永远失去它往日的色彩。这样一种感伤、怀旧的气息始终"萦绕"在作品中，让人感怀不已。

在散文《下河湾以西》中，柯真海依然用回望的姿态，描绘了一个远去的"下河湾"。"我"想回到三十年前的故乡，然而"我"能回到的只是当下的下河湾。它依然那么宁静、古朴，早起的农家，河滩上捣衣的女子、崖岸上的情歌等，人们在这片远离现代文明的土地上知足地生活着。同时，下河湾的很多人、事已经悄然变化，如儿时我熟悉的人多已离去、坐夜说古的风尚不复存在等。作者说，生命是一条河流，它只有一个源头，就是故乡。而河流一旦离开源头，就再也无法返回了，它只能沿着自己选择的方向流淌，无论顺利坎坷，无论热闹孤独，一直流向远方。

小说《进城种地》还是以下河湾为素材。因为修建水电站，下河湾村寨整体搬迁，民居与耕地被淹水下，即使没有被淹的坡地，也一律退耕还林。主人公石宝老汉是一个侍弄庄稼的好手，他与老牛阿瓦相伴三十年。在失去土地和老牛的痛苦历程中，他几乎失去了生存下去的勇气。最后，他决定离开已无念想的村寨，住进省城的儿子家。在城里他依然无所适从，他饲养小白兔，在小区的草坪里试图垦地种菜，但是这些行动无不以失败告终。最终，儿子儿媳只能为老汉在郊区租了一块地，让老汉找到了生存的动力。"进城种地"是一个极富意味的象征，它深刻地反映了现代文明对人们生活方式的影响和改变。石宝老汉是乡村人的代表，也是乡村古老生活方式的代表。水电站建设和移民，是现代文明对乡村的侵入。在现代文明的冲击下，以石宝老汉为代表的乡村人只能被动承受一切后果，他们无可奈何地看着祖祖辈辈栖息的家园被毁，辗转他地开始另一种无根的生活。

刘燕成在散文《村庄的物件》中分别选取了"埂溪""老枫""草

标"这三个"物件"来展示村庄的生态变迁。清亮而悠闲的埂溪流淌了千年，它滋润着农田，为人们提供清凉，也是青年们谈情和小伙伴嬉戏的理想地。然而当多年后"我"回到家乡时，埂溪已是满身的"伤痕"。埂溪被钉上了许多水泥磴子，人们在磴子上建起房屋，溪中的沙被人们掏挖殆尽，沿岸变得百孔千疮。作者只能无奈地感叹道："我再也找不到埂溪往日的模样，大概那模样是要永远地消失在村庄里了。"①老枫是村庄的代名词，百年来它始终守护着村庄。以前村庄周围到处是古树参天、鸟语花香，但是在经历了乱砍滥伐的岁月后，却只剩下老枫顽强而孤独地坚守着这片土地。草标是一个带有一定迷信色彩的"物件"，同时它也透露了乡村最淳朴的民风，人们以一个小小的草标维系着彼此之间的约定，山林得以保护，"绿色的村庄"得以维持。随着现代文明进程的加快，所谓的"祛魅"让乡民们不再相信一个草标的魔力，于是砍伐盛行起来，"绿色的村庄"一去不返。刘燕成借村庄中这三个普通而典型的物件，展现了纯净而美好的原生态乡村的失落。

王鹏翔在散文集《村庄的背影》中分别从历史、花类、农具、牲畜、节气、庄稼等方面追叙了一个远去的村庄。有评论者用"牧歌情结，挽歌意绪"来总结《村庄的背影》的审美内涵，这个评价无疑是到位的。作者叙述的这个村庄其实就是自己的家乡阿嘎屯，他首先描绘了村庄的地理环境以及历史起源：

> 别看这样一个陡峭崎岖之地，入屯却是另外一番景致：山峦起伏间，一个麻窝（山间小盆地）接着一个麻窝，依山傍水居住着一个又一个的自然村寨。屯上土地肥沃宽广，阳光雨露充足，八十四点九平方公里的土地上，居住着汉、苗、彝等两万余人。空气清新，安宁祥和，民风古朴，人民勤劳，一幅田园牧歌图景。②

---

① 刘燕成：《村庄的物件》，《杉乡文学》2009 年第 10 期。
② 王鹏翔：《村庄的背影》，作家出版社，2009，第 1 页。

先民们曾在这块土地上用自己勤劳的双手，一点点改造自然环境，他们让"鸟兽的家园"变成"人的家园"，不断繁衍生息，把这里建设成一个依山傍水、炊烟不绝的诗意居所。随着社会的发展，村庄也在不断变化和发展，可是在这个过程中，它也日益偏离田园牧歌的轨道。斧头砍光了树木，也"砍光了清亮的小溪，砍光了悦耳的鸟鸣，砍出了泥石流和山洪"，最后它只能躲在村庄的一角沉痛地忏悔；犁铧曾经在大地上诗意地"行走"，然而这个躬耕者不得不退出田垄，任田地荒芜下去；鸡犬相闻、牛叫马嘶的村庄已经变得寂寞而冷清，因为迫于现代生活的压力，许多人走出了村庄，试图到山外去寻求一种别样的人生。面对已经面目全非的村庄，作者沉痛地追问道：

> 我无数次地叩问自己：我的村庄就是今天这个样子吗？人多了，房屋高大漂亮了；山秃了，水枯了，鸟兽不知都到哪里去了！在春播秋收的忙碌中，在花开果熟牛叫马嘶的田园牧歌里，我觉得我们是从一种蛮荒走向另一种蛮荒。许多老辈人一谈起我们的家园，就说当年树怎样绿，花怎样香，水怎样甜，鸟兽怎样的活泼丰富，那口气中的怀恋之情，是不言而喻的！①

人们所认同的是那个鸡鸣犬吠、花红水绿的家园，而绝不是今天已经变得了无生气、空荡而寂寞的村庄。在作者看来，今天的村庄早已失去了田园牧歌的实质，不过是空有春种秋收的形式，而且这个"形式"也日益简化并趋向没落。村庄内在的机体正在走向衰微，它一贯的生产和生活经营模式再难以为继，日渐衰落下去是它不可逆转的命运。"空了"的村庄已经失去了与大自然相沟通的能力，因此村庄中的生活是贫乏的、枯寂的，正如作者所说，"我们是从一种蛮荒走向另一种蛮荒"。人们曾经在荒蛮之地建设起美好的家园，千百年来他们谨守着与

---

① 王鹏翔：《村庄的背影》，作家出版社，2009，第 4 页。

大自然之间的默契，用智慧和勤劳赢得了安宁幸福的生活，然而不知从何时起，人们越来越偏离这个轨道，他们同样运用才智和理性，却亲手把家园推离大自然，让家园陷入"另一种荒蛮"之境。

科技发展批判是生态文学中的一个重要主题，尤其是西方的生态文学作家，不但勤于反思科技带给人类的种种问题，还热衷于向我们预示——科技持续发展将给地球带来毁灭性的灾难。在贵州作家的生态文学创作中，科技发展批判当然也是一个不可忽视的主题，但是我们很容易发现，像生物克隆、机器人变异和生化武器等，这类受西方生态文学作家青睐的题材，在贵州作家的笔下却难得一见。贵州作家更加倾向于从切身感受出发，去披露科技发展对周遭自然生态环境的破坏，以及描绘人们在现代化进程中"无家可归"的境遇。这一现象不完全是巧合，它是有一定原因可追溯的。现代科技革命首先从西方兴起，西方的科学技术发展最为迅猛，其生态问题也最先凸显，这让西方作家对新兴的科技有更直观的认识，他们也会自觉地对其保持警惕。因此，西方作家擅长放眼全球，揭示科技发展带给人类的隐患和侵害。而在贵州这片土地上，很长时间以来科技发展相对落后，人们不太容易感受到科技的威胁。但这并不是说贵州地区独立于现代化进程之外，正相反它承受着日益猛烈的现代化之冲击。在这里，现代化冲击主要表现为对乡土的生态结构系统的冲撞。一方面，现代化吸引乡村人进入城市，同时又把他们变成"无根"的漂泊者，让他们只能在"别人的城市"去缅怀那"回不去的乡村"；另一方面，现代化直接对乡村施加压迫，它使得田地趋向荒芜、村庄走向没落，让千百年来的农耕文明难以为继，故土家园由此全面陷落。所以贵州作家习惯以"故乡游子"的身份，去抒写他们在现代化冲击下的人生感受。无论是写人在城市中的"流浪"生活，还是写故土家园的失落，都是贵州作家对现代化发展的真切体悟和诚恳反思。

现代化的步伐是不可阻挡的，人类不可能再倒回原始状态，而只能沿着这条发展之路继续走下去。这也正是生态文学作家们真正感到无奈的地方。他们意识到了科技发展带给人类的并不全是福祉，而且很多时候刚好相反，人们已经为科技所束缚，但是他们确实又无力改变什么，因为科技将会持续发展下去。就如贵州作家，他们面对自然生态的破坏、诗意栖居地的被毁和故土家园的失落，只能表达无限的怅惘，而无法提出任何实际性的建议。当然，不能以此就判定生态文学毫无实际价值。莫言在 2010 年东亚文学论坛上如是说道：

> 我们应该用我们的文学作品向人们传达许多最基本的道理：譬如房子是盖了住的，不是用来炒的；如果房子盖了不住，那房子就不是房子。我们要让人们记起来，在人类没有发明空调之前，热死的人并不比现在多。在人类没有发明电灯前，近视眼远比现在少。在没有电视前，人们的业余时间照样很丰富……我们要通过文学作品告诉人们，在资本、贪欲、权势刺激下的科学的病态发展，已经使人类生活丧失了许多情趣且充满了危机。
>
> 我们的文学真能使人类的贪欲，尤其是国家的贪欲有所收敛吗？结论是悲观的，尽管结论是悲观的，但我们不能放弃努力，因为，这不仅仅是救他人，同时也是救自己。①

莫言在这里阐释的是文学之责任的问题，当然我们也可以说，莫言所认同的这种文学责任，更加是生态文学的题中应有之义。尽管莫言如此激昂地力陈文学的种种功用，但他也不得不坦言，文学无法在实际层面去改变任何现实状况。"尽管结论是悲观的，但我们不能放弃努力"，这是莫言的态度，也是所有文学创作者该有的信念。生态文学作家把他们在现代化进程中感受到的种种压迫用文学的形式展现出来，以唤起人们的反思和"疗救"意识，这其实就是生态文学的价值所在。贵州作

---

① 莫言：《悠着点，慢着点——"贫富与欲望"漫谈》，《江南》2011 年第 3 期。

家们不善于从理论的高度去揭示现代化发展带来的种种弊病，他们只是遵从内心的感受去抒发对诗意生活的向往以及对远去家园的眷恋。他们所吟唱的挽歌不单是为某一片小小的土地，而是为人类共同的家园，从而很容易引起人们的共鸣和思考。因此，这些朴素的歌者所发出的呐喊虽然微弱，但同样具有震撼人心的力量。

第三章 ▸▸▸
膨胀的欲望与无餍的征战

　　莎士比亚曾无比热情地赞颂了人类理性的伟大，他说："人是一件多么了不起的杰作！多么高贵的理性！多么伟大的力量！多么优美的仪表！多么文雅的举动！在行为上多么像一个天使！在智慧上多么像一个天神！宇宙的精华！万物的灵长！"① 这一名言曾被认为是对"人"的"发现"，几个世纪以来引得无数人为之倾倒。然而自从 20 世纪中期全球性生态环境问题凸显以及生态文学思潮兴起以来，莎士比亚的著名论说却遭到了频频批判，它被认为是人类中心主义思想的代表，是人类征战大自然的反面教材。其实早在这些环境保护主义者、生态批评家之前，18 世纪的卢梭就已经在反思人类理性的"利"与"害"了。卢梭认为人的理性是人类得以不断进化的动力，同时，理性也是人类最大的悲哀。他不无悲凉地感叹道："如果自然曾经注定了我们是健康的人，我几乎敢于断言，思考的状态是违反自然的一种状态，而沉思的人乃是一种变了质的动物。"② 在卢梭看来，奔跑在丛林中，与所有动物平等的原始人才是最健康和最幸福的，而拥有了思维能力的社会人却被各种欲望钳制着，只能过病态而浮华的生活。卢梭把现代人类社会的一切病症皆归于人的理性，他认为在原始时期人与万物是无差别的，他们和谐

---

① 〔英〕威廉·莎士比亚：《莎士比亚戏剧集》（四），朱生豪译，人民文学出版社，1962，第 147 页。

② 〔法〕让－雅克·卢梭：《卢梭文集：论人类不平等的起源与基础》，李常山、何兆武译，红旗出版社，1997，第 68 页。

相处，而自从人的思维理性发展起来以后，人与物的不平等便也显现出来。人的理性带来了两个方面的恶果：一是人类意识到了自身与其他物种的差别，开始树立起一种自我主体意识，亦即中心意识，人与万物开始"分道扬镳"；二是人类不再仅仅满足于"食物链的需要"，为了享受和虚荣，任欲望无限膨胀，对大自然进行疯狂掠夺。卢梭的论说无疑是精辟的，尤其是当我们今天面对严酷的生态问题时，我们更不得不承认，理性给人类带来的并不全是福气，而人类也并不完全如自己宣称的那般伟大。

在贵州这片人与自然的对抗并不十分尖锐的土地上，贵州作家们却早已经在审视人在与自然相处过程中所展现的种种姿态，他们试图从中找出人在大自然中到底扮演何种角色，以及人如何实现与大自然和谐共存。当然，贵州作家们可能未必有卢梭那样的理论眼光，也未必能够用精辟的分析去探讨人与万物的不平等，但是他们却与卢梭一样意识到了人具有掠夺性。这是因为贵州作家们天然地生活在山水之间，他们清楚地看到了人们在与大自然相交融的过程中又是如何与其作斗争并从中获取生存所需的。从一定程度上也可以说，贵州作家有着"原罪意识"，他们看到了人与自然对抗的不可避免性，这也就正如卢梭所分析的，具有了理性的人类注定与万物相对立。

一　"人可以被打败"：人类中心主义批判

"人类中心主义"是生态文学研究首先要批判的一种反生态的思想观念。它把人当作自然的中心，将人类视为地球万物的主宰，认为地球上的一切，甚至就连地球本身都是专门为人类创造的，极度贬低了其他存在物的价值，损害了万物存在的权利。与"人类中心主义"相伴而生的是征服与控制自然观。生态文学坚决反对人类征服和统治自然。人是自然的一部分，反自然的战争必然也是针对人类自己的战争。征服自然与征服人有着密切的联系，破坏自然美与人的精神沦丧有着密切的关系。征服和控制自然观的危害是广泛的，它不仅直接导致了生态危机，而且扩散到人与人关系的范畴内，与阶级之间的征服控制、国家之间的征服控制、性别之间的征服控制密切相关。生态主义对征服和控制自然观的批判，不仅有助于人类改变对自然的这种霸道的态度、观念和做法，也有助于人类反思、批判和变革社会文化。[①]

由于贵州欠开发、欠发达的省情，贵州人民长期生活在大自然的怀抱之中，他们无意识地敬畏自然、依赖自然，同时，他们又不得不与大自然进行各种斗争，以获得生存和发展。贵州作家们并不是一味地赞颂人类主体力量的伟大，也不是简单地批判人类对自然的征战，而是把人与自然这种既依存又斗争的状态展示出来，并试图探索其根源。他们不认为人类是世界的中心，人可以征服自然，然而他们又分明感到，人在与自然相斗的过程中凸显出一种悲壮的力量，这种力量虽不值得颂扬，但足以让人起敬，而这也正是贵州生态文学的深刻之处。

（一）"人可以被打败"

海明威告诉我们："一个人可以被毁灭，但绝不能被打败。"[②] 这并不是说人类在各种较量中始终要处于胜利的位置，而是说人在精神上不能服输，无论胜败都要坚持战斗的状态。这其实也就是人类理性力量的凸显。诚如卢梭所分析的，处于原始时期的人类，他们可能会为了一份食物而去战斗，充其量不过是战胜了的饱餐一顿，战败了的则饿着肚子，他们绝不会因战败而感到有损尊严。当然，他们更不会为了证明自我的伟大而去蓄意挑衅，以毫不服输的精神去与其他物种斗争。[③] 只有具备了理性思维能力的人，才会介意自己在世界中的位置，才会把自己抬上不可侵犯的至高"神台"。这固然只是人类的理性在作祟，而事实

① 王诺：《欧美生态批评：生态学研究概论》，学林出版社，2008，第163页。
② 〔美〕海明威：《老人与海》，闫红梅译，人民日报出版社，2004，第52页。
③ 〔法〕让－雅克·卢梭：《卢梭文集：论人类不平等的起源与基础》，李常山、何兆武译，红旗出版社，1997，第95页。

上人在多数时候是可以被打败的，尤其是面对大自然，人类承认自己的失败，这并不伤自尊。贵州作家为我们刻画了这样一群"被打败"了的人——他们或有感于对手的可敬与可贵，或折服于大自然的神秘，或承受了自然界的猛力还击，总之，他们在一场场较量中无可奈何地意识到了自身的乏力。

已故作家蒙萌最擅长通过勾画人与大自然之间的斗争，来展现大自然的伟力以及人类宿命般的"惨败"。在蒙萌的笔下，大自然充满了原始的生命气息——古老而神秘的高原、野性的大山、苍茫的蓝天以及翱翔的岩鹰等，而处于"大自然的杰作"中的人则一方面为那博大的原始生命力所激励，另一方面又情不自禁地与之作斗争。短篇小说《大鸟》便描写了这样一个两极相悖的故事。小时候，岩鹰叼走了"我"心爱的公鸡，年少的"我"拆了岩鹰的老窝誓要"斩草除根"，因此"我"也受了岩鹰一击，脸上留下了永久的伤痕。多年后，"我"再次遇到这只岩鹰，在与岩鹰斗智斗勇的过程中，"我"虽然时时被岩鹰的勇敢而激励着、感动着，最终却还是扣动了扳机。作者在小说的结尾处追问道："他本来已经不准备杀死岩鹰，他是在一种无法控制的神经质的状态下，碰动了扳机。可是当时为什么又举起了枪？是想满足自己的虚荣心和报复心理吗？"① 其实如果我们找到了这一问题的答案，便也理解了整部小说的主旨。我们看到，"我"费尽心机引逗岩鹰并要置之于死地，并不仅仅是因为岩鹰偷食了"我"的鸡，而是在与岩鹰相斗的过程当中，"我"能感觉到自我主体力量的释放。岩鹰是一个充满力量的可敬的对手，正因为这样，"我"才陶醉于这胜利——"我完全……可以打死你……你输了……可是你这么勇敢，我饶了你……"② 虽然"我"敬重岩鹰，但是"我"与岩鹰从来都不是平等的，"我"居于主

---

① 蒙萌：《高原奇事》，贵州人民出版社，1989，第56页。
② 蒙萌：《高原奇事》，贵州人民出版社，1989，第55页。

体的位置，而岩鹰是助"我"实现自我力量确证的一个客体，"我"可以完全操控岩鹰的生与死。战胜岩鹰本来是"我"一直所期望的，然而当岩鹰真正死去的时候，"我"内心却感到了巨大的空虚，小说中这样写道："在一个巨大的天平上，岩鹰那一端空了，于是，他跌到很低很低的峡谷里。他心理上的平衡被打乱了。"① 只有当这个时候"我"才意识到，岩鹰不是一个可供"我"去"打败"的客体，正相反，它是"我"生命天平中的另一端。其实充满力量的岩鹰也就是大自然的化身，"我"在失去岩鹰后所感到的空虚，也就是人在打破与大自然之间的和谐依存关系时所感受到的无助。在与岩鹰的搏斗当中，人是"虽胜犹败"的，而作为大自然之化身的岩鹰才赢得了彻底的胜利，它给"我"以生命的力量，始终激励着"我"直面困难，而即使在它死去后，也依然牵引着"我"的向往，它让"我"渴望去做一只自由而高飞的岩鹰。

短篇小说《山精》所反映的主题与《大鸟》相同，它也是写人在与自然相斗的过程中，不自觉地从"对手"的身上感受到了力量，从而改变了"自我中心"的意识。在《大鸟》中，人是在失去"对手"之后，才最终认清了自身的失误；《山精》则显得更直白一些，主人公在与大自然相斗之初便感受到了自然的伟大与自身的渺小，他主动放弃了斗争的立场而选择投入自然的怀抱。作为狩猎者的"眼镜"本来是要猎杀岩羊的，然而他又情不自禁地被岩羊身上展现出来的力量所感染，因此当枪管对准老岩羊的时候，他分明感受到了内心的挣扎——"我不想打死它，它身上有种特殊的气质……我在心里也希望别打中它。"② 当然，此时的"眼镜"还是一个不折不扣的猎人，岩羊是他所追逐的可敬的猎物。我们应该注意到的一点便是"眼镜"的特殊身份。

---

① 蒙萌：《高原奇事》，贵州人民出版社，1989，第56页。
② 蒙萌：《高原奇事》，贵州人民出版社，1989，第79页。

小说中这样描述过"眼镜"："在单位上，眼镜说话不多，大家都拿他当文弱书生。"而事实上"眼镜"喜欢打猎，曾经一个人穿越草原，饮过狼血。"眼镜"向同行的"圆脸小伙子"这样说起自己与熊搏斗的故事——"我喜欢肉搏，可是对于熊，在大兴安岭，它坐在我的身上，气都喘不过来，我还是打死了它……"[①]"眼镜"不是借助工具或智慧，而是有意选择与熊进行面对面的肉搏，并从这种最原始的较量方式中获得实现自我力量的快感，因此当他说到"我还是打死了它"时是不无骄傲的。小说中并不文弱的"眼镜"其实是人类力量的代表，"眼镜"与狼和熊的肉搏其实也就暗示了人类向大自然的征战。然而就是这样一位不服天不服地的"斗士"，当观看到岩羊群中神秘而壮烈的角斗时，却彻底为之折服了。公岩羊们用自己的血去争取头羊位置，它们之间进行一轮又一轮惨烈角逐，至死方休，其尽现了自然法则的残酷，同时也凸显了一种原始生命力的伟大。在岩羊身上，"眼镜"看到了自己以及这一代人正在丧失的斗志、活力和对生活的热情，以至于他在心中发出了"去作一只岩羊去作一只岩羊去作一只岩羊……"的呼声。最终，"眼镜"放弃了自己"万物灵长"的优越身份，扮作一只"岩羊"加入角逐的队伍之中。我们可以说，"眼镜"的这一举动是居于人类中心主义的"人"的失败，但绝不是作为"自然之子"的人的失败。蒙萌让我们知道，人应该学会向大自然示弱，这并不是一件丢脸的事情，正相反，它显现出人的可贵。因为人来自自然，也只有在大自然的怀抱中才能获得生命的动力。

戴冰在其中篇小说《猴魇》里为我们讲述了这样一个道理——拥有理性和智慧的人类是可以被打败的，而且这种失败早已注定、不可逆转。作者用魔幻现实主义的手法，讲述了一个情节看似荒诞不经，但内蕴丰富而深刻的故事。义贤庄人曾经依山傍水而居，过了千百年丰饶富足的日子，直到百十年前，蝗灾和旱灾让义贤庄人陷入生存困境。在得

---

① 蒙萌：《高原奇事》，贵州人民出版社，1989，第 79 页。

道和尚的指点下，义贤庄人开始捕猴和驯猴，并以外出闯荡耍猴为生，而这一谋生手段得以世世代代传承下来。"我"父亲也继承祖先的衣钵，捕捉了一只黑母猴，成为拖家带口走江湖的耍猴人。在母亲生下"我"的同时，母猴也生下了小黑猴，一系列荒诞和诡秘的事情便接连发生。父亲恶意对待母猴和小黑猴，在母猴惨死后，父亲还想方设法除掉小黑猴，可是他最终发现，就如中了诅咒一般，小黑猴的命运与"我"是绑在一起的，小黑猴能把它所受的所有伤害转嫁到"我"身上。父亲虽然憎恨小黑猴，但为了"我"的人身安危，不得不忍气饲养它。在父母俱亡后，是黑猴带"我"在丛林里长大，之后"我"娶妻生子，黑猴始终与"我"相依相伴，直到"我"死之后，黑猴还活了很久。以上是整个故事的大致脉络，从表面上看来，只是父亲与猴相冲突，而"我"与猴是相生相成的。然而，黑猴与"我"之间的关系并不似看上去那么简单和美好。作者这样描绘这层微妙的关系——"在我看着黑山的时候，它也正看着我，那双眼睑松弛的小眼里满是笑意，这眼神只有我才读得懂，天上地下只有我才知道这笑意里隐匿着多少刻骨的讽刺和幸灾乐祸的恶毒。"[1] 人与猴之间的关系看似和谐，二者也确实相依相伴几十年，但他们又始终对立、斗争。"我"始终想战胜猴，摆脱它的控制，而猴一直在报复人，它以能掌控人的命运为乐。"我"甚至一度以为自己已经战胜了猴，因为人的命脉是在有意识中延续的，"孙子就是我，我就是我父亲，我父亲的父亲，我的祖先，一条从永远到永远的完整的生命，即便是我死了，也只是这条生命上消失了一个脓疮……这样一想，我为这么多年第一次占了黑山的上风感到一阵欣慰"[2]。可是"我"最终可悲地意识到，尽管"我"有孙子，但孙子的生命依然被黑猴钳制着，"我"永远不可能战胜黑猴。在这样一个充

---

① 戴冰：《我们远离奇迹》，贵州人民出版社，1994，第 220 页。

② 戴冰：《我们远离奇迹》，贵州人民出版社，1994，第 221 页。

满魔幻色彩的故事中我们看到，拥有着理性和智慧的人类总以为自己可以战胜愚笨的畜类，他们不屈不挠地与之斗智斗勇，甚至以为可以用时间来与之抗衡，但是最终他们发现自己失败了，而且是惨败。小说中黑猴存活的时间跨越了父亲、"我"、儿子以及孙子四代人，它甚至还在无限制地活下去，这当然只是魔幻现实主义手法的创造，但这又并非毫无所指的夸张。黑猴在小说中其实就是大自然的化身，黑猴的生命无限制地长存，其实就象征了大自然的永恒。人类以有限之身和有限的生命去与无限的自然相抗衡，固然免不了失败的命运。

孟学祥则从另一个侧面展示给我们，大自然是神秘的，即使是拥有智慧的人类也不得不在神秘莫测的大自然面前低头。短篇小说《咒语》写道，父亲用套索猎住一只怀有身孕的母麝，悔痛不已，只得把母麝掩埋起来。但是从此"我"家怪事连连，先是父母亲床上突然出现一条大蛇，然后不断有小蛇光顾"我"家，屋后一大片竹子一齐开花死去，村人总能听到一种类似于麝的哀鸣的怪声，最后父亲在惶惶不可终日中疯癫并死去。孟学祥用这样充满神秘色彩的故事来展示大自然的伟力，其实也是为自然"复魅"。

在蒙萌、戴冰和孟学祥的笔下，大自然带有强烈的神秘色彩，人在大自然面前放弃了"人类中心主义"的优越感，他们敬仰大自然的魔力，承认自己的失败者身份。这正好暗合了"世界的复魅"运动的宗旨。工业文明时代的人们，把产生神话的时代叫作"蒙昧时代"或"野蛮时代"。"蒙昧时代"的大自然是充满神秘感的，正如莫斯科维奇所言："自然原来是一种模糊而神秘的东西，充满了各种藏身于树中水下的神明和精灵。星辰和动物都有灵魂，它们与人相处或好或坏。人们永远不能得到他们所企望的东西，需要奇迹的降临，或者通过重建与世界联系的巫术、咒语、法术或祷告去创造奇迹。"① 然而自启蒙运动以

---

① 〔法〕塞尔日·莫斯科维奇：《还自然之魅：对生态运动的思考》，庄晨燕、邱寅晨译，三联书店，2005，第 92 页。

来，神话以及神话赖以产生的神话思维，受到了科学思想的彻底清算。"科学凭借诸多重大发现丰富了我们的精神，却没有意识到同时也使之陷入贫乏。科学并没有履行其承诺，弘扬理性的光辉和自然的伟大。科学虽然如此富有创造力，却变得抽象深奥，使我们远离理性并且无法接近自然。"① 神话不再产生，神话的神秘性与感召力都不复存在，剩下的只是关于神话的科学研究。20世纪初，马克斯·韦伯曾把近代思想的这一轨迹形象地概括为"世界的祛魅"。"祛魅"祛除了人性中长期守护的信仰与敬畏。如此，便清除了诗歌、艺术，尤其是理想主义、浪漫主义文学艺术生长发育的土壤。而且，"祛魅"早已经超出了艺术领域进入现代社会生活的一切方面。目前在西方，又有人呼唤"时代的复魅"。"复魅"并不是要人们重新回到人类原初的蒙昧状态。"复魅"的切实目的在于把人与自然重新整合起来，把自然放到一个与人血脉相关的位置上去。华勒斯坦曾具体解释道："'世界的复魅'是一个完全不同的要求，它并不是在号召把世界重新神秘化。事实上，它要求打破人与自然之间的人为界限，使人们认识到，两者都是通过时间之箭而构筑起来的单一宇宙的一部分。'世界的复魅'意在更进一步地解放人的思想。"②

自恃拥有理性和智慧的人类以为自己完全可以掌控自然，因此他们肆无忌惮地进军大自然，操控其他物种的生命进程，不断强化自我的主体地位。而事实上，大自然有人类永远无法理解的神秘一面，正如戴冰等人的作品所呈现给我们的——对于人类的每一次征战，大自然都给予了报复。我们需要为世界部分地"复魅"，只有这样，人们才能重拾对自然的依恋和敬畏之心，并自觉地尊重和保护它，以便最终在自然中获得栖居的归属感。

---

① 〔法〕塞尔日·莫斯科维奇：《还自然之魅：对生态运动的思考》，庄晨燕、邱寅晨译，三联书店，2005，第95页。
② 鲁枢元：《生态文艺学》，陕西人民教育出版社，2000，第74—82页。

田永红用更加直白的手法来展现人与自然之间的尖锐斗争，以及大自然对人类发起的残酷报复。中篇小说《岩豹》运用了插叙的手法，开篇先写了岩豹偷袭牲畜，准备对"坐地猫"进行报复，然后逐步交代了豹与人的恩怨，以及老山林所有动物与人类的矛盾。岩豹知道人类是可怕的，他们凶残而阴险，但是它义无反顾要与人类相斗，并且誓死报仇。早在岩豹小的时候，母豹就告诉过它：

> 我们最大的敌人不是狼，不是野猪、熊瞎子，而是坐地猫这样的人。他们巴不得把我们斩尽杀绝，我们和人类斗争已经有若干万年了，现在这种斗争愈来愈尖锐，最后的结果，我们失败了，我们的亲人，都带着仇恨闭上了眼睛，它们至死也不明白，人类为什么会有这么强大，会对我们恨之入骨，我们总是躲着人类行走。①

母豹把人类定性为最可怕的动物，他们不但妄自尊大对自然界的其他一切生物进行疯狂掠杀，而且人与人之间也相互残杀，甚至相互食肉。小说通过豹的视角，来展现人与人之间的勾心斗角，以及人对大自然的迫害，的确印证了母豹的论断——人类是何其可怕的动物。"坐地猫"为了自己的利益，可以暗许女儿与书记叶满私通，甚至兽性大发猥亵女尸；少女班承香为了吃上皇粮而主动对叶满投怀送抱，与叶满狼狈为奸；叶满为了掩饰自己的丑行而置陶玉于死地，为了续娶班承香而下毒害死发妻。1958 年，数千亩原始森林成为木柴被投入熊熊大火中；"文化大革命"中，剩余的原始森林也在大火中化为灰烬。岩豹怀念昔日原始莽林的美好：

> 茫茫苍苍的原始森林，林里长着松、杉、柏、檀、榉、杨树……就像绿色的海洋上竖起的无数根巨桅，千百条巨蟒似的粗黑

---

① 田永红：《燃烧的乌江》，中国文联出版社，2005，第 213 页。

的藤萝从树顶牵挂到低矮的阔叶青杠树上，一蓬蓬茂密的岩豆藤开着串串紫红色的花……遮天蔽日的原始森林，是动物们生活的乐园，地上走的、爬的，天上飞的动物们，按照自己的生活习惯，无忧无虑，自由自在在里面生活、繁衍。即使在这片乐土里，时有战争、搏斗、厮打，但很快就能得到解决，而且双方搏斗，全凭实力，公开公平地进行，从不玩弄权术，或设圈套暗伤别人。成者为王，败者为寇，优胜，劣汰，这就是动物们共同遵守的游戏规则。①

这个时候的大自然是自在而自为的，万物各安其分，按照自己的规律生存和发展。可是强大起来的人类却不再满足于自己那与万物相等的位置，他们开始运用智慧和强权去左右自然，甚至为了暂时的利益而不惜向大自然发起毁灭性的掠夺。然而，"与天斗与地斗"的人类却没能赢得所谓的胜利，相反的，他们彻底失败了。人们的生活依旧贫困和窘迫，而大自然也并未对其俯首帖耳。被破坏得百孔千疮的大自然依然独立于人类的掌控之外，并且从来没有停止对人类的惩罚。早在炼钢铁毁坏森林时，动物们就对人类进行过报复。而岩豹对"坐地猫"的仇恨则来得更具体，岩豹目睹"母亲"和"兄长"死在"坐地猫"的枪口之下，而且最后连它的"情人"和动物家族也被"坐地猫"这群人赶尽杀绝，家园被彻底摧毁。因此，虽然岩豹畏惧阴险的人类，但它注定要与人相斗到底。

岩豹最后制订出明确的复仇计划，咬死了叶满和"坐地猫"，以此实现了对人类的报复。小说中这样写道："岩豹用牙齿啃出叶满和女人的眼珠，再啃出他们的眼珠，一共四颗，只有四颗。它找遍了他们的全身，再没有了。如果再有眼珠的话，有一百颗眼珠，它也要一颗一颗地

---

① 田永红：《燃烧的乌江》，中国文联出版社，2005，第207页。

啃出来把它吃掉。"① 这种凶残得令人毛骨悚然的复仇，正表现了岩豹内心仇恨的深重，也暗示了人类罪恶的深重。无论是蒙萌、戴冰，还是孟学祥或田永红，都用自己的方式告诉我们，人类可以被打败，人不需要时时处处争做强者和胜利者，适时向大自然低头可能才是最明智的选择，因为大自然是如此神秘和伟大。

（二）万物无须"主宰"

处于"万物灵长"位置的人类总认为自己是世界的中心，自然万物是为"我"而存在的，因此人可以任意介入其他物种的生活，甚至摆布它们的命运。而生态主义者却意识到了人类行为的不合理性，他们开始质疑人类干涉自然进程和操控万物的权利。我们可喜地看到，在贵州作家的创作中这一主题也得以反映。赵剑平的短篇小说《第一匹骡子》，通过写骡子的悲惨遭遇来鞭挞人类对动物的操控和迫害。茅草爷爷宠爱他的黑毛骡子，把它视为知己。这匹骡子生来传奇，又因为力大无穷，受到人们的关注，但这又绝非敬重。在人们眼中，即使骡子"有用""值钱"，但它始终是不伦不类的怪物。而早些年，在茅草爷爷的村寨中并没有骡子，人们世世代代饲养矮小的土马。直到有一天，一个北方人牵了一头驴来到村寨，人们才开始做起了"骡子梦"。驴与马交配能孕育出所谓的骡子，而骡子长得高、力大无穷，自古便有"一骡敌三马"的说法。村寨中怀有骡子的母马都因难产而死去，最后只有茅草爷爷家的母马诞下一匹骡子，这也是所谓"第一匹骡子"。人类为了自己的利益而强制让驴与马进行交配，这本身是不人道的、有违自然规律的，而大批母马死去，正是对人类违反自然规律的惩罚。然而，人类的错误行为并没有就此停止，他们继续对这"第一匹骡子"施加强制力。逐渐长大的骡子是孤独的，它无法得到人们的理解和认同，就算是面对当地的一群土马，它也只有远远躲避的份儿。骡子对一匹母马

---

① 田永红：《燃烧的乌江》，中国文联出版社，2005，第 253 页。

产生了懵懂的感情，这种不合情理的事立即引起了人们的恐慌。母马的主人一再责难茅草爷爷没有看管好骡子，他认为这会影响到母马正常的繁衍生息。骡子被人类强制性地制造出来，然而这个非正常的物种没有正常的生育能力，也没有同伴，它成为天地间的一个怪物。骡子亲近母马本是遵循天性，它无法理解的是，这却正好触犯到了人类的威严，于是它被人类强制剥夺了"恋爱"的权利。以至于最后骡子也逐渐对自己亲近母马的行为产生了怀疑，它也开始认同这是"不光彩"的事。在茅草爷爷死后，骡子渐渐放弃了它与母马的深情。最后，母马在它既定的生活轨道上顺利怀了身孕，而骡子却在摔断腿之后被残忍杀害。从《第一匹骡子》中我们看到，人类对骡子的规训是何其强烈和可怕。骡子的悲剧是由人类企图操控其他物种的生命进程而造成的，它应该足以警示人们，万物有自己的生存权利和发展规律，任何强制性的人为作用都只会招致恶果。

吉柚权对人类的控制欲和人性中的阴鸷有着深刻的洞察。在中篇小说《野驴》中，通过对人与驴之间斗争的描写，吉柚权为我们展现了人的极度自私和残暴。

若从生态女性主义角度来解读这个作品，我们更能看清人类（尤其是男性）的残酷。当男人们要射杀母驴时，丹增次姆恳求道："你们不能杀它们，这是两头母驴，它们还在奶着幼驴。"当然，她没能救下母驴，但她最后恳求男人们放掉了两头小驴。女性身上的母性情怀使得她们比男性拥有更多的同情心，也让她们更懂得去悲悯和维护生命。与丹增次姆形象形成对照的是一系列男性形象，他们不但残暴，而且处处凸显出男性中心主义的霸权思想。小说中有这样一段对话，从中我们可以直观地看到生态女性主义的批判锋芒：

　　　"老子看那母货怎么来偷，把我惹火了，老子日死它。"
　　　"要是生下驴人怎么办，你是叫他做儿子，还是让他去当驴？"

"只要是我干的，管他是驴是人我都要把他收养起来，他毕竟是我的后代嘛！"

"那母驴你怎么安置呢？带回家做老婆？"

"只要它愿意跟我走，我就收它为第二老婆，那种味道肯定别有风趣。"①

这些粗口虽然表面上针对一头母驴，实际上却是针对所有雌性，不管是母驴还是女性。男性凭借自己天生的优越感，对雌性实施语言暴力。小说中常用到"男人"一词，有意突出男性身份，把这种两性的冲突展示出来。《野驴》是一部内蕴十分丰富的作品，它既揭示了人对物的操控，也影射了两性之间的冲突。人以为自己完全可以主宰野驴的命运，因此他们任意猎取、调侃，但是在与野驴斗智斗勇并且最终遭受重创之后，人们才意识到，野驴并非他们想象的那么蠢笨，而正相反，它们机智、果敢并且充满力量。人最终为自己的妄自尊大付出了惨痛代价。

《雪熊》与《野驴》一样，也是是以西藏边地为背景，以人与兽的故事为材料，不同的是，《雪熊》展现了更多的人与兽之间的温情和友好，它从另一个角度反映了万物无须主宰这个道理。援藏医生卞昌华一家救助了受伤的雪熊，从此与雪熊结下深厚情谊。雪熊白天返归深山，夜晚则会栖息于卞家，它为卞家守护猪圈而大战群狼，甚至从野狼口中救下小海雪。人对雪熊的信任、呵护，以及雪熊对人的感恩、依赖，让整个故事弥漫着童话色彩。后来卞昌华一家调往省城，雪熊却奇迹般地不远千里追随而来。在嘈杂纷乱的城市，雪熊的出现引起人们的恐慌，更何况雪熊只能靠偷食来维持生存，这样一来它不可避免地与人发生冲突，最终它倒在了警察的枪口之下。在边疆野地，人与雪熊的相处可以

---

① 贵州省作家协会编《贵州作家·第一辑》，贵州人民出版社，2005，第29页。

那样简单、和谐，而进入城市之后，人与雪熊之间只能有对立和冲突。通过这样一个故事，作者告诉我们，人与兽原本是可以友好共处的，而现代社会强化了人与兽的区别，它让有着理性和智慧的人类成为唯一的主人，让人们内心设防甚至全副武装，最后不可避免地造成了人、兽相斗争的悲剧。

袁政谦在短篇小说《大鸟》中巧妙刻画了人类对大自然的占有欲。故事主人公七宝是自然保护区的守林员，一次偶然的机会他在白岩见到了一只美丽异常的大鸟，他被大鸟深深地吸引，时常有意去寻找这只大鸟的身影。当七宝第二次与大鸟相遇时，他再也不愿轻易与大鸟分离，而他所想到的唯一办法是捕捉或猎杀。作者这样描绘七宝的心理状态和行动——"那只硕大而又美丽的鸟迎着夕阳立在白岩上，而他则躲藏在小树丛中。就是那时七宝感到心中一阵难受，他在天黑之前又将离开这个地方，而那只鸟却不知道会飞往何方。七宝想，可能以后再也见不到它了。七宝心绪纷乱地爬出小树丛，慢慢靠近那只鸟。可是，接着他还是停下来，他意识到自己根本无法抓住它。他紧盯着那鸟，他想他再不能失去它。七宝退回小树丛。他把留在那里的枪拿起来，对着那只鸟瞄准了。"① 大鸟对七宝来说，是美的象征，是巨大的诱惑。七宝最初是远远地欣赏大鸟的美，但是后来他却不再满足于偶遇，着魔一般地想把大鸟据为己有，甚至不惜毁灭大鸟，以实现对这种美的永恒霸占。作者用这样一个充满寓意的故事，为我们展现了人在对待自然时那种幽秘心理。人们由衷地热爱自然、陶醉于自然，却又总是情不自禁地想要霸占大自然的美，以致最终违背自己的初衷，做出一些伤害自然的行为。

廖公弦用诗歌的形式讲述了一个类似《大鸟》的故事。诗歌《喜爱》这样写道：

---

① 袁政谦：《天堂之旅》，贵州人民出版社，2009，第 62 页。

他买了一条铁链，

叮叮当当作响，

提起来给我观看。

他说他喜爱山鹰，

爱它雄视的神威，

爱它搏击的矫健。

他终于弄到了爱物，

便急忙买一条铁链，

抖动时有冷光在闪。

他说他喜爱山鹰，

爱它独来独往的傲岸，

爱它眼里射野性的火焰。

他终于弄到了爱物，

用他的爱心、用他的感情，

拴给鹰一条铁链。①

这首诗的叙事和言语都非常简单，然而它展现的意蕴却是丰富深刻的。"他说他喜爱山鹰"，"喜爱"自由、野性和充满神威的山鹰，而"他"最终得到一只山鹰，并买来一条铁链把它牢牢套住。我们不能简单地以"自私和贪婪"来给"他"的行为定性。应该说，"他"说喜爱野性的山鹰，这种感情并非虚假，只不过"他"习惯了以自我为中心去思考问题，习惯了把万物当成为自我而存在的风景，因此，"他"才会不自知地剥夺山鹰的自由。可以说，这是我们对待大自然时最容易犯的一类错误。就好比我们看到路边的一株野花，被它吸引，情不自禁地把它移栽至自家阳台。我们知道要热爱自然、欣赏自然，但很多时候不

---

① 《廖公弦诗选》，贵州人民出版社，1994，第110页。

知道以一种怎样的方式去热爱它、对待它。

　　人们原本欣赏大自然中那自在自为的美好事物，却又不可自制地想要把这份美据为己有。安元奎也体味到了人类对待自然的这种尴尬态度。散文《兰殇》是为兰花唱的一首叹歌，也是对人类主宰其他物种生命进程之行为的严厉批判。兰花本长在隐悠的山谷之中，因为它绝世独立的君子气息，受到世人的青睐和追捧。作者把追逐兰花的人分为三类，即真心喜爱奇花异草的雅士、不真正爱兰却附庸风雅的俗人和趋利的商客。而无论兰花落在哪一种人手中，在作者看来，都是灾难。被俗人和商客任意挖掘和伤害的兰花当然是最可悲的，而即使被雅士移栽至精致客厅的兰草，也终逃不掉日渐萎缩、凋零的命运。作者是要通过这篇《兰殇》告诉我们，让兰花生长在它原本应该生长的地方，让它自然而然开放在阳光下，它的美才能长久保持，而任何善意或恶意的干涉，都将让这种美走向毁灭。

　　诗人王建平擅长通过"猎人"与"猎物"这一对充满戏剧化寓意的意象，来展现人对物的操控以及人最终孤独无依的处境。诗歌《豹》的主角是一只孤独而绝望的豹子，它在"所有的生命都突然寂静"的山野中感到窒息，最终以"跳下悬崖"的决绝方式来表示对人类的抗议。"在山下/一张美丽的豹皮留给了猎户/而豹子/却远走"。[①] 猎户是一切破坏自然的人类的代表，他虽然得到了"美丽的豹皮"，亦即利益，但是他也永远失去了自然的恩赐。诗歌《两个猎人和一只豹》也是写猎人与豹之间的仇恨和斗争。在豹最终被猎杀之后，猎人并没有感受到胜利的喜悦，"枪口低垂下来/像一朵枯萎的野玫瑰/那个猎人再也没有走出那道峡谷"。

　　在沉寂的空山里，被人类迫害而至绝境的不仅有豹，还有鹿。王建平用一首《鹿之死》来强化了这种悲哀。孤独而绝望的鹿已经站上悬

---

① 王建平：《野太阳》，贵州人民出版社，1988，第1页。

崖，准备作最后那决绝的一跳，它也最后一次回首了大山从繁华走向荒
芜的过程：

> 它曾经留下了许多足迹的群山
>
> 它曾经和母鹿肆情嬉戏的群山
>
> 不远处，豹子饥饿的吼声
>
> 在它的肌肉群里颤动
>
> 一丛芬芳的百合花
>
> 悄悄绽开一小朵黑色的枪口
>
> 从樟子松上掉下来的绳套
>
> 象一轮圆圆的月亮
>
> ……………①

"芬芳的百合花"与"黑色的枪口"，"樟子松"、"圆圆的月亮"
与"绳套"，这两组反差极大的意象放在一起，凸显出了自然原本的美
好以及人类的凶残。大山本来是生机勃勃的，动物竞相生存、植物蓬勃
生长，可是人类用猎枪和绳套破坏了这种繁荣，以致鹿最终失却自己的
家园，走向毁灭之路。猎人可以主宰猎物的生命，他们用猎枪制造了大
山的沉寂，殊不知在猎物消失殆尽之后，他们自己也不可避免地走向毁
灭。在诗歌《空山》中，诗人把人与自然这种既斗争又依存的关系表
现得更为具体。诗歌这样写道：

> 最后一只黑熊
>
> 把伤口留下来之后
>
> 逃走了

---

① 王建平：《野太阳》，贵州人民出版社，1988，第40页。

猎人在山上
擦着一杆亮铮铮的枪

他是从枪口里
射出来的胜利者
山上
血红的沉寂
是他制造的勋章

他十分疲惫
占有一个黄昏
就如一瓶烈酒占有他

格杀和咆哮已经远去
美丽的月亮很安全
这一座山很安全

半夜，一声长长的枪响
颤颤的有清晰的回响
一个朦胧的影子
颓然倒下

山下的人上山来
没有发现任何尸体
只拾到一杆生锈的猎枪①

---

①　王建平：《野太阳》，贵州人民出版社，1988，第18页。

猎人用他手中的猎枪制造了大山里"血红的沉寂"，可是在"格杀和咆哮已经远去"之后，他感到"十分疲惫"，这种疲惫不是身体上的，而是心理上的。面对这种沉寂，猎枪最后一次发挥它的作用，便是用来射倒猎人自己。猎人与大山中的猎物，他们自然而然是相对立的，但同时又相伴相生，当猎物被猎杀殆尽的时候，天平的一端被清空，猎人也无法自立于大自然中。

诗歌《猛兽》也展现了人与自然不可避免的相斗争和相依存的关系。诗中这样写道，"注定有消息从黑风谷吹来/把一个女人吹成寡妇……也注定有兽血/鲜艳地绽开在雪地上"①。前两句诗比较隐晦，是说猎人在与猎物的搏斗中不幸遇难。这里连用的两个"注定"，显出深深的无奈。人与兽，仿佛被命定一样，二者相互斗争，最后只能两败俱伤。

在王建平的笔下，还有一类"醒悟者"形象，他们放弃了人类中心主义的思想，而选择自觉地守护大自然。诗歌《迷路者》虽然以"迷路者"为名，实际却刻画了一个醒悟者的形象。"迷路者"是一个隐喻意象，指所有在大自然面前犯下错误、迷失方向的人。诗歌主人公"他"也是一个"迷路者"，"他"在森林中发现了九十九具"迷路者"的白骨。"他"本来也要像这些"迷路者"一样，成为第一百具白骨，"他突然醒悟/他毅然转过身去/走向一片乱石嶙峋的石谷/丢弃了所有的行装/只带走一粒乌亮的松子"②。最终"他"倒下了，这颗松子在"他"的身躯上长成一棵红松树，成为"他"生命的延续。这第一百个"迷路者"也是第一个醒悟者，他对森林所作的弥补，正是鼓励人们对大自然进行补偿和反哺。

诗歌《山上的男人和山下的女人》依然散发出淡淡的哀伤，但它

① 王建平：《野太阳》，贵州人民出版社，1988，第20页。
② 王建平：《野太阳》，贵州人民出版社，1988，第6页。

远比王建平其他生态诗歌要欢快和充满希望。为了护住已经被破坏得面目全非的大山，男人坚守在山上，"他把荒山放牧成马群"。而男人的妻子，也就是"山下的女人"则用自己的双手耕耘土地，默默孕育子嗣，守望山上的丈夫。这是一曲略带心酸，然而又不乏温情和美好的和谐之歌，它展现了人类寻求与自然和谐共存所作的努力。从"猎人"到大山的守护者，王建平用这一系列诗歌表现了一个共同主题，即人类只有正视其他物种的生命价值，自觉与万物和平相处，才能建设一个万物共生的家园。

女诗人禄琴的诗歌《小鹿》则以童话般的笔调为我们描绘了一只小鹿的命运：

小鹿唱一首动人的歌

向树林跑去

猎人提着枪

目光如箭穿梭于

微动的绿叶间

远处一只猎狗

在不停地打着喷嚏

在一个月明星稀的夜晚

我去看我的小鹿

她在圈棚里忧郁地看着我

此刻

找不到解释一切的文字

风在议论那个

看来不重要的话题

这是五月的季节

我在街头的一隅

发现小鹿美丽的雕像

那跃跃欲蹦的姿态

让我差点叫出声来

我感觉自己的表情

刹那变得复杂起来①

　　诗人依次刻画的是在森林里奔跑和歌唱的小鹿、被关在圈棚里忧郁的小鹿以及变成了街头雕像的小鹿。这是小鹿一步一步丧失自由的过程，也是生命一点一点走向萎缩的过程。最初小鹿在森林里生活，虽然能够自由地奔跑和歌唱，但是也不得不躲避猎人的追捕。"猎人"和"猎狗"的介入是人类以强制力作用于小鹿的一个开始。接着，小鹿被关进了圈棚，这只困顿的小兽无法理解为什么它一下子失去了自由，而"我"也无法为它找到"解释一切的文字"。这说明人类对小鹿施加的影响力已经强化。最后，我只能在街头的一隅看小鹿的雕像，它虽然生动逼真，却再也不是一个鲜活的生命。至此，人类对小鹿的控制达到了顶点。从自在生活于森林到被关进圈棚失去自由，再到变成雕像失去生命，这是小鹿的悲哀，也影射了所有动物共同的悲哀。小鹿的遭遇是人为制造的，人们强制介入小鹿的生活，改变了它的生存方式。在诗人的笔下，小鹿本是大自然之美的化身，然而它却最终因为人类的强制作用走向毁灭，其对"万物之主宰"的人类做出了最严厉的批判。正如诗歌中所说，面对被关在圈棚里的小鹿，"我"却"找不到解释一切的文字"，其实不单是"我"找不到解释，任何人可能都无法找到解释。因为无论出于何种理由，人类都无权干涉小鹿的生存

---

① 禄琴：《面向阳光》，贵州民族出版社，1996，第119页。

自由。

刘照进借一个个空鸟巢来展示人对鸟类的迫害。他在散文《空鸟巢》中不无悲凉地感叹道，鸟类总成为少年弹弓游戏下的牺牲品，成为枪口下的下酒菜，就连屋檐下的燕子也时时警惕着人类的一举一动，不得不年年变更筑巢地。作者试图为人类的行为找出一个根源，他说："恶毒的举止来源于对未知事件的好奇，对悲惨结局的出现毫不在意，人类的心灵永远无法装下对弱小生命的尊重。"[1] 诚然，正因为人类缺乏"对弱小生命的尊重"，所以才会受好奇心和自我利益的驱使，去任意迫害鸟类，甚至于对自己行为的危害性浑然不觉。作者痛心地感到："是人的欲望打断了鸟儿的飞翔。那么多的鸟儿已经被死亡收藏。那么多的鸟儿，像宝贵的眼泪，被我们随意挥霍。"[2] 而能够"主宰"鸟类命运的人类却并没能成为世界的主人，相反，他们也成为受害者。因为生态环境遭到破坏，地球家园面临被毁的危机。作者在最后写道："天空是一只倒悬的巨巢，衔着地球这枚鸟蛋——一枚病变的鸟蛋，正在加深天空的空度。"[3] 这并不是危言耸听，而是作者对人们的忠告和警示。人类随心所欲地操控万物，已经对大自然造成了无法弥补的破坏，如果继续执迷不悟，那么万物共同的家园终有一天会毁于一旦。

杨村的散文《虎患年代》则为我们描绘了人类作为"万物主宰"的孤独境遇。文章表面上是写一个虎患滋生的年代，而事实上却是在追忆一种远去的原始生命力。在森林莽莽的年代，老虎叼走了父亲的小伙伴，它们还时常到寨子里偷咬牲畜，野猪会糟蹋庄稼，而粗如人腿的蟒蛇则横挡人的去路。这在当时的人们看来，实在算不得一个好的时代。可是今天的人们在面对空寂的原野时，却情不自禁地怀念那充满原始生

---

①　刘照进：《空鸟巢》，《延安文学》2010 年第 3 期。

②　刘照进：《空鸟巢》，《延安文学》2010 年第 3 期。

③　刘照进：《空鸟巢》，《延安文学》2010 年第 3 期。

命气息的年代。当"我"逐渐成长时，"惊恐地看见我的森林噩梦一般一片片砍倒，由近而远。我眼巴巴地看见山峰裸露出黑色的土地，和白色的悬崖"①。森林不见了，野兽们不见了，农人们再也不必设陷阱捕捉那些糟蹋庄稼的野猪。"现在，村人背着喷雾器，在稻田上喷洒农药，想起那些远如隔世的事情。一丝怀念的激情，涌动在他们焦黄的脸上。"② 森林是博大的，万物在它那里皆是平等的，它不会因为老虎伤人而去谴责老虎，也不会因为野猪糟蹋庄稼而去责罚野猪。正如作者所言："森林黝黑，没有一丝声响。森林是万物的舞台，任他们在上面舞蹈，斗争。那些精彩的表演，辉煌的胜利，以及惨烈的失败，森林无动于衷。"③ 在森林中，万物自由地竞争和生存，彰显出蓬勃的生气，而人类也在这种原始的生命力中繁衍生息。随着现代文明的发展，人类已经不甘心只做大自然中的平常一员，他们开始"唯我独尊"，开始打破大森林的平等法则，因此，森林被毁，动物们消失殆尽。作者怀念那个虎患滋生的年代，虽然那时人的生命得不到太多保障，人们也并不富裕，但那时人们与万物和谐相处，能够真真切切体会到自然生命的气息。

　　无论是骡子、小鹿，还是鸟类或老虎等，都不需要人类的主宰。然而人类总是习惯于从自己的利益出发，或者纯粹受好奇心的鼓动，而去任意干涉它们的生命进程。因此我们看到了一幕又一幕悲剧：无辜的骡子被制造出来，成为天地之间的怪物；美丽的小鹿被强制圈禁，最终失去生命的活力；鸟类成为弹弓和气枪的牺牲品，逐渐远离了人们的生活；森林之王终于消失不见，只留给人们些许的怀念和怅惘。这些悲剧足以警示我们，让万物按照它们自有的规律去生活才是最明智的，而执着于做"万物主宰"的人类最后只能孤独地栖身于天

---

① 杨村：《虎患年代》，《杉乡文学》2010 年第 1 期。
② 杨村：《虎患年代》，《杉乡文学》2010 年第 1 期。
③ 杨村：《虎患年代》，《杉乡文学》2010 年第 1 期。

地间。

（三）自然不可征服

在贵州作家创作的生态文学作品中有一类是姿态独特而鲜明的，反映的是人类向自然的征战，但人并不是受利益的驱使而向自然进行索取，他们更多的是为了实现自我力量的确证而向大自然发出不屈不挠的挑战。石定在短篇小说《大水》中便刻画了一位誓与洪水作斗争的老人形象。老人不停地用竹篾编绳，数十年间他编下了数不清的绳子，因为他想着等到发大水的时候，"用绳子把这条河捆住，像捆一匹野马，不让它乱蹦乱跳……"① 在二十年前的洪水中，老人那怀有身孕的妻子被大水卷走，老母亲也不幸丧生。老人在水边重新建屋安家，"他唯一希望的就是再涨一次大水，所有的日子对他来说只是一种等待"②，因为"他要和它较量"。一等二十年，大水没有来，老人的头发却已经由"乌丝"变为了"白雪"。终于有了要发大水的征兆，老人的绳子派上了用场。最后人们发现，"小屋被无数条绳子捆住，紧紧拴在后面的崖石上。那些绳子以小屋为中心成扇面张开，像一张巨大而牢固的蛛网。老人死了"③。

老人期待再来一次大水，其实是一种寻求自我确证的心理。他曾任大水摆布，毫无还手之力，他想再与大水搏斗一次，求得自我力量的实现。可是老人最终根本没有等来大水，这暗示了老人的彻底失败。正如小说中所写的，"肯定老人不是累死的，是气死的。他终于没有看见他期待的那样凶猛的大水，没有能够和它作一次最后的拼搏，那条河欺骗了他"④。没能等来大水的老人却被自己亲手编的绳子困住了。绳子本来是老人想要用来拯救自我的"生命线"，却最终成为"巨大而牢固的

---

① 《石定小说选》，贵州人民出版社，1994，第 75 页。
② 《石定小说选》，贵州人民出版社，1994，第 78 页。
③ 《石定小说选》，贵州人民出版社，1994，第 79 页。
④ 《石定小说选》，贵州人民出版社，1994，第 79 页。

蛛网"。小说中提及了发大水的人为原因，指明洪水并不完全是"天灾"，而是人类破坏自然而招致的恶果。在与山林的较量中，以老人为代表的人类并没能赢得彻底的胜利，因为洪水便是他们遭受的报复，在与大水的较量中，人们毫无招架之力。总之，大自然是不可征服的，在人与自然的斗争中，人注定要失败。值得注意的是，在小说中老人与船工之间有这样一段对话：

> "你有什么事情？还不是一天到晚打你那些绳子，把人都打恍惚了！你到底想干什么呢？你不搬家，莫非又让大水冲走？"
>
> "是，我就等它来冲走。你叫我搬家，搬到哪里？搬到你船上行不行？"
>
> "不行，我这船是渡人的，不渡房子。"
>
> "好，你渡人，渡人无其数，你是南海观世音。可是我问你，渡来渡去，生死是一条路，你渡得了自己吗？"①

这里是小说主题的一个升华，它其实是对人该如何在自然中立足以及人类如何自救的追问。面对大水的威胁，老人想到的不是搬离河边，而是用无数条绳子把房屋拴起来，任大水也无可奈何。老人的行为显示出人类在大自然面前奋力挣扎的悲壮。用老人的话来说："你叫我搬家，搬到哪里？"天地之间都是大自然的领地，人类是逃无可逃的，因此人们只能选择直面自然，与之进行艰苦的斗争，以获得立足之地。然而这其中又充满了悖论，因为人对大自然的斗争又势必会招致大自然的惩罚，人类只能在压迫下进行新的反抗，如此循环往复。所以，小说中老人才悲观地感叹："生死是一条路，你渡得了自己吗？"面对大自然，人类原本只能俯首称臣，只能安于做"大自然之子"，可是人类却在背离自然的道路上走得太远，时至今日面对严重的生存困境时才不得不思

---

① 《石定小说选》，贵州人民出版社，1994，第77页。

考，人要如何摆渡自己。

赵朝龙的短篇小说《凌凌乌江水》通过描写老猎人与"野猪精"的较量，来展现人与自然之间既依存又斗争的复杂关系。贫病交加的老猎人安乐在奄奄一息的状态下，带领老猎狗"孤狼"又一次走进野猪林，这样的举动于老猎人而言已经成为本能，因为他一生都在与猎物尤其是野猪作斗争。小说用插叙的手法，交代了猎人安乐的一生以及他与"野猪精"的宿怨。很早以前安乐的母亲死在野猪的嘴下，安乐的父亲把这头野猪当成自己不共戴天的仇人。父亲带领年少的安乐进山，在与野猪的"遭遇战"中父亲被咬伤，野猪从猎刀下逃去。终于有一次，父亲孤身与野猪搏斗，摔下悬崖而死。安乐因此与这头"野猪精"结下了难以化解的冤仇。在野猪林，老病的安乐与"孤狼"又一次遭遇"野猪精"，"他与它心里都升起了火，一股复仇的火"，最终，拼尽最后一点力气的"孤狼"沉入乌江，而"野猪精"摔下悬崖。老猎人安乐赢得了艰难的"胜利"。

当然，小说不只是叙述了一个关于人向野猪复仇的故事，它所反映的主题比这要深刻得多。小说中多次写到"栽树"的情节："不知从哪朝哪代起，九拐村就有一个习惯，谁在洪流里救的人多和在山上捕获的猎物多谁就是英雄，人们就在江岸上给他栽一棵杨树或松柏，象征他的荣誉。"① 九拐村人表彰英雄的方式是种树，这种特别的仪式也正展示了他们敬畏生命、珍爱生命的朴素自然观。然而，这种朴素自然观里又充满矛盾，洪流里救人，这无疑是珍视生命，而捕猎则是屠害生命，九拐村人却把这二者无差别地糅合到一起。这里只要我们注意到猎人身份的特殊性，便不难理解这一切。无论是在洪水中救人还是在森林里猎杀动物，九拐村人都是以猎人的身份进行的。小说中这样表述道："一双粗糙的手疼爱地抚摸着这一棵一棵的树，安乐慈祥的脸上挂着丝丝微

---

① 赵朝龙：《蓝色乌江》，四川人民出版社，2000，第 282 页。

笑。这些树，有老爹和九拐村狩猎者的心血和胆识，也凝结着他和孤狼的力量和智慧，是他们献给自然的一件礼物。"① 从这里我们可以看到，作为猎人的安乐以及九拐村的狩猎者们把猎杀当作自我力量的确证，这与救人的意义是一样的。因此，即使没有野猪害死双亲这些事件，作为猎人的安乐一样会与野猪相斗到底。

小说中有这样一个片段，在与母野猪搏斗的过程中，"孤狼"抽身去护卫小野猪，而安乐因此认定"孤狼"这是背叛行为，"他十分生气，举起枪，向孤狼瞄准"。最后，"他除掉了小猪崽，胜利地往回走"，而且还割下了"孤狼"的半只耳朵。这当然不是随意之笔。由此我们更可以看出，安乐并非完全因为宿怨而对野猪进行报复，作为猎人，他需要从野猪身上寻求自我力量的确证，哪怕是面对无辜的小野猪，他也决不会放弃作为猎人的权利。即使是对与之相依相伴的猎狗，安乐也可以狠心将其耳朵割下，可见在安乐的意识里"自我"才是世界的中心，人的权威是不可挑战的。以"男子汉"自居，处处显露出人类刚强之力的九拐村猎人，其实并没能实现对自然的掌控和征服，相反的，大自然对他们而言依旧是神秘而博大的，他们依然要通过栽树的方式向大自然"献媚"。而老猎人安乐在与野猪的斗争中也并非赢得了真正的胜利。为了与野猪相斗，安乐的父亲赔上了性命，而安乐也耗费了一生的精力，最后老猎狗"孤狼"悲壮地死去。从这一意义上来说，安乐所收获的胜利远远弥补不了他所失去的。通过这样一个故事，赵朝龙告诉我们，只有大自然才是始终的胜利者，而人类不论力量多么强大都难以逃脱大自然的怀抱。

高兴华所著短篇小说《老人老枪老狗》与《凌凌乌江水》的故事情节和生态寓意都惊人地相似。小说写道，老人狩猎一生，遇上和猎到一只千年狐是他毕生的向往。直到老人七十岁时，眼神已经不再敏

---

① 赵朝龙：《蓝色乌江》，四川人民出版社，2000，第284页。

锐，身手已经不再矫健，猎狗和猎枪也苍老了，他才终于遇上一只千年狐。而在猎狐的过程中，老人被虎所害，猎枪被折断，老猎狗也被虎咬死。猎物于人而言有着天生的吸引力，千年狐是一切诱惑的代表，它牵引着老人一生的向往。老人始终不安于过儿孙满堂的悠闲日子，他习惯于在山林中行走和追逐。山林对老人来说有着永远的诱惑力，而这种诱惑又绝不是衣食之类，它可以说是大自然对人的一种召唤。老人一生都与大自然处于既依存又斗争的关系中，他想猎到一只千年狐，以此来实现他战胜自然的心愿，可老人最终还是失败了，且付出了生命的代价。

马仲星为我们讲述了一个关于老渔夫与怪鱼搏斗的故事。短篇小说《老水伯和他的黑灵儿》的主人公老水伯是乌江上的打鱼人，他与鱼鹰黑灵儿相依为命，而他一生的对手则是一条红棕色的怪鱼。在与怪鱼的前两次搏斗中，老水伯都失败而归，小渔船被怪鱼咬出一个缺口，黑灵儿也被咬伤。但是风烛残年的老水伯仍不甘心，他还要向怪鱼发出挑战。老水伯之所以要与怪鱼进行不屈不挠的斗争，"原因是怪鱼使所有的乌江人心神不宁。据说，乌江凡有翻船事故发生的地方，人们都见到了怪鱼。这样，老水伯想，我要打起它，或被它咬死。如果我能打起它，乌江将是太平世界，鱼类繁衍，船只平安"①。其实怪鱼只是一个象征，在小说中，怪鱼从未真正露面，它只是作为老水伯的对手而存在，而且更多的是存在于老水伯的意念里。甚至可以说，怪鱼是大自然的缩影，与怪鱼相斗其实就是与大自然相斗。人们把乌江上的翻船事件归咎于怪鱼，其实这只是大自然的凶险造成的。老水伯想要战胜怪鱼，其实也就是战胜大自然的险恶。在与怪鱼的斗争中，老水伯始终在追问："我到底是输还是赢？"② 而实际上老水伯一开始就知道，与怪鱼相

---

① 马仲星：《黑白乐府》，成都时代出版社，2003，第 97 页。
② 马仲星：《黑白乐府》，成都时代出版社，2003，第 102 页。

斗，他注定要输，小说开篇便写道："第二次失败时，老水伯本来已经歇手不干了。他想，与怪鱼斗终归要输，就像人终归要向黄泉路走去一样。"① 但是他又抵制不住跟怪鱼搏斗的诱惑，因为在与怪鱼的斗争中，他能体验到自我力量释放的快感以及主体意识充分调动的存在感。小说中出现过一首乌江盘歌——"未曾生我我是谁/生我之时我是谁/长大成人方是我/合眼朦胧又是谁"②。这是老水伯从小唱到大的歌谣，被放在这里也是大有深意的。这首歌谣始终在追问"我是谁"，而人活在世间，其实就是一个寻找自我定位的过程，也就是寻找"我是谁"的过程。老水伯与怪鱼搏斗，也是在寻找"我是谁"，亦即寻求自我力量的确证。

在与怪鱼搏斗的过程中，老水伯处处显示出他不服输的个性："来吧，凶残的敌手，让我们来较一较吧。"③ "要么我死，要么你死，怪气狠毒的家伙，别躲着不露面，上来，我们拼吧！"④ 当然，正如老水伯预料的一样，他无法战胜怪鱼，也无法战胜自然。"老水伯收起网来，是空网。但满江月影碎斑在江面上晃动，煞是好看。他哈哈地笑。黑灵儿也做着搔翼弄嘴的高兴动作。"⑤ 面对空的渔网，老水伯并没有失望或发怒，而是"哈哈地笑"。我们可以把这笑理解为自嘲，也可以说是老水伯胸有成竹，他仍要满怀信心地与怪鱼再战。但是无论如何，我们可以看到，这样的结局暗示了老水伯已经与怪鱼达成了共生的状态，二者相互斗争着，也相互依存着。所以，我们也可以说，老水伯是因为怪鱼没有轻易被捕而发笑，是因为他仍可以与这位强劲对手继续较量而发笑。老水伯与怪鱼的搏斗，暗示了人在自然中的生存状态，人与自然总

---

① 马仲星：《黑白乐府》，成都时代出版社，2003，第 95 页。
② 马仲星：《黑白乐府》，成都时代出版社，2003，第 105 页。
③ 马仲星：《黑白乐府》，成都时代出版社，2003，第 98 页。
④ 马仲星：《黑白乐府》，成都时代出版社，2003，第 100 页。
⑤ 马仲星：《黑白乐府》，成都时代出版社，2003，第 103 页。

是不屈不服地相斗，又在这种斗争中共生共存。

以上四位作家都不约而同地把老人当作小说的主人公，而且把这些老人都刻画成"与天斗与地斗"的硬汉子形象。无论是企图征服大水的老人，还是誓与野猪精、千年狐相斗到底的老猎人，或是与怪鱼搏斗的老渔夫，他们身上都具有与海明威笔下的老渔夫圣地亚哥相同的某种品质，他们成为征服自然的人类力量的化身。这些老人耗费了毕生的精力与自然相斗，却没能获得真正的成功，这也有力地证明了大自然是不可征服的。

贵州人生活在一个相对淳朴和天然的环境里，他们从山水自然中获得生存，因此相信万物有灵，对万物充满敬畏和感恩；也因为他们必须遵循严酷的自然法则，要通过各种斗争才能从自然中获取生产生活资料，所以面对大自然他们又具有更强的自我主体意识。贵州作家正是看到了人与自然这种紧密而复杂的联系，所以他们也更容易看清人对待大自然的各种姿态以及人在大自然中的失误。贵州作家通过这些人与自然既斗争又依存的故事告诉我们，人类不需要处处争做最强者，而是要学会适当地向大自然低头，与万物平等相处，这样人类才能更好地在大地上栖居。

二 "取""予"应有度：欲望批判

理性给人类带来的不仅是自我主体意识和唯我独尊的优越感，更有无限膨胀的欲望以及对大自然的疯狂掠夺。自从理性思维发展起来，人类便再也不能满足于仅仅从自然中获取有限的食物和生存空间，他们开始思考如何才能更好地享受，如何从大自然中更多地索取以供挥霍。无限怀念人类的原始时期而对人类理性进行坚决批判的卢梭这样告诉我们："我们的自然的欲念是很有限的，它们是我们达到自由的工具，它们使我们能够达到保持生命的目的。所有那些奴役我们和毁灭我们的欲念，都是从别处得来的；大自然并没有赋予我们这样的欲念，我们擅自把它们作为我们的欲念，是违反它的本意的。"① 卢梭所说的"自然的欲念"是指人类生存和发展的基本需求。卢梭认同人类有在自然中生存的权利，他认为人类可以从大自然中获取一定的物质资料，这并不冒犯自然，而正相反它是自然界本身固有的规律。卢梭反对的是我们作为"社会人"的欲念，这种欲念远远超出了人的基本诉求，它已经成为一种贪念。卢梭清楚地看到，人类膨胀的欲望不但对大自然构成了严重的威胁，而且造成了对人的奴役。

在贵州多民族生活的这片土地上固然没有卢梭所批判的那种浮华和迷醉，然而人与大自然之间的冲突却也从来不曾停止。面对艰险的自然条件和贫困落后的生活状况，人们必须通过斗争从大自然中获取生产生活资料，而在这种"斗争"中，他们往往容易受利益的诱惑，从而逾越了大自然所允许的那个"度"。因此，贵州作家们所反映的不是现代社会的人们如何为了纸醉金迷的享受而对大自然进行疯狂掠夺，而是处于困境中的人们如何为了生存而对大自然犯下了"杀鸡取卵"式的错误。

（一）欲望膨胀与竭泽而渔

戴绍康的中篇小说《在故乡的密林中》刻画了一个对大自然"竭泽而渔"的典型。落脚寨的青年靠蒸柏香油发了家，杨茅是其中的代表。他们把历年砍树留下的树兜挖出来，蒸馏成柏香油出售。寨子后本已荒芜的山坡被挖得千疮百孔，生态环境受到了严重破坏："一切都在变化，就是落脚寨后边的密林也变成了荒坡。常年不断的溪水，变成干石谷。就连牲口也不能适应这种变化，每年到这个时候，牛就不喜欢吃草，本来很潮湿的鼻孔，变得很干燥，一到冬天，总要死去几头。"② 野心勃勃的杨茅还决定进驻"九重坡"，这是被村民称为"鬼门"的地

① 〔法〕让-雅克·卢梭：《爱弥儿》，李平沤译，商务印书馆，1991，第288页。
② 戴绍康：《在故乡的密林中》，《山花》1984年第2期。

方，它有着各种神秘、诡异的传说，如"火老鸦""大猫""白光"等，总之它被敬为不可冒犯的神地。杨茅全然不顾父母和周围人的严厉反对，他认为那只是迷信，毅然决然地与新婚妻子走进了九重坡的丛林。杨茅夫妻用辛勤劳动收获了一大批柏香油，面对日益恶劣的冬日的环境，杨茅仍不肯罢休，甚至到了癫狂的地步，成为一架劳动赚钱的机器。最后他独自架着载满柏香油的木筏行驶在子午河上，遭遇了传说中的"白光"，在暴雨突降、河水猛涨的情况下，木筏被掀翻，而杨茅凭着求生的本能垂死爬行于子午河边的原始丛林中。

在进驻"九重坡"以前杨茅已经是寨子中的"首富"，能过上相对宽裕的生活，但是他并不满足于此，他的目标是成为"万元户"和受表彰的"劳模"。如果说进驻"九重坡"之初的杨茅还是一个为利益所诱惑的理智者，那么越往后他便越发向癫狂的守财奴角色靠近了。在恶劣的环境和繁重的劳动中杨茅和妻子遍体鳞伤，可杨茅还是不愿听从妻子的建议稍作休息或者罢手回家，相反的，他更加疯狂地劳动，并且一改往日的柔情而有意向妻子施暴。在这种自我摧残和"斗争"中，杨茅体验到了畸形的快感，而这正是欲望对人造成的奴役。膨胀的欲望激起了杨茅征战自然的野心，让他无所顾忌地对大自然进行掠夺。事实上杨茅的行为不是因为受利益的一时诱惑而起，它是有"渊源"的。年少时的杨茅在用火药炸鱼、毒鱼方面就比一般人高明，用他自己的话来说就是："就象战场上一样，越是胆大，越不会有危险，越是不怕死，越不会死，越是舍得花力气，力气越大。"① 杨茅一直遵循着这样的信念，包括之后在九重坡挖树兜蒸柏香油，故意与老虎相斗，他始终表现出不服输的魄力。作者把杨茅塑造成企图征服自然的人的力量的代表，让他处处显示出不服天不服地的本性。然而杨茅的失败结局显示了人类征服自然行为的荒诞和悲剧性。父辈们敬畏九重坡，认为河水中滚滚的

---

① 戴绍康：《在故乡的密林中》，《山花》1984 年第 2 期。

红泥浆都是裸露着的大山流出的血液，大山终要发火和报仇的，然而杨茅一辈青年却对自然生态的恶化现象"见怪不怪"，他们认为父辈们信仰的那些都是迷信，他们遵循的是"乱做乱发财"的理念。其实父辈们对九重坡的敬畏也是对自然的敬畏，他们依赖自然，同时也谨守着与大自然保持一定距离的原则，因此能够体会到大自然的种种变化，从而自觉地遏制自我的欲望。而杨茅等人却完全丧失了对自然的敬畏之心，他们只是把大自然当作可供征服的对象，所以他们可以为了利益而不择手段地向大自然进行索取。在小说的结尾处，杨茅既没能寻求到他为之疯狂的"财"，也没能实现他始终引以为傲的"力"，相反的，他的生命完全落入了大自然的掌控之中。通过这样一个故事，戴绍康让我们看到，大自然依然是神秘而伟大的，任何企图对大自然竭泽而渔的人其实都是在自掘坟墓。

人性的贪婪总是跟人性恶联系在一起的，与戴绍康一样，赵剑平也为我们展示了人类在生存困境中对大自然进行的疯狂掠夺以及由此显现出来的人性的残暴与邪恶。短篇小说《獭祭》的主人公老荒是乌江上打鱼的好手，他花了大代价训练出一只水獭，并视其若珍宝，然而就在水獭能够帮他咬鱼挣钱的时候，老荒因为伤人而入狱，水獭和捕鱼船一并转卖给了满水。满水几乎倾尽家产接收了这套营生，然而正当壮年的水獭却已经对捕鱼十分怠慢了，何况乌江里的鱼日渐稀少，满水的处境十分艰难。老荒三年刑满后获释，加入满水的渔船搭伙，这时候水獭却早已经忘了这位旧主人，待其若仇敌。心灰意冷的老荒放弃打鱼，转而以专门捕杀水獭为生。小说中这样描写道：

　　河边水畔，他每每得手，要是那水毛子没有被套死，他就用那支"v"字形的破枪，叉住水毛子的颈项摁在浅水滩上，将那东西活活憋死。他手不颤心不慌，剥下皮，割下肝，吊在枪头上，摇摇摆摆地走路。一具毛子的躯壳，就血淋淋扔在河滩上，河水流过，都带着一股腥气一股血气，人喝了要打呕，畜生喝了也要害瘟症。①

老荒捕杀水獭就像当年捕鱼一样既准又狠，"不到一年工夫，那在这条河上来来去去的打鱼子们，就再也看不见水毛子的踪迹了"。关于老荒捕杀水獭的描写无疑是令人毛骨悚然的，这种血淋淋的画面把人类的残暴尽显出来。然而我们也应该注意到，老荒曾经对水獭的驯养和照料是倾尽了心力的，而且他与水獭确实曾建立起深厚的感情，就算是在入狱之时，他对妻儿并无多少不舍，心心念念的都是水獭。老荒对水獭的憎恨似乎是从水獭的背叛开始的。相别三年，水獭已经完全忘记了这位旧主人，就老荒而言，既然水獭已无情，那么他也就无义了，从而对水獭大开杀戒。当然，这不能说人心易变，而只能说反映了老荒的本性。老荒本无绝对的善良可言，他曾经为了生存肆无忌惮地捕鱼，在经历了水獭的"叛变"之后，迫于生活，自然也可以残忍地捕杀水獭。老荒并非真正地从感情上钟爱水獭，而水獭也并非与老荒或满水真心相交，其实，人有人的生活，而水獭有水獭的世界，只是人往往出于自己的利益，而去干涉水獭的生命进程，无论是驯养水獭捕鱼还是残杀水獭剥其皮取其肝，都是人类为了自己的贪欲而对水獭造成的残害。

老荒把水獭当作可供征服的对象，面对水獭的惨败和惨死，他"感到一种胜利后愉快的倦意"。然而，水獭是不会甘于被征服的，即使是被拴着脖子为渔人所利用，它依然耍滑偷懒，依然潜逃并私会雄獭，最后它在老荒和满水的眼前，为死去的雄獭殉情，用最决绝的方式表达了自己的反抗。水獭最终也实现了对人的报复，它让老荒和满水反目成仇，让人类自私的灵魂彻底暴露。人类利用"聪明才智"让水獭

---

① 赵剑平：《獭祭》，《山花》1988 年第 6 期。

为自己捕鱼，即使这有违自然界的平等法则，却还是在"度"的允许范围之内，因此人与水獭保持着和平相处的状态。但是人类并不满足于此，他们贪得无厌、残酷无道，对水獭和鱼类都进行了毁灭性的捕杀，也最终彻底打破了这种平衡。水獭的反抗和始终贫困的生活，便是大自然对人类的报复。人们为了在窘迫的境遇中获得生存，向大自然进行不当的索取，而这种索取又造成了生态破坏，反过来大自然又对人类施以压迫，这是一个恶行循环的过程。

杨欧在其短篇小说《大雕》中讲述了一个带有魔幻色彩的人与雕相斗的故事，并以此展现了人类因贪婪所遭受的报复以及大自然的神秘不可侵犯。小说的主人公陈连生、毛二、蛮子、猴子、老油条五人相约到双阳镇拉木材倒卖，因为近年随着城市房地产业的兴盛，木材需求量大增，买卖木材成为暴利行业。五人在开车前往双阳镇的途中遇上一只大雕，蛮子等人活捉了大雕，以八百元的高价将其出卖，然后平分了这笔意外之财，其间只有陈连生对大雕表示出了怜悯，且没有参与蛮子等人的分赃活动。一个多星期后，这五人再次开车前往双阳镇，他们却惊恐地发现了大雕的身影，这时汽车骤然失去控制坠落悬崖，只有陈连生和其弟弟毛二得以生还，其他人全部死于非命。至此，大自然对人类进行报复的主题充分显现。人类为了自己的利益对森林造成了严重破坏，这不单是说蛮子等人为了牟利而砍伐木材，更是指城市人为了满足无度的享受而"吞噬"了无数林木的生命。大雕是一个有着荒诞色彩的意象，它是大自然的化身，充满神秘色彩的大雕，其实也就代表了大自然的神秘和不可侵犯。小说表面上是写大雕对蛮子等五人的报复，其实更深层次是写大自然对整个人类的报复。

蛮子等人靠倒卖木材赚取了不少利益，可是他们依然做着发财梦，继续对森林进行掠夺，就算是面对一只充满神秘色彩的大雕，在利益的驱使之下，他们也敢于克服内心的恐惧而对其进行捕捉。蛮子等人正是这样一群受利益所诱惑而失去是非观念的人，在他们身上，人性的贪婪得到了充分的暴露。蛮子等人对森林的破坏是有形的，而"城市人"对森林和大自然的迫害则是隐形的也是更为致命的。城市就像一张巨大的口，把无数森林吞噬得无影无踪，而继续纵乐的城市人需要更多的木材以满足他们奢侈的生活。人类肆意砍伐树木已经破坏了大雕的生存家园，最后甚至企图把大雕也变成买卖对象。濒临绝境的大雕只能对人类发起反抗和报复，这其实也是千孔百疮的大自然对人类惩罚的开始。

　　吉柚权的短篇小说《蛇王》写人们受利益驱使而大肆捕蛇，最终招致了蛇对人的疯狂报复。"我"的老家原本有很多蛇，人与蛇无犯、和平共处，每家甚至都在房梁上供养白蛇，把它尊为护家的蛇神。可是自从一个广东人把吃蛇肉的嗜好带来后，少数村民开始捕食蛇肉。甚至后来傻大个等五人大肆捕蛇贩卖至外地，以此实现了发家致富。有些村民曾进行劝阻，认为"这种伤天害理的事干不得"，而五个已经被巨大利益蒙蔽双眼的捕蛇人却无所顾忌，认定"动物本来就是供人享受的"。当附近山野和方圆百里山林内的蛇被捕捉殆尽后，五个捕蛇人甚至设计把村民们的看家蛇神也一并捕捉贩卖掉。当蛇在家乡一带绝了踪迹的时候，充满灵异色彩的蛇王，对五个捕蛇的家庭逐一发起报复，五个家庭无一逃脱家破人亡的命运。在这个故事中我们看到，其实蛇从来都是乞求与人和平相处的，即使在面对人的疯狂捕捉时，也只是求饶和逃命，而不是反抗或攻击，相反，人却是极尽凶残，他们毫无怜悯之心。蛇王对人的报复便暗示了大自然对人的报复，人类疯狂地掠夺大自然，终有一天要招致大自然的惩罚。

　　曹永的短篇小说《捕蛇师》也以人与蛇之间的矛盾斗争为故事线索，展现了人的贪婪以及自然伦理的不可侵犯。捕蛇师老獾熟悉蛇的习性，并有招蛇的本领，但他从来不轻易捕蛇，而只是帮助乡亲治蛇毒，救人于危难。老獾在传授儿子多福捕蛇术的时候强调："你爷爷当年留下规矩，后代绝不能伤害一条蛇，更不能靠这个东西挣钱……山里蛇多，时常有人被蛇咬伤，我把这个本事教你，是希望你在关键时候给人解毒救命。"① 父亲的忠告以及 "蛇是有灵性的" 等说法都没能阻挡多福的求富欲望，身为大学生的多福站在科学理性的立场，认为父辈们那是愚昧和迷信。最后，企图捕蛇贩卖的多福反被蛇咬伤，中毒身亡。而在饥荒年月，老獾的父亲也曾带领两个儿子捕蛇救济乡亲，虽然也造成了对蛇的伤害，但人们那是为了生存，并且他们对蛇充满感恩之情，因此这并不算违背自然伦理。多福捕蛇不是为了最基本的生存需要，而是为了赚钱，这种贪念最终招致了大自然的报复。

欧阳黔森对生态环境问题尤为关注，写下了许多优秀的生态文学作品。可能与作家曾经的地质工作者身份有关，欧阳黔森作品中多会出现 "地质勘探""地貌""生存环境" 等字样，而地质工作者也总是他作品中的主要人物类型。《水晶山谷》便是这样一个融地质知识与生态审美于一体的生态文学作品。七色谷本是一个独立于世外的无名山谷，因为布满七色彩石，而得来 "七色谷" 这个浪漫的名字。七色谷被高中毕业后回乡务农的田茂林当作精神寄托地，它也是田茂林和白梨花之间爱情的见证者。可是自从地质考察队员的脚步踏上这片土地后，七色谷一步步走向劫难。灾难是从田茂林与地质队员李王达成交易，挖掘黑松岭的三叶虫化石开始的。"公元 1990 年春，三个鸡村南十二华里的黑松岭迎来了它千万年来最为暗淡的时刻。三个鸡村的田茂林带了一帮人，把它折腾得惨不忍睹。山上像发生了一场战争，一层层的书页状石头似被炮火掀翻起来，满山的碎石片掩盖了所有的长不高的绿色植物，只有那些参天大树还伸展着千年的翠手，指向空中昭示着它们依然存在。"② 因为受到利益的驱使，田茂林肆意开挖三叶虫化石，把宁静的黑松岭搅得天翻地覆，更可怕的是，田茂林等人对这种破坏大自然的行径浑然不

① 曹永：《捕蛇师》，《创作与评论》2014 年第 19 期。
② 欧阳黔森：《白多黑少》，贵州人民出版社，2006，第 89 页。

觉。作者痛心感叹道："参天大树，遮天蔽日，这大自然百年造的茂盛，是很容易让人的眼睛惊奇和激动的。可人们往往会忽视脚下的土地。要知道，武陵山脉地处红土高原，那红似血的土和红色石头无处不在。偏偏黑松岭几匹山的土和石头是黑色的，黑色的石头里藏有一种生物叫三叶虫，它藏了什么是大自然上亿年的秘密，可这秘密了上亿年的东西，却被学地质的李王发现。李王只为大自然保守了五年的秘密，他需要靠出卖大自然的秘密来获取人类最肮脏又最喜爱的金钱。金钱也许可以换来他想要的很多东西，可无论他有多少钱，他是买不回大自然的秘密了。"① 对于参天大树，人们可能会下意识去关注和守护它，但是对于三叶虫化石，田茂林等人却认为那只是石头，即使挖光毁尽也无关紧要，殊不知他们在蒙昧中已经毁掉了大自然最宝贵的财富。黑松岭的惨状并没能阻止田茂林等人的步伐，相反的，他们变本加厉地对七色谷进行掠夺。山谷的五彩奇石被搬光运尽，山崖也因开采紫袍玉带石而被炸坍，曾经的七色谷不复存在，就连田茂林也在爆破中葬身于乱石。

田茂林原本是七色谷的发现者和守护者，可是在利益的诱惑下，他最终改变了初心，成为破坏七色谷的罪人。与田茂林形象相对照的是白梨花，她是美的化身，其受大森林滋养，美丽天成，而且极其热爱一切美的事物，对自然万物充满爱心。在面对七色谷摄人心魄的美时，白梨花流下热泪。小说中写道："白梨花是不懂石头的，但是她爱这天堂才有的东西，爱与不爱是不可以用读过大学没有来衡量的，这尺子只能用善良和爱美之心来衡量。"② 这番话的寓意是深刻的，它告诉我们，人对大自然的欣赏和眷恋与知识无关，那是一种发自内心的情感，任何一颗善良和爱美的心，都会情不自禁地为大自然所打动。白梨花天性里有着对大自然的热爱和依恋，她想守护这份美好，因此她宁愿不要彩礼嫁

---

① 欧阳黔森：《白多黑少》，贵州人民出版社，2006，第91页。

② 欧阳黔森：《白多黑少》，贵州人民出版社，2006，第99页。

妆,只要求田茂林不再开采七色谷。田茂林等人当然也欣赏七色谷的美,但这种欣赏是浅层次的,抵不过利益的诱惑。最有意味的是小说中设置了这样一个细节:奇石开发公司的老总杜鹃红在看见七色谷的美丽时,情不自禁地笑了,而白梨花面对七色谷却泪流满面。这一笑一哭其实蕴含了许多深意。杜鹃红的确也为七色谷的美丽而动容,只不过她更看到了这份美丽背后的商业利润,而白梨花实实在在只为大自然的美而感动不已。杜鹃红对待七色谷的感情也同田茂林等人相似。当人们带着功利之心来欣赏自然的时候,这份欣赏终是不堪一击的。只有在白梨花这种纯粹的自然爱好者眼中,万物才各有其存在的意义和自由,无论是树木还是石头,无论是有生命还是没有生命,它们都是大自然之子,都应该按照本来的面貌存在下去,而人类无权干涉。而在功利者的眼里,万物会因时因地被分为三六九等,他们甚至会把"只听说不准随便砍树,没听讲不准搬石头"这样的说法拿来当借口,随心所欲去实践自己的利益。通过这样一个作品,作者告诉我们,人若是以功利之心看待自然,那么终有一天他将无视大自然的美丽,在"竭泽而渔"中毁掉自己,只有以一颗纯粹之心对待自然,人才能真正在大自然中找到美丽并诗意栖居。

杨朝东以一首《深山风化处》严厉谴责了人类破坏山林的行为,表现出了强烈的生态责任感。诗人这样写道:

> 在莽莽的原野上
>
> 那飘飞弄舞的绿色裙
>
> 正从心的灵魂深处
>
> 赤裸裸地滑脱
>
> 坠满了杜甫那忧郁的路
>
> 风呜呜呜
>
> 从幽暗的潮谷

跌落又图腾

无色的思想撑不住

那凶神般的刀斧

蝴蝶纷纷跪下

向山神求助

在这狂风放荡的日子里

山神不知遁逃哪儿去了

斑斑绿绿的老花眼蛇

不知周游了哪一个山坡

哪一条峡谷

这样的日子

冷了朱自清的荷塘之月

瘦了马致远的小桥流水

在这样的日子里

那宽宽阔阔伤痕累累的脸

血还流不止

那杂种们还像疯狂的困兽

张着口向黑色的山峦逼近

山颤抖着

纷纷倒下

野禽群

歇斯底里地叫喊

山神啊　请记住

那个荒诞的故事

曾溯源于黔西北的

　　某个山村

　　某个地点①

　　诗歌的前两小节表达了对森林遭毁的悲愤之情，其中充满了感伤婉转的意绪，如"杜甫那忧郁的路""朱自清的荷塘之月""马致远的小桥流水"等，无不显露出古典诗词的韵味。而从第三小节开始，诗人却一转风格，用上了"杂种""疯狂的困兽"等直白而粗俗的词语，情感也变得如火山喷发一般急促。直到这时，诗人那种面对莽林被毁的痛心疾首的感情才得以彰显，而伐木者穷凶极恶的面目也被刻画出来。伐木者像困兽一般，以凶残的刀斧，向山林张开了血盆大口。在人类的践踏和掠夺之下，大自然已经变得面目全非——蝴蝶纷纷跪下、野兽歇斯底里地叫喊、山岭被吓得颤抖，就连山神也无计可施，失去了它的庇佑功能。这样的描写把伐木者的凶残以及他们对森林所犯下的罪恶全部淋漓尽致地表现了出来。

　　诗人用到"朱自清的荷塘之月"和"马致远的小桥流水"并不单单是营造诗味，更多的是为了表达自然生态系统遭毁之意。我们知道，朱自清所描写的荷塘月色以及马致远勾画的小桥流水都有着优美的自然景色，而且人与自然美景浑然交融，这可以算作两幅完美的生态图景。然而随着"飘飞弄舞的绿色裙"的消失，人们与森林相依相融的生存状态已经一去不返，所以诗人才会说，"这样的日子/冷了朱自清的荷塘之月/瘦了马致远的小桥流水"。伐木者却全然不顾森林所遭受的破坏，"那杂种们还像疯狂的困兽，张着口向黑色的山峦逼近"。面对所剩无多的森林，伐木者还是举起了疯狂的刀斧，诗人用一个"还"字便把伐木者的贪婪充分展露了出来。杨朝东以异常犀利的言辞对伐木者的行为进行了严厉谴责，在他眼里，森林不单从地球上消失，更从我们

---

　　①　杨朝东：《黑色恋歌》，贵州民族出版社，1995，第42页。

"心的灵魂深处/赤裸裸地滑脱"。

（二）节制欲望与持续发展

面对严峻的生存困境以及人们对大自然的过度索取，贵州作家们表现出来的是忧虑和无奈。他们并不赞同人们为了眼前的暂时利益而对大自然进行"竭泽而渔"的毁灭性掠夺，因此他们也在艰难地探索着，人与自然到底该如何求得协调，以实现持续发展。欧阳克俭试图通过展现清水江在工业发展中所遭受的破坏来警示人们——在谋求经济利益的同时也要注重生态保护，只有这样人类才能享受永久的福祉。散文《清水江——美丽如梦母亲河》在一定程度上具有生态调查报告的特点，它用大量事实和数据说话，展示清水江的生态变迁，当然它又并非完全是理性和枯燥的调查报告。作者由"母亲河"清水江所遭受的生态破坏引申到全人类所面临的生态困境问题上，从时间和空间两个维度分析了"当我们快步奔向文明的结果，却又总是'聪明反被聪明误'"的怪象。作者不得不发出了"生命在衰败，大地在破落，我们的记忆和意识，一切都在式微和失落"的感叹。作者如痴如醉地回忆少年时所见的清水江：

> 水客纤夫的歌吟、木排船筏的号子、渔火舟灯的唱和……千百年来，清水江这条黄金水道，就如一条绿色的丝带，一直蜿蜒盘绕在层峦峰谷和苗村侗寨之间，哺育了两岸一代又一代勤劳质朴的苗侗儿女，送往迎来一拨又一拨撼山的男人与播绿的女人。[①]

从 2001 年开始，人们对清水江进行开发，当地的经济收益迅速增加，清水江却为此付出了沉重代价。"随着两岸公路的兴修和其他工程项目的陆续上马，大量沙石填埋河床，植被严重破坏，山体滑坡、水土

---

①　欧阳克俭：《边事管窥》，大众文艺出版社，2010，第 70 页。

流失，严重地影响和威胁到了清水江汛期的正常泄洪。"① 清水江所面对的威胁不单是这些工程性破坏，更有工业化学污染等。随着清水江水力资源开发的深入，沿江两岸的工业和经济也发展起来，而众多的工厂让污水直接排入清水江，化学污染"导致清水江生命机体迅速走向了衰亡"。清水江往日的美好被破坏，它从一条灵动的流淌的母亲河，变成了死水潭，成为水葫芦、垃圾、枯枝以及工业废水的"发酵池"。清水江所遭受的生态破坏不仅是江水由清变浊、由流动变静止，更严重的是，江水两岸数千万年来积淀的历史古迹、民俗风情、文化精神等，统统因此遭到侵蚀。

"作为母亲河——清水江的儿子"，作者对清水江充满深情和感恩，但是作者也坦言："而记忆中的一切，也终究会挂帆远去。"往日的清水江已经一去不复返，它的美好只能存于人们的记忆里，而这记忆也终有一天会淡去，往日的清水江将彻底在世间消失，这无疑是最可悲的。正因为作者对清水江一往情深，所以他才不愿粉饰太平，不愿一味地唱颂歌，而是把清水江曾经的美以及它现在的丑如实地展现在人们面前。作者总结道："事实上，大自然是不可征服的。人类最崇高的理想，也仅仅不过是凭借自己的一点小聪明来更圆滑地协调与自然的关系，以求在其中获得一个苟且栖身的生存空间罢了。"② 如果人类意识到自身只是大自然的一部分，那么人就不会把大自然当作征服的对象，而是自觉地协调与大自然的关系，以求得持续生存和发展。因此欧阳克俭呼吁人们，在追求经济发展的过程中，应该从长远利益着眼，要同时注重生态保护，而不是对大自然进行"杀鸡取卵"式的掠夺。

面对百孔千疮的清水江，作者感到痛心而无奈，然而他最终在清水江上游的古寨文斗找到了慰藉。散文《仰阿莎的呐喊与呼唤》中写道，

① 欧阳克俭：《边事管窥》，大众文艺出版社，2010，第71页。
② 欧阳克俭：《边事管窥》，大众文艺出版社，2010，第74页。

文斗早在清代就因木材贸易而繁荣起来，"干直、坚韧、耐腐"的优质"苗杉"让八方商客趋之若鹜，随着木材买卖业务的发展，文斗也成为富裕的商镇。苗族人民的智慧之处还在于，他们并不是坐守着现成的"摇钱树"，让山林砍伐殆尽，而是自觉地营造人工林，让林木得以及时补充，以生生不息地循环下去。木材贸易并没有毁掉文斗的茂林，却相反地"促进了民族地区如火如荼的植树造林活动，从垦地、播种、育苗、栽种、管理、伐运，形成了一套完善的技术体系。人工造林技术日臻成熟，使其林木资源迅速得到补充，反过来又促进了木材贸易经济的繁荣，使开发利用逐渐步入了良性循环的轨道，从而带动了一方经济、社会、文化的空前繁荣"①。近五百年来，文斗人始终谨守朴素的乡规民约，有节制地从大自然中获取生产生活资料，因此文斗一直是典型的以生态环保闻名的林区，被国内外媒体誉为"中国苗族环保第一村"。

五百年前，文斗人就已经懂得了"取"与"予"的平衡，他们自觉地节制欲望，并积极地植树造林，让大自然得以休养生息，从而实现了经济效益与生态效益的双赢。而今天已经步入文明社会的人们却在利益的驱使下，无限制地对大自然进行索取，有如杨欧笔下的蛮子和杨朝东笔下的"疯狂的困兽"等人，这无疑是足以让每个"文明人"汗颜和反思的。我们应该认真地思考一下以下问题：理性思维能力所带给人类的是否只有无限制的贪欲？现代文明是否注定要与大自然分道扬镳？这也正是作者欧阳克俭试图提示我们的。作者并非让我们去凭吊文斗先人的伟大，也不是让我们去瞻仰昔日清水江的美丽容颜，他是想让我们看到，在现代文明的进程中我们已经不知不觉地走了弯路和错路，而我们现在应该做的是"拨乱反正"。既然五百年前的文斗人可以实现与大自然和谐相处，便已经印证了，人与大自然是可以达成和解的。欧阳克

---

① 欧阳克俭：《边事管窥》，大众文艺出版社，2010，第 102 页。

俭用文斗这样一个实例向我们说明了，只要能节制欲望，协调好眼前的经济效益和长久的生存发展这二者之间的关系，那么我们便能像文斗人一样实现与大自然的长期互惠共存。

孟学祥与欧阳克俭一样关注人们在经济发展过程中对大自然所造成的破坏，他呼唤人们及时补救错误，以保护那已经百孔千疮的家园。在散文《甜水井》中，孟学祥借甜水井干涸这一事件，鞭挞了人们砍树毁林破坏生态的行为。甜水井原本水质甘甜，常年不减水量，可是十年后返乡的"我"却再也没能看见那清冽的井水。甜水井背靠苍翠的大山，因有大山的滋养，源源不断地提供养育一方人的甘甜乳汁。祖祖辈辈的人认甜水井为"保爷"，人们赋予它"神"一般的地位，就连甜水井身后的树木、大山也带上了神秘色彩。人们自觉敬畏山水、保护山水。后来不断有人偷砍大树、砍柴、开荒等，出于生活需要，人们渐渐把对大山的破坏当作天经地义的事，失去了大山庇佑的甜水井最终干涸了。当然，不只是甜水井，寨子周围的其他水井也没能幸免，这片曾经随处可见清泉的土地彻底干涸，而人们的饮水问题也日益严峻。作者不无悲凉地感叹道："我们曾经给山和水赋予了'神'的使命，以求山和水能够保佑我们，而结果谁又能保佑山和水呢？"[1] 我们总是从大自然中索取，让大自然为我们提供生产生活资料，甚至祈求它为我们庇佑福祉，然而我们却没能为大自然付出任何东西，相反我们还对它任意破坏和践踏。这不只是大自然的悲哀，更是人类的悲哀，因为人类在大肆掠夺大自然的时候，其赖以生存的家园也同样遭受着迫害。让作者稍感安慰的是，故乡的人已经意识到了环境保护的重要性，他们正在组织实施退耕还林活动，尽管如此，作者依然不能不正视残酷的现实——"当村人们想在山上种树时，才发现很多山上已经没有了泥土，裸露在大家面前的，是一块接一块硕大无朋而又光滑如玉的岩石，这样的岩石，能

---

[1]　孟学祥：《甜水井》，《山花》2008年第5期。

长出树来吗?"① 当遭到大自然的报复、面对严峻的生存困境时,人们才意识到自己走错了路,这样的悔悟代价是何其沉重。作者想要以此告诉我们,先破坏后治理绝对不是上策,人对待大自然最智慧的态度应该是平等、和谐,如果人们能够自始至终尊重和爱护大自然,那么便也没有"补救"一说了。然而,作者也依然欣喜于能看到这样的悔悟,因为它至少显示了人类还存有与大自然和解的诚意及能力。

在短篇小说《湾河》中,孟学祥继续为我们描绘了人类与大自然和谐共生的美好希望。小说开篇写道:"湾河本来是一条美丽的河,河水长年不断,清澈碧绿,两岸翠竹簇拥,垂柳成林。"② 湾河的源头姚家坡曾是全县最大的林场,它滋养了这条灵动的河流。可自从在姚家坡挖出了煤,大小煤窑便如春笋一般疯长起来,姚家坡林场变成了秃山,湾河也随之干涸,裸露的河床成为垃圾场。离乡数十年已成为马来西亚富商的姚一明回乡祭祖,原本对故乡山水充满期待的他看到的却是面目全非的湾河,于是他放弃了在湾河镇投资发展经济的计划,而是花巨资租下了姚家坡,打算用二十年时间让姚家坡恢复青山绿水的面貌。姚一明看到,故乡人最需要的不是发展经济,而是阻止环境继续恶化,以守护濒临毁灭的家园。姚一明早已远离了这片乡土,他所怀念的不过是记忆中的"湾河",然而在感情深处他始终把故土当作自己的根,这其实就是所谓的家园意识。为了恢复湾河昔日的容颜和守住古老的"根",姚一明不惜耗费巨大的物力和人力,这不但显示了姚一明作为故乡游子的赤诚之心,更凸显了他的远见卓识。姚家坡的煤窑一律被关闭,虽然人们眼前的经济利益受到一些折损,但是山林开始恢复起来,人们会因此长久受益。只有处于山清水秀的自然怀抱中,人类的家园才能长期兴旺,这正是姚一明所认识到的。姚一明是觉醒了的人的代表,他挽救湾

---

① 孟学祥:《甜水井》,《山花》2008 年第 5 期。
② 孟学祥:《湾河》,《山花》2012 年第 12 期。

河的行为让我们看到了人类守护家园、寻求与大自然和谐共存的决心和力量。在小说的结尾处作者这样写道："姚家坡的树长起来了，但湾河还是干河，一直没有水。如今湾河镇的人已经不再往河中倾倒垃圾，他们说或许有一天，这条河还会流出清澈的水。到那时，人们或许就不会再叫她'干河'了。"① 作者不但以此描绘了湾河充满希望的明天，更为我们展望了人类最终与大自然和谐共存的美好愿景。因为人们积极地植树护林，自觉地爱护生态环境，干涸了的湾河还有希望"流出清澈的水"；同理，只要人们有意识地节制欲望，从长远利益去思考人与自然的关系，那么人类便可以遏制住生态的恶化，从而实现与自然相协调的可持续发展。

其实真正该受批判的不是理性本身，而是伴随理性而生的人类膨胀的欲望。欲望不属于理性中的固有之物，它是人类理性走向偏锋之后衍生出来的。我们可以理出这样一条线索——理性让人类逐渐意识到自身与其他物种的差别，它促使人类使用智慧和工具去作用于大自然，从而更好地生存，这是自然法则所允许的，因为每个物种都有生存和发展的权利；具有了理性的人，在社会发展的过程中过多地追求虚荣和享受，由此生出无限膨胀的欲望，从而不得不向大自然进行掠夺，这才是人类背离大自然的开始。尽管卢梭把人类社会的一切罪恶溯源至理性思维的萌发，但我们看到其实卢梭批判的重点还是人类的贪欲以及现代社会残害人类自然本性的种种怪相。当然，就算是"怀旧"如卢梭的人，也不得不承认，人类不可能再退回到原始状态，人的理性已经生成，人必须以"文明人"的身份不断地往前走。而这也正是卢梭所忧虑的地方，因为在他看来，人类正不可遏制地走向大自然的对立面，并最终走向毁灭。

我们大可不必像卢梭一样悲观，因为我们可以这样来看问题——正

___

① 　孟学祥：《湾河》，《山花》2012 年第 12 期。

是由于人类具有理性，才不会任由生态恶化下去，他们有足够的理由和能力去保护自己与万物共同的家园。人是地球上唯一有理性思维的物种，人类用聪明才智去改造和利用自然界的资源，因此获得了比其他物种更多的权利和享受；拥有理性的人类在独享权利的时候也应该看到，大自然是万物的家园，人类必须在大自然中繁衍生息，所以人应该自觉地节制欲望，与大自然和谐共生。这也就是人类环保的全部实质。虽然生态学家一再强调，不能把大自然仅仅看作人类的生存环境，那是人类中心主义的态度，而应该把人类置于大自然中，与万物等同起来，而我们看到，其实生态学家在这样思考、议论的时候，就是作为一个有意识有理性的主体在对大自然"评头论足"。我国的生态批评家雷毅曾把"人类中心主义"的概念概括出三层含义：

> 一、生物学意义上的人类中心主义。作为一种生物个体的存在，人必须维护自己的生存和发展，这是自然规律。在自然界中，任何一个物种都是以自己为中心的。二、认识论意义上的人类中心主义。在这种意义上，任何道德都是人的道德。这就是说，人所提出的任何一种环境道德，都是人根据自己的思考得出来的。三、价值论意义上的人类中心主义。把人看成是惟一具有内在价值的存在物，他以外的存在只具有工具价值；自然界的价值只是人的情感映射的产物。①

雷毅的分析正是印证了，所谓的万物平等只是相对的平等，拥有理性的人类总会带有自我主体意识，包括在环境保护的行动中，人也并未把自己置于与万物完全平等的位置，而是充分发挥了人类独有的理性和智慧。雷毅还明确告诉我们，生态批评中的"反人类中心主义"并不是反对生物学和认识论意义上的"人类中心主义"，它反对的只是价值

---

① 雷毅：《生态伦理学》，陕西人民教育出版社，2000，第55页。

论意义上的"人类中心主义"。拥有了理性的人类不可能简单地回到自然之中，因为人的需要已经超出了他在食物链中的需要，而且随着人类社会的发展，这种需要会越来越甚。即使这样人类依然可以实现与大自然的共生共荣，前提是人们能用理性去节制欲望，正视其他物种生存的权利和自由，并对大自然怀有仁爱之心。

第四章 ▸▸▸
万物平等与生态和谐

于硕在为法国学者塞尔日·莫斯科维奇的《还自然之魅：对生态运动的思考》一书做校注时指出："人类的惰性体现在他的符号依赖性，需要在世界范围的各类战争中狂奔百年，才在人为划出的'世纪之交'的转折点上歇一下脚，看看周围，发现被当成征服对象的自然正在愤怒反抗，悲怆地用滚过大地之躯的各种灾难提醒我们它依然存在，生命有赖于它。如果人类不再有能力反抗自身的堕落、专权和麻木，那么就由自然革命来替天行道。只是再次现身的自然，伤痕累累，更像重返人间的冤魂。而不肯退出舞台的，是一个打败了自然却灵魂空虚的机械世纪，是一个超越自然但却从上帝独断到理性专制的千年。自然的废墟上，各种延迟爆发的威胁正在急剧变成现实：核污染和食品致病，资源的匮乏和亡命徒们无节制的开发，大气失衡中的酷暑……'自然'，应当一字一板把它念出，是的，人是否应当生而如是，自在天然？从此，'自然问题成为人们日常思考的主题'，是任何一个角落里的人类都共同关注的'唯一的问题'。"① 这一段精辟论述，把自然问题提到了无与伦比的重要地位。"人是符号的动物""人是社会的动物"，这些描述原本是关于人类特质的高度概括，但是它们同时也折射出了一个信息，或者说不幸言中了一个事实，即人类已经日渐抛弃其自

① 〔法〕塞尔日·莫斯科维奇：《还自然之魅：对生态运动的思考》，庄晨燕、邱寅晨译，三联书店，2005，第6页。

然属性，而进入一个无根的、封闭的"人类社会"中。只有当面对日益严峻的全球性生态危机时，人们才纷纷意识到，人的确是生活在大地上，人的生存和发展与大自然须臾不可分离。爱因斯坦也曾告诫我们："人类本是整个宇宙的一部分，然而却使自己脱离了宇宙的其他部分……我们今后的任务就在于扩大悲悯情怀，去拥抱自然万物。"① 其实，人类所面临的一切生态问题皆根源于人已经脱离自然。人类只有返归大自然之怀抱，安于做自然中的平常一分子，以关注生态整体的眼光去尊重自然、维护自然，才能诗意地栖居于大地。

而在贵州这片工业化和城市化尚未高度发展的土地上，人们不是因为充分体味到生态危机的可怕，而反过来关注生态整体，他们更多的是自发地关注和亲近自然万物，以一种爱因斯坦所谓的"悲悯情怀"来对待自然。因为天然地与大自然有着紧密的联系，贵州各民族的人们会无意识地去尊重万物，他们不认为自己有凌驾于万物之上的权利，相反的，他们很清楚地看到了自身对大自然的依赖，并且自觉承担起保护自然的责任。贵州作家们以其丰富的作品来呈现了这种"纯天然"的生态整体观和生态责任意识。

一　"所有植物对我微笑"：万物平等共生

当代生态理论主张"生态平等"。生态平等不是绝对平等，而是相对平等，也就是生物链之中的平等。指包括人在内的生物链之上的所有存在物，既享有在自己所处生物链位置上的生存发展权利，同时也不应超越这样的权利。在当代生态理论体系下，人与万物是平等共生的关系，人应该承认万物存在的价值，并且将对人类的关爱拓展到对其他物种的关爱上，反对破坏自然和虐待动物的不人道行为，主动去维护万物生存的权利。在贵州作家的笔下，人们对树木花草以及飞鸟野兽等施以

---

① 王诺：《欧美生态文学》，北京大学出版社，2003，第43页。

仁爱，他们或者把树当作依靠和慰藉，或者视动物为知己伴侣，总之，人与物达成了浑然交融的共生状态。

戴绍康在短篇小说《啊，白果树》中便讲述了人与树生死相依的感人故事。白果二公把白果树当成心目中的神，在他看来，白果树下的一棵小草也是有灵性的。九十二岁高龄的白果二公在奄奄一息时唯一要做的事情是穿戴整齐，爬向白果树，因为他认定，就算是死也要死在老白果树的怀里。最后，白果二公因在白果树下吃下一棵酸泡草，奇迹般地得以生还。在白果二公的眼里，老白果树早已经超出了"一棵树"的意义，它成为人类生命的支柱和力量之源。白果二公在生命走向终结时把老白果树当作唯一的庇佑，他最终又在白果树下获得了生的力量，而无论生与死，人与树的命运都紧紧系在一起，二者相依相伴。

赵雪峰也讲述了一则人与树的故事，只不过与戴绍康相比，他有着更加鲜明的生态意识。在散文《父树情结》中，父亲是一个"爱树如命"的人，他对树就像对待孩子一样，最终他在杉树林中找到了心灵的归宿和人生的价值。父亲与树完全融为了一体，他说："一年栽杉，十年用它，二十年后自家埋自家。"父亲真的用自己栽的杉树做成棺材，并且希望将来能埋在杉树林中，与树长伴。在文章结尾处，"我"直接感叹道："他来于斯、归于斯、葬于斯，回归自然，回归山水宝地，与树共存。父亲这样执拗，叫我很感动，我想，这个世界要是多一些这样与自然相处的人，人何来那么多的灾难。"① 作者的这一段总结其实已经点明了全文的主旨。父亲执着地爱树、护树，完全是出于一种朴素的感情，而这种朴实无华的感情，正是连接人与自然的纽带。若人人都能遵从内心这种朴素的情感，去亲近和维护自然，便不会有那么多生态危机。

在短篇小说《那汉子和他的大水牯》中，蒙萌为我们展现了人与

---

① 赵雪峰：《父树情结》，《民族文学》2001 年第 6 期。

牛之间的深情厚谊。母牛曾救过汉子的命，后来母牛死时"托孤"，汉子精心把小水牛养成大水牯。分产到户时，大水牯被堂兄霸占，汉子因此与堂兄反目。汉子苦熬三年买回一头独眼水牯，欲用此与堂兄交换。不幸的是，在独眼水牯与大水牯的激战中，大水牯丧生，汉子与堂兄的嫌隙反而由此弥合。大水牯的母亲有恩于汉子，大水牯曾与汉子亲密无间，就算是死后，它也用自己的死感化了汉子、化解了冤仇，无论生与死，它都把力量和情谊献给了人类。

在短篇小说《老牛·老人》中，孟学祥为我们讲述了一个关于人与牛相知相伴以及人们为了渡过饥荒而又不得不忍痛杀牛的故事。在纳料小寨，人们对牛爱护有加：

> 除了安葬死人，纳料人从来都不乱杀牛，在他们的生活中，牛就是他们家庭的一部分，是他们家庭成员的一分子，他们爱牛如爱自己的生命，爱自己的亲人。尽管一直以来他们的日子都过得十分艰难，但是逢年过节他们一定要拿出粮食，给牛准备一顿上好的饲料，让牛也感受到过节的欢乐。即使有老人过世必须要杀牛了，他们也会先请端公给牛进行超度，服侍牛喝酒吃饭，让牛喝醉了，在牛感觉不到的痛苦中将牛杀掉。①

而小说的主人公金旺财则与母牛黄花相伴二十多年，年轻时他与黄花搭档着耕地种庄稼，待到年老，他跟黄花成为最知心的伙伴。再也拖不动犁铧的老牛黄花与年逾古稀的老人金旺财相互照应，牛具有了人的灵性，它能听懂老人的话，而老人则像对待幼儿一样，细心照顾着老牛。正如作者所言："黄花和金旺财的关系已经不仅仅是牛和人的关系，这种关系已经远远超出牛和人的关系走向了亲情关系，这种关系既

---

① 井绪东主编《纪念建党90周年贵州文学精品集·小说卷》（下），贵州人民出版社，2011，第1112页。

像父女关系也像朋友关系，让人难以割舍。"① 然而有一天金旺财却在无意中发现，寨中几头牛接连坠崖而死并非偶然，这是寨中人蓄意而为的，而儿子金建国是带头人之一。金旺财感到震惊而愤怒，然而面对儿子的解释，他只剩下无可奈何。寨子连年遭受饥荒，寨民们在死亡线上挣扎，他们不得不设陷阱让牛坠崖，用这有限的补给让全寨六十多口人续命。知道了真相的金旺财一样难以挽救老牛黄花的性命——黄花已经是寨中最老的牛，接下来它必须为全寨人而牺牲自己。

这是一个沉痛的故事，它不仅是牛的悲剧，更是人的悲剧。若非艰难的生存困境，纳料人是绝对不会残害牛的。而且，即使是为了活命而杀牛，纳料人也并没有理所当然地用刀去屠杀牛，他们宁愿选择多费周折让牛坠崖而死。这一举动其实透露了纳料人对牛的深情厚谊。一方面，纳料人长期视牛如伙伴，他们不忍心对牛举刀相向；另一方面，他们认为牛与人一样有灵性和情感，因此他们为牛选择了一种更接近自然的死亡方式，亦减轻了其死亡时的恐惧和痛苦。

在中篇小说《撵地》中，邹德斌用魔幻现实主义的手法描写了一个人与犬相互信赖、扶持，共同寻找新家园的故事。九岁男孩仳娃与母牧羊犬㹴目睹家园在洪水中被毁，男孩与母犬从此相依为命。男孩牢记着阿爸以往的叮嘱——"听㹴的！"小说中还直接对此解释道："听㹴的！阿爸这话的意思里头是说，跟着㹴，你就能到家。"其实这里表明了两层含义，在家园被毁之前，牧羊犬㹴是仳娃的忠实伙伴，它每天引导和陪伴仳娃日出放牧、日落归家；在家园遭毁的日子，㹴更加成为仳娃的向导，跟着㹴走便能找到新的家。事实上在仳娃接下来的生活中，牧羊犬㹴不单发挥了向导作用，还充当了母亲的角色——"她（牧羊犬）一边轻轻地拍打着他的后背，一边用自己饱满的乳房抚慰着他，

---

① 井绪东主编《纪念建党 90 周年贵州文学精品集·小说卷》（下），贵州人民出版社，2011，第 1113 页。

让他感受到绵绵的爱。她的脸庞漾起只有一个母亲才有的幸福的红晕。而伇娃，一个沐浴着母爱的孩子，依偎在阿妈温暖的怀里，惊悸过后的安宁、幸福笼罩着他……"① 这种超越物种类别的母性情怀让人与犬之间的关系充满温情。

　　籾带领伇娃逃过狼群的袭击，躲过阴风和蓝光，翻过高耸入云的雪山，人与犬都伤痕累累、虚弱不支，但他们仍然义无反顾地向前。后来他们到达了美丽的渔村，村民们以广阔的胸怀接纳他们，伇娃和籾都一度放弃了前行的意念，以为这就是他们新的家园。然而籾终抵制不住内心的那个召唤，它又一次催促伇娃前行，去寻找他们真正的新家园。涉过茫茫的水域，他们到达一片杳无人迹的莽莽黄沙地。籾终于完成了自己的使命，也耗尽了身体里的最后一滴血。牧羊犬籾是所有与人为善、帮助人类寻找和创建家园的动物的化身。在困境中籾不断用这样的话来暗示和勉励自己——"你还是那个叫作籾的牧羊犬？还是那个背负着信任与希望的牧羊犬？还是那个血液中涌着执着信念骨头里熔铸着忠贞使命的自己？"小说中也多次用"忠贞""使命"等词来描绘牧羊犬。牧羊犬是伇娃的向导、母亲和伙伴，它用自己的乳汁喂养伇娃，甚至以自己的生命去庇护伇娃，带领伇娃走遍千山万水并最终寻找到新的家园。小说结尾处写道：

　　　　不管走了多远，不管经历了怎样的苦难，我们终于找到了可供子孙生息繁衍的家园。只是啊，我们不能忘了我们原来的根在哪里。所以你知道了，我把那个根刻在了你的脸上，刻在了你的记忆里，也刻在了你的血液里。其实眼前这片崭新的家园，何尝又不是你未来子孙的根啊？你看，我们一路寻来，我们所经历的一切，只不过是族群生命历程的一个轮回，在香火赓续的后人眼里——如我

---

① 贵州文学院编《贵州作家·第十七辑》，贵州人民出版社，2011，第 27 页。

们眼里的先人一样——我们用血，用泪，用命和骨头寻找到的家园，可是他们的根吗？①

　　这一段可看作牧羊犬狍的告白，也可以说是作者为全文旨意作的一个总结，它点明了小说的主题。作者描写这一故事，不是仅为了展现牧羊犬与放羊娃之间相依为命的深情厚谊，也不是仅表现人与动物之间的平等和友爱，而是告诉我们，动物与人处于生死与共的联系之中，动物与人一同创造了家园，并让家园世世代代延续下去。

　　胡长斌的短篇小说《山原寓言》与邹德斌的《撵地》有很多相似之处，也有魔幻现实主义色彩，也写了动物对人的启示和帮助，同样展现了人与动物之间的患难与共。腿脚残疾的村二与小黄牯相依为命，然而县里来的"守官官"却一眼看中了小黄牯，要吃黄牯的睾丸来补身体。在"威逼利诱"下，村二忍痛把小黄牯交给了王屠。双手沾满动物鲜血的王屠在宰杀小黄牯时竟突然受感化，自动放下了屠刀，而被村宴灌醉了的"守官官"在梦中与小黄牯进行了一场倾心交谈。小黄牯讲述了牛与人如何从原始的"井水不犯河水"到牛被人驯化成为人的朋友，并为人所役使的历史。小黄牯还说："我们只是农人的朋友。不过，现在农人总在市场边徘徊，把他们的朋友都盘算在他们的收支账目中了！……我们的朋友只知道自己吃得快活，都忘了与朋友为敌了！在意大利不是有疯牛病吗？现在全球的禽流感，这是人把他们的所有朋友都赶往绝路上的一种报应！"② 作者在这里是借小黄牯之口表达了对人类中心主义的批判。可喜的是，人是有良知和觉悟的，即使像"守官官"这样一个在官场混迹已久的人，最后也选择放弃吃睾丸，与小黄牯达成和解。村二追随小黄牯，人与牛同赴火海，实现了终极意义上的和谐。村民由此也有所领悟，他们时常想起村二与小黄牯在一起那亲密

---

① 贵州文学院编《贵州作家·第十七辑》，贵州人民出版社，2011，第37页。

② 贵州文学院编《贵州作家·第六辑》，贵州人民出版社，2007，第95页。

无间、自由自在的图景，并且开始珍视人与动物和谐相处的美好状态。这是一个带有荒诞色彩的故事，小黄牯竟然懂人情、通人性，能揣测人的意图，还能安慰人、劝诫人，其实作者是借小黄牯之口，道出了人的贪婪、冷漠，表达了作者恢复人与动物、与自然单纯依存关系的愿望。

与上述作品相比，滕树嵩的短篇小说《侗家人》算是较为独特的。它不是一味地写人如何爱护生物，而是展现了生物链中人与物的相对平等性。小说主要通过撵山队尤三娘母女三人的言行来揭示主题。尤三妹本来要借两只喜鹊来展示枪法，瞄准后又放下了枪，她的理由是"一来是队长有规定，不准乱开枪，二来嘛，喜鹊不是坏东西"①。然而对于偷吃庄稼的野物，尤三妹却绝不会手下留情，"拔出板镰来，悄悄猫起身子去到土坎上，飞出刀去，将那野物砍翻在麦地里了"。家里来了客人，尤三妹本想做一道黄焖板栗来待客，"她……三攀两爬就上了古树，到一个树孔边停下来，撵跑了孔里的大小松鼠，正要伸手进去掏板栗，忽然又停手退下树来说：对不起，不请你吃板栗了，那是松鼠的过冬料，掏了，它们会挨饿的"②。而姐妹俩的母亲尤三娘作为撵山队队长，更是对队员们吩咐道："……山羊再多也不要开火，专等打野猪，眼前山羊作害不大，这伙野猪到北岭就糟害庄稼啦！"③

母女三人对祸害庄稼的"野物"坚决猎杀，而对那些于人类无害的喜鹊、松鼠、山羊则不侵犯，甚至喜爱和保护。这种分寸的恰当把握、角色的自然转换，不禁让我们惊讶。侗家人不轻易伤害动物，即使打猎，他们也多是猎杀那些对人的生命财产有威胁的野兽。他们愿与动物和平相处，却并不一味保护动物。他们更多的是尊重自然法则，虽然也打猎，也杀野物以分肉过年，从野兽身上获取作为猎人的利益，但是他们有分寸，爱憎分明，对于弱势动物绝不伤害。狩猎不一定就是破坏

① 《贵州少数民族短篇小说选》，贵州人民出版社，1982，第172页。
② 《贵州少数民族短篇小说选》，贵州人民出版社，1982，第173页。
③ 《贵州少数民族短篇小说选》，贵州人民出版社，1982，第175页。

生态，适度的狩猎是基于尊重食物链法则的，它与维护生态平衡的总体目标保持着一致性。梭罗曾经这样说过：

> 无论是个人还是民族，历史上都曾有过这么一个时期，猎手们成了"最好的人"，阿尔贡金语就曾这么称呼过他们。对于从来没打过枪的孩子，我们只能表示怜悯；非常不幸，他的教育遭到了忽视，他已不再富有人情味。对于那些一心追求打猎的人，这就是我们的回答：我相信随着年龄的增长，他们很快就会放弃这种追求。一旦度过了无忧无虑的童年，人们再也不会去滥杀任何动物，这些动物和人类一样，拥有生命的权利。身临绝境的兔子，叫起来像个孩子。①

梭罗告诉我们，猎手是"最好的人"，是最能理解动物的生命意义以及大自然之美好的人。梭罗的观点看似无理，其实其中包含着深意。人是大自然中的一员，只有在大自然的怀抱之中，人才能找准自己的生态位置，并对万物抱有手足般的怜悯之情。猎人完全生活于大自然之中，他们与猎物以及其他物种之间有着紧密的联系，而正是这种联系让他们更加懂得生命的可贵。所以说，猎人并不是滥杀无辜的恶人，正好相反，他们始终尊重动物的生命价值，只在生活所需这个范畴内去获取猎物。当然，梭罗的话的重点并非在猎人身上，他更想告诉我们的是，最可怕的东西不是人要从大自然之中获取一定的物质生活资料，而是人远离自然、漠视自然，甚至与自然相对立。因为人天性里是有着怜悯之心的，只要在大自然之中，人便会自觉节制欲望，把自身置于与万物相等的位置，并最终维护大自然的和谐美好。而相反，如果人远离了大自然，那么他将完全视自然为陌生的异类，他不会懂得对万物施以仁爱，

---

① 〔美〕亨利·戴维·梭罗：《瓦尔登湖》，王光林译，长江文艺出版社，2005，第172页。

甚至可能走上损害自然的歧路。

杨泽文的散文《乡下鸟（四题）》构思极其巧妙，它通过对麻雀、喜鹊、布谷、乌鸦四种鸟分别进行描写，展现了人与鸟的相处状态。麻雀与人类和谐相处着，它恋旧，习惯于守护，一旦选定了一座村庄或小镇栖身便不愿再迁徙。它们机智地选择人类的屋檐、墙洞做窝安家，繁衍生息。"麻雀具有永远不肯背离村庄的品格"，它成为乡村的守护者，而与此形成对照的是，人类却不断离开家乡，奔向都市，成为无根可依的一类。尽管麻雀执着地守护着乡村，但是在现代化大潮之下，乡村不可阻挡地日益走向衰落，麻雀的生存家园也随之遭受侵蚀。作者满怀忧虑地感叹道："可谁又能想到，不大起眼的麻雀渐渐地离开了人类，其实与人类渐渐地离开自己原有的正常发展轨道，结局都可能是一样的严重与可怕。"[1] 喜鹊是乡间的尤物，它被奉为"吉祥鸟"，受到人们的尊敬、保护，因此也获得了不受惊扰的繁衍生息的环境。在喜鹊身上，人类最充分地展现了他们热爱万物、尊重生灵的美好心灵。布谷鸟被认为是"山的精灵""林中孤客"，人们只闻其声却多半不能见其踪影，它们与人类保持着一定的距离，与人和谐相处着。乌鸦是常常被人误解和嫌弃的一类，它们实际上于人类有益，人类却对它们抱有成见，而无论如何，它们自在地生息，从不理会人类的眼光。

四种乡下鸟，与人类相处的模式各不相同。无论人类喜爱或厌恶，乡下鸟都会按照自己的习性去生活，它们有权利获得自由的生存空间。而人类则应该尊重鸟类的生活习性，不去横加干涉，就像文中的"父亲"所说的："该让人看的鸟，它会主动近距离地接近你并让你开眼的，比如燕子啊麻雀啊喜鹊啊乌鸦啊等等，而布谷鸟本来就是不愿意让人来观看的，它只希望你聆听到它的声音，然后该干什么就干什么……"[2] 地球

---

① 杨泽文：《乡下鸟（四题）》，《高原》2007 年第 3 期。
② 杨泽文：《乡下鸟（四题）》，《高原》2007 年第 3 期。

资源的丰富正体现为物种的多样性，人与万物共同生活在大地上，应该具有平等的生存和发展的权利，只有人与鸟与万物和谐共处，地球这个大家园才能繁荣美丽。

禄琴的诗歌《夏天的故事》算是一首叙事小诗，它借一个浪漫多情、热爱自然万物的姑娘形象为我们展现了人对自然生命的珍视。诗歌的主人公有着浪漫的性格，"她只想在雨中漫步/装饰成一片树叶/抑或是一朵小花/雨后　她呼吸出的/是美丽的芬芳"①。姑娘愿意变作雨中的一片树叶或者一朵小花，足见她的生命是与大自然完全融为一体的。姑娘与年轻的猎人相爱了，他们过着诗意而幸福的生活："猎人倚着木门/弹起了动听的口弦/她则跳起了美丽动人的舞蹈"②。当猎人上山打猎时，姑娘满怀爱意地等候，然而她却希望爱人最好一无所获。这一段充满戏剧性的叙述正是全诗的重点，也最能凸显姑娘的美好性情：

> 夜晚猎人摸黑寻找猎物
>
> 她则燃烧成一支熊熊的火把
>
> 照亮每一条山道小径
>
> 树林中
>
> 小鹿们睁着惊恐的双眼
>
> 忧郁地奔逃
>
> 鸟儿们跌跌撞撞四处飞翔
>
> 当猎人举起枪时
>
> 她希望来一阵狂风
>
> 吹灭燃烧的火把
>
> 她希望这个夏天

---

① 禄琴：《面向阳光》，贵州民族出版社，1996，第49页。

② 禄琴：《面向阳光》，贵州民族出版社，1996，第49页。

　　林子里的动物

　　破例冬眠一次

　　她希望这个夏天

　　猎人一无所获

　　…………①

　　诗人明确地告诉我们，猎人是摸黑寻找猎物，可是紧接着又写道，姑娘燃烧成一支火把照亮山道。从表面上来看，这一描写似乎有逻辑问题，然而仔细品味，便不难发现这正是诗人的匠心独用。姑娘并非真的燃起一支火把跟随猎人去夜猎，她只是很急切地等待着爱人，把一颗充满爱意的心燃烧成"火把"，去紧紧追随着爱人。也可以说，在猎人的心中，美丽的姑娘便是一支熊熊的火把，因此他能感觉到光明和力量。真诚的爱恋让姑娘变成一支火把去照亮夜猎的爱人，然而对于小鹿、小鸟们的怜惜，则让姑娘不得不违逆爱人的利益。她希望来一阵狂风吹灭火把，让爱人一无所获，那么森林里的动物便能过一个无忧无虑的夏天。诗中所塑造的姑娘形象之所以动人，不仅是因为姑娘美丽而多情，更是因为她有一颗悲悯之心，能理解自然万物的美好，并愿意去护卫一切美好的生命。

　　陈亮是一位热情地歌唱春天、歌唱故土的诗人，他的笔下总是流淌着欢快的音符，充满对生命的珍爱之情。小诗《夜猎》与禄琴的《夏天的故事》有异曲同工之妙。诗中这样写道：

　　踏一片月光

　　追一片月光

　　采一片月光

　　在山中

---

　　①　禄琴：《面向阳光》，贵州民族出版社，1996，第49页。

我这样夜猎

那些兽们

早已躲进透明的星空里去了

而我的枪管

也只发出一种黯蓝色的液体

没有人说我是一个猎手

没有谁相信我是一个猎手

而我

也不承认我仅仅是一个猎手

当我的名字

浸透一片月香

被太阳嵌进黎明的风景里

我分明感受到了

生命中最美好的意义①

　　"我"到山中夜猎，任野兽们"躲进透明的星空里去"，然而"我"却并不因此悲伤，相反的，"我分明感受到了/生命中最美好的意义"。猎人一贯的角色定位是杀戮，他们与野兽处于相对立的位置，而诗人在这里用充满戏剧化色彩的笔触，"塑造"了一位并不以猎杀野物为目标的"猎人"。"猎人"宁愿让猎枪闲置着，他承认自己不是一个真正的猎手，因为他更愿意让猎物们自由生活，让生命继续保持它的多姿多彩。这首小诗集中体现了诗人的生态观，在他眼里，人与动物、人与自然和谐相处，没有冲突和掠夺，只是共同分享生命的美好。

　　陈亮在另一首诗歌《所有的植物对我微笑》中，用辩证的手法为我们呈现了人与植物的关系。他告诉我们，人不能只是享受"植物对

---

① 陈亮：《在夜郎我的故乡（组诗）》，《民族文学》1990 年第 2 期。

我微笑", 人还应该学会 "向植物屈服"。诗人如是说:

> 面对春天
>
> 所有的植物对我微笑
>
> 所有的植物, 包括
>
> 那些多情的阳光、灿烂的花朵、清脆的鸟啼
>
> 那些透明的露珠、精致的草叶、骚动的种子
>
> 那些黝黑的泥土、猩红的蚯蚓、宽阔的田园
>
> 所有的植物从早晨到黄昏
>
> 都以自己的方式
>
> 深入我的内心、我的思想和灵魂
>
> 感动我, 使我无比骄傲与幸福
>
> …………
>
> 关键的问题
>
> 我们不仅要学会理解各种植物
>
> 我们还要懂得什么时候植物向我们恭手
>
> 什么时候我们向植物屈服
>
> 否则, 我们的镰刀或锄头
>
> 只能飞舞在春天的阴影里①

诗歌字里行间充盈着大自然生命的活力, "所有的植物对我微笑," "所有的植物从早晨到黄昏/都以自己的方式/深入我的内心、我的思想和灵魂"。当诗人敏锐地感受到大自然生命脉搏的跳动, 与自然万物进行心灵交流的时候, 大自然一切有生命的东西都使我们骄傲和幸福。而当我们试图以大自然的主宰者自居, "以植物为界/谈论诗歌、爱情; 谈论宗教、信仰/谈论阳光或者其他/我们总是显得很苍白/抓不住一缕

---

① 陈亮:《面对春天 (组诗)》,《山花》1993 年第 3 期。

月光与星光"。所以我们要懂得"向植物屈服",做自然中的一分子,敬畏自然生命,与万物平等相处。

诗歌的后六句点明了全诗的主旨。"懂得什么时候植物向我们恭手","恭手"是指植物作为人类生活中的一个角色,它不单为人们提供各种物质供给,还向人们展示各种美丽的风景,给人以美的享受。这是植物为人类服务的一面。"什么时候我们向植物屈服","屈服"则是指人们应该懂得欣赏植物的魅力,并且应该自觉地保护它,而不是任意伤害它。这是人类爱护植物、爱护自然的一面。诗人用这种辩证的思维,为我们展现了人与植物之间平等共生的关系。我们应该向植物"屈服",这种提法是一个创新。人类一向以大自然的主人自居,而向植物屈服,则代表着人类已经放弃了盲目自大,甘心做自然中的一分子,与万物平等相处。陈亮爱写春天,也善于写春天,除此之外还有诗歌《春趣》《春天的脚步》,皆以欢快的笔调描写了春天的田野、绿树、蝴蝶、燕子等。诗人热情歌颂春天孕育生命、催长生命的美好特质,其实也就表达了万物和谐、万物生长的生态愿景。

关注生态整体,意味着人已经放弃了"唯我独尊"的中心位置,转而投向大自然的怀抱,并以万物平等的态度去承认其他生物的生存价值和维护它们的生存权利。在贵州作家的笔下,人们从来不把动植物仅仅当作我所用的"物品",而是把它们视为跟人类一样的生命实体,他们自然而然地对动物或植物付出自己的真情,并且执着地捍卫其生命。这体现的其实就是一种朴素的生态整体观。

二 "我们是大地的一部分":万物休戚相关

生态系统是一个整体,万物共同存在于这个整体之内,因此人与其他物种之间应该是同呼吸共命运的关系。正如梭罗所言:"大地不是僵死历史的一个纯粹片段,就像一页页书本,层层交叠,留待地质学家和文物学家去考察,而是活生生的诗歌,就像树叶,先于花朵和果实发芽，这不是一个化石地球，而是一个充满活力的地球，相比之下，一切动植物的生命就像那寄生虫，紧紧地依附在这一了不起的中心生命上。"① 地球为万物提供了生命的摇篮，而万物共同构成了地球上复杂而充满生命活力的生态系统。人类想要在地球上更好地生存，就必须跳出其"独善其身"的思维方式，而去关注自身与其他物种的联系，关爱其他物种的生存和发展，以至最终维护整个生态系统的稳定与和谐。贵州作家们在其作品中也展开了对这一问题的探索。

徐必常的诗歌《看一头牛拉犁》是难得的具有鲜明生态意识的作品。诗人从"看一头牛拉犁"写起，他最终得出一个认识——"牛被身后的人/抽服帖了/人被身后的日子/抽服帖了/人身后的日子/肯定有谁在抽它"②。牛被人抽打着进行耕作，而人呢其实也是被日子"抽打"着辛苦地劳作。"人身后的日子/肯定有谁在抽它"，这里诗人其实是想为人们生活的艰难寻到根由。农人在贫瘠的土地上耕种，尽管他们已经十分勤劳，而日子依然过得潦倒，这是由于水土流失，环境受到破坏。诗人在诗作中详细而清晰地呈现了生态恶化的过程：森林被砍伐，树木一部分变成木柴，一部分被制成家具，一部分被造成了纸。植被锐减，势必造成水土流失，而造纸厂的废水染黑了河流，纸做成的书和文件绝大多数成为垃圾。人类砍伐树木，而由此造成的环境问题又反过来压迫人，于是人便像老牛一样，在生活的层层重压下举步维艰。树木、人以及牛组成了一个关系圈，他们被统一在同一个生态系统中。如若得不到控制和改良，那么这个小型生态系统只能持续地恶性循环下去。诗人用这样一个简单而深刻的事例，为我们呈现了生态系统中各物种之间的相关性。

如果说诗人徐必常的探讨还比较笼统和抽象，那么小说家田永红则

---

① 〔美〕亨利·戴维·梭罗：《瓦尔登湖》，王光林译，长江文艺出版社，2005，第 246 页。

② 徐必常：《朴素的吟唱》，中国文联出版社，2008，第 1 页。

是借人与鱼之间命运相连的故事，从更加具体和直观的角度展现了生态整体中物种之间的休戚相关关系。短篇小说《撑山鱼》写道，撑山鱼是乌江岸边一个靠打鱼而兴盛，最终又因"无鱼"而衰败的渔寨。撑山鱼之名来源于传说，当地居民认为渔寨下面是乌江水，而全凭一条千年修炼成仙的大鲶鱼驮着，渔寨才能立足，因此他们把这鱼以及渔寨都叫作撑山鱼，并且过年过节总要祭祀撑山鱼，祈求它福佑渔寨。多年来，撑山鱼渔寨商贾云集，寨民们过着殷实的日子，异乡的客人在临江的小酒馆吃着鲜美的乌江鲶鱼，欣赏着青山绿水的乌江风光。那时，撑山鱼的渔民们谨守着对自然的敬畏之心，"不用撒网只要听到突突抢食的声音，把鱼钩甩下去，每天钓上百来斤没问题，渔寨人也不贪多，贪多是要被人咒骂的……这样撑山鱼也不会生气。否则，适得其反。传说冬天水枯石现的时候，有人游到渔寨后山脚下的洞里，就会看见那团黑不溜秋的撑山鱼瞪着一双灯笼大的眼睛，巡视着江面，谁还敢贪多"①。渔寨人从不贪心，他们很有节制地从江中钓鱼，这既满足了自身生活需要，又让乌江的鱼得以繁衍生息。渔寨人不需要条例、规定等来约束其行为，他们完全自觉，这与淳朴的民风有关，也得益于他们对撑山鱼（亦即大自然）的朴素敬畏之心。"然而，上千年的渔寨，说衰就衰了，衰得无法让人生存，县移民办只好来动员撑山鱼的居民搬迁到镇上，另辟新居。"② 渔寨的衰落不是因为自然的变迁，完全是人为所致。"渔寨方圆数十里的森林毁坏后，撑山鱼就常常生气，加上江里的鱼被毒死的毒死、炸坏的炸坏、电击的电击，撑山鱼感到孤独寂寞，早已想走了；或它被人用毒药毒死了。只是凭它那庞大的身躯执着地驮着渔寨，但总有它腐烂变质的那一天，渔寨也将陷落下去。"③ 撑山鱼当然只是一个传说，然而它却反映了当地人对自然的敬畏之心，以及他们对家园的珍

---

① 田永红：《燃烧的乌江》，中国文联出版社，2005，第 101 页。
② 田永红：《燃烧的乌江》，中国文联出版社，2005，第 97 页。
③ 田永红：《燃烧的乌江》，中国文联出版社，2005，第 98 页。

视和自豪。乌江里的鱼被毒死电死，本就是传说的撑山鱼当然不会死去，然而渔寨却因此衰落下去，变得不适宜人们居住，渔寨的"死"其实也是撑山鱼之死。

作者借老渔夫艾江之口，为我们叙述了撑山鱼渔寨几十年的变迁。五六十年代，渔寨周边上千亩原始森林遭毁，渔民们难以糊口，且税负沉重。对撑山鱼渔寨来说，这还不是最致命的打击。等到现代文明兴起，商业和人的欲望同时发展起来时，"捕鱼的人更多了，比江里的鱼还多，而且捕鱼的手段更高明了。毒鱼、炸鱼、电鱼天天不断，连鱼花花都炸起来。鲇鱼寨巴山用炸药炸鱼发了财，还不丢手，还捏着炸药去炸。这天点燃导火绳，脑袋一时触机，装着炸药、雷管的酒瓶子，忘了及时扔出去，'轰隆'一声炸断了一只手，但只有一只手的巴山，最近还在疯狂地炸着鱼，人啊！是真正残忍的动物。是残杀一切生灵，掠夺自然资源的元凶"①。鱼的市场需求量越来越大，然而人们却很少能捕到鱼了，在高价的驱使下，人们势必会更加疯狂地对乌江进行掠夺式的捕捞，而这又使得乌江更加贫瘠，这是一个恶性循环的过程。撑山鱼渔寨的衰落是乌江岸边所有渔寨共同遭遇的缩影，也是我们今天所面临的严峻生态问题的缩影。撑山鱼的渔民抛却了对自然的敬畏之心，无度地从乌江中索取，不但使得乌江中的鱼类遭到荼毒，也使得人自身的生存陷入困境。田永红试图用这样一个故事告诉我们，处于生态系统整体中的物类是命运相连的，一荣俱荣，一损俱损，而仅以人类利益为中心的"竭泽而渔"的行为，最终只会给人招致灾祸。

韦昌国在其小说《山猴之死》中展示了由于人类破坏自然生态，致使人与自然之间的斗争不断恶性循环这样一出悲剧。小说开篇呈现给读者的便是一幅春天的荒凉景象——"漫山遍野，除了青

---

① 田永红：《燃烧的乌江》，中国文联出版社，2005，第109页。

黑的石头，就只是一些低矮的稀稀拉拉的灌木，以及从黑土里艰难地冒出来的草尖。"① 春天本应该是一个充满生机的季节，然在这里它却是冷清、荒芜的，这正暗示了山猴的生存环境之艰难。而环境的恶化绝不是无端的，多半是人类的破坏所致。"山里可吃的东西越来越少，山民们不但抠光了山里的桔梗、山药、野葛根，还各处放火烧荒。它们在这越来越小的地盘上苦苦地熬着，寻觅食物、繁衍后代。"② 为了谋食，山猴们不得不到农人的玉米地里偷食正要发芽的玉米种，这样，猴与人之间不可避免地发生正面冲突。而且这还是一个恶性循环——山区的自然生态本就脆弱，人们为了谋求生存，又对自然进行了掠夺式的索取，生态遭破坏，山猴没有食物可吃便偷食玉米种，农人没有收入，这样他们将进一步对大自然进行掠夺。我们可以看到，农人想方设法捕捉山猴，并最终杀死猴王，其实他的初衷只是卖猴给孩子交学费。尤其是孩子，他本来是对猴抱有同情心的，并多次请求父亲放走小猴，可是，窘迫的生存条件让他和父亲只能放弃同情而选择残忍。人本无心害猴，猴也无意与人作对，然而二者却要"身不由己"地相斗到底。当生态持续恶化，生态系统中各物种之间的协调性、秩序性均被打破时，各物种只能走向进一步的混乱和困境，而身处这个整体中的人和猴当然也不能幸免。

赵剑平是一位文学创作成果丰硕并且始终关注生态的作家，2006年出版的长篇小说《困豹》是其巅峰之作，也是贵州地区乃至全国范围内生态文学的重要作品。《困豹》的卓越之处在于，它不单写出了豹族之"困"，更写出了"人"之困，而豹与人同样困顿地生活于这个日益变得压迫的天地间，二者命运交缠。生活在长江中下游的豹族濒临灭绝，豹子们日益感受到由生态恶化造成的生存压迫：

---

① 韦昌国：《山猴之死》，《民族文学》1999 年第 4 期。
② 韦昌国：《山猴之死》，《民族文学》1999 年第 4 期。

我们的天空整日烟雾弥漫，已经看不见一只鸟的影子。我们的土地越来越狭窄，越来越老化。我们的长江水再不是清亮纯净的，而是又浑浊又腥臭的。我们有的豹子莫名其妙地死去。我们有的豹子为什么古古怪怪地害上一种烂皮症？这一切都因为我们所处的环境中有大量的毒素，正从各个方面攻击我们豹子、扼杀我们豹子……①

为了寻找新的栖息地，母豹疙疤老山肩负着整个豹族的嘱托，踏上了前往第二级阶梯原始大森林的征途。疙疤老山历尽艰辛找到了错欢喜乡这个"纯洁而宁静"的地方，可是它的出现却引起了当地村民的恐慌。村民们本能地把母豹疙疤老山视作心腹大患，并想尽办法去捕杀它，疙疤老山不得不奋起抵抗，被迫与人斗智斗勇。最后疙疤老山不知所终，只留下它与大黑公狗交配生下的一只"怪物"游荡在崇山峻岭间。疙疤老山在错欢喜乡的遭遇已经暗示了，豹族没能获得一个新的栖息地，而在生态环境恶化的大趋势下，豹族注定逃无可逃。

在生态日益恶化的情形下，受"困"的不只是豹族，人类一样难逃生存压迫。小说中，错欢喜乡的人们也生活在困顿之中。乡村教师令狐荣年少时随父亲下放到错欢喜乡，在偏僻山乡一待数十年，直到四十岁才找上一位寡妇当了上门女婿，而他却发现自己作为男性生理上有着缺陷。木青青把高考当作跳出"农门"的唯一出路，而大学毕业的他不得不回到错欢喜乡当一名"村官"。错欢喜乡山高涧深，村民们守着薄田度日，年轻人耐不住寂寞便"杀广"（到广东等沿海地区打工），村寨进一步衰败下去。因为封闭和穷困，两个村寨"打冤家"，死伤数十人。乡领导强制执行计划生育政策，发生踩踏事件，死伤无数。错欢喜乡的村民不但要面对恶劣的地理环境，在穷困中谋得生存，更要在落

---

① 赵剑平：《困豹》，人民文学出版社，2006，第1页。

后的人文环境中苦苦挣扎，以求找到出路。赵剑平关心的生态问题并非仅停留在自然环境之上，他还看到了人与人以及人与动物在困顿的生存条件下所展开的冲突、斗争，他试图用自己的笔把这种悲剧性展示出来，以引起人们的关注和警戒。

　　以上作家皆是从生态恶化的角度来揭示人与万物之间的相关性。他们告诉我们，人与自然万物的命运是相连的，人不可能在生态恶化的过程中独善其身，而任何仅以人类利益为中心的行为事实上都只会最终把人类推向进一步的困境。韦昌国和孟学祥合著的报告文学《地球腰带上的"绿宝石"》则从生态良性循环的角度，展示了人与万物在美好的自然生态中所获得的共同发展。作者通过对荔波喀斯特申遗的始末进行叙述，详细地呈现了荔波喀斯特地区的生态保护工作。作者认为，原始大森林、珍贵的动植物物种、从未受污染的溪流，这些既是大自然的伟大赐予，又是人们有意识地对其进行保护的成果。尤其是在荔波喀斯特申遗的过程中，荔波人民表现出了强烈的环境保护意识，并且他们也亲自为环保做出了种种实际努力。作者的深刻之处还在于其认识到了环保的根源问题，即人与自然、社会和谐发展。要想让人们自觉地行动起来保护环境，首先要解决人们的生存与发展问题。荔波的环保采取了"堵"与"疏"双管齐下的办法。"堵"是指禁止、强制，而"疏"则是因地制宜，让环保项目切实地为人们谋利益，让人们在实施环保的过程中获得经济收益和自身发展。人、自然、社会协同发展，这是荔波人坚持的环保之路，也是荔波能实现自然生态与人文生态协奏共鸣的法宝。人们自觉地保护生态，让荔波这块土地保持了良好的生态状况，而人们自身也在环保中受益，他们不但获得了较好的经济收益，而且还享受了青山绿水的美丽赐予。作者试图用荔波这个环保典型来告诉我们，人与自然万物的利益从根本上应该是一致的，当人们关注生态整体、关爱其他物种的生存状况时，人便也能实现更好的发展。

三 生态整体与生态责任

大自然是一个有机统一的整体，有着它自己运动演替的方向，自然万物之间存在普遍的相对相关的联系。从日月、星辰、风雨、雷电、山川、河流、森林、土地，到包括人类在内的一切有生之物——动物、植物、微生物，都是这个整体中合理存在的一部分，都拥有自己的价值和意义，都拥有自身存在的权利。它们只服从那个统一的宇宙精神。美国生物学家刘易斯·托马斯（L. Thomas）博士在思考地球上的生命的同一性时，越发觉得地球是一个"活物"：一个单个的细胞。地球就像一个单个的巨大细胞，一个有机的、统一的生命体，一个能够自我组织、自我调节的生命体。[①] 英国大气学家詹姆斯·洛夫洛克于 20 世纪 60 年代末期提出了"盖亚假说"。盖亚（Gaia）是希腊神话中的大地之神，亦即地母，被认为是大地和自然的象征，是孕育人与万物的母亲。"盖亚假说"认为：地球生物圈内地表的冷暖、水源的丰歉、土壤的肥瘠、大气质量的优劣是由地球上的所有生命存在物的总体与其环境的调节反馈过程决定的，地球孕育出了自然界中的生命，也给自身赋予了生机，地球系统本身也就成了一个有机的生命体。[②] "盖亚假说"强调了人与自然相互关联的内在机制，强调了地球作为一个生命共同体的存在，强调了地球的状态与命运维系于地球上所有生命的通体合作，从根本上瓦解了人类社会长期形成的人与自然、主观与客观二元对立的世界观，从而为稳定地球的生态平衡提供了一条新的思路。[③]

人是地球上唯一有思维理性的物类，但这绝不应该成为人类凌驾于万物之上的"资本"，正相反，人应该利用自己的聪明才智，更多地承担起保护地球生态的责任。甚至退一步来讲，保护生态也是人类该尽的

① 鲁枢元：《生态文艺学》，陕西人民教育出版社，2000，第 34 页。

② 鲁枢元：《生态文艺学》，陕西人民教育出版社，2000，第 36 页。

③ 鲁枢元：《生态文艺学》，陕西人民教育出版社，2000，第 37 页。

义务。大自然本身具有自我补偿和修复的功能，而之所以会出现生态恶化现象，则多是因为人类不合理的活动。人类目前面临的和即将面临的巨大的生态灾难，是近两千年来，尤其是近三百年来人类社会发展的必然结果，完全是人类一手造成的。当代人必须对此做出深刻的反思。从这一意义上讲，人类也应该自觉地行动起来，还人自身以及万物一个澄明的生存空间。

徐必常的组诗《和森林一起鸟语花香》是"庆祝建国 60 周年'绿色伊春——红松杯'诗歌大奖赛"的获奖作品，它的生态主题是不言而喻的。组诗包括《植树节，和儿子共同种下一株小树》《这个春天，我们和森林一起鸟语花香》《在回乡的路上，我看到了落叶归根》三首。其中，《植树节，和儿子共同种下一株小树》把育人和育树糅合起来，表现出了鲜明的生态责任意识。诗人写道：

> 儿子，赶快，我把它扶正，你来培土
>
> 土不能太紧，当然也不能太松
>
> 就像我对你，既不能让小马拉大车，也不能放任自流
>
> 现在，这株小树就是你的儿子，我是它的爷爷
>
> 对它，我得像宝贝疙瘩一样宠着
>
> 把它培育成才，那就是你的事了
>
> 现在流行的，是与儿子共同成长
>
> 就像我和你，你和这株小树
>
> …………①

整首诗以与儿子对话的口吻写就，这样的写法不但增加了诗歌的童趣，更让诗歌充满温情和深意。对待一棵小树苗，"我"像对待儿子一样，呵护备至。当然，种树、爱树不单是"我"的事，也不单是"我

---

① 徐必常：《和森林一起鸟语花香（组诗）》，《诗刊》2009 年第 10 期。

们"这一代人的事，它更应该是年青的一代要继承和发扬的。"我"是小树的"爷爷"，而"儿子"才是小树的"爸爸"，"儿子"作为年青的一代，承担着培育小树成才，与小树一起成长的重任。因此，我们也可以说，这里的"我"与"儿子"并不单单指"我们"这一对父子，它泛指两代人。诗歌强调的是"和儿子共同种下一株小树"，让孩子从小就懂得爱护树木、敬畏生命，与树木一起成长，生态的主题由此凸显出来。

组诗《家园在上》也是诗人徐必常带着鲜明而自觉的生态意识写下的。其中包括《老子》《芭莎》《马永顺》《梁从诫》《杰桑·索南达杰》五首。在《老子》中，诗人写道：

> 二千多年前，你就告诉我
> 大地是母亲，得向她学习
> 学习对一株草，一只蜻蜓
> 对一棵树，一只鸟的热爱
> 学习用我们人类的心，去焐大地的胸膛
> …………①

早在两千多年前，道家的创始人老子就提出了"人法地，地法天，天法道，道法自然"的理论，成为世界上最早的环保思想之一。这首《老子》其实就是以诗的语言，把老子的思想介绍给我们。学习怎样对待一棵树、一株草，其实也就是学会去尊重自然规律、尊重大地母亲。

《芭莎》写到了芭莎苗乡遮天蔽日的林海，以及人与树合一的美好意境。诗人还在诗文后为"芭莎"一词附了详细的注释——"芭莎，苗语的意思是草木繁多的地方。芭莎苗族部落仅两千余人，居住在贵州省从江县月亮山麓。在芭莎，随处可见茂密的森林。芭莎人去世后都葬

---

① 徐必常：《家园在上（组诗）》，《诗刊》2005年第9期。

在森林里，不建坟堆，不立墓碑，只在坟上栽一棵树，在芭莎有一种说法，凡是长有树的地方，就埋有亲人的骨头。"① 芭莎是一个人与自然浑然交融的理想之地。芭莎人爱树和护树完全出于本性，他们不受任何环保理论的督促和规约，便把自己的生命融入了树的生命。像芭莎人一样，本能地去爱护树木、亲近和依赖自然，这应该算得上人类环保的最高境界。

《马永顺》写了伐木工人马永顺带领全家义务植树五万多棵的事迹。马永顺是新中国第一代伐木工人，他曾以忘我的工作热情，创造了手工年伐木 1200 立方米的全国纪录。1959 年，马永顺积极投身绿化事业，决心把自己伐的 36000 棵树补栽上。截至 1999 年，他带领全家义务植树五万多棵。诗人是站在生态的角度来写这首诗歌的，但他并没有轻率地去谴责马永顺砍伐树木的行为。相反，诗人认同马永顺作为一名伐木工人的职责，他认为那些倒下的树木都已成为栋梁，而且马永顺能够积极造林，这是更值得讴歌的环保行为。诗中写道："就说那三万六千棵倒下的树吧／在它们倒下前，就立志去做栋梁的／那些做了栋梁的红松，在上路之时／一定托付给你了些什么／于是你扛起锄和镐，带上一家的妻儿老小／……"② 我们所说的环保，不是完全禁止砍伐树木，而是说要有所节制。正当的伐木是满足人们的日常需求，这是无可谴责的。而及时地补栽树苗，让森林能够持续繁衍下去，则是顺应大自然规律，是爱护大自然的行为。因此可以说，这首诗所反映的是"深度环保"思想。

在《梁从诫》中，诗人则这样写道：

> 把一棵树揽入怀中，听它的哭泣和歌唱
>
> 把一片森林挂在心头，承受它的痛苦和果实

---

① 徐必常：《家园在上（组诗）》，《诗刊》2005 年第 9 期。
② 徐必常：《家园在上（组诗）》，《诗刊》2005 年第 9 期。

把臂弯伸出去，让金丝猴依靠

让猎人的枪口对准猎杀者的良心

让自然唱出歌声，把你我当成亲人

让我们欢快地回归，成为林中的一对对鸟

让第一个脚印代表爱与友谊

让脚印下撒满种子，种子周围尽是春天

让你和我牵着手，共同垒一个叫"家"的窝

让鸟语花香代替黄沙万顷

让心和心印在一起

让一个人的力量变成众人的力量

让众人的力量孕育友谊

让友谊发酵成美酒，让美酒醉倒自然①

　　梁从诫是国内首个民间环保组织"自然之友"的主要发起人。自1993 年成立以来，"自然之友"开展了保护川西洪雅天然林、保护滇西北德钦县原始森林滇金丝猴、保护藏羚羊与可可西里地区反盗猎等一系列重大行动。这首诗把梁从诫等人所开展的环保活动都概括其中，并且呼吁人们回归到自然之中，用爱心去拥抱自然。如果环保成为众人的选择，那么众人的力量一定会使大自然更加美好。

　　《杰桑·索南达杰》则写了杰桑·索南达杰保护藏羚羊的事迹：

我们各自有各自的家，包括藏羚羊

我们有我们的左邻，藏羚羊有它的右舍

---

① 徐必常：《家园在上（组诗）》，《诗刊》2005 年第 9 期。

> 我们有我们的炊烟，藏羚羊有它的草地
>
> 但我们更应该有一个包容万物的胸怀
>
> 我们应该是亲戚，平日常串串门
>
> 我们应该相互依靠，甚至开怀畅饮
>
> 我们应该呼唤各自的乳名，共饮一口井
>
> 更应该像一对朋友，共同在草地上散步①

在诗人眼里，人与藏羚羊是平等的，二者之间应该是朋友关系。杰桑·索南达杰正是亲近藏羚羊、保护藏羚羊的人类的表率之一。他先后十二次进入可可西里无人区，进行野生动植物资源的调查和从事以藏羚羊命运为主题的野生动物保护工作。1994 年 1 月 18 日，杰桑·索南达杰为了保护可可西里藏羚羊，被盗猎分子射杀而英勇牺牲。

《老子》写了我们两千多年前的先进环保思想，《芭莎》写的是少数民族地区人与树、人与自然和谐共处的朴素生活状态，而《马永顺》《梁从诫》《杰桑·索南达杰》这三首则写了现代社会中三位杰出的环保人士。从题材上来看，这组诗非常有意思——它从古代写到现代，从少数民族写到汉族，从古老而先进的环保思想到集体无意识下的爱树、护树再到现代有意识的环保行为，组诗从这几个最典型的方面，有力概括了我国的环保情况。早在两千多年前老子就告诉我们要尊重自然规律，不可逆天而行，这是我们的历史最悠久的环保思想。而芭莎地区的苗民们千百年来爱护树木、与大自然浑然交融，他们并没有任何关于环境理论的知识，只是凭着善良的本性以及万物有灵的朴素信仰，而虔诚地敬畏自然、爱护自然。三位杰出的环保人士是现代社会中爱护环境、自觉保护环境者的代表，他们以身作则，为保护动植物贡献了自己的力量，有的甚至献出了宝贵的生命。这些都告诉我们，我们有环保的思想

---

① 徐必常：《家园在上（组诗）》，《诗刊》2005 年第 9 期。

资源，有亲近自然的善良本性，有与破坏自然的行为作斗争的勇气和力量。诗人徐必常在这组诗中为我们展现的是几个典型事例，他想通过这种展现，让更多的普通大众参与到环保行动当中，让"一个人的力量变成众人的力量"。

朱朝访的诗歌《森林之子》也是以马永顺植树造林事迹为题材，借老伐木工人的绿化梦来展现人类在自然面前的觉悟和行动。诗歌写道：

> 当年，是我老马亲手把你们
>
> 送出山林送上车皮
>
> 送到祖国最需要的地方
>
> 如今，你们和我一样
>
> 累了，都想好好歇息
>
> 老了，都想魂归故里
>
> …………
>
> 三万六千多棵树
>
> 三万六千多个亲兄弟
>
> 少一个都不行
>
> 老马我呀要把你们都请回来
>
> 和你们手挽手肩并肩站立在一起
>
> 站立成一道绿色风景线
>
> …………①

诗人独具匠心，借马永顺的口吻，以第一人称"我老马"来书写全诗。这样一来，诗歌语言虽然平白直叙，却拥有另一种质朴的感人

---

① 贵州省文联编《纪念建党 90 周年贵州文学精品集·诗歌卷》，贵州人民出版社，2011，第 207 页。

力量。

末未在其组诗《在沙漠，词语也会缩水》中为我们展现了人类改造沙漠的决心和力量。其中，《钩钩针——献给沙漠植树者》塑造了一个顽强的沙漠植树者形象。植树者把一棵棵杨树种在沙漠，"春来春往，一排排杨树/在沙漠边扎下了根/像扎下了一根根绿色的线"①。诗人把沙漠植树者的行为比喻成母亲用钩钩针缝补衣服上的漏洞，植树者用绿色装点荒凉的沙漠，其实也是在缝补大地上的"漏洞"。虽然植树者一个人的力量非常有限，但他还是不厌其烦地从事着这项劳动。诗人借一个平凡而执着的沙漠植树者形象，为我们展现了人类在改造沙漠、爱护地球方面做出的卑微的努力，而这种努力让我们看到了美好希望。《我拿什么来安慰》和《沙枣树都去了哪里》则写道，沙漠异常干渴，云雨很少在这里驻足，连沙漠中一般较为常见的沙枣树也绝了踪迹。诗人以悲悯的情怀写沙漠的干旱和荒凉，写沙漠植树者的辛勤付出，意在引起人们的关注，呼吁人们为沙漠的绿化献出一份力。

青年作家罗勇在其散文《罗甸三题》中对罗甸地区的生态面貌做了概括呈现，对罗甸所面临的生态问题进行了深入思考。散文分为《大小井》《千岛湖》《大关村》三个小篇章。大小井是一个地名，作者先是描绘了它世外桃源般的风光——绿绸似的河，沿岸都是凤尾竹和大榕树，榕树下皮肤黝黑肌肉健硕的农人们在垂钓，腰肢纤细的女子划着竹排，孩子们骑在水牛背上，与水牛一起浸入河水中，母亲坐在石阶上望着女儿戏水。而在结束段中，作者笔锋一转，写了这样一件细微而又意味深长的事。"我们"在河边遭遇一位哑巴，哑巴"咿咿呀呀地指着镇河柱手舞足蹈，满怀期望地看着我们，希望我们去看看他心目中的圣物"。然而没有人搭理他，也没有人去看所谓的镇河柱。由此作者感叹道："他（哑巴）以为游人会像他们一样敬畏河水，崇拜他们的圣

---

① 末未：《在沙漠，词语也会缩水（组诗）》，《民族文学》2011年第1期。

物，他的失望和他的身体一起跌坐下去，他的心境，忙着在河边用摄影器材将自己'融入'美景的人们，谁能体会?!"①

作者在"融入"二字上加了引号，这是颇有意味的。游人们用相机拍下自己的影像，让自己的影子嵌入自然美景中，这"融入"其实是指照相的效果，这是一层意思。游人们忙着把自己的影子嵌入照片的美景当中，然而自身却难以真正融入眼前的美景，只是以旁观者的身份，进行走马观花式的欣赏，因此借助摄影器材来"融入"美景完全是舍本逐末，这是另一层也是更重要的一层意思。这其实也反映出了现代"快餐式"旅游活动的通病——游客们仅限于囫囵吞枣地用摄影器材"摄"下一地风光，却很难用心用情地投入自然美景当中，他们更是很少能体味到旅游地的文化内蕴。这种浮躁的现代旅游不但不能拉近人与大自然的距离，反而还加深了人对自然的破坏程度。一个对眼前之景没有真切认同感的"过客"，怎么能指望他自觉担负起爱惜和保护它的责任呢？在《千岛湖》中，作者进一步点明了旅游业对旅游地生态环境的负面影响。

《千岛湖》的写法跟《大小井》相似，作者首先写到千岛湖如何风光无限，以及人们在水上餐厅品味野生鱼是何等惬意，而后却给我们描绘了大煞风景的一幕——水上餐厅的卫生间，污秽的排泄物直接流入清澈的湖水，而离这个卫生间不到两米的地方，一个孩子光身打着香皂，一头扎进水中。对千岛湖的前途，作者是忧虑的。他直接呼吁道："旅游的最终目的应当是开发与保护并重。"在商业利益的驱使下，人们往往只看到开发，而忘却了保护，其最终结果只能是旅游地的生态环境被破坏得面目全非，而人们也因之失去获利的机会。这是无数前例验证了的事实，也是作者所意识到的。人们在享受大自然的美丽赐予的同时，更应该自觉地爱护自然生态，只有这样，才能实现与自然的长期共存和

① 罗勇：《罗甸三题》，《民族文学》2008 年第 12 期。

共同发展。

易勇的短篇小说《郭子贵和他的树》通过讲述村民郭子贵爱树和护树的故事，为我们展现了人们自觉的生态保护意识。石旮旯寨四周是无边的裸石丛，石缝中土层浅薄，也没有水源，种粮尤其艰难，而石旮旯寨人更不舍得拿珍贵的土壤来种树。村民郭子贵家门口却种着两棵难得的树苗。杨社长多番救济郭子贵一家，郭家想要报答恩情，而杨社长什么也不肯收，只是指名要门前的两棵树，并叮嘱郭子贵好好看护它们。从此郭子贵对两棵树关爱备至。几十年过去后，小树苗长成参天大树，而且郭子贵在石丛中种下了一大批树，但杨社长却再没回来。郭子贵认定树是杨社长的，用生命去守护它们，他拒绝了乡长的求购，打消了儿子要把它们打造成新婚家具的念头。直到弥留之际，郭子贵才道出心底的实话，"要是杨……杨社长来了，你就跟人家说，我明白他的意思，有……有树就有水，有水……就有指望……"郭子贵所领悟到的意思其实也就是杨社长的本意，他并不是真的要两棵树，而是希望村民能护住树，让石旮旯绿起来，使恶劣的生态环境有所改善。

王明灯在短篇小说《父亲种下的树》中也刻画了一位老父亲的爱树情结。老家背后的小山坡原是充满神秘意味的原始森林，"大跃进"时代，森林被毁，小山头成了黄土坡。老父亲率先在荒山头植树造林，由于父亲苦心经营，小山的树木开始成林，村民们受老父亲感染也渐渐热衷于植树护林，生态逐渐恢复。老父亲虽已年近古稀，依然不安于安享晚年清福，不停地植树造林，他说要给子孙后代留下一些东西。当然这些树在经济上可能不一定有太大价值，然而就生态方面来看，它们是一笔难得的财富。

设置自然保护区是人类守护大自然最有效的途径之一。自然保护区为动植物物种提供了生存保障，它是万物共生的大舞台，也是人们走进自然，与自然相交流的一个窗口。在贵州这片山水遍布、动植物丰饶的土地上，众多的自然保护区成为一颗颗明珠，它们为贵州留住了丰富的动植物资源，也凸显了贵州人自觉的生态责任意识。余亚在散文《山水系情——访大板水自然保护区》中热情讴歌了大板水自然保护区内万物生长的欣荣景象：

> 大自然多好！树与树相容相让共生共长，不因你是高大的乔木而自傲，不因它是矮小的藤萝而自卑，针叶有针叶的美态，枯枝有枯枝的俊姿。在这人迹罕至的地方，不被亵渎，不被污染，不为世俗所困，自由自在，快快乐乐地，为爱而爱，为生而生。①

在大自然的伦理中，万物是平等的，它们有各自的生存方式，它们同样获得生存空间，彼此互让、和谐共生。而人类的介入往往会打破这种伦理，如在"文革"乱砍滥伐的岁月里，大板水的原始森林就曾遭遇毁灭性的破坏。值得庆幸的是，人类有着反省意识和改过的能力。从20世纪80年代起，林业局又开始组织人员封山育林，几十年中大板水经历了大起大落，唯一不变的是，始终有一批抛青春洒汗水的林业管理工作者，在为它付出自己辛勤的劳动。马家华的散文《亲切的大板水》也以大板水自然保护区为题材，对大板水植物动物的多样性进行了深情的描绘。

赵军在散文《宽阔水记》中记叙了"我"三次到宽阔水自然保护区的见闻。第一次是1989年春天，主要是看树和观花，"我"为开满山野的各种颜色的花而动容。第二次是1993年春天，主要是看动物，"我"在宽阔水这个鸟类的天堂里尽情地与鸟亲近。第三次是1996年初夏，"我"一行人偶遇一位农民和两个小男孩，还发生了十分有趣的故事。热心的农民筑石墩帮助我们一行人过河，两个小男孩因忌惮我们这些山外人要抢山中宝贝而拆掉过河的基石。总之，就连八九岁的孩子都懂得保护森林，守护家园，可见山里人与自然浑然相融的生活状态和

---

① 遵义市作家协会编《遵义新世纪文学作品选·散文卷》，贵州人民出版社，2007，第132页。

美好心灵。作者通过对宽阔水鸟语花香、灵山秀水的描绘，为我们展现了一个山美、水美、人更美的宽阔水形象。

何玉梅的散文《小桥印象》记叙了"我"在小桥国家级自然保护区的见闻。保护区内密林遍布、鸟语花香，下陷的巨大天坑猿洞，因尚无人涉足，完全呈现原始状态，古木参天，猴群嬉戏，云雾弥漫。而保护区内的山民们过着与世无争的生活，与大自然和谐相处着，山水培育出他们诚实高贵的品质。作者感叹道：

> 千百年来，山民们就这样过着日出而作、日落而息、与世无争的生活。他们辛勤耕种的粮食、精心培植的瓜果，三分之一被猴子、野猪等野生动物分享，但他们无怨无悔，世世代代劳作在这片土地上。在这里，你能深切地感受到人与自然是如此和谐。他们是贫穷的，或许还没文化，甚至会被认为是愚昧的，但在那些骄傲自大，自以为文明、富有的现代人面前，他们才是真正的精神贵族呀！①

山民们甘心让野生动物来分享土地上产出的食物，这不单是因为他们身为保护区内的居民有着保护动物的自觉性，更因为他们原本就有亲近自然、善待动物的天性。在他们的潜意识中，人与动物是无差别的，人与物本应该共同享有大自然的恩赐。在作者看来，拥有着朴素观念和简单生活的山民们才是最幸运的，因为他们真正获得了大自然的庇佑，在心灵上是有所皈依的。梭罗在《瓦尔登湖》中也曾这样描绘万物和谐共生的美好状态，他说：

> 我们常常忘了，太阳映照在我们的农田上，也映照在草原和森林上，一视同仁。它们都反射和吸收它的光线，而前者只是他日常

---

① 遵义市作家协会编《遵义新世纪文学作品选·散文卷》，贵州人民出版社，2007，第159页。

所见的美妙图画中的一小部分，在太阳的眼里，大地不分彼此，一个个都给耕耘得像花园一样。因此，我们该满怀信赖，宽宏大量地去接受它的光和热。我看重豆种的秋收，这又何妨？这片广阔的田野我看得已经够长了，可它并不把我视作主要的耕作者，它抛开了我，去跟那些给它浇水，让它发绿，和它更为友好的势力亲近起来。这些豆子结的果实不是由我收获。难道它们有一部分不是为土拨鼠长的？①

在梭罗看来，人与其他万物地位是平等的，人没有特权要求大自然给予特殊照顾，就连人耕作的土地，也不是专为人所特有。这是一种"反人类中心主义"的思想。只有人真正放弃了"中心"的意识，才能去尊重其他物种的生存自由，并自觉维护人与物共生的这种和谐生态秩序。

何士光的散文《愿大山庇佑我们》是一个不太一样的生态文学作品，不一样之处在于作者纵横南北古今的宏大视觉以及独特的思考方式。作者睿智地指出，人类同土地的战争，是从土地的薄弱部分也就是富饶的地带开始的。而贫瘠之地，尤其是受山岭阻隔的地域反而易受庇护。比如西北地区，尤其是古都西安，曾经备受瞩目，繁华一时。它们过早地被人类开垦之后，便被遗忘在历史的轨迹之中。"往日的繁荣都化成了沙粒，反过来沿着当年繁荣过的路线，由西北向东南追击。七分之一的国土已经沙化了，过一年又推进数百公里。风沙的前锋，已落上了天安门城楼，落上了我们的心腹之地。"② 岭南、西南等地，由于远离政治文化中心而开发较晚。但时至今日，岭南早已成为年轻而富有活力的经济特区，西南地区也日益走向现代化。大山所带给我们的庇佑

---

① 〔美〕亨利·戴维·梭罗：《瓦尔登湖》，王光林译，长江文艺出版社，2005，第134页。

② 何士光：《愿大山庇佑我们》，《贵阳文史》2010年第6期。

已经越来越微弱，大山的脊梁越来越难以承受现代化进程的猛烈撞击力。在这种情形之下，作者不得不向我们发出警告"我们的大山虽然森严，也不是不受伤害的；壮士也难免百战死，将军老了的时候，又尚能饭否？"作者还借用明朝刘伯温的话来提醒我们珍惜大山的庇佑——江南千条河，云贵万重山，五百年后看，云贵赛江南。他说："如果这真是一个预言的话，我想就不会是说在豪华上赛过江南，而是在气候、生态、环境、能源、人口、民俗这些至关紧要的方面赛过江南。"① 他呼吁，走一条青山绿水的发展之路，守住大山赐给我们的这些宝贵财富。

戴明贤是一位有着敏锐洞察力和自觉的生态意识的作家，其早在20世纪80年代就已经开始在文学作品中探讨生态环境问题，可谓高瞻远瞩。散文《巨人的第二次青春》写于1986年，作者通过梳理梵净山从古至今的遭遇，呼吁人们用科学理性精神来守护梵净山这个"巨人"的第二次青春。在古时，人们因佛而敬仰梵净山；在大炼钢铁的年代，"险峰绝壑、毒蛇猛兽、神话传闻"让梵净山免受劫难；而到了新时代，科学成为梵净山的"保护神"。作者深刻分析道：

> 怕的是没有任何信仰，更可怕的是以破坏为光荣，以毁灭为能事，以贪婪私欲为本心的"信仰"。借自然保护区的权利来破坏保护区里的百年珍宝，梵净山落到这种人手中，远不如继续被人们遗忘，留给子孙后世一份比较完整的遗产。要避免这种悲剧和罪行，有效的药方，近者是严密法禁，这是治标；远的是给人民以知识和公德，让尽可能众多的人都能以科学和智慧的光，烛照着自己的脚步，是为治本。②

---

① 何士光：《愿大山庇佑我们》，《贵阳文史》2010 年第 6 期。
② 《戴明贤散文小说选》，贵州人民出版社，1996，第 61 页。

在现代化发展的过程中，思想上的"祛魅"让人们对大自然的敬畏之心越来越淡薄。在当代提倡保护自然，就再也不能单纯地试图重塑人们的"敬畏之心"，而是要依靠另一种"信仰"，即科学理性的力量。用科学和智慧之光去烛照人们，让人们看到大自然所面临的困境以及人与大自然共生共存的联系，只有这样人们才会自觉承担起生态保护的责任。戴明贤看重人的自觉，他认为明令禁止之类只能治标，而只有人的整体素质提高，人文精神得以彰显，生态保护才能有效开展。作者的这一认识是高屋建瓴的，对我们当下的生态保护工作依然有启示作用。

与《巨人的第二次青春》的严肃、理性笔法不同，散文《在地母怀中》写得非常温情，它通过"诗人站在水里""白盔红花""蝶猜"这三个小的主题，揭示了人类爱护自然、融入自然的主题。诗人拥有一颗爱美的赤子之心，"诗人站在水里"，与大自然融为一体，这是一种人与自然和谐相处的大美。自然保护工作者的白色头盔与红花相互照应，更蕴含了人类保护自然、与自然和谐共生的美好寓意。而"蝶猜"是说，"我们"与美丽的蝴蝶偶遇，我们可以在一定距离内欣赏蝴蝶，却不能打破这种距离，因贪恋去捕捉它。作者借用这样三个小主题，可谓别致而深刻，它们共同展示了人在大自然母亲的怀抱中栖息的美好。

王鸿儒在散文《立旦堡》中的思考与戴明贤对生态保护的认识有相通之处。作者借母亲故乡——立旦堡的生态环境变迁来探讨人类对大自然之进程的影响。"我"印象中的立旦堡青山如黛、绿竹掩映，它是我儿时的乐园。到 20 世纪 80 年代中期时，"我"却发现，立旦堡已经面目全非，青山绿树不见了，取而代之的是荒山和乱石。面对这种令人痛心的局面，作者进行了深刻的反思：

　　都说工业化带来生态环境的破坏与毁灭，可是我母亲的故土自古迄今同工业化无涉；又说是政策问题导致了树木的砍伐及水土的流失，这也不错，但是这种破坏是有时间性的，也是局部的，生态环境并不足以被破坏到如此程度。那么，归根结底是同人有关了。从前的立旦堡人相信风水，他们持万物有灵、一花一树皆是生命的信仰，所以能与自然和谐相处。可是后来这种同自然和谐相处的局面被搅乱了，人不但要与天斗、与地斗，还要同人斗。斗红了眼的人们斩断了他们凭借通向天人合一的绿色津梁。①

作者的这一思考是深刻的，他看到了人的价值观念和理想信仰在人与自然相处过程中的重要性。生态恶化的问题，归根结底是人的问题。而只有在"人文"上下功夫，纠正人们的价值观，让人们重新树立起对大自然的信仰，才能从根本上解决人与自然的对立问题。

以上作者都是带着自觉的生态意识来探讨"人的生态责任"这一主题的，而谭良洲、赵朝龙等作家却并非如此。他们只是很平实地记述了人与自然之间某些再朴实不过的故事，却同样为我们勾画出了一系列富有生态责任感的劳动者形象。谭良洲的短篇小说《盘琴岭》写"我"曾经在"大跃进"时期组织大炼钢铁，砍光了岭上的树木，也因此得罪了侗家人以及"我"心爱的姑娘婢月。离休时，"我"重回盘琴岭道别，又与婢月重逢，"我"决定留在侗乡，与婢月他们一起种树造林，由此"我"获得了谅解。《杉山月》则写到退伍的侗家青年放弃城里工作的机会，"坚决要求回杉山林场来栽种杉树"。青年的行为引来别人的不解和不满——"他从部队复员回来，得那么多复员费，不会拿去做木头生意，也不晓得买衣裳穿，拿去投在林场里买杉木树种子，还要建什么苗圃，落得个穷光棍！"② 然而青年并不在意人们的非议，他一心一意翻山越岭找水源、种杉树，不单让杉树林变得初具规模，而且最终赢得了乡亲的理解和姑娘的芳心。侗族人民爱树、护树，并不曾受任何生态理论的指引，其行为完全出于热爱自然、依赖自然的天性。在小

---

① 王鸿儒：《福泉往事》，贵州人民出版社，2006，第12页。
② 谭良洲：《月色清明的夜晚》，贵州民族出版社，2009，第121页。

说《生死树》中，谭良洲进一步点明了侗家人"爱树情结"的源头。小说写道，蛮弄寨有一种古老的风俗，谁家生了孩子，父母亲要在孩子满月的那一天拿一棵香樟树苗让孩子握一下，然后用一块小白布写上孩子的名字和出生日期，请寨上的巫师念了神咒，拴在小树苗上，并把树苗栽在寨前寨后或者附近的什么地方。等这个孩子长大到老去世的时候，儿孙们砍下香樟木做成棺木安葬他，这树就叫生死树。侗家人的生命与树的生命早已融为一体，这就不难理解为什么他们能像爱护自身一样去珍惜每一棵树。

赵朝龙的短篇小说《祭江》则通过一群特殊的盗木者形象，为我们展现了人的那种几乎出于本能的生态责任意识。"祭江"即偷伐林木，乌江边上的汉子祖祖辈辈干着这一行当。他们半夜潜入林区，趁黎明的一小段时间砍下树木，又把一棵棵树干从悬崖峭壁的小路上运到乌江边，丢至江中，让它们顺水流至目的地。祭江是极危险的"工作"，一方面有守林工人的追赶，另一方面有坠崖的危险。五爹一行人祭江时就遇到了守林人"山大王"。守林人誓死保卫林场，但他也同情祭江汉，只要求归还木材，并不为难一帮苦难的汉子。争执不下时，森林发生了火灾。祭江汉们本可以趁机带着木材一走了之，可是作为领头的五爹却"命令"道："见火不救，还算是乌江的汉子?!"在众人的努力下，大火终于被灭，林区的原始森林得以保全。最后，祭江汉们大都放弃了这个行当，走出大山去寻求新的生活。祭江汉们虽然为生活所迫偷砍树木，但是在面对森林火灾时，他们毫不犹豫地展示出了其维护自然的善良一面。

四　尊重自然与适度改造

许多生态思想家明确指出人类不应该随意地干涉大自然的进程，倡导让自然保持其自在状态。例如，卢梭就说过："一方面，如果我们观察到人类巨大的成就：一些深渊被填平了；一些高山被铲平了；一些岩石被凿碎了；一些江河便于通航了；一些荒地开垦了；一些湖泊挖掘成功了；一些沼泽被弄干了；一些高大的建筑在地面上建起来了；海面上充满了船舶和水手。但是另一方面，假如人们稍微思考一下所有这一切对于人类幸福究竟有什么真正好处，人们便会惊讶这两者之间是多么不相称，因而会叹惜人类的盲目。"① 这一观点不无道理。但卢梭的问题是，他反对人类对自然施加任何影响力，甚至认为人应该退回到原始状态，这便走向了另一个极端。相比之下，罗尔斯顿则显得理性和乐观一些。罗尔斯顿也认为，当人们在不知道自己的作用力是否符合生态系统整体利益的时候，人们便不应该轻率地干预自然，而是"让花儿自在地活着"②。与卢梭不同的是，罗尔斯顿并不反对人类对自然进行适度的改造。他认为"人类完全可以改造他们的环境"，"因为自然的丰富有一部分就体现为其作为人类生命之支撑的潜能"。③ 人类改造自然并不一定就是反生态，相反，只要人们能尊重自然规律，把握适度原则，那么这种改造便不单能让人类受益，而且于生态系统整体也是有利的。

上面已经提到过的青年作家罗勇，在《罗甸三题·大关村》中便写到了大关村人在村支书何元亮的带领下，在石头山上开凿千亩良田、改造自然生态环境的事迹。作者认为大关村人的创造是"人战胜自然、改造自然、尊重自然、还原自然"④。当然，作者这里所谓的"人战胜自然"，并不是说人要完全征服和掌控自然，而是说人们改造了恶劣的生存环境，让它变得适宜人居住。大关村人劈山开田不是盲目地对大自

---

① 〔法〕让-雅克·卢梭：《卢梭文集：论人类不平等的起源与基础》，李常山、何兆武译，红旗出版社，1997，第 165 页。

② 〔美〕罗尔斯顿：《环境伦理学》，杨通进译，中国社会科学出版社，2000，第 136 页。

③ 〔美〕罗尔斯顿：《环境伦理学》，杨通进译，中国社会科学出版社，2000，第 99 页。

④ 罗勇：《罗甸三题》，《民族文学》2008 年第 12 期。

然进行征服，而是按照自然规律，有度有节地进行改造，因而收获了经济与生态的双重利益。

卢有斌也以大关村人开山造田、绿化石山的事迹为题材，赞颂了人类改造自然的智慧和力量。散文《当代新愚公》写道，大关村人凭着坚强的毅力，在寸土寸金的喀斯特石山上垒土造田，用勤劳和智慧改造了生存环境，走上了脱贫致富之路。大关村所在的喀斯特山区，石多土少，水源稀缺，人们在石缝里种粮，收入微薄，因此大关人常常靠外出乞讨谋生，食不果腹。为了改变贫穷落后的生存面貌，大关人想出了开山造田的办法。经过几年的努力，大关村造田数百亩，水土流失的问题得到缓解，而且粮食产量大大提高，人们逐渐实现了温饱。大关人对环境的改造没有局限于此，他们还认识到绿化石山的重要性，在所有能种树的石罅里都种上了经济树种，因此没几年，石山绿起来了，人们也获得了经济效益。大关村曾被断定"不适宜人类居住"，大关村人也曾寻求迁徙，然而他们最终在家园故土上用勤劳智慧改造了生存环境，让不适宜人类居住的地方变成人类诗意栖居的宝地。这是人类用聪明才智对自然施加积极影响力，寻求人与自然和谐相处的成功例证。

夏世信在短篇小说《石缝里进出的金窝窝》中也构筑了人类改造自然环境、保护自然环境的一个成功典范。偏远、贫穷的板贵乡到处都是裸露的山石，没有树木和水源，石漠化严重。在这样的地方种植粮食，不仅产量低，而且有无收成全靠老天。后来在乡领导的带领下，板贵人实行"坡改梯"工程，因地制宜大力种植花椒，这样一来荒山得以绿化，石漠化得到有效的治理，人民的收入也大大提高。

柯真海的散文《春到坪上》描写了坪上人对生态环境的改造。这里的"春"既是指时令上的春季，也是指发展机遇上的春天。"我"分别于1993年、2008年、2009年三次到坪上，这三次的见闻，让"我"明显感受到了坪上的发展和变化。1993年夏到坪上，这里石漠化严重，村寨破败，村民度日艰难。2008年秋再次与坪上相逢，它已经开始了石漠化改造，荒岭种满了冰脆李，但因为是暮秋，李树落光了叶子，仍然难免荒凉和萧瑟。直到 2009 年春，我再次抵达坪上，"满眼生机勃勃的景象超出了我对春天坪上的想象"，李花开满山坡，百花竞相争艳，最重要的是人们的生活富足起来、充满了生气。坪上人在艰难的摸索中发现了保持植被、改善生态环境与脱贫之间的窍门，从而通过种植李树，把一个不适宜人类居住的石漠化贫瘠之地变成了繁荣的市集和充满生活气息的和谐家园。作者并没有仅仅停留在对这一事实的描绘上，他的思考更深刻。他说，李树种植改变了坪上人的经济状况，即使它所创造的经济价值与房地产、股市基金等所创造的财富相比，是微不足道的，但是李树种植的意义又远非 GDP 能衡量的，它的生态效益便是它最大的价值。作者深刻地指出："工业文明程度再高，虚拟经济再繁荣也脱离不了原初物质，它生产不出维持生命的粮食、棉花和蔬菜，人类最终不是靠高度虚拟的经济数字养活，而是靠土地生产出来的粮食和蔬菜养活。不管你承不承认，土地都是生命得以存在的基础，从而可知，能够留住泥土并让土地恢复生机是人类最重要最伟大的事业。"①

欧阳黔森的短篇小说《八棵包谷》写地处苗岭腹地的太阳乡白鹰村人在科技发展的引领下改造生存环境、实现脱贫致富的故事。"苗岭腹地，一座座连绵不断的山成群结队……这里又被誉为世界上最典型的最美丽的喀斯特地貌。这种地貌往往是越美丽而越不适合人的生存，这肯定与其他地方恰好相反。"② 就是在这片"美丽而贫瘠的土地上"，白鹰村居民散居于方圆数十里的大山中，他们在石多土少的地里辛苦劳作，终年过着勉强果腹的日子。严重的水土流失和石漠化进一步威胁着白鹰村人的生存状况。值得庆幸的是，上级部门组织专家，为白

---

① 柯真海：《春到坪上》，《厦门文学》2009 年第 10 期。
② 欧阳黔森：《白多黑少》，贵州人民出版社，2006，第 144 页。

鹰村找到了最佳的移民方案。他们不是强迫白鹰村人远迁他乡，而是通过科学勘探，就近开发出一片土地，为白鹰村重建集体新村。白鹰村人也终于认识到，要想守住小康生活，必须自觉改善生态环境，自觉植树造林。

长篇小说《绝地逢生》是欧阳黔森的代表作之一，它取材自贵州乌蒙山区，主要讲述了盘江村人在村支书蒙幺爸的带领下战胜重重困难，把一个不适合人类居住的"绝地"变成"世外桃源"的故事。作者没有把这部小说简单处理成"人定胜天"模式，而是试图从精神、社会、自然这三个维度，来探讨人们在与自然相处过程中所表现出来的困惑、乏力、勇气以及智慧。《绝地逢生》展现给我们的不只是人类改造自然的伟力，更有人类亲近自然的美好天性以及寻求与大自然和谐共荣的自觉意识。小说写道，盘江村地处喀斯特山区腹地，人多地少，粮食产量低，而且土地石漠化严重。地质学家早就断定，这里不适合人类居住，盘江村人唯一的出路是移民。盘江村人却始终辛苦耕耘于这片贫瘠的土地上，即使靠国家救济粮勉强度日，他们也执着地守护着家园。只是，他们的这种苦斗充满了无奈和悲情，正如蒙幺爸所言："我总是想呀，这人要是不亏地皮，这地皮就不会亏人皮。可我想不通啊，你说，我种地，这庄稼收不了多少。我开荒，这土，一场大雨就冲个干干净净。我修水库吧，你说转眼这个水就没了。难道我错了吗？我们生活的这块地方啊，它真的就是一块绝地吗？"[1] 面对"绝境"之时，也正是蒙幺爸等盘江村人理性反思的开始。知识分子蒙三棍分析道："盘江地区的生态植被，已经严重破坏，石漠化非常严重，很多地方已经不适宜人居住。从表面上看，盘江的主要矛盾是温饱问题，也就是狠抓粮食生产，但是越抓越出问题……摆脱不了贫困的主要原因，就是我们没有摆脱传统的以粮为纲的这种约束。那我们为什么不换一种思维方式，我

---

[1] 欧阳黔森：《绝地逢生》，贵州人民出版社，2008，第107页。

们能不能大力发展副业产品?"① 人与自然之间本来是依存而非斗争的关系,但是被贫困逼上绝境的盘江村人误以为只有征服自然才能有生路。而事实上,当人们换了一个思路,转而关注生态整体的时候,他们却意外地发现,物质生存的问题也随之而解。

盘江村走上"发展副业"这条生态经济之路,可以说有一定的偶然性,而偶然之中又有着某种必然。当记者采访蒙大棍这个"带头治理生态环境的先进人物"时,蒙大棍坦言,他并不是因为意识到了生态环境对于人类的重要性而改造恶狼谷,当时更没有任何理想和壮志,他最初只是单纯地为了九妹而栽种桃树,进而无意中找到了种植花椒这条出路。蒙大棍正道出了盘江村人与生态建设这个主题相遇的那种偶然性。而之后盘江村人的确逐渐开始有意识地思考人与自然的关系,自觉地关注生态整体,寻求人与自然的和谐共荣。盘江村人本就有亲近自然的天性以及宽容友爱的美好人情人性,他们与自然本应该是和谐共生的,只不过现实的种种错位让他们与大自然相冲突。所幸的是盘江村人在几经曲折之后,最终找到了返归自然之路,并得以在大自然中诗意栖居。

韦昌国和孟学祥合著的报告文学《跨越》虽然主要是从经济的角度写了上隆农场的跨越与发展,但它同时也反映了人类因地制宜、改造自然环境这样一个生态主题。农场通过"产业移民"的方式,安置了一百多户移民,这一举措不但解决了移民的生活问题,而且为农场充实了劳动力。农场因地制宜发展茶果种植,让荒地得以利用,这样一来农场的收入增加,人民生活水平也得以提高。农场作为一个相对独立的生态系统,逐渐恢复繁荣,获得良性发展——"从红旗坡下的一分场到距离场部最远的五分场,全程15公里,数千移民就居住在这条生机盎然的绿带上。靠着茶果产业,他

---

① 欧阳黔森:《绝地逢生》,贵州人民出版社,2008,第166页。

们在这里重新找到了美好家园，在这里休养生息、安居乐业。"① 如若没有"移民开发农场"这一明智举措，上隆农场依然是空寂的；若非人们用智慧和辛勤劳动去生产创造，上隆农场则还是处于凋敝和荒凉状态。可幸的是，人们找到了因循自然规律而适度改造自然这一法门，因此他们不单获得了生存与发展，而且让自然生态变得更加美好。

罗国凡从一个更小的角度切入，为我们讲述了人类改造自然的故事。短篇小说《待到酸果变甜的时候》写道，布依山寨漫山遍野都是山梨树，"山梨树春天开花白煞煞的，那么可爱，可是到秋天，那枝桠上结出的累累果子，却又小又酸"②。因为山梨树只能结出酸果，"就只好让雀儿鸟儿去啄，而人们却吃不上那又甜又香的果子"。山梨树对人们来说唯一的用途是树皮剥下来可供姑娘们熬青靛染布。一位名叫韦梨花的十八岁美丽姑娘对山梨尤其钟爱。韦梨花被众多优秀男青年追求，但她都不曾动心，因为她只坚持一个原则——谁能把酸果变甜她就嫁给谁。黄阿树是既无财又无貌的大龄青年，然而他与梨花一样，有着一份让酸果变甜的热心和决心，共同的志向让他与梨花渐渐走到了一起。虽然两个年轻人的实验挫折不断，但他们每次都会获得一点进步，到小说结尾处时，让酸果变甜的美好愿景已经近在眼前。这其实就体现了罗尔斯顿的观点——人对自然进行适当改造，以求得人与自然更完美地融合。山梨林本身是一个和谐的小生态系统，林中各种生物自在生存，人与山梨林之间也和谐相处。正如小说中描绘的："绿头红脚的卡卡鸟、土画眉八哥、铁嘴雀……在林子里拍打着美丽的花翅膀，飞来飞往，欢跃鸣叫……""小时候打猪草，放牛，长大成了大姑娘，她又常和姐妹们坐在山梨树下绣花，倒线子，玩表，对

① 韦昌国、孟学祥：《跨越》，《报告文学》2007 年第 12 期。
② 贵州省民族事务委员会主编《贵州少数民族小说选读》，贵州人民出版社，1985，第 124 页。

歌……"① 韦梨花和黄阿树对山梨树进行嫁接，其行为并没有扰乱山梨林本有的生态秩序，相反的，他们的改造可以让山梨树切实发挥效用并实现自身价值。

肖国良的短篇小说《清水水清》写人们寻找水源以改善家园生态面貌的故事。名为清水的村庄缺乏水源，几代人都是到八十公里外背水过日子。在清水，有钱也买不到水，人们之间借钱借米可以，水是绝对不能外借的，子女出嫁不收彩礼只要水，走亲访友最好的礼物也是水，可见水在清水是多么宝贵。其实清水多年前是有水的，而且有漂亮的湖，只因为清水曾因银矿扬名，天南海北的银商矿工掏空了清水的山，也掏尽了清水的水。在没有水源的清水，人们生活艰难，生存渐渐陷入困境。一名叫作水清的青年继承父亲找水的遗志，翻越了清水的山山岭岭，最后终于在悬崖下找到了水源，为清水人带来了新的生机。水是生命之源，水源不仅能够解决清水村的饮水问题，更能帮助清水人逐渐恢复以往山清水秀的生态环境。水清寻找水源的决心和行动正显示了人类改造自身生存环境的自觉性。

彭纯基的散文《香车河古韵》主要借一个民间传说追叙了香车河畔制香工艺的历史渊源，展现了香车河畔各族人民和睦相处，与自然和谐共存的美好状态。先祖迁徙至美丽的香车河畔繁衍生息，但是他们也常受到凶禽猛兽的侵犯，生产方式落后，生活条件十分恶劣。天上一位专司制作神香等祭祀品的香太公派遣小女儿香女下凡，香女将神树移种到香车河畔，并教授人们制香工艺。香女与凡间青年香郎相爱，两人携手经历八十一难，才成功将神树植于香车河畔，"神树很快成林，异香袭人，除瘴驱疠，猛兽凶禽毒蛇恶虫嗅之也退避三舍。越长越高大茂密

---

① 贵州省民族事务委员会主编《贵州少数民族小说选读》，贵州人民出版社，1985，第 125 页。

的神树林从此就庇护着河谷里的人们，人们有了一个干净安宁的环境"①。香女种神树和制香的传说，其实寄予了人们改造生存环境、用勤劳换取幸福生活的美好愿望。香车河畔历代人为了铭记和感恩而祭祀香女、香郎，他们把枫树、檀树等敬为神树，正因为这样的道德取向，他们世代"敬仰自然，保护环境，纵在乱砍滥伐的岁月，依然顽固地守护住一方山水"。

在贵州作家中，能够带着自觉的生态整体意识和生态责任意识去写作的，是少数，而凭着朴素的直觉去刻画人类那种亲近自然之天性的，却是多数。我们最直观的印象是，在贵州作家的笔下，人们总是把自身跟动植物置于同一高度，他们与动植物相依、相伴，并且自然而然地捍卫动植物的生存权利。这其实就是一种最朴素的生态整体意识。

利奥波德说："我们蹂躏土地，是因为我们把它看成是一种属于我们的物品。当我们把土地看成是一个我们隶属于它的共同体时，我们可能就会带着热爱与尊敬来使用它。"② 因为人类是"社会动物"，我们常常偏安于"人类社会"之一隅，而几乎忘记了我们本身其实就是大自然的一部分。这带来的直接后果便是，人类凌驾于万物之上，把自然仅仅当成可供人无限索取的对象，让自然被破坏得百孔千疮并爆发出全面的生态危机。人类若想挽救生态危机，实现与自然的和解，就必须回到自然之中，并把大自然当作一个有生命的整体来对待。诚如俄罗斯思想家奥斯宾斯基所言："地球是一个完整的存在物……我们认识到了地球——它的土壤、山脉、河流、森林、气候、植物和动物——的不可分割性，并且把它作为一个整体来尊重，不是作为有用的仆人，而是作为

---

① 贵州文学院编《贵州作家·第十八辑》，贵州人民出版社，2010，第122页。
② 王诺：《欧美生态文学》，北京大学出版社，2003，第199页。

有生命的存在物……"① 当人类真正意识到自身属于大地的时候，才能像爱护自己一样去爱护大地母亲。人类是地球上唯一有思维理性的物类，我们有理由像罗尔斯顿一样乐观相信——人类是有同情心和责任心的，其可以运用理性和智慧去关爱自然万物。

---

① 何怀宏主编《生态伦理——精神资源与哲学基础》，河北大学出版社，2002，第 450 页。

第五章

回归自然与诗意栖居

日益发达的现代文明和优越的物质享受并没有给人们带来栖居于大地的幸福感，而正相反，现代人在背离大自然的发展之路上愈发找不到归宿，他们的灵魂始终处于漂泊状态。梭罗对此早有预言，他说："我们的母亲就是这广袤的、野性的、荒凉的自然，她同时又是如此美丽，对她的孩子们，如豹子，是如此慈爱，她无处不在，而我们却早早地从她那里断了奶，进入了人类社会，进入了把自然排除在外的人与人相互作用的文化，这种同种繁殖的文化，充其量只能产生英国贵族，是一种注定会很快达到极限的文明。"① 大自然是万物共同的母亲，也只有在大自然中，人类才能实现与其他物种的生命交流，才能获得生命的动力与活力。然而人类自从进入所谓的"文明社会"后，便也踏上了与大自然日渐相背离的道路。这不仅是说人类日益疏远自然，躲进其程式化的生活，更是说人类已经凌驾于大自然之上，对大自然造成了不可挽回的伤害，从而招致了大自然的惩罚甚至是抛弃。因为远离了大自然，人类只能孤独地居于大地的一隅，他们失去了与万物相交流的机会，其生命活力也很快走向萎缩，诚如梭罗所言，"这种同种繁殖的文化……注定会很快达到极限"。

众多的生态主义者如梭罗一样看到了现代文明的恶果，他们试图从大自然之中寻找启示，为人们找到一条通往"诗意栖居"的自由之路。

---

① 王诺：《欧美生态文学》，北京大学出版社，2003，第215页。

"诗意地栖居"，是海德格尔在《追忆》一文中提出来的，出自荷尔德林的诗："充满劳绩，然而人诗意地/栖居在这片大地上"。海德格尔认为，"一切劳作和活动，建造和照料，都是'文化'。而文化始终只是并且永远就是一种栖居的结果。这种栖居却是诗意的"。"栖居"本身涉及人与自然的亲和友好关系。"诗意地栖居"意味着爱护自然、拯救大地。"诗意地栖居"即"拯救大地"，摆脱对大地的征服与控制，使之回归其本己特性，从而使人类更好地生存在大地之上、世界之中。①王诺将"诗意栖居"的思想概括为："诗意地栖居是与生态存在论思想密切相关的生存观，也是与技术地栖居相对立的存在观，它强调尊重自然规律和自然进程，反对征服和统治自然，主张人对自然负责，重视生活的诗意层面，审美层面和精神层面，最终达至归属于大地、被大自然接纳、与大自然共存的境界。"②王诺的总结正道出了"诗意栖居"思想的实质。无论学者们从哪个角度去阐述诗意栖居，其旨意都是在呼吁人们回归大自然。他们告诉人们，人本是大自然之子，只有回归大自然的怀抱，才能找到真正的家园，也才能实现"诗意地栖居"。贵州作家们没有梭罗等学者那种宏大的理论视角，他们在创作时也未必有自觉的理论意识，但是这丝毫不影响他们为读者传达诗意栖居的意趣。贵州作家完全是凭自身经验去描绘人在大自然中的状态和感受的，而正是这种不加修饰的"现身说法"，为我们构筑起人类诗意栖居的天然图景。

一　"像山那样思考"：感悟自然

人类回归自然必须跨出艰难的第一步，那就是放弃"人类中心主义"。人们习惯于从自己的利益出发去评判自然万物的存在价值，且任

---

① 曾繁仁：《生态美学导论》，商务印书馆，2010，第318页。
② 王诺：《欧美生态批评：生态学研究概论》，学林出版社，2008，第95页。

意左右其他物种的生命进程，正因为人总是以这种功利的态度对待大自然，所以他们很难真正走进自然。利奥波德在随笔《像山那样思考》中对这一问题做过透彻的论述。他告诉我们，人总是想当然地认为狼会对鹿造成威胁，从而大力捕杀狼以维护鹿的生存和发展，这反而使得失去了天敌的鹿群过度繁殖，大山的生态系统由此遭到破坏，最终鹿群也走向毁灭；而对大山来说，狼与鹿的生命价值是平等的，它不会因为狼天性残忍而施加责罚，也不会对弱小的鹿过度地庇护，它只会让狼与鹿按照它们自身的规律去竞相生存。① 利奥波德想用这一事例来向我们证明，人只有学会"像山那样思考"，尊重每一个物种的存在价值，并让万物按照他们本有的规律发展，才能真正顺应自然，达成与大自然的和解。"像山那样思考"意味着人抛却了强烈的自我中心意识，他们退回到"大自然之子"的位置，满怀虔诚地投入大自然的怀抱，并以一颗公正之心去欣赏其他物种的美好以及认同它们的价值。

杨村是一位把生命融入大自然的作家，他能够从一汪水、一群鸟那里看到生命的意义。于 2002 年由作家出版社出版的散文集《让我们顺水漂流》便集中展现了杨村对大自然的体悟。在散文《让我们顺水漂流》中，作者写到了他面对清水江时那种既紧张期待又惶恐不安的复杂心情。因为杨村真正触摸到了这条"生命之河"的跳动脉搏，所以他才会感到坐立难安，就好比人在直面大自然摄人心魄的美丽时，通常会感觉到自身的渺小和乏力。作者由衷地感叹道："那时候我想到的是搏击与征服，但是我错了，我根本不是一条河流的对手。我只能将生命跟她融汇在一起，共同呼号奔涌，走向那个遥远的极地……"② 在这里，河流也是大自然的代名词。作者不愿做"一条河流的对手"，而宁愿选择融入河流，亦即投入大自然的怀抱，他认为只有这样才能追寻到

---

① 〔美〕奥尔多·利奥波德：《沙乡年鉴》，侯文蕙译，吉林人民出版社，1997，第 121 页。

② 杨村：《让我们顺水漂流》，作家出版社，2002，第 65 页。

生命的意义。在散文《河流的出嫁形式》中作者把巴拉河比喻成一位多情而欢快的少女，他认为当巴拉河最终汇入清水江时，这条少女河便完成了她的"出嫁"。作者的这一描绘无疑是匠心独运，当然，也正是因为作者愿意用细腻的感情去感受一条河的心跳，所以他才能体会河的喜怒哀乐。在作者看来，河流不单是一湾流动的水，她还串联起沿岸人们的生活，千百年来她养育了村庄，而古枫、桥影、飞檐、民居、石板路和墓地等，与不舍昼夜流淌的河水一起，成为一条河流的历史。作者深情地感慨道："我们栖居的大地，无时不让我们感恩。那些群山、树林、河流……它们和我们赖以寄居的背景，就是这博大的土地。看见一次河流的婚礼，我就想到我们刚刚离去的前辈的身影，时光划过时，他们留下的，不是一路的足迹，而是一根潜藏的线，一种隐伏的精神。就像我们头上飞舞的鹰，它的雄姿，它的灵动的影不是留在大地上，也不是留在影册里，而是留在我们的心灵上。"① 作者把对一条河流的感情上升为对大地和生命的感恩。人类在大地上耕耘和生息，这是一个延续不断的过程，也是人类沿承先辈恩德与大自然不断交流的过程。大地（亦即大自然）是万物的载体，它养育了人类，我们应该懂得感恩，并且我们只有把自身投入大自然的怀抱，才能获得生存的动力。

美国作家戴维·梭罗在其著作《瓦尔登湖》中把瓦尔登湖比喻为"大地的眼睛"，而杨村则在散文《大地的眼睛》中借用了这一比喻来描绘云贵高原上一处高山淡水湖——雷打塘。作者写湖岸的崖壁、梯田、开满梨花的村寨以及湖畔的捣衣石和湖上的野鸟，不但勾勒了雷打塘的神秘与美丽，而且还展现了寨民们世代与湖相依相生的美好生活画卷。杨村不单借用了梭罗的比喻，更继承了梭罗写《瓦尔登湖》的那种情怀，满含着对一汪湖水的热爱、对大自然的热爱，去赞颂生命的

---

① 杨村：《河流的出嫁形式》，《杉乡文学》2011 年第 1 期。

美好。

在散文《仰望鸟群》中，杨村呼吁人们去"仰望鸟群"，用大自然的这个美好"启示"去抵制欲望的诱惑。在作者看来，仰望鸟群既是感受鸟儿飞翔的自在与从容，更是体会生命的多姿和轻盈。作者一往情深地追忆小时候在乡下与鸟为伴的日子——"在我幼年的时候，在乡下，在我的家乡，四面八方都密布着蓊郁的丛林。我们走进那些森林里，随处都看见鸟群翻飞，随时都听见鸟群歌唱。我们和鸟生活在森林里，在鸟群中，以森林作伴，与鸟群共伍。我们不知道谁是森林的主人，是鸟群？还是我们人类？"[①] 在森林里人与鸟和谐共处，人类不会妄自尊大自称森林的主人，倒是鸟类在森林中自由自在地栖居，它们更像是这里的主人。这时的人们完全没有人类中心主义的思想，他们把自己看成平凡的自然之子。而自从走出家乡以后，"我"只能在城市或其他地方偶尔仰望鸟群，即使这样，"我"依然能"从它们身上透悟出一种不争与无为的高尚"。从飞翔的鸟群身上，"我"感悟到人不应该沽名钓誉和尔虞我诈，放下过多的欲望和虚荣，过一种简单宁静的生活。当然生活在世俗中的我们不可能做到像庄周一样"世空无物"，我们达不到"无所待"的境界，我们常常"有所待"，"所以，我们还是常常地走进丛林，走向山尖，有时候难免来一点儿索取，为我所用，为我所食。而我们的所取，正是梭罗说的小取，于是，便也从从容容的，一丝小小的欢愉就那样挂在心尖"。[②] 作者认同人为了生存和发展需要从自然之中获取一些东西，但是他反对人们过度索取。飞翔的鸟群是维系"我"与大自然关系的纽带，仰望鸟群，可以让"我"感受到大自然的美好以及生命的自由和可贵，因此"我"便能够抛却欲望和杂念，去亲近生命的本真状态。作者杨村在文中有一追问是发人深省的，他说：

---

① 杨村：《仰望鸟群》，《延安文学》2004 年第 1 期。

② 杨村：《仰望鸟群》，《延安文学》2004 年第 1 期。

"鸟群是自由的,是浪漫无边的,是无所羁绊的。我们人类有这样的时刻吗?"① 的确,人类很多时候过多地受物质利益的牵绊,以至于连心灵也失去了轻盈。生活于现实世界的人们永不可能像鸟儿一样自由自在,但是人们可以努力保持与大自然仅有的那一点联系,从大自然中感受生命的美好,这样便不会迷失在浮华的现代生活中。

杨村从河流湖泊和鸟群那里得到了大自然的启示,而田永红则在乌江岸边看到了蓬勃的生命力。在散文《乌江上的生命》中,作者描绘了乌江的艰险,更着重突出了乌江之上那原始而苍莽的生命活力。乌江两岸尽是耸立的崖壁,然而各种乔木、灌木不畏险恶攀崖而生,它们"咬定岩石不放松",从而创造出满野的绿浪。作者尤其详细描述了临水而生的水柳。这种植物的生命力极强,即使因遭到洪水席卷,已经变得残损不堪,但只要春天一来它们便又扎根抽叶,在乌江岸边重筑起一条"绿色的长城"。作者在乌江上不单看到了这些自然生命,他还透过乌江流淌千年的沉重历史,看到了一代又一代人的生命状态。乌江的古纤道沉重而悠长,纤夫的歌谣苍凉又古老。作者感悟到尽管乌江岸边的生活充满了苦难,但人们是顽强的、充满创造力的,"一代又一代土家人就在这歌声中,背来了一座又一座文明的城市,背来了繁荣和辉煌,舟楫往来。商贾云集"②。作者在乌江岸边这一块纯粹的自然天地中获得了心灵的涤荡,由蓬勃生长的植物而及生生不息的人类,他的每一点所见与所思都是在与大自然达成契合之后收获的。作者由衷地感叹道:"不管是悬崖绝壁,还是洪涛巨浪,都阻挡不了生命的成长,船歌的音符落在哪里,便会开成血红的杜鹃,长出茂盛的红柳……"③ 不管是植物还是人,都顽强地生活着,这就是作者所领悟到的乌江上的生命。

卢惠龙在散文《雨丝如期而至》中写道,在"雨丝如期而至"的

---

① 杨村:《仰望鸟群》,《延安文学》2004 年第 1 期。

② 贵州文学院编《贵州作家·第三辑》,贵州人民出版社,2007,第 132 页。

③ 贵州文学院编《贵州作家·第三辑》,贵州人民出版社,2007,第 132 页。

夏日，"我"感受着雨中石屋、田野的静谧和生机，尤其是体味古今文人的人生迹象，李清照、陈子昂、沈从文、汪曾祺等无不是与自然万物相交融，才熔铸了生命的大气象。"我"因此得悟：

> 我们不必过于自负，人类其实并不是这个星球的唯一主人……大地是万物之母，春天和夏天都在滋生滋润生灵，到处是生命的色彩，到处是生命的吟唱。每一颗种子都会发芽，每一瓣花蕊都有芬芳，每一只蜻蜓都会飞舞，每一只青蛙都会歌唱。每一缕风，每一棵树，每一只鸟，都很真实。像日月一样起落，又像日月一样簇新。在生命的起承转合中，人类、动物都按照大自然的意义呼吸宇宙之气，这令人着魔。我对大地心存感恩。①

"我"正是因为把目光从狭隘的个人身上移开，放眼大自然甚至宇宙，所以才能看见每一颗种子、每一瓣花蕊、每一只蜻蜓的生命之美。其实只要人们放下自我中心主义的意识，就会发现，在大自然中，人与一朵花、一只鸟的意义是一样的。万物在大地母亲的眼里是平等的，他们同样获得生存的权利和自由，而且只有万物各得其所、和谐共生，整个大地才能充满生机。"我"所看到的每一点"生命的色彩"其实也就是大自然对人类的美好启示。作者还进一步理性反思了人类发展与大自然的关系——"是的，文明许诺人们致富，文明甚至重新解释了关于财富、进步、和谐的概念。人类的理性是有限而不是无限的。人类为什么会以一种天然的优越来否定动物的权利和自然的权利呢？为什么不与大自然和谐与共呢？大自然的呼吸一旦艰难，它和人类的关系就会失衡。社会文明滥用技术、放纵贪欲，人与自然的和谐便有可能趋于终结。"②

---

① 贵州省文联编《纪念建党 90 周年贵州文学精品集·散文卷》，贵州人民出版社，2011，第 149 页。
② 贵州省文联编《纪念建党 90 周年贵州文学精品集·散文卷》，贵州人民出版社，2011，第 149 页。

在作者看来，凭感性去欣赏大自然中的每一朵花、每一只鸟可能比盲目地去相信理性和发展科技更加可贵，它更能帮助人们获得生存的幸福感。因为人是大自然之子，只有回归于大自然的怀抱，人才能获得皈依和生机，而相反，如果人类一味追求财富和发展，并不惜以牺牲大自然为代价，那么人终有一天要与大自然一起"趋于终结"。

彭澎的散文《舍曲和古达之间的那一条河》通过记叙"我"于总溪河边参加"桃花古渡"的见闻，为我们勾画了一幅人在大自然中诗意栖居的美好图景，表达了对人与自然相处方式的反思。总溪河边的人们至今依然生活在依山傍水、马嘶牛鸣的世界中，即使这样，这里的生态环境依然不可避免地遭受了一些破坏，比如山林减少，河水变浅、变浊，鱼类锐减等。作者不由感慨和反思道："在自然面前，我们真正能了解自然多少？并不多……我们真的太过微小。我们真能战胜自然吗？我们不能，但时到如今，还有好多的报章，包括那些主流媒体，还津津乐道地说谁谁又如何如何攀登哪座山横渡了哪条河，于是谓之为战胜。真叫战胜吗？这可是一个多么让人感到汗颜的事情。"①

徐必常在组诗《风吹草低》中抒写了自己从大自然之中获得的点滴美好启示。"风吹草低"这个名字很容易让读者联想到"天苍苍野茫茫，风吹草低见牛羊"的意境，而事实上组诗描绘的的确是一幅唯美的大自然画卷。诗人写春天的鹭鸶和青蛙，写风吹草低处一窝嗷嗷待哺的小鸟，写金秋挂满"红灯笼"的柿树，写秋天"消瘦"了的河水等，每一幅图景都美如童话。当然，作者不仅仅局限于对美景的描写，他还着意点出了自己在大自然中获得的心灵慰藉。在大鸟哺育小鸟的鸟窝里，诗人"看见了幸福与温暖"，与粮食"站"在一起的柿树让诗人感受到丰收的喜悦和生活的甜蜜，而鸟儿自由自在的鸣叫则让诗人抛却城

---

① 贵州省文联编《纪念建党 90 周年贵州文学精品集·散文卷》，贵州人民出版社，2011，第 290 页。

市的喧嚣和"人心的烦躁"。诗人不是以一个旁观者的身份去看待大自然的种种景象，而是把自身投入自然之中，并与柿树、鸟儿等站上同一水平线，因此他便能很容易地接收到大自然发出的各种美好讯息。

马仲星有一颗体察入微的心，他于荒凉的冬日看到了生命的孕育以及"大自然美丽的进程"。散文诗《夜孕》开篇便写道："沿冬天的黄土走向瘠荒，我承认，看到大自然美丽的进程。"① 虽然时值冬季，然而诗人看到的却不是荒芜，而是生命的孕育。诗人琢磨的是——"秋天交给冬青的枯叶，如何成就绿色的世界？"② 这里便点明了全诗的主旨。秋天飘落的枯叶，成为冬青的养分，它们成就了一个绿色世界。诗人用这一事例告诉我们，生命是不会消逝的，它会以另一种形式继续开始，而大自然便是在这种渐进中生生不息的。冬天的夜里，平静的万物其实都在积蓄力量，它们等待着喷发新的生命力。诗歌最后展望到——"而后是春催草长，山花烂漫。"诗人以敏锐的感受力体悟着时序的变迁，在他看来，生命是循序渐进而又循环往复的过程。正因为对大自然抱以最美好的欣赏的态度，对生命充满感恩和珍视，诗人才能看到"大自然美丽的进程"。

如果说马仲星更多的是靠敏锐的感悟力和丰富的想象力来把握"大自然美丽的进程"，那么李天斌则无疑是与大自然的季节一起"流淌"的，他更直观地呈现了人在自然进程中的感受。散文《泥土上的春天》从"立春""惊蛰""谷雨"三个节气来写春天大地万物的变化。作者以细腻的笔触，描绘了春来大地的景象，小到一棵草的萌芽，一只燕子的回归，点点滴滴无不给人最直观的关于春的感受。作者这样描绘春的初归：

剛才还光秃秃的枝桠，仿佛被施了魔法般露出了细细的、茸茸

---

① 马仲星：《黑白乐府》，成都时代出版社，2003，第3页。
② 马仲星：《黑白乐府》，成都时代出版社，2003，第3页。

的芽包。紧接着，一片暖暖的阳光也从连续几个月的阴霾中露出脸来，落在河面紧冻着的冰块上，一缕暖色的微红从河面上折射出来，散发出一层薄薄的雾气。冰块开始解冻，重新漾出人们清澈的身影。而最让人措手不及的是，几天前还把身子紧缩在泥土里的小草，此时也伸出一抹嫩绿，在春的气息里跃跃欲试。几乎一夜之间，当人们还来不及从火塘边挣脱出来，春天就迅速占领了村野的每个角落。①

作者体察入微的能力足以让我们惊叹，他描写河面开化的景象甚至具体到了阳光照在冰面上映射出的"微红"以及冰凌融化所产生的"薄薄的雾气"。这种细致的描写笔法贯穿全文，它使得这个"泥土上的春天"具体而可感。这是因为，作者不是隔着时空的距离来为读者想象春天，他更像是直接置身于春天的水畔，用全身每一个细胞感受着春之气息的流动，而他的文字便是美景中忘我的低吟，其流露出来的真情最能打动人。当然，作者展示给我们的春天不但有万物复苏、欣欣向荣的美景，更有人在自然中诗意栖居的美好图景。在大自然的时序变换之中，人们应时而作，与自然实现了完美的交融。跟随作者的步伐，读者也能走入一个春意盎然的世界，去感受大自然"美丽的进程"。

诗人西篱与李天斌一样，也从时节的变换循环中看到了大自然的美丽，并体味出了人在大自然中应有的姿态。散文诗《四季微语》通过"站在冬天的边缘""月光""听那秋的微语""冬天"这四个小主题展示了春、夏、秋、冬四季不同的自然光景，以及人与自然时令相协调的生命律动。"站在冬天的边缘"，亦即在春天就要来临的时候，诗人想到的是："如果这一片旷野已经属于我，我将种植什么样的花草，栽下

---

① 李天斌：《你图上的春天（外一篇）》，《山花》2011 年第 1 期。

什么样的谷物？我将怎样养育孩子和小鸟、怎样打扮房屋和我自己？"①
这种童话般的语言和意境贯穿全诗——夏夜于乡间赏月，秋日听梧桐叶
落，冬天与田鼠、草根树芽一起安眠等。在诗人笔下，时序的变换充满
了温情，这不单是因为大自然自身的美好，也是因为人在大自然中并与
之达成了浑然一体的和谐。一年四季的变换是大自然的节奏，诗人愿意
与四季的步伐相协调，融入自然万物，享受一种简单生活。

　　卢有斌善于用短小的篇幅为读者勾画自然的"大美"。散文《绿》
和《山里的早晨》都只有十余行文字，但把大自然的神奇与美好淋漓
尽致地诠释了出来。卢有斌认为"绿是一种灿烂的生命"，他呼吁人
们——"爱护绿创造绿吧，因为，绿是希望绿是未来绿是收获。"作者
无比兴奋地描绘着他眼中的"绿"：

　　　　大自然画师的惊世之作在转眼之间完成：泼墨写意的潇洒让巨
　　幅长卷的每一片绿叶每一根绿茎每一条绿枝都闪耀着迷人油彩！在
　　这绿油油的季节里，城市高耸的建筑挡不住一树树绿满枝头，热闹
　　和喧嚣中，偶有绿枝上传来的鸟鸣若天籁之音；大山里，布谷鸟叫
　　了，于是，我们便听到了牛的哞叫和男人的吆喝。②

　　在作者看来，城市高耸的建筑，甚至于工厂，都无法阻挡一树树绿
色以及在枝头上回旋的鸟啼声。作者所描绘的"绿"具有强烈的生命
力，它不仅点染了山水自然，而且让本已远离了大自然的城市也充满生
机与活力。作者想要以此告诉我们，大自然是神奇的、博大的，而每一
个生命只有投入大自然的怀抱，才能获得源源不断的动力。正因为作者
用心体悟了大自然的点滴，所以才能看到满眼的"绿"，并理解其中的
"大美"。在散文《山里的早晨》中，卢有斌不再直接呼吁人们"爱护

---

　　①　西篱：《四季微语》，《山花》1994年第4期。
　　②　卢有斌：《绿》，《民族文学》2001年第2期。

绿创造绿"，他只是把一幅绿意盎然的画卷展现在读者眼前，让读者自行去体悟其中的美妙。作者这样写春天山里的早晨时光——细雨润物无声，初长的小草像"一只只可爱的小手高高举起"，鸟鸣声从神秘的雾中传来，树的枝叶欢快地击拍出沙沙的响声，山里的汉子扶犁耕田，吆喝声声，山里的妇女则走进草海为辛勤的耕牛挥镰割草。① 这是一幅万物生长、人与自然浑然相融的图景，它无疑会激起读者内心深处对大自然的隐隐向往。

　　黄健勇是一位始终关注自然、能细致入微体察大自然的美好的诗人，著有诗歌集《大自然的微笑》。他在同名诗歌《大自然的微笑》中这样写道：

> 走进大自然浅绿色怀抱，
> 欣赏着渐渐复苏的芳草。
> 哪儿忽然飘来缕缕暗香？
> 涓涓地淌入我的心巢。
>
> 逮着香味我寻踪而去，
> 呵，春的秘密泄露了，
> 几朵淡白的小花从草丛悄然醒来，
> 含着晨露羞涩地现出娇俏的容貌。
>
> 微风中婀娜多情欲言又止，
> 嘴角挂起大自然甜美的微笑。
> 我贪婪地捧住这新的生命，
> 犹豫片刻又不由把头轻摇。

----

① 卢有斌：《山里的早晨》，《森林与人类》2002 年第 2 期。

为什么要摘下来插进瓷瓶，

难道她不该在天底下自由撒娇？

于是我轻轻地拨开草丛，

祝福花儿在阳光下永远微笑。①

在初春的大自然中，"我"被草丛中的小花所吸引，并且曾经萌生念头想折下它。但我最后转变了想法，把它留在大自然的阳光之下，让它自由地去生长，而不是插进瓷瓶。热爱自然，不但是欣赏它的美，更是维护它的美，让万物保持它自然而然的样子。诗歌《小心呀》把这种对于大自然的热爱和维护表现得更为直白。诗人这样劝诫我们：

小心呀，朋友，

小心踩着路边的小草，那是春的细胞，

连着春的神经。

不小心踩着这绿色的生命，

春啊，便要痛苦悲鸣。

小心呀，朋友，

小心碰坏路边的小花，

花瓣娇露欲滴，

花蕊深情欲倾。

不小心碰坏花儿你一笑作罢，

可她失掉了蜜蜂吟诵的童贞。

小心呀，朋友，

小心走过路边的小湖，

---

① 黄健勇：《大自然的微笑》，大众文艺出版社，2007，第1页。

　　　　湖面波平如镜

　　　　湖水寂静无声。

　　　　不小心你把石子踢进，

　　　　无尽波纹便要漾起泪光粼粼。①

　　在诗人笔下，大自然便是一个童话世界，万物都是有生命的，它们会哭、会笑、会痛苦。诗人如同对一个孩童讲童话故事一般，告诉我们，不要弄疼这些小花、小草、小湖。诗人对大自然的这种柔情和赤诚，显示了人类热爱自然的本性。正是因为诗人体悟到了大自然的美，所以才能自觉地维护它的每一个细胞、每一根神经，让大自然永远保持它鲜活的生命状态。

　　杨村、卢惠龙、徐必常、马仲星等作家都看到了"大自然的美丽进程"，并且从中获得了美好的启示。他们完全以大自然之子的身份走进自然，以感恩的和欣赏的眼光去看待万物，因此他们能看到大自然的美。甚至这些美在作家的眼中是无限扩大的，它们已经超出了"风景"的意义，而变作大自然的美好启示，去烛照这一群"审美者"的生命。

二　"像水那样流淌"：融入自然

　　人是大自然之子，人在大自然之中会本能地感觉到生命力量的释放，并且很容易与自然万物达成浑然交融的状态。用"像水那样流淌"来形容人在大自然之中那从容、自在的状态，可谓恰到好处。我们都见过流水的样子，水极具柔性，它不刻意、自然而然却能包容一切、化解一切。水是自在从容的，它跟随自己的本性在大自然之中流淌，真正实现了与自然怀抱相融。如果人能像水一样，遵循自然本性去"流淌"，那么便也能投入大自然的怀抱。贵州作家正是为我们描绘了人与大自然

---

① 黄健勇：《大自然的微笑》，大众文艺出版社，2007，第6页。

浑然相融的美好状态。而且这份美不单是自然之美，更是人与自然相融合而共同铸就的生态之美。

生态系统的美包含着自然但不是"自然全美"。"自然全美"理论认为，全部自然界都是美的，所有原始自然本质上在审美上都是有价值的。生态美学也认为，自然具有不言自明的审美价值。但是，自然不能独自成为审美对象，而必须依靠人的参与，生态审美是关系中的美，是生态系统中的美。美与真、善一样，不是一种实体，而是一种关系性存在，存在于人与自然的"生态系统"中。① 这其实也就是伯林特所强调的"参与美学"。伯林特指出，"无利害的美学理论对建筑来说是不够的，需要一种我所谓的参与的美学"，"在艺术与环境两者当中，作为积极的参与者，我们不再与之分离而是融入其中"。这种美学观认为审美过程由审美主体与审美对象两部分构成，它一方面强调了主体在审美中的主观构成作用，但又不否定自然潜在的美学特性。自然审美是人的审美能力与自然的审美特性的结合，只有在两者的统一下，在人的积极参与下，自然的审美才成为可能。参与美学将审美经验提到相当高的程度，认为面对充满生命力的自然，单纯的"静观"或"如画式"风景的审视都是不够的，而必须借助所有感官的"参与"。②

生态系统的美包含着人的因素，但又不同于"移情论"、"人化的自然论"与"如画风景论"。"移情论"认为，所有的审美活动都是人将自己的情感与意志移到对象上的结果。"人化的自然"理论认为，自然美即是"人化的自然"，"自然对象只有成为'人化的自然'，只有在自然对象上'客观地揭开了人的本质的丰富性'的时候，它才成为美"。以上两种理论完全否定了审美过程中自然自有的审美属性，是典型的"人类中心主义"的审美态度。"如画风景论"是以艺术的眼光来

---

① 曾繁仁：《生态美学导论》，商务印书馆，2010，第297页。
② 曾繁仁：《生态美学导论》，商务印书馆，2010，第341—343页。

审视自然，将自然看作一幅幅如画的风景。这种理论存在"自然不是被视为一个整体"的缺陷，而且仍然是从"人类中心"的眼光来审视自然生态，并将其作为一幅幅呈现于人面前的风景画来加以欣赏。生态审美特别强调审美过程中人的主体的构成作用，强调审美过程中人的阐释性和能动性，因为审美能力仅仅存在于欣赏者的经验中，审美特性客观地存在于自然物体内。① 因此可以说，人只有融入自然之中，才能真正欣赏到"自然之美"，并且把这种美进一步放大，构筑成一幅人与自然和谐相融的美好画卷。

完班代摆在其散文《牵着鸟的手》中描绘了人类融入自然、与自然和谐共处的美好景致。在尧上这个仡佬村庄中，人们自觉地爱鸟护鸟，并用心倾听鸟类的歌唱和心声；鸟类则自由地恋爱和繁衍，它们与人类共同栖息在美丽宁静的山水间。作者用"牵着鸟的手"来形容尧上人与鸟和谐共处的生活状态，这无疑是匠心独运的写法，而且它具有启示和呼吁人们的功效。"牵着鸟的手"意味着人们把自身置于与鸟同等的位置，对鸟施以"同类的友爱"。这是一种完全与人类中心主义无关的对待自然的态度，它暗示了人类真正在大自然中找到了自身的位置，并实现了与万物的和谐共处。作者感慨道："这是一个干净的世界，没有忧郁，也没有痛苦，没有陷阱，也没有设防。"② 这其实也就是作者对尧上这片诗意土地的最高赞美。鸟类自由地恋爱、歌唱，与人类共同栖息在美丽宁静的山水间。牵着鸟的手，即人类聆听鸟类的歌唱和心声，爱护它们，与它们和谐相处。尧上每年都举行"敬雀节"，这个独特的节日既是远古的回响，又是未来的呼唤。"我以为，敬雀节不仅仅是一个民族，一个地域的简单习俗，它已经超越了习俗本身，而成了人类共同的财富。同样地，它也超越了历史时空，而暗合了当今社会

---

① 曾繁仁：《生态美学导论》，商务印书馆，2010，第298—300页。
② 完班代摆：《牵着鸟的手》，《民族文学》2008年第4期。

提倡与自然和谐相处的永恒主题。"①

　　"我希望这种感动能够恒久地持续下去，能够影响更多的人，让更多的人都能主动地牵着鸟的手，并能与鸟亲切地交谈，倾听鸟类深情的歌唱。"② 这种诗意栖居的美好愿景，让人性回复到了"天地有大美而不言"的那种灵性空间，重新获得了丰盈之美。

　　柯真海的散文《夜郎湖》写"我"为了避开城市的喧嚣，"寻找纯真透明存在的可能"，而泛舟夜郎湖。这里的确宁静而诗意，无论是水波、白鹭、农舍、炊烟、堤岸柳，还是湖边静谧的夜，都充满了大自然的朴素和亲切之意。尽管夜郎湖也已经是现代旅游业发展链条上的一环，尽管宾馆、卡拉 OK 早已进驻，而"我"依然在这里找回了如灵光一闪的青春热血和生命的悸动。

　　黄明仲在诗歌《大山的生命》中描绘了大山的生命活力以及人在大自然中获得的"生命的释放"。诗歌写道：

> 有很多鸟儿飞过我们的头顶
> 有很多鱼儿游出我们的双眸
>
> 还有很多很多的山鸡
> 还有很多很多的貂鼠
> 还有山羊、獐子、野鹿
> 还有野兔、野狗、野猪
>
> 我们又一次
> 感到大山格外的亲近
> 在一片片蛙鸣声中

---

① 完班代摆：《牵着鸟的手》，《民族文学》2008 年第 4 期。

② 完班代摆：《牵着鸟的手》，《民族文学》2008 年第 4 期。

让清新的空气洗活肺腑

在那一丛丛绿叶中
我们才感到生命的释放
在那一丛丛山花中
我们读不尽大自然最美的书

阳光也一同陪伴我们
在自由的大山中跳舞
那撑繁的每一株绿树
都是生命的保护

啊，我们把绿还给了大山
大山又向我们馈赠了底气
在和谐的生态环境里
人与自然更生机勃勃①

　　大山的欣荣体现在它物种的丰富性上，鸟、鱼、兽、蛙、树等在大山里自由而和谐地生活着，它们让大山成为一个开放的展现生命活力的巨大舞台。人在这里实现了与自然万物生命的交流，他们感到内心经受洗涤，生命获得了释放。诗人领悟到，当人们主动守护自然、亲近自然的时候，大自然也会给人以馈赠。这种人与自然和谐相亲的状态无疑是动人的。

　　女诗人禄琴在诗歌《森林小调》中塑造了一个光脚走进森林、聆听大自然之声的女孩形象。她这样描述道：

---

　　①　遵义市作家协会编《遵义新世纪文学作品选·诗歌卷》，贵州人民出版社，2007，第 35 页。

　　　　黑头发的女孩

　　　　光脚走进森林

　　　　用很小的野花

　　　　编织桂冠

　　　　她在青草地上坐下

　　　　倾听植物生长的

　　　　吱吱声

　　　　欣赏每一只

　　　　从头顶飞过的小鸟

　　　　那美丽的羽毛

　　　　变幻着许多种颜色

　　　　她想象那是一件

　　　　为新娘准备的礼服

　　　　穿上它

　　　　可以跳许多种舞

　　　　采食不同颜色的浆果

　　　　在绿荫里栖息

　　　　也在这土地上

　　　　吱吱拔节扎根①

　　"女孩"这一意象是颇有深意的。首先，女孩具有天真无邪的特性，这样才能全身心地融入自然；其次，女孩有爱美和欣赏美的天性，因此她才能够去发现森林之美。女孩光脚走进森林，即意味着人与森林毫无隔膜地相亲近。诗人以充满童趣的笔调，为我们展现了女孩与森林亦即人与大自然完美交融的状态——女孩坐在青草地上倾听植物生长的声音，

---

　　① 禄琴：《面向阳光》，贵州民族出版社，1996，第143页。

她抬头欣赏每一只飞过头顶的鸟儿，想象那五彩斑斓的羽毛是为自己准备的一件美丽的结婚礼服，她甚至愿意成为一株植物，在这里生根拔节。诗人借走进森林的女孩来呼吁人们融入自然，去感受大自然的美好。

禄琴不单为我们塑造了走进森林的"女孩"形象，还倾尽笔力去描绘一种人与自然浑然一体的生活状态。禄琴执着于为自己的古老民族而歌唱，她写祖先如何在莽林间建立家园，写彝人如何敬畏和亲近自然，写人们如何在古老的高原热土创造诗意的生活。在《面向阳光》这本诗集中，我们最常见的词是青青芳草、宁静的湖、雪白的鸽子、玫瑰、星星、月亮、小鹿、森林、太阳以及生命等。禄琴在诗集的自序中写道："阳光必是一切美与和谐之源，在这多姿的夏日里，万物显得那么翁郁而充满生机。"[1] 因为诗人有一颗面向阳光的心，所以她呈现给我们的始终是生命的蓬勃状态以及一切美好的充满希望的事物。"面向阳光"也是彝人积极进取的生活态度的写照，它更展现了彝人热爱自然、融入自然的生活状态。诗歌《面向阳光》写道：

　　我是歌手

　　居于林间深处

　　为生命

　　从不停止歌唱

　　当大地蒸腾起

　　太阳的味道

　　彝人就会面向阳光

　　伸出双手

　　如水的歌声

---

[1]　禄琴：《面向阳光》，贵州民族出版社，1996，第8页。

在森林中响起

我又一次听到它

面向阳光流动的声音

面向阳光

重读自然

一次次将自己浸湿

一次次沿着你的光芒

寻找那些美丽的花朵

于是彝人

有了如阳光一样的肤色

有了如阳光一样的豪情①

阳光是万物生长之源，也是大自然对万物最慷慨的赐予。"面向阳光"代表着人们毫无戒备地向大自然开放，亲近自然，并融入自然。彝族人居于森林中，他们以大自然的怀抱为家，其生活的点滴都与大自然紧密相关，因此对彝族人来说热爱家园与热爱自然是统一的。禄琴描写彝族人在山水间诗意栖居的诗歌不止《面向阳光》这一首，例如《月琴》中也写道：

在彝人聚集的地方

有一种声音

从我的手里弹出

又在你的手中弹响

节日的盛会上

美丽的姑娘

① 禄琴：《面向阳光》，贵州民族出版社，1996，第20页。

　　踏着青草和露珠的身影

　　飘逸无比

　　山鹰撞响

　　怀中的月琴

　　优美的旋律向山外流淌

　　而我的手指依旧冰凉

　　拨动的琴弦蕴含许多渴盼

　　那蜿蜒的小径

　　羊群正结伴走来

　　琴声悠扬

　　一切都显得那样

　　安详与和谐

　　人　音乐　自然①

　　如果说《面向阳光》只是从概括的、抽象的层面写出了彝族人的生活实质，那么这首《月琴》则无疑更加具体和细致地描绘出了彝族人的生活状态。在节日的盛会上，姑娘们踏着青草和露珠欢快地起舞，这虽然是一处极细微的描写，却反映出彝族人的生活处处不离自然，他们完全投入大自然的怀抱中。而山鹰则是一个充满力量的意象，它正好表现了彝族人刚强的个性，"山鹰撞响怀中的月琴"这一情景，把彝族人那种充满原始野性的生命力很好地展现了出来。人们在节日盛会上载歌载舞，而远处羊群结伴归来，诗人用三个词为这一意境做了总结——"人，音乐，自然"。彝族人这种安详和谐的生活状态，把人类诗意栖

---

　　①　禄琴：《面向阳光》，贵州民族出版社，1996，第39页。

居的内涵完美地诠释了出来。

　　在禄琴歌颂家园、歌颂自然的诗篇中还有一首不得不提，那便是《这片土地》。如果说《面向阳光》这整本诗集是禄琴为家园而唱的一首赞歌，那么《这片土地》应该算得上其中的最强音。诗人不单描绘了彝族人的生活图景，还试图去呈现一个民族的"生存背景"：

　　　　这片土地
　　　　拥有广袤的草坪
　　　　这里生长彝人的梦歌
　　　　袅袅的谣曲
　　　　是圣洁的鹰翅

　　　　我的民族自深山那条河流中
　　　　如鱼般游来
　　　　视水为生命的彝人
　　　　便如水般清澈

　　　　我们就站在这片土地上
　　　　看着眼前静静流过的河流

　　　　丰美的绿草是马群的粮食
　　　　这里生长彝人的梦歌

　　　　那匹马仰头看见飞光流彩的虹
　　　　已经停止了咀嚼
　　　　河谷的两边
　　　　生活着爱马的民族

当他们骑上马背

就会有一种激情

使他们成为勇敢的猎手

去征服自然中的风暴

我们站在这条河流的沉默中

想这片土地昔日的辉煌

这片土地盛产最好的马

不然为什么会有那么多优秀的彝人骑手

这片土地这条河流

这些马群

是这个民族生存的背景

是这个民族永远的"梦歌"

我的民族自深山那条河流中

如鱼般游来①

　　诗人说:"我的民族自深山那条河流中/如鱼般游来"。这其实是告诉我们,人来自大自然。彝族人的祖先曾于山水间繁衍生息,把一个民族发展壮大起来,而今天的彝人一样秉承了先人那种自然天性,把大自然认作自己生命的源头,并全身心陶醉于大自然之中。在这片拥有森林、河流和广袤草坪的土地上,彝人创造了自己的幸福生活。他们视水如生命,热爱马群,愿意骑上马背以一个勇敢猎手的姿态去迎接自然中的风暴。这是一种原始而与大自然浑然交融的生活状态。类似的诗篇还有《彝山》《我的高原》《故乡谣》等。禄琴是带着一种自豪的感情来

---

　　①　禄琴:《面向阳光》,贵州民族出版社,1996,第3页。

写这个古老民族的——他们在苍莽的山岭之间创造了家园，热爱土地，与大自然相依共存，并且养成了如山一样的性格，博大而刚强，永远感恩生命、珍惜生命。在诗人笔下，彝族人的生活是古老而原生态的，充满了人与自然相生相成的和谐之美。诗人既是在歌唱家园，又是在启示和呼吁人们——人原本来自大自然，也只有在大自然中，人才能找到心灵的归宿，实现诗意栖居。

张顺琼是一位爱"做梦"的诗人，她的诗歌中充满了梦的美好以及只有孩童才有的纯真，这在诗集《绿梦》中得以集中体现。正如诗集封底所写的："我平生多梦／也爱做梦／只有在梦中／我才有欢乐／才有灵感／才有爱／才有诗……我怕醒／我愿长梦不醒"①。而贵州著名学者王鸿儒先生为这本诗集所作的序言中也说道："她如同一位天真、孤独又充满变幻的孩子，尽管已过了不惑之年。"② 梦，寄托了诗人对人世间一切事物最美好的情感。在诗歌《绿梦》中，张顺琼写道：

> 黎明
>
> 踏上绿茵茵田埂，绿茵茵
>
> 我把脚儿放得轻轻、轻轻
>
> 我怕碰落晶莹的晨露
>
> 我怕把大地从甜蜜中惊醒
>
> 顶着花帕
>
> 背着春风
>
> 我像一个漂浮的小精灵
>
> 胚芽对我窃窃私语
>
> 春姑娘传来微微的叮咛
>
> 似沉似浮　似动似静

---

① 张顺琼：《绿梦》，贵州民族出版社，1991，封底。
② 张顺琼：《绿梦》，贵州民族出版社，1991，序言。

动动静静都撒开我

童年的天真

沙沙沙沙

沙沙沙沙

摇晃的绿叶是我的梦境

风来时

抓住千百年的留念

风去时

撒去数不完的诗魂

数不完的诗魂①

　　诗人的梦是"绿梦",而"绿"是大自然的典型色彩,因此这个"绿梦"其实也就是关于大自然的梦,也可以说是人与大自然相交融的梦。这首《绿梦》从儿童的视角来写"我"在大自然中的所见和所感。大自然对一个天真的孩子展现了它最美好的一面——无论是绿茵茵的田埂、晶莹的晨露,还是窃窃私语的胚芽、摇晃的绿叶,都呈现出了勃勃的生气。而在孩子的眼中,大自然的一切都是具有生命的,她不忍去碰落晨露或惊醒大地。孩子还能与大自然进行倾心的交流,她可以听到"胚芽对我窃窃私语"以及"春姑娘传来微微的叮咛"。在这首《绿梦》中,人与自然是完全相交融的,人在大自然中获得了美的感受和关于生命的启示。诗人张顺琼的"梦"始终与"绿"有着不可分割的联系,这是因为她与禄琴一样,把大自然看作"一切美与和谐之源"。诗人呼唤人们融入大自然,去感受自然的美好和生命的意义。在诗歌《晚景》中,诗人用一种类似于禅语的言语向人们呼吁道:

　　投爱于橄榄

---

①　张顺琼:《绿梦》,贵州民族出版社,1991,第104页。

　　裹着一颗童心的愚昧

　　投爱于月色

　　沉溺在温柔、缠绵

　　投爱于树荫

　　牵住凝目的回盼

　　投爱于原野

　　扫尽一天的狂热

　　投爱于天空

　　一天一个旧梦

　　一梦一个憧憬

　　投爱于湖水

　　一波一朵浪花

　　一浪一支春曲

　　投爱于黎明

　　答我百鸟的唰啾，万物的明媚

　　投爱于月光

　　一颗心一份欣喜

　　一滴泪一叶飘零①

　　投爱于橄榄、月色、树荫、原野、天空、湖水、黎明、月光，其实就是全身心地投入大自然之中，感受自然之美，感受最真切的生命气息。在诗人的笔下，每一处自然风景都有独特的魅力和效用。如沉溺在温柔、缠绵的月光之中，人便能够暂时忘却世事纷杂；而置身于空旷的原野之中，人便能够敞开心扉，让自己变得平静而豁达。诗人告诉我

---

　　① 　张顺琼：《绿梦》，贵州民族出版社，1991，第 71 页。

们，无论是多么微小的事物，只要我们投入进去，用心感受，便能体悟到生命的启示。比如"一天一个旧梦／一梦一个憧憬""一波一朵浪花／一浪一支春曲"，就颇有佛家所谓"一花一世界，一树一菩提"的意味。于"一花""一树"之间去感受世界，这与融入自然和回归自然的意旨其实也是相通的。张顺琼希望人们能像佛家所劝诫的那样，用心去感受世界，从最微小处洞见生命的意义。大自然是一切"美与和谐"的源泉，人只有置身于大自然之中，并付出自己的"爱"，才能够获得美的启示和心灵的慰藉。

对于多数现代人而言，融入和回归自然只是美好的向往，他们很难再像禄琴或张顺琼所刻画的那群人一样，选择到山水之间去开创诗意的生活。伍小华却给现代人提供了一个切实可行的建议——"给灵魂放三天假"。她想要让人们知道，回归自然并不一定得在林间水畔建一座小木屋，而只要人们能够暂时逃离日常的生活轨道，全身心地投入大自然，那么便可以实现与大自然那短暂而可贵的交融。我们可以把散文诗《给灵魂放三天假》看作用诗的语言写就的一篇游记。诗歌开篇便写道："叫醒鸟声，邀上花朵，抹一把天边的彩霞……我要去那儿。"① 这里已经暗示给我们，诗人所要描绘的是一场出游，而且还是与大自然亲密接触的出游。古寨藏于大自然的怀抱之中，在这里，"我"得以与古老的时光相遇，与大自然相遇，并且暂时找到了心灵的归宿。诗人在最后呼吁道："赤足上路，在那里待上三天——第一天听溪水弹琴。第二天在白云上写诗。第三天想一想心爱的姑娘。"② 诗人这既是为整篇散文诗作结，也是鼓励人们走出日常的禁锢，到大自然中去"给灵魂放三天假"。即使我们不能像禄琴笔下的彝族人一样，在林间骑马放歌或者踏着露珠舞蹈，我们也可以学伍小华笔下的"我"，找一个隐秘的去

---

① 伍小华：《给灵魂放三天假》，《散文诗》2013 年第 13 期。
② 伍小华：《给灵魂放三天假》，《散文诗》2013 年第 13 期。

处，于大自然的怀抱中"给灵魂放三天假"。

　　伍小华希望"给灵魂放三天假"，而冉正万则在散文《去天边找我》中主张给身心放七天假。生活于城市的"我"有七天时间可走出家门、走出城市的包围，尽管"我"不知道要走向哪里，但还是信步走出去。在有白雪覆盖的郊外，"我"才感受到冬天的味道，而城市是留不住雪的，即使积一点雪，也是白中带着污黑，"城市的春夏秋冬都已经失去了个性"。行走在广阔的大地上，即使是路旁的一棵树也会让"我"感慨："树的头是朝下的，人的头朝上。树有根，不喜欢挪动。人没有根，特别喜欢挪动。树站在一个地方不动就可以知道四季的变化，人到处走，却从不知道四季是什么时候变换的。"① 这是大自然给人的美好启示，只不过大自然自身正经受劫难。在抵达第一个村庄时，"我"便感受到人们失去森林的那种痛苦。村长执意带"我"上山，要让"我"看看树木都去哪里了。曾经的深山大林如今变成了"几片毛丫丫"，大树已经彻底远离了人们的视界。由此"我"想到——"人从懂得制造工具那天起就试着改变世界，改变自然，就开始头脑发昏，蠢蠢欲动，最终破坏了整个世界。一片树林消失后，有些人的内心也会因此荒凉。"在一条偶遇的小河边，看着清澈、平静的河水，"我"领悟到——"河水一直在流，它不管我的到来，也不管我即将离去，它一直在流。"

　　七天的旅行让"我"为心灵进行了一次洗涤，虽然还是要回到城市，但我依然感谢这种"寻找"。这篇散文的叙述看似零散，其实表达了一个非常明确的主题，作者在文章结尾处已经作了总结——"我想说的是，只有去聆听天籁，我们的心才会得到片刻的安宁。因为我们是天（宇宙、自然）的孩子，是天集各种精灵创造了人类。我们每天所面对的，这个嘈杂而纷乱的世界所发出的各种声音，可以说都是噪音，

---

　　① 冉正万：《去天边找我》，《青年文学》2003 年第 8 期。

再聪明的孩子，如果一直在这种噪音中生活，最后都会变傻的。"① 作者为作品取名为《去天边找我》，其实他想表达的是人该如何寻找自我，即人在天地之间如何找到自己的位置。在作者看来，人只有经常融入自然，聆听大自然的声音，才不会在现实生活中迷失。在诗歌《面对自然》中，冉正万再次呼吁人们面对自然、融入自然。在诗人的笔下，自然与人生是相伴相生的，人只有"面对自然，顺应自然，体验自然"，才能体验和享受人生。他说，"我很迷恋自然，也很珍惜自然。再没有什么比新鲜空气、绿色山野、清亮的山泉更重要的了"。正因为"我"热爱自然，所以"我"的艺术追求和人生追求也是与自然紧紧联系在一起的，从而谱写了一曲"自然而然"的人生之歌。

贵州作家们非常敏锐地刻画了人与大自然灵魂相通的那一个个珍贵瞬间，或者为读者描绘了人与自然相交融的诗意栖居状态。他们告诉读者，人来自大自然，因此人可以融入自然，那就像水流淌一样容易。而且也只有在大自然的怀抱中，人才能实现真正的从容和自在，并最终找到心灵的归宿，这也正如水始终要在大自然之中流淌，才能保持它一贯的灵动一样。

三　"像鸟那样归巢"：回归自然

人类来自自然，自然是人类的生命之源，也是人类永享幸福生活最重要的保障之一。海德格尔尤其强调人的这种生态本源性，他把人在自然中理想的生存状态概括为"天地神人四方游戏"。他说："大地是承受者，开花结果者，它伸展为岩石和水流，涌现为植物和动物。""天空是日月运行，群星闪烁，四季轮换，是昼之光明和隐晦，是夜之暗沉和启明，是节气的温寒，是白云的飘忽和天穹的湛蓝深远。"大地上，天空下，是有生有死的人。"'在大地上'就意味着'在天空下'两者

---

① 冉正万：《去天边找我》，《青年文学》2003 年第 8 期。

一道意指'在神面前持留'，并且包含着一种'进入人的并存的归属'。从一种原始的统一性而来，天、地、神、人'四方'归于一体。"① 海德格尔的"天地神人四方游戏说"其实就是告诉我们，人只有回归于大自然，遵循大自然的运行法则，与万物达成和谐共处的状态，才能诗意地栖居于天地间，获得归属感和幸福感。

大自然是人类的根本，回归大自然是人类天性里固有的情结。尤其是人们越来越发觉现代生活的贫乏时，开始有意识地反思自己是否已经在背离大自然的路途上走得太远，从而心底里那对于大自然固有的依恋和向往便会倍加凸显。"像鸟那样归巢"成为现代人内心里最隐秘而又最强烈的呼声。

喻子涵在其散文诗《喀斯特之诗（节选）》中呼喊：

回到我们的高原，只长浅草和开小花的高原。

回到我们的湖泊，回到我们的大山，回到我们的溶洞，回到江河发源之地。

回到一片梦幻般的石峰石林之中，回到云里雾里和永不停息的山歌声里。

这里只有爱，只有纯净的事物。

我的喀斯特，你教我学会爱吧！

我想爱这里的一切，回到我的从前。

我是夜郎王的后裔，但我的爱早已丢失。②

"喀斯特"一般是恶劣的自然环境、贫穷以及落后等的代名词，然而在诗人笔下，喀斯特却是生命的摇篮，它虽然并不丰饶，却以点滴血液养育了人们。正如诗人所言："第一个瓦罐是你找来的，第一捆柴火

---

① 曾繁仁：《生态美学导论》，商务印书馆，2010，第 318 页。
② 喻子涵：《喀斯特之诗（节选）》，《散文诗》2005 年第 16 期。

是你拾来的，第一筐粮食是你采来的，第一座草房是你搭起来的，第一碗菜粥是你熬熟的。"① 这里的"你"当然是指喀斯特。诗人对喀斯特充满感恩和依恋之情，他并不觉得喀斯特是贫乏的、丑陋的，正相反，他永远情系那"只长浅草和开小花的高原"。诗人把喀斯特当作自己的生命之根，他眼里能看到的是"湖泊""大山""溶洞"等这些大自然之神奇赐予，并且他渴望回到喀斯特，亦即回到博大的自然怀抱中。然而，回归大自然对诗人来说注定只能是一个隐秘的愿望，因为他已经无法"回到我的从前"。身处城市的诗人不可能重归自己生命的源头——"喀斯特"。虽然不能在实际意义上获得回归，但诗人还是为他的"向往"找到了一个实现的途径，那便是"爱"。诗人的"根"虽然在喀斯特的山水之间，而事实上他的心与大自然阻隔已久，他需要重新拾起与大自然间的联系，重新对大自然灌注自己全部的爱。诗人在最后呼吁道："世界是神秘的，我们要有敬畏感；自然是无私的，我们必须去报答和感恩。喀斯特，我敬畏你并以永恒的爱报答你。"② 这既是诗人的自我勉励，也是他对人们的呼吁和劝诫。他希望自己能以一颗爱心去对待自己的生命之根，更希望人们能始终对大自然抱以感恩和向往之心。

与喻子涵一样，诗人末末也表达了他向往回归自然而又终不可得的复杂心情。只不过，与喻子涵的热情和直白相比，末末显得含蓄和隐晦一些。在诗歌《与草海有关的鸟事》中，诗人这样写道：

> 这是鸟的祖国，也是我的祖国
>
> 一只黑颈鹤，可以把家安在高原
>
> 离阳光最近的草海，也可以不

① 喻子涵：《喀斯特之诗（节选）》，《散文诗》2005 年第 16 期。
② 喻子涵：《喀斯特之诗（节选）》，《散文诗》2005 年第 16 期。

仅此一点，定居梵净山的我
与一只黑颈鹤，除了相隔千山万水
还相隔一篇进化论

这就注定，我的不明不白
不能与一只黑颈鹤
与生俱来的黑白分明，相提并论

但我们共用着这个秋天的下午
在这片辽阔的水域，我的内心
水草丰茂，群山逶迤

稀里哗啦，稀里哗啦，我划着小船
像逃出生活的一个盲点
左一桨天堂，右一桨人间

整个下午，我就这样打开自己
并哦嚯哦嚯的，试图用人间的喧哗
将隐身的黑颈鹤惊飞

而事实上，32平方公里的水域
只站出来一只白鹭，它一动不动
立在水草中央，低头，想它的鸟事

我稀里里到来，又哗啦啦离去
船桨挑起的波纹，心动几米之后

溶入平静①

　　诗人说，"我"与黑颈鹤生活在同一祖国，这其实是告诉我们，人与鸟及万物都生活在大自然的怀抱之中。可是一只黑颈鹤可以自由选择自己的居所，而人却多半受到各种规限，只能固定地居于一隅。诗人敏锐地找到了其中原因，他说这是因为人与鸟之间"相隔一篇进化论"。诗人这里不是为人类优于其他物种而感到骄傲，正相反，他为人类已经远离了自在的生活状态而感到悲伤。人类进化的过程，其实也就是人一步步远离自然的过程，而人作为地球上唯一有智慧和理性的生物，最终只能孤独地困于其亲手建立的社会生活圈中。用诗人的话来说，黑颈鹤的生活是"黑白分明"的，而人的生活却是"不明不白"。黑颈鹤可以遵从内心的愿望，自由自在地徜徉于大自然的每一处，而人类却往往没有这样的勇气，即使他们向往自然，可是他们依然要在困顿的生活中"不明不白"地挣扎下去。虽然诗人得以暂时逃离喧闹的城市生活，他在草海边与黑颈鹤"共用着这个秋天的下午"，可是他终究可悲地发现，人不过是大自然中的匆匆过客，而草海广阔的天地却是鸟的自在家园。诗人试图用"人间的喧哗"去介入鸟的生活，可是鸟却依然在低头"想它的鸟事"。这里的"鸟事"一词不是诗人随意编造的，它正深刻地暗示了，这个世界并非由人类主宰，除了有思维能力的人能够想自己的"人事"以外，鸟类也可以独立地想其"鸟事"。就像人无法走进鸟的生活一样，人也不能真正归于大自然。正如诗人在诗歌结束处所感慨的："我稀里里到来，又哗啦啦离去/船桨挑起的波纹，心动几米之后/溶入平静"。人带着对大自然的向往之情匆匆扑入自然的怀抱，可是人最终还是要离去，人类在自然中留下的痕迹，很快也会被抚平。诗人把人类这种企图在大自然之中寻求安慰却终究免不了成为大自然之过

① 末未：《与草海相关的鸟事》，《飞天》2013 年第 1 期。

客的心境写了出来。正因为如此，诗人更充分地把人类对自然的无限向往之情表达了出来。

如果说回归自然在喻子涵和末未那里是一个既充满诱惑而又难以实现的终极目标，那么它在王泽洲那里则无疑是具体、直接而又切实可行的。王泽洲更加看重当下的体验，他认为只要人们能全身心地投入大自然，享受与大自然灵魂相通的交流，即使在时间上不长久，也算是归于自然了。诗人低吟道：

> 偌大一座幽迷的宫殿
>
> 没有霓虹灯的炫目
>
> 没有庄严的金丝绒垂帘
>
> 咖啡的兴奋
>
> 双声道的喧嚣
>
> 迪斯科和探戈的疯狂
>
> 以至于白兰地的热烈
>
> ——都没有，全都没有
>
> 游丝般的雾霭
>
> 静静地弥漫着
>
> 随意地
>
> 从这儿飘向那儿
>
> 唯一丰厚的饮料
>
> 是涂染着淡乳白颜色的氧
>
> 慷慨地，盛满每个毫升的空间
>
> 年长的参天古树
>
> 年轻的乔木和灌木丛
>
> 稚嫩的野花群和芳草
>
> ——庞大的家族

笼罩在银色的、缥缈的帷幕里

它们有过于微妙的思维

各自都那样长久地专注

不知在肯定或否定着什么

在这儿思索

有隐隐的压抑

迷离的清醒

朦胧地，解释着所有清晰的世界

月姑娘冷静地

操持着这份家园

——她永远是冷静的

大森林交响乐的演奏也是冷静的

…………①

　　这首《月光曲》描绘了人们暂时逃离城市生活而在大自然中获得洗涤和慰藉的那种恬静心境。霓虹灯、咖啡、迪斯科等是现代都市文明的象征，而诗人正是要抛却城市的喧嚣，在月光流淌的夜晚去感受大森林的静谧，呼吸自然之氧。在大自然的神秘宫殿中，诗人与参天的古木、野花以及芳草实现了生命的交流。诗人说："它们有过于微妙的思维/各自都那样长久地专注/不知在肯定或否定着什么"。在诗人眼里，花草树木与人一样有着思维的能力和喜怒哀乐的情绪。诗人并没有把自己与其他物种之间的关系定位为主客体关系，也没有把大自然当成可供自己任意赏玩的对象或者是静止不动的背景，正相反，诗人始终认为大自然是独立而自在的，它有自己的主体性。诗人与大森林实现的交流和融合其实就体现了生态批评中所谓的"主体间性思想"。主体间性又被称为交互

----

① 胡维汉、张克、卢惠龙主编《贵州新文学大系·诗歌卷》，贵州人民出版社，1997，第 353 页。

主体性，众多生态文学家和生态批评家都对此进行过阐述，它是指人与大自然之间打破了主客二元的关系，二者同为主体，平等对话，实现了真正的交流和共融。对此，王诺先生总结道："人主体和自然主体都在生态世界之中，每一主体都有自己的世界，有他自己的显现及其统一体。被正确经验的人与自然的关系只能是主体间际关系。"① 主体间性关系意味着人已经放弃了"人类中心主义"的思想，人与自然之间不再是功利的关系，人完全出于审美本性来欣赏大自然的美，以类似于飞鸟归巢的天性回归于大自然的怀抱。人们只有在承认大自然的主体性并且同时不放弃自己的主体立场这个前提下，才能走进自然，并最终回归自然。

金永福在散文《寻春》中呼吁人们走出钢筋水泥丛林去寻找"春天"。当然，这里的"寻春"亦是寻找自然，寻找人类回归大自然的路径。作者告诉我们：

　　人是从森林里走出来的，这就注定了人永远是大自然的一部分。毁坏自然，就是毁灭自己。不识春天，就等于忘本。现在的我们一方面欢迎现代文明的发展，另一方面却无奈地遭遇与自然日益分离，对立的尴尬，林立的高楼大厦里听不到春燕呢喃，夏夜蛙鸣，水泥地上没有鲜花、野草。清清的小溪变成了污浊的臭水沟，不见鱼儿戏水，不见鸟儿飞翔。春天来了，悄然地从身边滑了过去，闻不到春的信息，听不到春的呼唤。人的天性本来像太阳一样灿烂，鲜花一样美丽的，此时却抹上了各种窒息的色彩，蒙上了陈旧的灰尘，给人带来了压抑、烦恼和痛苦，甚至异化为恶人。治这种病医生是开不出药的，最好的处方就是回归自然，寻春即是。②

<hr />

① 王诺：《欧美生态批评：生态学研究概论》，学林出版社，2008，第128页。
② 贵州省文联编《纪念建党90周年贵州文学精品集·散文卷》，贵州人民出版社，2011，第212页。

作者认为，"寻春"是人类实现返璞归真的最有效途径。他还强调，"寻春"不单要走出高楼大厦，到大自然中去，而且还要"用心"，只有带着心去感受自然，人才能找到"春天"，才能真正融入自然的怀抱，实现诗意栖居。

柯真海把文斗称作"大地外部的村庄"，认为文斗是人们摆脱喧闹和污浊，重新返归自然的一个窗口。他在散文《大地外部的村庄》中写道：

> 古朴的文斗苗寨作为小家碧玉在清水江畔滋养了700多年，直到现在，那里也还没有修筑通达外界的公路，或者说，如今的文斗依然"抱朴守拙"，拒绝着钢筋水泥，拒绝着日渐简捷而浅薄的现代文明……在那里看不见一丁点儿被物质时代污染的痕迹，也听不见浮躁的人语喧哗。在走过的村寨中，你觉得只有文斗最具自己的生态意味，也只有文斗最恒久地保持了它的纯洁。文斗远离着喧嚣和侵扰，一尘不染。寨民们也不像城里人那样只讲利害，更不需活在面具下，确实是个养身的地方。①

独立于现代化进程之外的文斗苗寨至今依然保持着良好的生态环境，文斗人生活于大自然的怀抱之中，他们的价值观念和人生信仰也保持着淳朴。作者极为珍视这种"抱朴守拙"，他认为文斗的这种封闭和古朴正是它最值得骄傲的东西。在日益被科技发展所改变和侵蚀的大地上，能有文斗这样一个"大地外部的村庄"是十分可贵的。文斗的存在是一个启示，它告诉我们，人与自然曾是多么紧密地联系在一起，人在大自然的怀抱中繁衍生息又是多么幸运。而且更重要的是，文斗为现代人返归大自然提供了典范和借鉴，它让人们相信，人是有能力重返自然的。

---

① 柯真海：《大地外部的村庄》，《杉乡文学》2009年第8期。

　　如果说柯真海只是为我们展示了人类回归自然的可能性，那么冉正万则切切实实告诉我们，只有在大自然中，人才能生存发展。短篇小说《人世的烟尘》是一部生态意识比较"隐秘"的生态文学作品。小说写道，主人公林树青十岁那一年随改嫁的母亲到乌江边的崖畔生活，从此再也没能离开，他曾设法搬离，但又始终无法逃脱，因为崖上已经与他的生命融为一体。十六岁时林树青曾经跟随两个外来的捉猴人去见识外面的世界，他满心以为可以在"外面"生根安家，可是却被这二人拐卖到矿山。而继父早就告诫过他，猴子虽然不是人，但它们也是命，两个捉猴人对猴如此心狠手辣，想必不是纯良之辈。一路讨饭回到崖上的林树青，吃下家乡一块泥土，以此来庆祝自己的回归。林树青一度接受了崖上的清苦生活，他继承了继父的渡船，开船种地生儿育女，日子过得平顺安然。"可安逸日子总是不长，好像不受折磨就不叫日子。"八岁的大儿子葬身于金钱豹之腹，林树青决计让妻子和剩下的一双儿女搬回冉姓坝，自己独守崖畔。回到村中的妻儿虽然远离了凶残的猛兽，却没能逃过"凶狠"的岁月。在饥荒之中，一对儿女因误食毒果而身亡。心灰意冷的林树青夫妇继续留守崖上。机缘巧合，林树青救下一只垂死的小猴，妻子用奶水喂养它，竟因此找回了做母亲的感觉。直到儿子林小水出生，小青猴与林小水一起长大，夫妻俩也把小猴当成了另一个"儿子"。后来，妻子得麻风病被隔离，青猴始终与之相依相伴，在妻子去世后，青猴自己刨洞进入其墓穴，以这种决绝的"殉情"回报母爱。林树青对林小水说："它下世若是变人，肯定是你妈的儿子。"

　　林树青前后三次寻思搬离崖上，然而他一生也没能离开这里。到麻溪场儿子家里住上一晚，"叽叽哇哇的人声，啪嗒啪嗒的脚步声，呜呜呜呜的机器和车辆，吵得他一宿未眠"。当儿子决定把崖上的房子拆往麻溪场，永远离开乌江畔的时候，林树青断然拒绝了。他继续独自留守崖上，即使在乌江上游已经建起了桥，下游已经有了机动船，林树青依然每日划着自己的渡船，就像守护一份古老的生活一样。在渐渐荒凉、颓裸的崖上，古稀之年的林树青开始种树，"他把小树苗栽在曾经有过大树的地方，以前长过什么树他就栽什么树。哪怕原先是一棵并不重要的青冈栎，他也栽青冈栎，而不栽别的"①。林树青的生命与崖上是紧紧联系在一起的，崖上的泥土、树木、渡船甚至青猴都是大自然的馈赠，它们让林树青的生命找到归属并得以延续。这个故事也正说明了，人只有在大自然中才能获得生存发展的动力。

魏荣钊是一位在山水之间找到了慰藉的幸运儿。作者说他一度想要遁入空门，后来却在自然山水间获得了内心的宁静，于是他决心独走乌江。2002年秋冬时节，作者独步走完了全程一千多公里的乌江，于2004年出版长篇纪行散文《独走乌江》；2004年夏天走完了全程五百多公里的美酒河赤水，写下了《走在神秘河》；2009年夏末又溯流而上走完了全程四百多公里的北盘江，于2011年出版了散文集《遭遇北盘江》。作者在《走在神秘河》的后记《惑与不惑》中写道："我要表达的一是'行走'，二是为了尽力呈现赤水河的'原貌'。仅此而已。"②这其实点明了魏荣钊写作三部纪行散文的动机，亦即独步乌江、赤水和北盘江的初衷。一方面，这样的"行走"便是以最朴素的方式走进自然，与大自然相交融；另一方面，也是通过这种"走进"，去发掘和展现乌江、赤水乃至大自然那不为人知的一面。所以说独走乌江、赤水和北盘江既是作者回归自然的山水之旅，也是对乌江、赤水及北盘江流域的生态资源进行考察发掘。

例如，在《独走乌江》中我们能窥探到，这条贵州境内最大的河流是如何从一个小小的峡洞出发，一路奔流成浩浩汤汤的蓝色动脉。作者没有像梭罗写《瓦尔登湖》那样对乌江的生态进行系统的考察和理性的分析，而是感性而简略地呈现了乌江流域的自然生态及风土人情。

---

① 冉正万：《人世的烟尘》，《时代文学》2003年第4期。

② 魏荣钊：《走在神秘河》，贵州人民出版社，2007，第198页。

在乌江的源头，作者了解到："以前黑鱼洞生黑鱼，花鱼洞生花鱼，只有石缸洞的鱼才是透明的，不知什么原因现在很难看到这种好玩的鱼了。不用说，自然是环境遭到了破坏。"① 通过一路的行走和访问，作者更亲眼见证了上游乌江是如何由清变浊，以及中下游的乌江又是如何由浊转清的。在乌江上游的炉山镇境内，作者见到"相隔不远的山坡上出现了几个正在开采的小煤矿，越往前走，溪水逐渐变得浑浊起来"②。而再往下走，几个村寨依然是生态恶劣，见不到一处茂密的森林，由于水土流失严重，又时常遭遇水涝等灾害，地里长不了粮食，农民们只能靠给煤窑卖苦力养家糊口，年轻人则外出打工。人们越是穷困，大自然越是遭到破坏，家园越是遭到威胁，这是一个恶性循环的过程。在富裕的大湾镇，作者也并没有感到欣慰，这里因为有几家大型厂矿而变得富裕和热闹，可是它尘土飞扬、空气令人窒息，在这样的环境中，"河水越流越大也越流越黑"。这是作者为我们描绘的"黑黑的乌江上游"，令人忧虑的不仅是乌江的水质，更有乌江两岸的生态系统以及沿岸人们的生存境遇。可喜的是，乌江是宽容的也是博大的，它并没有因为人为的破坏而发怒或者一蹶不振，相反，它越流越浩大、越流越澄澈。"船越往下行，河床越宽，湖水越清，视野开阔，湖光山色，风景迷人。大约走了个把里后，两岸青山映照在船帮底下悠然荡漾。行到水库中间，只见一波碧绿映入眼帘。我想，这是通过水库沉淀的结果。我心里一直嘀咕，这上游的水要到什么地方才重见碧波呢？因为乌江中下游的水都是碧绿的。现在心里的问题终于有了答案。"③

尽管人们已经意识到乌江所遭受的破坏，并自觉地对其进行保护，如独居乌江岸的田景发老人用十四年时间造出大片杉树林，政府组织"退耕还林"行动和建立自然保护区等，然而损害乌江的行为依然存

---

① 魏荣钊：《独走乌江》，中国旅游出版社，2005，第 11 页。
② 魏荣钊：《独走乌江》，中国旅游出版社，2005，第 13 页。
③ 魏荣钊：《独走乌江》，中国旅游出版社，2005，第 68 页。

在。乌江上的水电站，它们数十年来为人们的生产生活提供动力，却也改变着乌江的生态面貌，而时至今日，它们是功是过再也难以分得清楚。更为牵动作者心绪的是，随着构皮滩这座比葛洲坝水电站规模还要大的水电站的修建，乌江上的景观将要大变——"到时很多险峻景观，像一子三滩、镇天洞等滩险都将不复存在。那时候再来看这里的乌江就已经不是桀骜不驯的乌江了，而是被人类驯服后温顺乌江。"① 作者并不是颂扬人类的伟大力量，而是哀悼乌江一去不返的原生态景象。人类总是把自己的力量强加于自然，而自然则在这种外力的作用下无可奈何地发生变迁，就如作者感叹的一样——"再过许多年，今天我看到的江界河也就面目全非了。就像我现在看到的江界河也不是 1935 年时的江界河一样……当年的乌江流量绝对比今天大，两岸的树木比现在茂密。"② 作者若非置身乌江两岸去观察和体悟江水的奔流，那么他便不可能有这些具体到位的认识。

行走于乌江岸的作者也并不总是因为忧虑生态问题而紧绷心弦，更多的时候他是在享受乌江峰回路转的奇壮美景以及人在大自然怀抱中的宁静。作者坚持沿乌江两岸一路行走，不坐车，也很少坐船，有时不惜翻越悬崖峭壁，当遇到实在不能攀缘的绝壁时才会选择绕路而行，其间虽然经历了很多艰险，却也最真切地感受到大自然的赐予。例如，在康家寨河段，"山高谷深，河床慢慢变窄，江水湍急，常常一个漩涡就把小木舟卷到了江心，颠了几下险些翻入江中"③，然而一过大坝村，"地形开阔了，乌江不再那样令人恐惧，反而变得有情致，使人喜爱"。这种"山重水复疑无路，柳暗花明又一村"的快慰感，非亲历是不可得的。在孤绝的乌江边，作者感受到了大自然的神秘与伟大，更由此唤起了一种对自然的归属感，文中写道：

---

① 魏荣钊：《独走乌江》，中国旅游出版社，2005，第 157 页。
② 魏荣钊：《独走乌江》，中国旅游出版社，2005，第 153 页。
③ 魏荣钊：《独走乌江》，中国旅游出版社，2005，第 73 页。

幽静的峡谷连个小生灵也看不到，窄窄的天空很久都没有鸟儿飞过，除了谷底江水的吼叫声，真可谓万籁俱寂。面对如此的自然环境，坐在石头上，感到生命是如此渺小，甚至觉得自己就是峡谷中的一块小石头，一根灌木，一棵小草，没有了人的生命的这种存在状态。虽然心灵一直告诉我，我是存在的，但此刻的存在多么无助，犹如一只蚂蚁，大自然随时都能把你淹没，而且不会发出任何声音。①

在神奇的大自然中，人总会不自觉地感到自我的渺小，而这正显示出了人们内心对大自然的向往之情。人的生命本体其实就连着大自然，然而人在多数时候不得不生活在人群之中，也只有在与大自然的机缘巧合的相遇当中，才会唤起这样一种本真的生命归属感。而真正的回归自然又是不可能的，作者清楚地意识到了这一点。乌江之上，处处有着类似桃花源的美景，它们让作者羡慕和向往，当然，作者却从未决心留下来生活于此。作者认为桃花源不过是人们幻想出来的理想之境，在现实生活中是不可能存在的。就算是"采菊东篱下"的陶渊明，也未能完全脱离红尘俗世，更何况是现代人。作者坦言："我现在行走于乌江，在我完成心路历程的前提下，要是哪个老板愿意让我披着他公司产品标志的衣服向前走，完了之后给我一点'孔方兄'，我断然不会拒绝。因为我并不是一个富人，还在为生存奔波着。当然我不会厚着脸皮去乞求，那样也犯不着。"② 作者的言语之中有自嘲的意味，但更多的是无奈之感。生活在城市的作者，为了寻求内心的宁静，而选择独走乌江。然而他不可能像乌江崖岸上的居民一样，在这里定居，他只能以过客的身份，在乌江岸上艰难地跋涉一程，然后就会永远远离这里。所以说，作者虽然抱着亲近自然的初衷来到乌江沿岸，可是他却永远无法真正融入自

① 魏荣钊：《独走乌江》，中国旅游出版社，2005，第86页。
② 魏荣钊：《独走乌江》，中国旅游出版社，2005，第146页。

然的怀抱。说到底，作者是一个城市人，他适应的是现代城市的生存法则，他需要靠物质基础来存活于世间，而且他习惯和向往的也是城市的繁华热闹。真正生活在乌江沿岸的居民，过的也未必是世外桃源的生活。在外人看来，他们生活在古老、惊险、优美的乌江岸边，绝世独立，应该是非常诗意的，然而"他们也还有他们的忧虑，他们也还有他们的苦乐"①。城市人想走进大自然的怀抱是徒劳，而真正生活在自然怀抱中的人的生活也充满了各种艰辛。人类的理想是诗意栖居，而显然这个理想还比较遥远，这是作者所意识到了的。

《走在神秘河》和《遭遇北盘江》的写法跟《独走乌江》类似，作者以沿途的见闻为线索，系统地反映河流两岸的自然生态和文化风情。稍有不同的是，赤水是一条"美酒河"，"茅台""习酒""郎酒"等美酒品牌都在赤水河畔诞生，因此作者不惜花大量篇幅探讨美酒文化与赤水生态之间的关系，而这也成为整部著作的重点和亮点。而《遭遇北盘江》则更加倾向于对北盘江两岸的历史文化进行考察和记录。因为有了写作《独走乌江》和《走在神秘河》的经验，作者驾驭纪行散文的功力进一步提升，所以《遭遇北盘江》的笔法比前两部散文更圆熟，内容也更丰富。

魏荣钊在乌江岸边徒步行走的时间一共约两个月，考察赤水花了一个月整，而跋涉北盘江则用了三十五天。相对人的生命期来说，这四个月时间实在算不上太长，然而又正是这四个月，它让一个人的生命从实质上发生了变化。作者停留于大自然怀抱中的时间是非常有限的，但因为全身心地投入了自然，所以他能够敏锐地触摸到大自然的脉搏，并获得了心灵的涤荡。即使不能最终归于自然，像魏荣钊这样暂时投入大自然的怀抱，对许多人来说也是不错的选择。魏荣钊的举动对人们（尤其是城市人）是一个很大的鼓励，他让人们知道，走出日常生活的束

---

① 魏荣钊：《独走乌江》，中国旅游出版社，2005，第148页。

缚并不是那么艰难的事，有一只背包和一颗毅然决然的心便足矣，而回归自然也并非那么遥不可及，只要人以最虔诚的姿态去亲近自然，便可以在大自然中找到心灵的慰藉和生命的动力。

在杨启刚、空空、王鹏翔、王亚平四位作家那里，回归自然便是返归乡土。这四位不约而同地把回归故土家园当作回归自然的一个通道，在他们的笔下，故乡是最接近自然的一个处所，而只要人们回到故乡便能重拾与大自然相亲近的诗意生活。杨启刚在其诗歌《激情的火焰》中写道：

> 夜晚里流浪的飞鸟
> 怀念简陋的窝巢
> 而我独自用一句简单至极的歌词
> 吟唱着黄昏雨后烟雾升腾的家园①

飞鸟渴望归巢乃出于本能，诗人怀念故土家园也一样始于天性。诗人一遍遍怀想和描绘故乡人劳作的细节，以无比的热情去歌颂粮食，甚至不无自豪地歌唱道："我是庄稼的守护者/我是高原子民"②。在诗人的潜意识里，故乡那种与泥土相亲近的朴质生活方式才是与人之自然本性最相符的，因此，即使诗人身处城市，也始终把故乡当作自己的"根"，并执着地向往回归家园。在组诗《家园》《大高原》《民间》《土地·西部·高原》等中，诗人都一往情深地描画了故乡那种自在而诗意的生活。类似"临山而歌/傍水而居/耕耘播种/安分守己"③这样的图景在诗人笔下"俯拾皆是"。诗人不厌其烦地写故乡人的诗意生活，其实也就透露了诗人自己向往"归园田居"，他愿意像故乡人一样躬耕田园，诗意地栖息于大自然的怀抱中。

---

① 杨启刚：《激情的火焰（外二首）》，《诗刊》2009 年第 16 期。
② 杨启刚：《大高原》，《散文诗》2009 年第 23 期。
③ 杨启刚：《土地·西部·高原（组诗）》，《民族文学》2006 年第 4 期。

与杨启刚一样，空空也把自己定位为"高原的子民"和"庄稼的守护者"。在诗人空空的笔下，高原是野性的、充满生命气息，这块土地不但养育了"我"，它还滋养了万物。在《高原，生我育我的母亲》中，诗人深情表白道：

> 那是你的丛林和蹄印密布的道路
> 那是你的星光和河流交织的倩影
> 那是你的草滩上嬉戏的眼睛
> 那是你的黑暗里燃烧的人性
> 在你的每个深夜，总有无数只
> 飞翔的兀鹰，狂暴地破坏天空的寂静
> 在旷野和村庄的梦里
> 留下一阵嘶哑的风声
> 而在你的每个黄昏，又总有一轮
> 宁静而悠远的夕阳，在那块
> 绿色的土地上空，甜蜜地下沉
> 呵，高原，我的神秘而幽深的高原
> 怎能忘记你哟，我的生我育我的母亲①

"丛林""蹄印密布的道路""河流""草滩"是高原形象的写照，更是诗人对故乡的眷恋之所在。这些充满原始野性的景象是大自然的伟大杰作，诗人愿回到高原，不是说简单地返回高原的自然风光中，而是回到真正与大自然相交融的朴素生活方式中。诗人还明确宣告："我的诗歌只有在你的肥沃的土地上／才能够找到丰富的想象和优美的意境／我的生命只有在你宽广的怀抱里／才能够展开它的遥远而漫长的旅程"②。

---

① 空空：《高原，生我育我的母亲》，《山花》1984 年第 12 期。
② 空空：《高原，生我育我的母亲》，《山花》1984 年第 12 期。

诗人把高原故土当作自己的"根",并始终如一地向往着回归。

在《乡土情缘(三首)》中,诗人以深情之笔去写故乡的亲人、故土的农耕时序以及家园中"我"所留恋的一切。诗人说:"那里有山有水/有我青梅竹马的恋情/那里有母亲的炊烟/和父亲的麦田"①。这短短四句无疑为家园之内涵作了最深刻到位的概括。在所有诗人的怀乡情结中,故乡都是一个有山有水的特定处所,也就是说,它一定处于大自然的怀抱之中,另外,故乡的生活方式也一定是与大自然相亲近的。空空很清楚地意识到,自己的生命之根必须扎于故土家园,即使在为了生活而远离故土的时候,他的内心也始终向往着回归家园。诗人不无辛酸地感叹道:

　　我们的一生

　　历尽苦难与忧患

　　就是为了走近粮食

　　或者离开粮食

　　而最终接纳我们的

　　必是那一片血光照耀的土地

　　和它博大无比的恩情②

在诗人看来,无论人们出于何种理由而出走,他们终究要回到故土,因为土地里有人的"根",也只有土地会始终敞开怀抱接纳人们。在《八月,还乡(外二首)》中,诗人则更加直白地表露了他回归家园的决心。诗人说:

　　我说过要在八月回到故乡

　　那时,我的母亲浑圆的双肩挂满了玉米

---

① 空空:《乡土情缘(三首)》,《民族文学》1995 年第 5 期。
② 空空:《乡土情缘(三首)》,《民族文学》1995 年第 5 期。

田野上劳作归来的人们

怀揣幸福的黄金

我说过要在八月回到乡村

那里，我热爱的少女美丽至极

她弯腰汲水的侧影

使我想背走那口唯一的井

我说过要在八月回到乡村

我说过要去祭奠那些死去的人，熟悉的人

要让沿途的荆棘划破我的脚板

使我重新流出少年的泪水

远方的朋友，流浪的诗人

我要告诉你

你能够承受命运最沉重的一击

却无法忘记乡村的一滴雨，一片云①

诗人选择"在八月回到乡村"，不是无意之举，而是颇有深意。八月是万物走向成熟的季节，也是充满丰收喜悦的季节。在八月，人们最能感受到万物在趋于其生命顶点时所散发出来的浓郁的生命气息，而且八月这个收获季也最能体现劳动生产的诗意。诗人想要在八月回到乡村，这样他便能更接近大自然之心脏。"玉米"在诗中是作为粮食的代表物而出现的。很多诗人在诗作之中使用过"粮食"这一意象，在诗人眼里，粮食便是乡村的代表，它作为大地最朴素的产物，维系着人们对乡村的眷恋，尤其是对大地的深情。在诗人离乡后，粮食便也成为他们思念乡村的媒介。

---

① 贵州省作家协会编《贵州作家作品精选·诗歌卷》，作家出版社，2009，第118页。

八月的乡村不但有粮食的丰收，还有"我"心爱的少女。当然，这里少女的意象也代表了乡村纯粹和美好的人情人性。诗人无论流浪在多么遥远的地方，都"无法忘记乡村的一滴雨，一片云"，这是返乡情结最直白的写照。诗人决心在八月回到乡村，去感受大地上的生命气息，并且重新拾起朴素的劳作，与乡亲们一起分享丰收的喜悦。对诗人而言，回到乡村便是回归自己的生命之"根"，也是回归大自然。

王鹏翔是土地的忠实守护者，他认为人的根在土地上，人无论走多远最终都要回归土地。在散文诗《您好，黑土地》中，作者赤诚地讴歌土地，赞美土地上生长的一切植物——疯长的麦子和玉米等。他说："我们把生命根植泥土生长希望……老人刚收回依恋泥土的目光，孩子们便嬉闹着融入泥土，以稚嫩的灵魂感受泥土的恩惠。我们就这样在这片古老的黑土地上一如春草生生不息。"[1] 对土地的依恋和感恩，其实正是人在大自然中该有的态度。散文诗《拥抱大山》写从大山里走出去的"我"重新回到大山的怀抱，只因"大山里有雄鹰飞过断崖，有溪流跌下深谷，有炊烟飘起我童年的梦幻……大山里有深深的古井，大山里有隆隆的古磨，大山里有成堆的石头成片的树木"[2]。散文诗《麦秸垛》中的"我"曾经背离沃土，"去城市寻找辉煌的梦"。可是，"城市发霉的那颗太阳深深地刺痛了我孤寂的心，山村在冥冥中呼唤，泥土在冥冥中呼唤"[3]。于是"我"重回麦秸垛生长的地方。王鹏翔的散文诗无不描绘一种回归的姿态、抒写一种回归的心情。回归土地，人们才能找到生命之根、获得生命的动力。

唐亚平也是土地的深情歌者，她一往情深地讴歌土地上的麦秸、种子、羊群、蛙鸣、鲜花等，写下了《在田野上》《我们来到土地上》《土地开花的时候》《选谷种的时候》《土地上的婚礼》《幸福在土地

---

① 徐成淼选编《中国散文诗大系·贵州卷》，广西民族出版社，1992，第 185 页。
② 徐成淼选编《中国散文诗大系·贵州卷》，广西民族出版社，1992，第 186 页。
③ 徐成淼选编《中国散文诗大系·贵州卷》，广西民族出版社，1992，第 188 页。

上》等诗歌。在唐亚平的笔下，土地上充满生机和希望，人们懂得感恩和欣赏自然之美，人与大地和谐交融。《在田野上》便是一首爱情与生态合一的诗歌。它这样写道：

对你微笑后

我开始对万物微笑

带着谢意和歉意

人啊我爱你们

你们给我的很少

可对我已经足够

你们的存在就是我的存在

上帝啊，我对你加倍的虔诚

我每天都歌颂你的赐与

我每天都歌颂你的美意

早晨太阳刚刚升起

我就对你说

今天是美好的

田野是美好的

在土地上行走

才会留下脚印

水泥路上

不会留下我们的踪迹

你能听见月亮的笑声吗

我要对你说

最温柔的微笑是残缺的

弦月才会发出笑声

…………①

　　"我"与爱人徜徉在有野兔跑过的田野上，"我"不单对爱人微笑，对万物微笑，而且感谢上帝的赐予，对全人类表达喜爱之意。由欣赏田野的美好、聆听大自然的声音（月亮的笑声），到感恩大自然和人类，这是一种可贵的情感升华，它勾画出了人与自然浑然相交的美丽图景。在唐亚平的心目中，"只有土地是无边无际的/容得下我们的欢乐和辛苦"，"在土地上行走/才会留下脚印"，因此，一切生活都应该在土地上进行。她鼓励我们"到田野去"，在土地上劳动、收获、相识相爱，甚至在收割时节的土地上举行婚礼。这种对土地亦即大自然的赤诚之心，是足以让我们每个人动容的。

　　在众多作家和诗人中，可以说黑黑唱出了回归自然的最强音。他于2002年发表在《诗刊》的《给 BB》中这样写道：

　　　　亲爱的

　　　　为什么不能住在边疆

　　　　住在风景幽静的湖边

　　　　我们为什么不能去

　　　　树林茂密的大山开一个小茶馆

　　　　让日子闲如流云野鹤

　　　　或做一双安静的过路人

　　　　像随季节迁徙的雁

　　　　…………

　　　　看到未来写好的路我无比绝望

　　　　在一个气候恶劣住房拥挤

① 《唐亚平诗选》，贵州人民出版社，1996，第 25 页。

环境嘈杂的城市

我们将像现在一样挣扎着生存

生养后代　追求职位和薪水

直到被生活榨尽最后一滴血汗

被尘世围困不能自拔

…………

真的不能吗

可我真的

仍如此渴望自由和爱情

不要送我温室里种的玫瑰了

满足我的惟一的愿望

只是在油菜花灿烂的田野里

静静地看漫天的星子

让星空洗净容易受扰的睡眠

然后在清风拂过的梦里

和我私奔吧①

　　"BB"是 baby 的缩写，在这里指爱人。诗人并非从自己男性的视角出发去向爱人表白，亦即未发出回归大自然的呐喊，正相反，诗人非常巧妙地实现了身份转换，他假借女性的口吻，道出了对自然的向往。诗歌的抒情主人公"我"向往着"风景幽静的湖边"和"树林茂密的大山"，然而她未来要走的路却早已经被"写好"，她与爱人必须像所有城市人一样，继续栖身于嘈杂的城市，为了房子、薪水和职位而苦苦挣扎。诗人在其诗作《变奏（二首）》《态度》《夜歌》中也曾表达过

---

　　① 《黑黑诗二首》，《诗刊》2002 年第 4 期。

类似的感情。他向往自由，然而他能做的只是坐在灯红酒绿的城市中感慨叹息。乡野与城市，从来都不是两个平等的可供自由选择的概念，在现代化的生活中，人们已经被规限。虽然诗人一再用"我们为什么不能"这类句式，似乎回归"森林""湖边"是轻而易举的事，而事实上，"我们"很难逃离城市，逃离只是一种态度选择，要践行困难重重。尽管回归自然的道路依然渺茫，然而人们已经产生向往并积极追寻，这种觉醒了的力量终有一天会把人们带回大自然的怀抱。正如诗中的主人公一样，她面对"未来写好的路"感到无比沮丧，可是她依然没有放弃向往。她苦苦追问道："真的，不能吗？"其实她早已经知道，自己暂时不可能逃脱城市而隐居森林或湖边，只不过回归自然是内心永恒的呼声，它能超越一切时空的规限，始终牵引着人向前。因此主人公坦然告白道："可我真的／仍如此渴望自由和爱情"。城市的世俗生活可以限制"我"身体的自由，可是它再也不能规限"我"心灵的自由。"我"不再满足于欣赏那"温室里种的玫瑰"，"我"渴望回到"油菜花灿烂的田野里"去看"漫天的星子"，这其实已经是从内心实现了回归。诗人黑黑虽然没能为我们树立起一个成功回归自然的典型，可是他让我们看到了人类回归自然的决心和力量。

对多数现代人来说，放弃城市生活而回归乡土显然是不太现实的。贵州作家发现了这一问题，而且他们还颇具慧心地为我们找到了解决办法，那就是在城市中发掘和营造美，让城市生活更贴近自然，这样便也可实现"回归自然"。杨家鸣在散文《窗外》中用充满诗意的笔调描绘了"我"家窗外的景象。"我"家尽管地处市中心，却紧靠山脚，推窗见山，因此"我"能享受森林馈赠的清新空气和鸟语花香。绿意盎然的墙根下夜间有蛙鸣，"每到四五月间，槐树们便绽开一树树洁白的槐花，于是四周的空气里便弥漫了甜丝丝、香喷喷的花香"①。鸟儿在阳

---

① 　杨家鸣：《我行我歌》，贵州人民出版社，2007，第8页。

台上的花盆里筑巢，楼下的小花园种满杜鹃、蔷薇、桂花等，孩子们在其中嬉戏，园林工人忙着除草、浇花，雪白毛绒的小狗在草地上打滚撒欢儿，还有放风筝的男女老少和"躺在婴儿车里享受阳光抚爱的可爱宝宝"。作者对一声鸟叫、蛙鸣，都欣喜不已，原本平常的事，在作者笔下充满了生趣和诗情，这是因为作者始终抱着一颗感受美、发现美的心，用作者的话来说便是："在我看来，居家过日子，最重要的是拥有一份知足的心态。"因为懂得知足、懂得发现，所以作者时刻生活在和谐、美好之中。作者为我们构筑了一幅人与自然、人与人和谐相处的城市生活图景。

　　杨家鸣在散文《勒杜鹃燃烧的城市》中描绘了深圳这座新兴都市良好的生态环境。作者说她一向畏惧繁华都市，"以为喧嚣嘈杂、交通堵塞、环境污染与物欲横流是它的代名词"，然而深圳这座开满勒杜鹃（三角梅）的城市却让作者改变了对大都市的看法。深圳的城市规划和建设注重绿化，市民们享受跟大自然亲近的每一个时机，并自觉地珍惜和保护身边的生态环境，因此才铸就了深圳这座繁华、活力与生态并存的青春都市。作者不由得感慨："只有大自然才是人类生命、心智、情感的唯一源泉！"① 深圳无疑为我们的城市建设提供了一个典范，即使人身处都市，也一样可以惬意地享受大自然的恩赐。而作者也正是希望通过她笔下的深圳形象，呼吁人们更加关注和亲近自然，促成更多的"深圳生态模式"的诞生。张克的诗歌《城市里有布谷鸟在叫》，借"我"与友人在南宁城中听闻布谷鸟鸣叫这一件小事，展现了南宁生态和谐的面貌。

　　人类只有放弃"中心主义"思想，才能做到"像山那样思考"，真正看到万物的价值和大自然的美好；人类也只有抛却"万物主宰"的身份，才能做到"像水那样流淌"，从容地走进自然，并最终回归大自

---

① 杨家鸣：《我行我歌》，贵州人民出版社，2007，第75页。

然的怀抱。说到底，这体现的就是生态学者们所强调的"主体间性思想"。人类想要回归自然，必须先尊重大自然的主体性。正如王诺所总结的："如果没有交互主体关联，人就不可能真正理解自然，更不会将对自然的爱和呵护建立在尊重自然主体性和自然权利之上，而只能是在发现环境的恶化有损于自己的时候，才不得已采取有限的环境主义的环保措施。"① 人类只有把大自然当作一个主体来对待，才能平等地与自然进行交流，进而最终获得大自然的接纳。贵州作家们未必有自觉的"主体间性思想"，然而他们的作品却给了我们关于"主体间性思想"的启示。这是因为贵州作家在潜意识里受万物有灵和人类源于自然等原始思维的影响，他们自然而然地敬畏自然，并且相信万物与人一样有着自己的思维意识、爱憎喜恶等。所以说，贵州作家们对待自然的态度中本身就包含了"主体间性思想"的意味。我们看到，贵州作家们不是站在"局外人"的立场，从生态学理论的高度去号召读者回归自然，正好相反，他们几乎不作说教和呐喊，他们只是把自身在大自然中的体验说出来。贵州作家们自身的生命之源与大自然紧紧地系在一起，回到大自然是他们从内心发出的呼声。他们以自己的深情之笔为读者描绘了大自然的神秘和美好，他们告诉读者，人若是愿意放下"中心主义"的意识，以一颗感恩和欣赏之心去走进自然，那么人一定能感受到大自然给予的美好启示，并最终在大自然的怀抱中获得灵魂的慰藉和诗意栖居的幸福。

　　莫斯科维奇在《还自然之魅：对生态运动的思考》一书中这样写道：

　　　　自然似乎是一个有组织的领域——更抽象地说是一个生态领域……其中每一种植物和动物，包括人类，都有自己的位置、处所

---

① 王诺：《欧美生态批评：生态学研究概论》，学林出版社，2008，第133页。

和独特功能。在明媚的阳光下，面对水、森林和田野，我们感到潜在与它们之间有着千丝万缕的联系，我们是其中的一部分。这是一种莫名的和谐，一旦发生偏离，这个所有生命赖以生存的共同居所就会受到威胁。我们面对的自然历史如此久远，任何过度利用，任何资源的浪费，任何物质的消亡，任何可能对和谐造成无法弥补威胁的人为创造都会对它构成伤害。所以应该定期纠正过度行为，监督发展速度，在过去与现在之间重新建立联系。永恒的回归自然意味着所有生命体都回到孕育他们的母体——地球，在那里大家都非常自在，因为那是我们永远的家园。①

　　这其实正道出了当代生态运动的思想基础和追求宗旨。生态整体观是一切生态运动的思想基础，实现人与自然的和解、重归自然的怀抱是生态运动的终极追求。莫斯科维奇告诉我们，人是大自然这个有机体中的一员，人与自然之间是共生共荣的关系，因此作为大自然中唯一拥有理性和智慧的生物，人必须自觉节制欲望和约束行为，承担起保护地球母亲的责任，守护好万物共同栖居的家园。贵州作家们所创作的生态文学作品也表达了这一生态追求。他们从生态整体思想出发，批判了工业科技对自然生态的破坏，展现了城市化进程的困境，鞭挞了人对自然的征战，呼吁人们关爱万物并最终回归自然。因为天然地生活在山水自然之中，也因为受民间文学、文化中"天人合一""万物有灵"等思想的熏陶，贵州作家的天性里便有热爱自然、崇尚自然的因子，他们的生命与自然结成一体。对于大自然所遭受的每一点创伤，贵州作家都异常敏感，他们深感自然正从人们的生活中隐退，家园将不可抑制地走向没落。这种忧患意识始终贯穿于贵州作家的生态文学创作之中，成为这类作品中最令人动容的部分。当然，贵州作家们并不总是悲观的，他们也

---

① 〔法〕塞尔日·莫斯科维奇：《还自然之魅：对生态运动的思考》，庄晨燕、邱寅晨译，三联书店，2005，第 86 页。

以生动优美的笔调描绘了人在大自然中栖居的种种美好画面，鼓励人们走进自然、拥抱自然。这些题材多样、内蕴丰富的生态文学作品在一定程度上显示了贵州当代文学创作的实绩，展现了贵州当代文学的无限可能。

海德格尔说："大地是承受者，开花结果者，它伸展为岩石和水流，涌现为植物和动物。天空是日月运行，群星闪烁，四季轮换，是昼之光明和隐晦，是夜之暗沉和启明，是节气的温寒，白云的飘忽和天穹的湛蓝深远。大地上，天空下，是有生有死的人。"[①] 哲人的思考总是切中要害，天地之间，人不过是有生有死的生物之一，只有与自然和谐相处，才能共生共存共荣。贵州生态文学创作以对自然的坚守为基点，敬畏自然、赞美自然、追寻诗意栖居的家园，"将人带回大地，使人属于这大地，并因此使他安居"[②]。对于生态文学而言，这是最贴切的描述。

---

① 〔德〕海德格尔：《林中路》，孙周兴译，西南师范大学出版社，1997，第 127 页。
② 〔德〕海德格尔：《人，诗意地安居》，郜元宝编译，上海远东出版社，1995，第 91 页。

参考文献

一 专著

[1]〔德〕阿尔贝特·施韦兹:《敬畏生命》,陈则环译,上海社会科学院出版社,2003。

[2]〔英〕爱德华·泰勒:《原始文化》,连树声译,上海文艺出版社,1992。

[3]〔美〕彼得·S. 温茨:《现代环境伦理》,宋玉波、朱丹琼译,上海人民出版社,2007。

[4]〔澳〕彼特·辛格:《所有动物都是平等的》,江娅译,天津人民出版社,2008。

[5] 毕桪:《民间文学教程》,中央民族大学出版社,2009。

[6] 陈俊伟、谢文郁、樊美绮:《灵魂面面观》,中国社会科学出版社,2006。

[7] 陈明丽编《布依族经典古歌》,贵州民族出版社,2008。

[8] 陈望衡:《环境美学》,武汉大学出版社,2007。

[9]〔美〕大卫·雷·格里芬:《后现代精神》,王成兵译,中央编译出版社,2005。

[10] 戴冰:《我们远离奇迹》,贵州人民出版社,1994。

[11] 戴明贤:《戴明贤散文小说选》,贵州人民出版社,1996。

[12]〔美〕丹尼尔·贝尔:《资本主义文化矛盾》,赵一凡等译,三联书店,1989。

［13］〔比〕P. 迪维诺：《生态学概论》，李耶波译，科学出版社，1987。

［14］侗族文学史编写组：《侗族文学史》，贵州民族出版社，1988。

［15］〔德〕恩格斯：《自然辩证法》，于光远译，人民文学出版社，1984。

［16］范禹：《水族文学史》，贵州人民出版社，1987。

［17］〔俄〕E. 费道洛夫：《人与自然——生态危机和社会进步》，王炎庠、赵瑞全译，中国环境科学出版社，1986。

［18］〔德〕弗里德里希·包尔生：《伦理学体系》，梁志德、李理译，商务印书馆，2007。

［19］〔奥〕弗洛伊德：《图腾与禁忌》，赵立玮译，上海文艺出版社，2005。

［20］傅安辉编《侗族口传经典》，民族出版社，2012。

［21］傅安辉、余达忠：《九寨民俗——一个侗族社区的文化变迁》，贵州人民出版社，1997。

［22］龚宗唐编《侗族说唱韵语》，贵州民族出版社，1991。

［23］贵阳师范学院中文系1958级、山花编辑部合编《贵州大跃进民歌选》，贵州人民出版社，1959。

［24］贵州省民间文学工作组编著《苗族文学史》，贵州人民出版社，1982。

［25］贵州省民间文学工作组编《民间文学资料·第三十三集》，贵州省民间文学工作组编印，1982。

［26］贵州省民委民族语文办公室编《侗族民间文学选读》，贵州民族出版社，1994。

［27］中国民间文艺研究会贵州分会：《民间文学资料·第四十六集》，贵州民族出版社，1981。

［28］贵州省少数民族古籍整理办公室编《侗族大歌》，贵州民族出版社，2003。

［29］贵州省社会科学院文学研究所编《布依族古歌叙事歌选》，贵州人民出版社，1982。

［30］贵州省社会科学院文学研究所、黔南布依族苗族自治州文艺研究

　　　　室编《布依族民歌选》，贵州人民出版社，1982。

[31]　贵州省文联编《纪念建党 90 周年贵州文学精品集》，贵州人民出版社，2011。

[32]　郭懋编《贵州情歌精华》，贵州民族出版社，1989。

[33]　〔德〕海德格尔：《诗·语言·思》，彭富春译，文化艺术出版社，1991。

[34]　〔德〕海德格尔：《存在与时间》，陈嘉映、王庆节译，三联书店，2006。

[35]　何积全、石潮江：《苗族文化研究》，贵州人民出版社，1999。

[36]　何星亮：《图腾文化的起源》，中国文联出版社，1991。

[37]　何星亮：《中国自然神与自然崇拜》，上海三联书店，1995。

[38]　黄健勇：《大自然的微笑》，大众文艺出版社，2007。

[39]　黄义仁、韦廉舟编《布依族民俗志》，贵州人民出版社，1985。

[40]　〔美〕霍尔姆斯·罗尔斯：《哲学走向荒野》，刘耳、叶平译，吉林人民出版社，2000。

[41]　〔瑞士〕卡尔·古斯塔夫·荣格：《文化与心理学》，冯川、苏克译，三联书店，1987。

[42]　〔美〕卡洛琳·麦茜特：《自然之死》，吴国盛译，吉林人民出版社，1999。

[43]　〔德〕卡西尔：《人论》，甘阳译，上海译文出版社，1985。

[44]　〔法〕克洛德·列维 – 斯特劳斯：《野性的思维》，李幼蒸译，商务印书馆，1997。

[45]　李明华：《人在原野》，广东人民出版社，2003。

[46]　李瑞岐编《民间侗戏剧本选》，贵州人民出版社，1986。

[47]　李廷贵、张山、周光大主编《苗族历史与文化》，中央民族大学出版社，1996。

[48]　李文明：《千年短裙》，大众文艺出版社，2011。

[49]　《廖公弦诗选》，贵州人民出版社，1994。

[50]　廖国强、何明、袁国友编《中国少数民族生态文化研究》，云南

人民出版社，2006。

[51] 《廖国松小说选》，贵州人民出版社，1993。

[52] 刘之侠、潘朝霖：《水族双歌》，贵州人民出版社，1997。

[53] 龙宇晓、龙耀宏编《侗族大歌琵琶歌》，贵州人民出版社，1997。

[54] 龙玉成编《贵州侗族歌谣选》，中国民间文艺出版社，1989。

[55] 龙玉成、王继英编《贵州民间歌谣》，贵州人民出版社，1997。

[56] 鲁枢元：《生态文艺学》，陕西人民教育出版社，2000。

[57] 禄琴：《面向阳光》，贵州民族出版社，1996。

[58] 罗义群：《中国苗族巫术透视》，中央民族学院出版社，1993。

[59] 〔德〕马克斯·韦伯：《新教伦理与资本主义精神》，于晓、陈维纲译，三联书店，1987。

[60] 马学良、今旦译注《苗族史诗》，中国民间文艺出版社，1983。

[61] 马仲星：《黑白乐府》，成都时代出版社，2003。

[62] 蒙萌：《高原奇事》，贵州人民出版社，1989。

[63] 孟学祥：《守望》，大众文艺出版社，2013。

[64] 欧阳克俭：《边事管窥》，大众文艺出版社，2010。

[65] 欧阳黔森：《白多黑少》，贵州人民出版社，2006。

[66] 欧阳黔森：《绝地逢生》，贵州人民出版社，2008。

[67] 潘朝丰、陈立浩、石俊生：《水族民歌选：凤凰之歌》，三都县民族事务委员会、贵州大学中文系，1981。

[68] 潘定智、杨培德、张寒梅：《苗族古歌》，贵州民族出版社，1997。

[69] 潘年英：《伤心篱笆》，上海文艺出版社，2001。

[70] 潘年英：《文化与图像：一个人类学者贵州田野考察及札记》，贵州人民出版社，2001。

[71] 潘年英：《黔东南山寨的原始图像》，上海文化出版社，2005。

[72] 彭锋：《完美的自然——当代环境美学的哲学基础》，北京大学出版社，2005。

［73］黔东南州民族研究所编《苗族谚语格言选》，贵州民族出版社，1989。

［74］黔南文学艺术研究室：《水族情歌选》，贵州人民出版社，1997。

［75］〔法〕让－雅克·卢梭：《爱弥儿》，李平沤译，商务印书馆，1991。

［76］〔法〕让－雅克·卢梭：《卢梭文集：论人类不平等的起源与基础》，李常山、何兆武译，红旗出版社，1997。

［77］阮居平编《贵州民间长诗》，贵州人民出版社，1997。

［78］石定：《石定小说选》，贵州人民出版社，1994。

［79］〔美〕斯蒂·汤普森：《民俗、神话和传说标准大辞典》，郑海等译，上海文学出版社，1991。

［80］宋祖良：《拯救地球和人类未来》，中国社会科学出版社，1993。

［81］唐亚平：《唐亚平诗选》，贵州人民出版社，1996。

［82］陶富源：《终极关怀论》，安徽大学出版社，2004。

［83］田永红：《燃烧的乌江》，中国文联出版社，2005。

［84］王建平：《野太阳》，贵州人民出版社，1988。

［85］王诺：《欧美生态文学》，北京大学出版社，2003。

［86］韦启光、石朝江、赵崇南等编《布依族文化研究》，贵州人民出版社，1999。

［87］韦兴儒、周国茂、伍文义编《布依族摩经文学》，贵州人民出版社，1997。

［88］魏荣钊：《独走乌江》，中国旅游出版社，2005。

［89］魏荣钊：《走在神秘河》，贵州人民出版社，2007。

［90］吴炳升、陆中午编《侗戏大观》，民族出版社，2006。

［91］吴德坤、吴德杰搜集整理翻译《苗族理辞》，贵州民族出版社，2002。

［92］吴晓东：《苗族图腾与神话》，社会科学文献出版社，2002。

［93］徐成淼主编《中国散文诗大系·贵州卷》，广西民族出版社，1992。

［94］徐恒醇：《生态美学》，陕西人民教育出版社，2000。

［95］徐嵩龄编《环境伦理学进展：评论与阐释》，社会科学文献出版社，1999。

[96] 薛达元：《民族地区传统文化与生物多样性保护》，中国环境科学出版社，2009。

[97] 燕宝编《苗族民间故事选》，上海文艺出版社，1981。

[98] 燕宝、张晓编《贵州民间故事》，贵州人民出版社，1997。

[99] 杨保愿翻译整理《嘎茫莽道时嘉——侗族远祖歌》，中国民间文艺出版社，1986。

[100] 杨朝东：《黑色恋歌》，贵州民族出版社，1995。

[101] 杨国仁编《侗族坐夜歌》，贵州人民出版社，1988。

[102] 杨国仁、吴定国编《侗族礼俗歌》，贵州人民出版社，1984。

[103] 杨权、郑国乔整理《侗族史诗——起源之歌》，辽宁人民出版社，1988。

[104] 杨通山等编《侗族民歌选》，上海文艺出版社，1980。

[105] 杨通山等编《侗族民间故事选》，上海文艺出版社，1982。

[106] 杨通山等编《侗族民间爱情故事选》，广西人民出版社，1983。

[107] 杨玉林：《侗乡风情》，贵州民族出版社，2005。

[108] 叶舒宪：《中国神话哲学》，中国社会科学出版社，1992。

[109] 余谋昌：《生态哲学》，陕西人民教育出版社，2000。

[110] 曾繁仁：《生态美学导论》，商务印书馆，2010。

[111] 张盛、杨汉基编《侗族谚语》，贵州民族出版社，1996。

[112] 张顺琼：《绿梦》，贵州民族出版社，1991。

[113] 张晓、燕宝编《贵州神话传说》，贵州人民出版社，1997。

[114] 张勇、石锦宏、杨芳编《长大要当好歌手》，贵州民族出版社，2000。

[115] 张勇编《人与自然的和声——侗族大歌》，贵州民族出版社，2005。

[116] 赵朝龙：《蓝色乌江》，四川人民出版社，2000。

[117] 赵剑平：《困豹》，人民文学出版社，2006。

[118] 中国民研会贵州分会编《民间文学资料·第四十八集》，贵州民族出版社，1982。

［119］ 中国戏剧出版社编辑部编《少数民族戏剧选》（二），中国戏剧出版社，1963。

［120］ 中国音乐家协会贵州分会编《贵州民间歌曲选》，贵州人民出版社，1979。

［121］ 周江编《中国少数民族谚语全编》，甘肃人民出版社，1990。

［122］ 周隆渊编《布依族民间故事》，贵州人民出版社，1981。

［123］ 朱桂元编《中国少数民族神话汇编·开天辟地篇》，中央民族少数民族古籍整理办公室，1985。

［124］ 祖岱年、周隆渊：《水族民间故事选》，上海文艺出版社，1988。

［125］ 遵义市作家协会主编《遵义新世纪文学作品选》，贵州人民出版社，2007。

二　期刊论文

［1］ 陈明媚：《论布依族的自然崇拜与生态环保意识》，《黔西南民族师范高等专科学校学报》2008年第1期。

［2］ 陈青伟：《〈苗族古歌〉生态意识初探》，《黔东南民族师专学报》2002年第2期。

［3］ 陈贻琳、腾志明：《论少数民族生态艺术的绿色和谐生境》，《名作欣赏》2011年第2期。

［4］ 胡牧：《人与自然的亲密共在——再论苗族神话的生态美学意蕴》，《江西广播电视大学学报》2012年第1期。

［5］ 胡晓东：《苗族古歌中的日月神话浅析》，《贵州民族研究》2000年第4期。

［6］ 黄雯：《论侗族文学中的生态意识》，《贵州社会科学》2008年第7期。

［7］ 江冬梅：《生态美学视域下的布依族民歌》，《电影评介》2012年第17期。

［8］雷秀武:《试论黔东南苗族图腾问题》,《贵州民族研究》1996 年第 4 期。

［9］李建军:《坚定地守望最后的家园》,《小说评论》1995 年第 5 期。

［10］李月:《生命美学视野下的水族审美文化内涵分析》,《贵州民族学院学报》2011 年第 1 期。

［11］刘春晖、薛达元:《布依族传统文化中的生态保护思想提取》,《中央民族大学学报》2012 年第 4 期。

［12］龙正荣:《贵州黔东南苗族古歌生态伦理思想论析》,《贵州师范大学学报》2010 年第 1 期。

［13］罗玲玲:《水族神话中动物图腾崇拜探源》,《黑龙江史志》2009 年第 12 期。

［14］罗义群:《苗族神话思维与生态哲学观》,《贵州民族研究》2008 年第 4 期。

［15］米舜:《侗族日月神话信仰习俗与生态景观》,《贵州大学学报》2012 年第 3 期。

［16］闵庆文、张丹:《侗族禁忌文化的生态学解读》,《地理研究》2008 年第 6 期。

［17］潘永荣:《浅谈侗族传统生态观与生态建设》,《贵州民族学院学报》2004 年第 5 期。

［18］石佳能、廖开顺:《侗族神话与侗族先民的哲学观》,《民族论坛》1996 年第 1 期。

［19］唐贵啸:《论布依族古歌的生命意识》,《安顺学院学报》2011 年第 6 期。

［20］王萍丽、杨盛男:《侗族的生态环境意识——与自然和谐相处》,《黑龙江民族丛刊》2001 年第 1 期。

［21］韦永武、韦荣康:《水族古歌的美学价值探究》,《凯里学院学报》2011 年第 4 期。

［22］吴文定：《生态和谐视野下的布依族图腾崇拜》，《河池学院学报》
2011 年第 1 期。

［23］谢廷秋：《论侗歌的精神文明内涵》，《贵州民族研究》2004 年第
3 期。

［24］杨海涛：《民间口传文学中的人与自然——西南少数民族生态意
识研究》，《民族艺术研究》2000 年第 7 期。

［25］杨学文：《侗族先民关于人与自然关系的朴素观念》，《怀化师专
学报》1991 年第 6 期。

［26］易小燕：《水族双歌的生态伦理价值》，《西南民族大学学报》
2008 年第 10 期。

［27］余达忠：《侗族村落环境的文化认同——生态人类学视角的考
察》，《北京林业大学学报》2010 年第 3 期。

［28］曾繁仁：《试论当代生态美学之核心范畴"家园意识"》，《温州
大学学报》（社会科学版）2010 年第 3 期。

后　记

　　2003 年，我在华中师范大学文学院读博时，在武汉洪山图书城买下王诺刚出版的《欧美生态文学》一书，回到寝室彻夜读完，掩卷而思，激动异常。我从 20 世纪 90 年代开始关注贵州文学所展现的自然与人的关系，关注生态危机和生态理论，此书使我一下子找到了研究的切入点。

　　我阅读了大量的中外生态文学作品，包括卡森的《寂静的春天》，勒克莱齐奥的《诉讼笔录》，莫厄特的《被捕杀的困鲸》，艾特玛托夫的《白轮船》《断头台》，阿斯塔菲耶夫的《鱼王》以及高行健、马军、徐刚、沙青、韩韩、山岱等创作的生态文学作品，查阅、复印了大量的生态文学、生态思想研究著作，对我国生态文艺学理论建构者鲁枢元、曾繁仁、曾永成、张皓、袁鼎生等人的著作深入读，对介绍西方生态批评研究学者王诺、赵白生、宋丽丽、杨素梅等人的著作反复读，准备以生态文学的研究作为博士论文的选题。由于各种原因，博士论文最终选择了贵州抗战文学研究，我暂时放下了对生态文学的研究。当然贵州抗战文学的研究也非常有意义，在此基础上我又申报并获批了国家社科课题"抗战高校西迁对西南地区文学发展的影响研究"，此是后话。2012 年、2015 年我参加了贵州省第五届、第六届政府文艺奖评审，担任文学组评委，集中阅读了大量的小说、散文、诗歌，为贵州作家对自然与人的关系那种超乎寻常的表达而深受震撼。特别是在编《贵州新文学大系（1990—2016）》中篇小说和短篇小说的过程中，这种震撼与日俱增。在收集了大量的第一手资料的基础上，我不断思考这样的问题：为什么贵州作家对自然情有独钟，对生态危机高度警醒？为什么他们的生态意识萌发得那么早？他们的生态文学创作甚至比国内很多专家学者的研究还要早，只不过他们没有得到应有的关注。这一定有值得挖掘的因素。

带着这些思考，我利用假期开始了田野调查，在贵州的崇山峻岭例如黔东南、黔南、黔西南、铜仁等地区，我和我的学生走村串寨，写下了大量的调查笔记。通过田野调查，我们的认识更加清晰。贵州世居民族有丰富的生态文学思想资源，这在民间文学中有非常生动的表达；贵州欠发达、欠开发的省情，使得贵州保留了更多的青山绿水，生态环境优美，生活在这片土地上的作家更加热爱自然，更容易接受生态整体观。

从理论到文本，从文本到田野，我重拾贵州生态文学研究，开始了长达 6 年的写作。我深深地意识到生态文学不只是文学创作，更是一种生命理想，善待自然、敬畏生命、绿色发展、节制无限膨胀的欲望、重返与自然的和谐、寻找诗意的家园，就是我们的生命之路。这本书为张扬这样的生命理想做了一点点实际的工作，我内心感到无比的喜悦。

谢廷秋

2018 年 8 月 6 日

图书在版编目（CIP）数据

寻找诗意的家园：贵州生态文学研究／谢廷秋著
. -- 北京：社会科学文献出版社，2018.8
（贵州师范大学社会科学文库）
ISBN 978 - 7 - 5201 - 2818 - 6

Ⅰ.①寻…　Ⅱ.①谢…　Ⅲ.①当代文学 - 文学研究 -
贵州　Ⅳ.①I209.973

中国版本图书馆 CIP 数据核字（2018）第 107857 号

·贵州师范大学社会科学文库·

寻找诗意的家园
　　——贵州生态文学研究

著　　者／谢廷秋

出 版 人／谢寿光
项目统筹／刘　荣
责任编辑／单远举　刘　翠

出　　版／社会科学文献出版社·独立编辑工作室（010）59367011
　　　　　　地址：北京市北三环中路甲 29 号院华龙大厦　邮编：100029
　　　　　　网址：www. ssap. com. cn
发　　行／市场营销中心（010）59367081　59367018
印　　装／三河市尚艺印装有限公司

规　　格／开　本：787mm × 1092mm　1/16
　　　　　　印　张：20.25　字　数：279 千字
版　　次／2018 年 8 月第 1 版　2018 年 8 月第 1 次印刷
书　　号／ISBN 978 - 7 - 5201 - 2818 - 6
定　　价／128.00 元